故事新编

刘以鬯
作品

东方出版中心

目 录

I

杜十娘怒沉百宝箱

一、寂寞芳心

　　杜十娘是一个妓女，整日周旋于王孙公子之间，嘻嘻哈哈，看来非常快乐，但实际上，她的心境是十分寂寞的。寂寞教她懂得思索，却弄坏了她的脾气。她不喜欢奉承别人，面对熟客，稍不如意，也会大发脾气。王孙公子花了银子，还受闲气，照说杜十娘的楼梯必定冷清清的；然而事实恰巧相反，钟意她的男人，一天比一天多，巨商富户，皆以与杜十娘同席对杯为荣。

　　昨天晚上，有一帮河南人，在十娘房中请客。十娘讨厌这些市侩太浓的商人，喝了些闷酒，忽然呕吐起来，客人们以为她病了，吩咐丫鬟扶她上床；然后纷纷离去。十娘倒在床上，未解衣，就昏昏睡去。睡至中宵，做了一个梦，梦见一对大眼金鱼，在水缸里相互追逐。早晨醒来，十娘将梦中所见的情形，告诉丫鬟秋喜。秋喜两眼骨溜溜地一转，说："鱼水欢！鱼水欢！这是喜事！"

　　十娘酒意未消，头部重甸甸的，有点嗫嚅。听到秋喜的解释后，爱理不理地白了她一眼，说："喜事？像我这样的人，还会有什么喜事？"

　　"十娘。"

　　"嗯？"

　　"你为什么老是这样愁眉不展的？"

　　十娘抿嘴不语，兀自向窗边走去。朝秦暮楚的生活，已使她感到厌倦，年纪轻轻，却有一片荒凉的心境。

她的眼睛里闪着晶莹的泪珠，俯视庭园，长廊假山间，尽是嫖客、王八、丫鬟……

"迎春院"的大门口，有购买色情的王孙公子进来，也有购买色情的巨商富户出去。

十娘是看惯了这种情景的，但是今天感触特别多，是否因为做了一个梦的缘故，她不清楚，只觉得虚爱假情演得再逼真，不能归落于实地。她虽然是个妓女，然而终归是个女人——而且年纪刚过十九。

十九岁是黄金一般的年华，应该懂得爱别人，或者被别人爱了；但是，十娘的爱情在什么地方？

正这样想时，丫鬟秋喜从楼下疾奔而至。

二、年轻的书生

秋喜笑嘻嘻对十娘说："有个太学生看中你了！"

十娘正坐在窗前拨弄琵琶，听到秋喜的声音，立刻就放下琵琶，回过了头来，问了一个字：

"谁？"

秋喜满面春风，笑得见牙不见眼："据月朗姐说，有个太学生昨天在大街上见了你一面，回去后，连书也不读了，到处打听你的住址，知道你在这里，现在竟摇摇摆摆地赶来了。"

"在楼下？"

"是的，现在楼下客堂里与妈妈在品茗。"

十娘痴痴地望着窗子发愣，自言自语地："一个太学生，怎么会到迎春院来的？"

秋喜挪前两步，伛偻着背，低声悄语的，在十娘耳畔："他……他很年轻，眉清目秀，举止斯文，谁见了也欢喜。快，快，让我替你梳头。他……就要上楼来了。"

十娘虽然只有十九岁，但是心情早已苍老，对于那些到妓院来寻花问柳的王孙公子们，从不寄存任何希望。秋喜很兴奋，但是十娘却懒洋洋的，完全打不起劲儿。

秋喜取过木梳来，替十娘梳了几梳，走到窗边去摘了一朵红牡丹，轻轻插入她的发鬓。这时候，楼梯上忽然响起一阵零乱的脚步声。有人拉起门帘，十娘横波一瞅，发现门外站着一个年轻的书生：

小方脸，一双清明无邪的眼睛，笔挺的鼻梁，白皙的皮肤，头戴绸巾，身穿鱼白海青，手持真金扇，风度翩翩。

十娘羞涩地低着头。秋喜迎上前去，请他进来，坐在檀木圆桌边。

"这是我家杜十娘。"秋喜沏了一盅茶，端到公子面前，含笑盈盈，开始做穿针引线的工作了。

公子闻言，立即站起身来，走到十娘面前，很有礼貌地，拱手作揖："小生这厢有礼了。"

十娘有意无意地，对他投以一瞥，欠欠身，还了礼，用很低很低的声音问：

"请教尊姓？"

三、爱的浸润

"小生姓李，单名一个甲字。"

十娘抬头凝视，发现李甲脸上挂着微微的笑意。那笑，像燕子在水面点出的波纹，浅浅的，冷冷的，含着了迷人的韵姿。

"请教贵处？"十娘问。

李甲答："我乃浙江绍兴府人，家严是绍兴府的李布政。"（注："布政"即承宣布政使，明代省级的地方最高长官。）

十娘听了这句话，心中喜不自胜，横波对李甲一瞅，李甲正睁大了灼灼有光的眼睛，睐着十娘，睐得她未开口，就带点羞怯神情。十娘是北京城最漂亮的女子，十三岁破瓜，今年已经十九岁了。七年之内，不知道接过多少客人。客人虽多；但是没有一个可以使她刻骨倾心的。有人说："杜十娘脸如莲萼，唇似樱桃，虽然误落风尘中，倒也生得一副铁石心肠。"

其实，这评语未必完全正确。十娘已经不是一个小女孩了，懂得爱别人；也需要别人的爱，只是风尘知己不易找，所以一直将感情收藏起来，轻易不肯乱动。

如今见到李甲，虽然只交谈了几句，已经被一股奇异的力量围困住了。她是在男人堆里长大的女人，与李甲相对而坐，竟会局促不安地，一直低垂眼波，偶尔投以匆匆的一瞥，立刻就会不好意思地合上了眼皮。

李甲是个读书人，未逢美色，一见风华绝代的杜十娘，目光久久停滞在她的粉颊上，中了魔道似的。

此时无声胜有声。

两个年轻人，就是这样的，从早晨坐到下午，呆呆的，连茶饭都不思。秋喜站在门外，常常掀起门帘，向里观看，只觉得十娘今天的神色，与往日不同，可不知道他们在无言中，究竟得到了些什么。

其实，他们无言相对，眼波互传，心有灵犀一点通，一切已是尽在不言中。

客人接一连二地涌至，十娘一概谢绝了。鸨母大怒，奔上楼来责问秋喜。

四、鸨母面孔

秋喜对鸨母说："刚才十姐关照过的，今天不接客了！"鸨母脸一沉，摆出不好惹的神气，问："为什么？"

"我也不知道。十姐见了这位姓李的客人后，神不守舍的，好像完全不能自已了。"

"但是不接客怎么可以？"

秋喜耸耸肩，表示无可奈何："中午时分，张财神来，十姐也不见。看样子今天随便什么人来，十姐都不会接见了。"

"不行！"

鸨母怒气冲冲地掀起门帘，闯进门去，走到十娘面前，双手往腰眼一插，问：

"十娘，你知道我最疼你，为什么老跟我作对？"

十娘用冷峻的目光睨了鸨母一眼，抿着嘴，脸上露出无限憎厌的神情。

鸨母不见她开口，怒气更盛了，伸出食指，对准十娘鼻尖点了几下，一边吊高嗓子，哗啦哗啦的，唾沫星子喷了十娘一脸：

"如果个个像你这样，我这院子还开得下去吗？你自己想想看，从早晨到现在，多少稔客给你拒绝了？你不想好，可别叫我去得罪人！"

十娘正欲分辩时，李甲忽然站起身来，很有礼貌地向鸨母拱手作揖："妈妈请坐。"

鸨母昂着头，嘴唇噘得很高很高。李甲见她怒气未消，当即从衣袖里取出两锭五两重的银子，笑嘻嘻的，说："妈妈，这一点小意思，算不得什么，聊表敬意耳。"

鸨母看见了雪白的纹银，立刻转怒为喜，堆上一脸阿谀的笑容，瘪着嘴，说："相公，何必这样客气？"然后伸手接过银子，对十娘霎霎眼，扮了个鬼脸，蹑足走出厅堂。这些势利人总是这样子，李甲心中也不觉得怎样不受用。

十娘有点羞惭，白净的脸颊泛起红晕。李甲贪婪地欣赏她的美丽，她则探手掠掠散在额前的鬓脚，像娇羞无限，只低声说了这么一句：

"在这里吃晚饭吧，吃过晚饭，弹琵琶给你听。"

五、团年饭

此后，李甲与十娘朝夕相处，日子过得非常甜蜜。两人情投意合，打得火一般热，成天关上房门，不许外人搅扰他俩的诗样情意。稔客们一再上门求见，皆遭拒绝。那老鸨眼看十娘似痴似醉地迷上了李甲，心中很不自在，只因李甲用钱极爽，看在银子份上，一样耸肩媚笑，奉承不暇。

爱情是一撮火，它使青春的力量在燃烧中壮大。

爱情是一杯酒，它使一个人的感受走进诗样的梦境。

爱情是一把钥匙，它启开了心扉，让快乐从里面走出来。

快乐的日子，最容易过。从细雨蒙蒙的清明节到大雪纷飞的冬至，李甲一直用银子抵抗鸨母的噜苏。

李甲是个太学生，离开绍兴时，带的银子倒也不少；但是鸨母的噜苏永无休止，长期挥霍总不是一个办法。

整整九个月，十娘没有接见过第二个客人。

整整九个月，李甲没有读过一本书。

这两件事合在一起，就产生了一些令人头痛的后果。杜十娘是北京城最红、最美、最出名的妓女，忽然谢绝接客，当然会引起很多猜疑的。

于是消息传开了，说十娘已萌从良之志。事情给李甲父亲的朋友听到了，写了一封信给浙江的老布政。老人大怒，写信来催李甲立即南返，李甲舍不得离开十娘，老是延搁行期，下不了决心。

大除夕，十娘特为李甲摆下一席酒，两人相对而坐，吃团年饭。饭后，十娘亲手剥了一只汕开蜜橘，放在盘中，送到李甲面前。

李甲眉头一皱，感喟地叹口气。十娘问他：

"今晚是大除夕，我们吃团年饭，应该高高兴兴地喝些酒，为什么长叹短吁的，郁结不散？"

李甲不说话，也不动弹，像僵了似的，只顾望着圆窗发呆。十娘再追问一句，他才无限怨怼地说：

"父亲又托人给我带来了一封信。"

六、囊箧渐空

十娘问："信上写些什么？"

李甲长叹一声，站起身来，边走向圆窗，边说："父亲要我立刻赶回浙江。"

"你的意思呢？"

"我不愿意离开你。"

十娘垂下眼皮，心里有一种说不出的感觉，不知道是喜悦？抑或悲哀？论理，她是应该劝李甲回去的；但是，李甲走了，她势必又要恢复接客。十娘早已厌倦风尘生活，所以必须留住李甲。

留住李甲，当然不能接客。不接客，就得送银子给鸨母花用。李甲离家来京，带的银子虽不少，可也不能算多，在院中住了九个月，吃喝打赏，没有一样不需要钱。时到如今，囊箧渐空，鸨母不逐，李甲也无法再耽下去了。

十娘并非不知道李甲的情形，只是不想开口罢了。明天是元旦，按照院中规矩，凡是稔客，必须爽爽快快地拿些银两出来，打赏那些鸨母、王八、丫鬟……

李甲第一次在院中过年，也许还不大清楚这种情形。十娘怕他没有准备，想提醒他，又不好意思说出口，但是不说出来，明天一定会在众人面前出丑的。

怎么办呢？

不知道应该怎么办。

天气寒冷，窗外飘起雪羽来了。房内虽有炭盆，并不暖和。逢到飘雪的日子，别说是巨商富户，纵或是劳苦阶层照样也要穿皮袍的。

李甲这天却没有皮袍穿，而且穿得很单薄，虽然室内不太寒冷，但也因此显得有点儿瑟缩。

十娘这才发现李甲身上穿得十分单薄，不禁猛发一怔，问道：

"你在哆嗦？"

"不，不，我一点也不冷。"

"天气很冷，为什么穿得这么少？"

"不上大街，不需要穿皮袍。"

"不上街也不能穿得这么少呀？"

"……"

"你的皮袍呢？"

七、雪夜寒

李甲很窘，把头朝下一低，吞吞吐吐地答了一句："我……我的皮袍……放在箱子里。"

"为什么不拿出来穿？"十娘问。

"我刚才不是已经说过了，不上大街，何必穿皮袍？"

"天气骤然转冷，外边正在落雪，不穿皮袍，会着凉的。"

说着，十娘霍然站起，婷婷袅袅地向卧房急走。李甲连忙奔上前去，拦住她的去路，用略带一点哀求的口吻问：

"你……你到里边去做什么？"

"开箱拿皮袍。"

"我……我……我实在不冷。"

十娘捉住他的手，紧紧一握："你看，这手冰冷的，还不加衣！"李甲强颜一笑，但是眼圈已经红了："十娘，你何必多此一举呢？"十娘不理他，兀自疾步走入卧房，打开红色的漆皮箱，不觉大吃一惊，箱子里空落落的，只有单夹长袍，只是不见皮袄。

"这是怎么一回事？"

李甲垂着头，答不出话来。十娘仔细一想，终于想出个中原因。

"当掉了？"十娘悄声问。

李甲痴呆呆地望着十娘，默默无言。十娘这才知道自己心爱的情郎，为了她，竟将最后几件可以变钱的皮袍也拿去当掉了。

想到这一层，面对着抵受不了寒气而正在发抖的李甲，心里一阵子发酸，热泪已夺眶而出。

"明天是大年初一，你没有皮袍，怎么能够见人？"

"我不下楼便是。"李甲稚气地说。

十娘用手绢抹干泪水，嘘口气，说："你不下楼，人家会上楼来讨压岁钱的。"

"这……这……这……怎么办呢？"

十娘走到樟木大橱边，掏出钥匙启锁，拉开橱门，取了十几锭银子出来；然后锁上大橱，将银子交与李甲。

八、除夕赎当

李甲窘极了，怎样也不肯收受。十娘说：

"拿去，先赎一件出来，余下的钱，作为明天打赏下人用。时候已不早，快去快来。今晚是大除夕，当店是通宵营业的。"

李甲心里充满了矛盾，显然有些无所措置了。

十娘像哄骗孩子似的："拿去吧，我们怎样也不能让别人讪笑。我们第一次在一起过年，大家应该高高兴兴。"

听了这一番话语，李甲才伸出抖巍巍的手，将银子收下。十娘催他快去，说是准备烫一壶绍兴花雕，等他回来共饮守岁。李甲无奈，只好冒着风雪上街，天气严寒，雪羽纷飞；北风刮在脸上，如同小刀子一般。街上行人十分拥挤，李甲惟恐被院中王八瞥见，故意用衣袖蒙着面庞，东闪西避，脸颊上湿湿漉漉的，分不清是雪水？抑或眼泪？

从当店里出来，李甲已经换上皮袍了，腋下挟着那件夹袍，匆匆赶回迎春院。

院中灯火通明，没有一个房间是暗的。风尘中人规矩特别多，大除夕通宵点灯，叫作"亮财向"，意思是：灯光所及处，财神就会将金银财宝送来了。

李甲并非不知道这规矩，只是心事太重，竟没有想到这一层，走入院中时，被太亮的灯光吓了一跳。

老鸨站在客堂门口，睁大了眼睛盯着他。

他很窘，连忙将腋下的衣服藏到背后；但是已经来不及了，四面的灯光亮如白昼，老鸨早已看得清清楚楚。

"这样大的雪，你上哪儿去了？"老鸨用沉浊的鼻音问。

李甲堆上一脸尴尬的笑容，期期艾艾地："在……在朋友……朋友家里吃团年饭。"

"你手里拿的是什么？"

李甲脸上倏地发紫，呆磕磕地愣了半晌，然后抖着声音答道："哦，这……这是朋友送的字画！"

鸨母纵声大笑，笑声好像飞箭一般，射在李甲心上，又刺又痛。

九、可怕的笑声

李甲奔上阁楼，掀起门帘，走入房内，气喘吁吁，怎样也压不下惊悸的心情。

十娘问他："为什么这样慌张？"

李甲说："那……那……老鸨看见我挟了一包东西进来，笑得很可怕。"

"不要太敏感。"

"但是她的笑声含有嘲讽的意味。"

"别理她，快来喝杯花雕，驱驱寒气。"

李甲坐在八仙桌边，若有所失。鸨母的笑声，仍在他耳际回绕。十娘最能了解他的心情，举起小小的酒杯，送到李甲嘴边，劝他饮，李甲呷了一口，泪水就像荷叶上的露珠一般，簌簌掉落。

"为什么又要难过了？"十娘怅怅地问。

李甲答话时，木然无表情："我想……我们不久就要分手了。"

"无端端说这些话干吗？"

李甲心一横，坦白说出真情："我再也不能打肿面孔充胖子了，继续耽下来，一定要被鸨母咒骂的。"

"截至目前为止，她还没有拉下脸子，你又何必这样自卑呢？等她指名叫骂的时候，再设法对付她不迟。"

说着，又给李甲斟了一杯酒。李甲用手指抹去脸颊上的泪痕，仰起脖子，将酒一口呷尽。十娘讲了一个笑话给他听，想逗他快乐；但他老是愁眉不展地浸沉在痛苦的思索里。一种新生的自卑感，使他不敢抬起头来正视现实，在郁郁寡欢中，终于形成了难以振作的悲观情绪。

夜渐深。红木小条桌上燃着一支红烛，火光跳呀跳的，照得满室通明。烛旁有只香炉，炉内燃着檀香屑，香气四溢，增加了不少罗曼蒂克气氛。

窗外大雪纷飞，屋檐已有冰条挂下。十娘本来计划守岁的；由于李甲郁郁不舒，竟一反守岁的习俗，拉拉李甲的衣袖，悄声对他说：

"天气这样冷，我们去睡吧！"

元旦。雪已晴，屋脊上铺了一层棉花似的积雪，又厚又白的，在阳光的照射下居然结成冰块。

十、秋喜报忧

十娘早就起身了，穿着一袭桃红花缎皮袄和红裙，打扮得十分花枝招展。头发乌黑油亮，额前有几条疏疏落落的"刘海"，益发显得妩媚了。

秋喜手托福漆茶盘，冉冉走到梳妆台边，先道"恭喜发财"；然后将一盅元宝茶放在十娘面前。十娘还了礼，取出一个红包递与秋喜，斜眼一瞟，发现秋喜脸有忧色，忙问：

"你怎么啦？今天是大年初一，为何皱紧眉头？一定是叫人欺侮了，是不是？"

秋喜想开口，但喉咙好像被什么东西梗塞住了，踟蹰半日，又将话语咽了下去。十娘见她如此表情，知道内中必有蹊跷，因此，正正脸色，坚决要秋喜把心事说出来。

"快讲！"

"刚才……刚才……"秋喜欲言又止。十娘追问她一句："刚才怎么样？"

秋喜头一沉，压低嗓子，说："刚才老太婆，当着众人讥笑李公子。"

"她说了些什么？"

"她说有人亲眼看见李公子昨晚挟了一包东西从当店走出来。"十娘听了,不觉猛发一怔,心里乱乱的很不好受,咬着嘴唇不出声。

"这怎么办呢?"她暗自忖度:"要是老鸨知道公子囊箧已空,公子就无法再在这里耽下去了。"

于是,故意在秋喜面前悄声说了几句话,企图替公子挽回已失面子:"准是那人眼花,认错人了,公子有的是银两,哪里会去当店?一定没有这回事。"

秋喜嘟着嘴:"老太婆还叫月朗姐来劝你打发李公子走,不然的话,她准备亲自赶他出去了。"

"不行!李公子在院中花的银两不算少,岂可对他如此无礼?"

这时,李甲醒了,听到喊喊喳喳的谈话声,一骨碌翻身下床,披了皮袍,走出厅来。

"你们在谈些什么?"他问道。

十娘连忙堆上一脸笑容,摇摇头说:"没有什么!没有什么!"

十一、咒骂

从初一到元宵,李甲老是躲在十娘阁楼上,非必要,绝不下楼。鸨母是个多么厉害的女人,随便什么事,一过眼,就能猜料出几分。打从大除夕起,她开始怀疑李甲囊箧已空,再加上半个月不敢露面,益发增强了她的信心。她不能让一个穷光蛋独占她的摇钱树，因此差遣秋喜上去唤叫十娘，说是有事跟她商量。十娘并不愚蠢，知道鸨母脑子里转的什么念头，沉着脸，推说头痛，不愿下楼。

这一下，可把鸨母气坏了，认为十娘的倔强，完全是李甲教唆的。于是，霍然站起，怒冲冲地走到楼梯口，直着嗓子，疯狂咒骂。

"穷光蛋！你快些滚出去！没有银子，就别在妓院里充阔佬！"十娘站在房门口，侧耳谛听。鸨母的话语，一个字像一枚钉，扔在她的心坎里，又刺又痛。

但是鸨母见十娘仍不下楼，心中一气，索性指名大骂了：

"李甲，这里不是救济所！你在院中白吃白住了一整年，亏你还有面孔耽下去！"

十娘惟恐李甲听了不好受，连忙将房门轻轻掩闭；然后冉冉走到内房，故意装作若无其事的神气，笑嘻嘻地说：

"李郎，我陪你下一盘棋，好不好？"

李甲感喟地叹息一声，摇摇头，说："她骂我的话，我全听到了。"

十娘心乱似麻，紧紧搂住李甲，含泪作笑，百般劝慰："不要难过，老太婆的脾气你是知道的，当是耳边风，过了就算。"

李甲用眼对四下瞅了一圈，痛苦地抬起头来，说："都是我不好，害你受这么多的委屈！"

"你为甚不好？我不许你说这种话。"十娘用纤纤玉指掩住他的嘴。

"如果我手上还有银子的话，她就不敢这样乱骂人了。为今之计，我只有离开这里了，也好免得你再受闲气。"

"不，不，你不能离开我！"十娘哭了，泪水像断线珍珠一般簌簌掉落。

十二、逐客

房间里充溢着郁结的气氛。李甲鼻子酸了，眼睛发潮。十娘百般劝慰；但是李甲却作了这样的表示：

"十娘，我迟早终归离开这里的！我必须将你忘记，希望你也能忘掉我。"

李甲的话，一句句镌在十娘心里，使她感到了一种难以描摹的凄抑。这些年来，十娘不知道结识了多少王孙公子，可是没有一个能像李甲那样令她刻骨倾心的。李甲早已窃去了她的心；而十娘也有从良之意。如今，李甲要走了，她必须设法留住他。

因此，十娘对李甲说："不要离开我！千万不要离开我！老太婆的事，一定有办法可以对付的。"

话语刚说完，忽然有人敲门。李甲大吃一惊，以为鸨母上来赶他出院了，恓恓惶惶地躲在屋角，瞪大了一对受惊的眼睛。十娘走去开门。

门启开后，原来是秋喜。

秋喜神色紧张，娇喘吁吁的，一见十娘，立即反背将门掩上。十娘细声问她：“有什么事吗？”

秋喜说：“不好了，快将李公子送出院去避避锋头”。

“为什么？”十娘问。

“因为，”秋喜怯怯地对躲在屋角的李甲瞅了一眼；然后压低嗓音说：“老太婆决定亲自上楼来辱骂李公子。”

李甲听了，急得如同热锅上的蚂蚁。十娘劝他暂时到外面去避一避，等鸨母怒气平息了，再回来。李甲想不出第二个办法，只好问十娘要了些碎银，准备出街去找同乡柳遇春聊天。

这时候，楼梯蓦地响起一阵急促的脚步声。李甲怔住了，站在门背后，浑身发抖。

“快开门！”鸨母在门外大声怒吼。

十娘心一横，三步两脚走去拉开房门。

那鸨母一见十娘，两眼瞪大如铜铃，吊高了嗓子，破口大骂：

“贱货！你究竟打算干是不干？吃我们这行饭的人，谁不前门迎新，后门送旧？自从李甲这穷鬼来到这里后，你老是失魂落魄的。”

十三、剥衣

“别说是新客，连旧客都断光了！现在，我要你马上赶他出去！从此以后，再也不准他踏进大门一步！”

十娘从小就学会了忍耐，听过鸨母的咒骂，心中虽气，却不敢出言顶撞。鸨母这个雌老虎，脸皮厚，手段辣，院中上上下下，包括王八在内，没有一个不惧怕她。

但是站在门背的李甲却有点吃不消了，脸一红，终于蹑足逃了出去。

鸨母用鄙夷不屑的目光瞅着李甲，任由他溜出去，不加阻拦。秋喜究竟是受过训练的丫鬟，见到这种情形，立刻端茶，点烟，还绞了一把热手巾给鸨母。

"妈妈，别动肝火了，气坏了身子可不是闹着玩儿的。喝盅茶，有话慢慢讲。"

鸨母这才坐下了，脸孔依旧绷得很紧，狠狠地盯着十娘，眼睛里仿佛有一撮怒火在燃烧，热辣辣的，一直烧到十娘心里。

"你想想看，我辛辛苦苦将你抚养成人，为的是什么？那李甲这穷鬼有什么好？不读书，不做事，专靠女人吃饭，一点出息也没有！"

十娘也生气了，抬起头来，极力为李公子分辩："妈妈，你这话说得一点道理也没有。李公子当初也不是空手上门的。"

鸨母嗤鼻冷笑："此一时，彼一时，干我这行户营生的人，讲不得情义。"

"但是——"十娘的嗓子也不弱："我，我爱他！"

鸨母想不到十娘竟会说出这样的话来，心中一恼，举起桌上的茶杯愤然往地上一摔。

"臭货！贱货！算你有胆，老娘今天非给你一点厉害看看不可！"

说罢，霍然站起，匆匆走到房门口，大声唤叫王八上楼。

王八上来了，手里拿着早已准备好的麻绳和皮鞭。

"剥去她的衣服！"鸨母怒叱。

王八像狗般听话，卷起衣袖，走到十娘身边。十娘昂着头，毫无惧色。

十四、鞭挞

王八将她的衣服剥下了，十娘依旧一动不动。

秋喜跪在鸨母面前求情，鸨母不理她，只顾咆哮如雷：

"将她绑起来！"

王八将粗麻绳往十娘胴体上团团捆绑。十娘昂着头，闭住眼睛，木然站在那里，毫无畏缩的表示。

鸨母手持皮鞭，怒气冲冲地走到她身旁，双手往腰际一插，叱道：

"答应我，从今天起，恢复接客！"

十娘还是闭住眼睛，脸上呈露着愤恚之情。

鸨母狞笑了，举起皮鞭，"胡"的一声，抽在十娘背脊上。十娘依旧昂着头，依旧闭着眼睛，依旧站立在那里，不哭，不嚎，不呐喊。

鸨母眉毛倒剔，扁扁嘴，直蹦直跳地咆哮起来。

"把李甲赶出去！跟他一刀两断！"十娘固执地摇摇头。

鸨母怒不可遏，举起皮鞭，一连又抽了两下，十娘背脊上立即出现了两条血痕。十娘忍住痛，皱皱眉，紧紧捏住拳头，不出声。鸨母见她如此倔强，心内的怒火终于狂燃起来了，咬紧牙关，索性用鞭柄猛掴十娘脸颊。

憎恨使十娘产生了过去从未有过的勇气。她宁死也不肯屈服。

那站在一旁的王八，眼看暴力不能发生任何作用，惟恐鸨母无法落场，趁此挪前两步，拉拉扯扯地将鸨母劝开。鸨母满脸怒容，脖子的青筋都凸了出来。

"贱货！今天饶了你！不过，你得好好记住我的话，不然，休怪老娘不讲交情。"

说罢，将沾有血迹的皮鞭往地板上一扔，悻悻然夺门而出。王八闪了闪三角眼，走到十娘面前，解开粗绳，扶她进入内房。

"睡一会吧，不要太固执。妈妈一向最疼你，只要你肯听从她的话语，我敢担保日后决不会难为你的。李甲这个穷小子有什么好？让他走吧，也好省却许多不必要的麻烦。你以为我说得对吗？"

十五、消极的反抗

这是王八的"忠告"，其实完全是猫哭老鼠假慈悲，一点诚意也没有。十娘本想骂他几句的，只因身上伤处肿痛，懒得开口了。王八见她不理不睬的，自觉没趣，也就提起粗绳和皮鞭，匆匆离开阁楼。

此时，秋喜进来了，知道十娘被打。连忙取了药粉来敷抹伤处。十娘被鸨母打成这个样子，愈想愈气，泪水已经涌上眼眶，还极力忍住不让泪水淌下来。秋喜一边替她敷药；一边劝她不要难过，十娘两眼直直地盯着帐顶，咬牙切齿地说：

"秋喜，我一定要离开这里！"

"你有这样的决心？"

"嗯。"

"老太婆肯放你走？"

"这迎春院不是监狱，我没有犯过什么法，总不能将我一辈子关在这里！"

十娘终于耸肩啜泣了；但是她并不悲哀。她只有愤怒。秋喜替她敷好伤口，问她要不要吃东西，她摇摇头。秋喜绞了一把热手巾给她。叫她好好休养。

这时，忽然有人轻敲房门，十娘以为是李甲，连忙差秋喜去迎接，结果迎来了王八。

十娘厉声疾气地问他："打也给你们打过了，还有什么事？"

王八堆上一脸阿谀的笑容，说："楼上来了一帮关外巨商，久慕十娘芳名，今晚想在你处摆一席酒，热闹热闹！"

"滚出去！"

"但是，"王八用鄙夷不屑的目光对十娘一瞅，"这是妈妈的意思。"

十娘以拳击床，气得两排牙齿不住厮打。

"你们究竟是人不是？"她说："刚才用皮鞭抽打，现在却要我接客了。"

王八脸一沉，故意压低嗓子："我劝你还是乖乖地化妆吧，不要惹她老人家动肝火。"

"我死也不接！"

"此话当真？"

"我向来不说假话。"

"好，等着瞧吧！"

说罢，王八走了。秋喜大惊失色。

十六、谈判

秋喜劝十娘千万不要生气，得罪鸨母，没有好处。十娘意志坚定，宁死也不再接客了。

房间里的空气显得特别紧张，两个年轻女人屏息凝神地等待鸨母上楼。

等了一个时辰，门外全无动静。秋喜这才松了一口气，轻声对十娘说："也许她让步了。"

十娘摇摇头说："我知道她的脾气，她是不会罢休的。"

"那怎么办呢？"

"不要怕，我早已抓定主意。"

夜渐深，院中的歌声也不像先前那么喧哗了。有人叩门，秋喜走去一看：原来是李甲。

李甲看到十娘颊上有条伤痕，不觉为之一怔，忙问："怎么啦？"十娘眼睛一闭，泪水就簌簌地掉落下来了。李甲走去问秋喜，才知道鸨母用皮鞭抽打过十娘。

夜已深，四邻笙歌皆止，天气仍寒，卧房内一片阒寂。李甲坐在床沿，呆望着十娘，心里仿佛万箭齐攒般难受。十娘的容颜虽有伤痕，依然在抑郁中呈露傲岸。李甲内心中只有歉仄，不知道应该用什么方法来解决这个问题。

十娘睁开眼来，幽幽地对他说："睡吧，时候不早了。"他咬咬牙，没头没脑地说了一句："好，我走。"

"走？走到什么地方去？"十娘焦急起来。

他转过脸去，耸肩饮泣。十娘连忙直起身子，抖着声音对他说：

"相公，千万不要动摇你的信心，只要我们彼此相爱，别说是一个老鸨，就是十个老鸨也无法拆散我们的。"

李甲边哭边嚷："都是我不好！我害了你！"

十娘眼泪汪汪地对他说："拿出勇气来面对现实，一定会获幸福！"

李甲回过头来，久久凝视十娘，嘴角一牵，终于噙着眼泪微笑了。

爱情驱走了伤感的气氛；也驱走了失望。幸福已经在向他们招手了，只要意志能够坚定。

十七、三百两

十娘向来是一个柔弱的女性，遇事，总是畏畏缩缩地躲在后面；但是这一次不同。这一次，纵然是老鸨的皮鞭，也不能阻止她付出真挚的情感了。

十娘心里早有打算，只因时机未熟，不敢遽尔采取主动。有一天，李甲出街到柳寓去下棋，鸨母又气势汹汹地奔上阁楼，找十娘谈判。鸨母说：

"事情必须彻底解决，这样拖下去，总不是个办法！"

十娘用沉着的语气反问她："妈妈！依照你的意思，该怎样解决？"

"很简单，一、如果你想继续留在院中，那么，从今晚起，马上恢复接客。二、你若不肯逐走李甲的话，那么，只好请你跟他一起出去做乞丐！"

"妈妈，此话可当真？"

鸨母扁扁嘴，嗤鼻冷笑："两条路，任你拣一条！"

十娘惟恐鸨母后悔，连忙追问一句："妈妈，你要多少银子？"这一问，却把鸨母怔住了。鸨母最初的意思，无非想借此迫逼十娘答允逐走李甲。不料，十娘态度竟如此坚决，实在是大出意外的。在她的心目中，李甲是个穷光蛋，十娘绝对不会有勇气离开迎春院的。但是，十娘竟挑选了绝路。

鸨母气极了，可又竭力不让愤怒露在脸上。她不愿意十娘离去，只好讪讪地转换一种口气对十娘说：

"你怎么愈来愈傻了？李甲这小子，连身上的衣服都已当掉，哪里会有银子来赎身？再说，你是吃惯用惯了的，跟他出去，不饿死，才怪哩！"

"妈妈，饿不饿死，是我自己的事，请你别替我担心。我要问的是：妈妈，你究竟要多少银子？"

鸨母不肯说。

十娘催她将数目讲出来。

鸨母用手指搔搔头，皱着眉，问："难道你真的要跟他走？"

"妈妈！你说你要多少？"

"如果是别人，没有千儿八百就不必讨论，至于李甲那穷鬼，老娘不好意思要多，算三百两吧！"

十八、爱情的考验

"三百两？"

鸨母见十娘脸上的抑郁之情消失了，心中一急，连忙补充一句：

"这三百两纹银必须在三日之内交出，不然，休怪我老娘无情！"

"但是，"十娘说："李公子家居绍兴，这三天之期未免太短促了，教他到什么地方去筹？"

"这是他的事！"说着，脸一板，悻悻然走出阁楼。十娘怕她反悔，故意奔上前去，拉住她，苦苦哀求："妈妈，三日之期实在太短促，请你宽限十天吧？"

鸨母鄙夷不屑地"哼"了一声，说："这穷鬼，别说是十天，就是一百天，也不一定拿得出银子来。好的，看在你的脸上，就宽限十天吧，不过，到了第十天，还拿不出银子来，就非赶他出院不可。"

"妈妈，你不后悔？"

"老娘说话向来有斤两。"

十娘回入卧房，不禁暗暗窃笑了，心忖："这老太婆眼睛里除了银两，就没别的东西！"

于是弓身端起一只红漆方凳，走到大柜前，站上方凳，启锁，拉开橱门，捧出一只小小的描金箱，抽出箱盖，里面就有夺目的光芒射出来。

那箱内装满了翡翠和珠宝，都是名贵的饰物，有金无银，价值连城。

十娘看到这些东西，脸上终于露出安慰的笑容。暗忖："只要半条颈链，我就可以跳出火坑，跟随李甲到南方去过好日子了。"

这样想时，十娘取出一条颈链，插入箱盖，将百宝箱放回原处，关上橱门，从凳上跳下来。

她心里说不出有多么的高兴，恨不得立刻叫秋喜出去兑掉颈链，把身价银子交与鸨母，离开迎春院。

但是转眼一想，事情又不能操之过急。李甲究竟还年轻，太多的钱财会使他消沉堕志。不如把颈链收藏起来，由他自己到外边去张罗身价银子，这样具有两个意义：一方面可以使他知道钱财不易筹得；另方面也可考验他的情感。

十九、并头兰

十娘当然不会怀疑李甲的情感；但是李甲意志未必坚定。

过了些时，李甲回来了，说是进院时撞见鸨母，给她白了他一眼，所以心中甚为气恼。

"不必气恼了，"十娘笑嘻嘻地将他拖入房内，低声悄语地对他说："我们马上就可以离开这里，只要你有三百两纹银。"

"三百两？"李甲目瞪口呆，显然莫明究竟。

十娘兴奋无比，说话时，语调中含有强烈的快乐："刚才我已经与老太婆讲定了，只要你有三百两银子，就可以替我赎身。"

"但是——"李甲眉头一皱，非常为难地说："我两手空空，到什么地方去筹这笔钱呢？"

十娘正正脸色，说："你总还有些亲友在这里的，跟他们去商量商量，反正，老太婆与我约定了十天之期，不太迫促。"

李甲并无把握，叹口气，答应第二天一早就出去想办法。

第二天凌晨，东天刚刚泛起鱼肚白的颜色，十娘就将李甲从睡梦中推醒，压低嗓子对他说：

"起身吧，此刻老太婆还没有醒，趁早出去想办法，有了银子，立即找她签字赎身。"

李甲睡眼惺忪，张大嘴，用手背掩在嘴唇前，频频打呵欠。天气很冷，十娘端了个火盆在床边。李甲一骨碌翻身下床，懒洋洋地走到绸幔背后去洗脸。

洗完脸出来，十娘忽然大惊小怪地用手一指：

"相公，你看！"

十娘的手指对准着那只红木高脚花架，架上有一盆兰花，李甲回过头去仔细察看，才发现兰草开了花，而且是一朵并头的。

"奇了，兰草也会开出并头花！"

"这是好预兆，快出去想办法。这里有一些碎银，你拿去，肚饿时，随便找些东西充饥。"

李甲接过碎银，整整衣帽，蹑手蹑足地走向房门，十娘无限依依地目送他离去。

二十、到处碰壁

十娘忍不住又叫了他一声：

"相公！"

李甲拨转身子，细声问："还有什么事吗？"

十娘欲言又止，咽口唾沫，把心里想说的话也吞了下去：

"没……没有什么，早些回来就是！"

此时，天已大亮，李甲加紧脚步，匆匆走出迎春院。十娘心境愉快，冉冉走入客厅，点燃香烛，祈告上苍保佑李甲。

李甲上了大街，先向葱饼店买了两个葱饼充饥，然后走到一个父亲的好友张老先生那处求借。

张老先生平时对李甲倒颇为疼爱。只因李甲迷恋烟花，来京年余，一事无成。李布政一再来信催促，他也置之不理。为了这个缘故，张老先生对他早有不满。

"你来作甚？"老先生问。

李甲堆上一脸的笑容："愚侄决定依从父命，日内离京南返。"

"这是再好也没有了。"

"但是——"李甲期期艾艾地："愚侄手头拮据，希望老伯借些盘缠给我，好打发行程。"

张老先生惟恐他骗去了盘缠，不作正经用，反去归还脂粉钱，将来给他父亲知道，不但不领情，可还会引起其他麻烦。

因此，这位世故老人就拱手拒绝他的请求了："贤侄有所不知，老汉目前正值空乏，实在无力相助，惭愧，惭愧！"

李甲碰了个钉子，怀着飘忽彷徨的情绪，走上大街，呆立在街边，茫然莫知所从。没有办法，只好到东门外去找李民修。

李民修是李甲的族人，年纪已超出六十；但是论辈分，却与李甲同辈。李甲去年来京时，所有银钱往来，多数经由民修转账，自从结识十娘后，就不到民修处走动了。民修思想顽固，为人极其拘谨，对于李甲的行动，颇为不齿。

现在，李甲从城里赶出来找他，照理，他是应该予以接见的；但是他却托辞患病，故意回避。李甲气极，愤然回进城去。

二十一、人情淡薄

天气骤然转冷，北风呼呼，吹在脸上，如同小刀子在刮，隐隐有点刺痛。李甲腹中十分饥饿，就近走进一家饭馆去吃馒头，无意中遇见了一位父执，本来是不好意思在这种场合开口的，只因一连碰了几个钉子，心内焦急万分，竟厚着面颜向他透露告贷的意思了。

"请你帮帮我的忙，借三百两纹银给我，等我写信禀明家严后，立即饬人加利奉还。"

那人虽与李甲相识，平日甚少来往，听了这番话语，只是一味摇头，连饭都没有吃完，匆匆付账，像老鼠见到猫儿一般，疾步而出。

至此，李甲信心尽失，情绪低落。伙计端饭来，吃了两口，泪水就簌簌掉下了。

饭后，李甲去了几家门子，结果全是一样的。那些亲友几乎没有一个不知李甲狎妓作乐的事，认为他已无药可救，谁也不愿加以援助。

黄昏时，大雪纷飞，李甲已经走得筋疲力竭了，只好垂头丧气地回转"迎春院"。十娘亲手炖了一碗鸡汤给他，要他喝下，李甲摇摇头，泫然欲涕地说了一句：

"十娘，我对不起你！"

十娘见他神情沮丧，知道事情进行得并不顺利，连忙好言相劝：

"不要难过，只要我俩意志坚定，随便什么困难，终归有办法可以克服的。"

"有办法？"李甲用怒眼对十娘一瞪，眼睛里好像有一撮怒火在燃烧，一直烧到十娘心坎里。

十娘有点怕；但还强颜作笑："相公，你且息怒……"

李甲不让十娘把话语说完，立刻歇斯底里地吼叫起来："这究竟是什么世界？一点温暖都没有！人们的眼睛愈来愈势利了，看见我，如同看见一条狗。他们只知道顾自己的幸福，却不管别人的痛苦！"

"相公，不要生气，先将这碗鸡汤喝下再说。"

李甲抬起头来，对似花如玉的十娘一瞅，心里忽然感到一阵刻骨的悲酸，眼睛湿润了，有一种不可言状的激动积聚在心头。

二十二、聊天解闷

十娘年纪虽轻，但已饱经沧桑，对于李甲内心的苦衷，她是非常了解的。她本想将那只百宝箱立即取出来交与李甲，可是她又怕这样做会使他不图上进。为了自己一生的幸福，宁可让李甲多受些折磨，非至必要，决不资助李甲。

她要考验李甲是否真心爱自己。因此，这出苦戏还得继续唱下去。

吃晚饭的时候，李甲觉得有点头痛。十娘摸摸他的手，冷冰冰的，猜想他在外边受了些风寒，立即扶他上床，然后吩咐秋喜泡姜汤。

这一晚，李甲在床上辗转反侧，怎样也不能入睡。十娘怕他急出病来，心内十分不安。翌晨起身，李甲匆匆洗了脸，没有吃东西，又出街了。

雪未停，外边变成一片银世界。十娘坐在火盆边，尚且要发抖，想起正在街上奔走告贷的情郎，不禁泪流满面了。秋喜明白她的心事，劝她到隔壁月朗姐处去聊天，也好借此解解闷气。

这月朗姐是"迎春院"的第二块红牌，姓谢，与十娘最为投机。十娘没有事的时候，常找月朗下棋闲谈，如今有了李甲，两人间的来往就不像过去的那么亲密了。

谢月朗一见十娘，立刻含笑盈盈地迎上前来。

"听说十妹要从良了？"谢月朗表示了自己对杜十娘的关心。十娘直率地点点头，并不隐瞒。

"我真羡慕你！"月朗情不自禁地说了这句话，似有无限感触。但是十娘并无喜悦之情，相反地，她紧蹙着眉尖，脸呈悒郁。月朗问她为何愁眉不展？她说：

"老太婆要李公子拿出三百两纹银。"

"这有什么困难？"

"不瞒月朗姐，李公子为了我，已经将所有值钱的东西全部变卖了。"

月朗微微一笑，说："这三百两纹银也算不了是什么大数目，你随便拿一件首饰出来，也就可以对付了。"

二十三、寄存宝箱

十娘叹口气，身子朝前一俯，细声向月朗解释自己的苦衷："银子的问题实在是很容易解决的，只是知人知面不知心，我怕李公子见财忘情，失去了应有的风度。"

"你这人啊，也太过分了，既然已付出真挚的感情，就不应该再有不必要的猜疑。"

"话虽不错，但是——"杜十娘附耳上去，低声对月朗说，"我不让他知道我有钱。"

"这是什么意思？"

"我是一个出卖爱情的女人；所以不想像嫖客那样出钱去购买爱情。"

听了这句话，谢月朗若有所悟地"哦"了一声，点点头说："我完全明白你的用意。"

"所以……"十娘继续作了这样的一个要求，"我准备将一些首饰寄存在你处。"

"不怕我侵吞你的财产？"月朗打趣地问。

十娘的态度很认真："月朗姐姐，你我都是被侮辱与被损害者，这些首饰是我用血汗换来的，别人无法体会个中的痛苦，你当然会知道这些东西的得来匪易。为了这个缘故，我才决定将我一生幸福所系的东西——首饰箱，交与你保管。"

月朗终于敛住笑容，被十娘的话语感动得目瞪口呆了。十娘说：

"回头我将百宝箱拿过来。"

月朗非常激动地紧握十娘之手："你放心好了，我一定替你好好保管！"

下午，雪仍未停，整个北京城变成一片银世界了。杜十娘为了考验李甲的情感，将百宝箱寄存在谢月朗处。她的计划是：只要李甲肯付出真挚的情感，她准备在必要的时候，向月朗取回百宝箱，交与李甲，给他一个意外的帮忙。十娘虽然信任李甲；但是那一份自卑感是无法消除的。她究竟是个青楼妓女，即使从良后，也决不能用百宝箱里的财物洗去这个污点。所以在决心跟李甲南下之前，她必须明确知道李甲是否真心爱自己。

现在，李甲为了替她赎身，冒着大雪在外边四处奔走。雪愈大，十娘愈烦闷。

二十四、六院魁首

吃晚饭时，十娘端着饭碗，心里老是惦念着李甲，一口也吃不下。饭后，北风转劲，十娘心似刀割。

"天气这么冷，为什么还不回来？"十娘兀自坐在卧房里饮泣拭泪。

这样想时，李甲回来了。十娘问他："借到多少？"他摇摇头，用感喟的叹息代表回答。秋喜重新摆好碗筷，替李甲盛了一碗热饭。李甲一边吃，一边发脾气："世态炎凉，我已看够丑恶的嘴脸！"

十娘对他说："不要担心，还是由我来想办法吧！我有几个要好的小姐妹，也许她们肯帮助我一些。"

但是李甲却说："明天，让我再去试试。"

十娘不便劝阻，也就解衣就寝，好在限期尚有八天，无需急急拿出颈链来。

翌晨，李甲又是一早就出院，奔走竟日，依旧一无所获，回来时，垂头丧气，一句话也不说。

到了第四天，李甲在外边到处碰壁，自感羞惭，再也无颜回院去见十娘了。没有办法，只好到柳遇春处去借歇。

柳遇春是李甲在"国子监"读书时的同乡，国子监是国家设立的最高学府，明代初年，凡是秀才中的优秀公子或落第举人，始可入监读书，称作"监生"。柳遇春与李甲同为监生，再加上同乡之谊，所以彼此相处得十分投契。

遇春一见李甲，忙问："哟！你比上一次我见到你时消瘦得多了，究竟有什么心事？"

李甲长叹一声，将自己与杜十娘的事情，原原本本讲给柳遇春听。柳遇春听了，颇不以为然。他坚信像十娘这样的一个京中名花是绝不会有真情实感的。

"老兄，别痴心梦想了，"柳遇春说，"杜十娘是北京名妓，六院的魁首，即使要赎身，也不是三百两纹银可以解决的事。"

李甲极力为十娘分辩："你完全看错了，十娘与别的风尘女子不同，她有情有义，所以非常难得！"

二十五、投河不遂

柳遇春眉头一皱，久久默然。李甲一再求他资助，他正正脸色，说："不是我不肯帮助你，实在是因为这件事对你一点好处也没有。你想想看，你的父亲是谁？堂堂布政司老爷，肯不肯让自己的儿子娶个妓女回家？"

李甲给他这么一说，想辩，也找不到适当的话语。他对于十娘的感情是绝对信任的；但是一提起父亲，他就有点踌躇了。这一年中，他不知道接过多少封父亲的来信，父亲在字里行间，早已透露了对他的不满。如今，倘若他果真带着十娘回转绍兴，父亲当然不会接受的。想到这一层，李甲的信心动摇了。天色已晚，外边风雪漫天。柳遇春留他在家里暂宿一宵，他答应了。

这一晚，李甲借宿在柳遇春的书房里。躺在红木长炕椅上，两只眼睛老是痴望着墙上的四幅屏。这四幅屏全用飞金蜡笺衬底，画的是鸳鸯戏水和并头双莲。

他需要爱的温暖，又没有勇气面对父亲的严责；整整一年，他与十娘生活在一起，虽然穷，却一直有着戏水鸳鸯的快乐。现在，为了筹不到三百两纹银，竟产生了愚蠢的犹豫。想起千娇百媚的杜十娘，不禁心酸流泪了。他知道十娘已将爱的希望寄存在自己身上，但是自己却没有负起责任来爱。他对不起十娘，因此，感到了内疚。

早晨起来，遇春吩咐佣人准备了一顿丰盛的早餐待他。他心绪不宁，摇摇头，匆匆离柳寓。走上大街，风雪交加。李甲打了一个哆嗦，缩头缩脑地向前疾走。他不回"迎春院"，却向城外走去。城外有条河，河面尚未结冰。此时，天气寒冷，行人稀少。李甲站在木桥上，痴望着河水发愣。

他的内心中充满了矛盾，解决不了摆在面前的难题，在痛苦的煎熬中，惟有一死了之。

心一横，举腿跨上木桥栏干，正欲跳下时，忽然有人大声唤叫：

"李公子！原来你在这里，找得我好苦！"李甲回头一看，原来是迎春院的小厮四儿，愣了一愣，没有跨上栏杆，就被四儿一把捉住。

二十六、一百五十两

四儿焦急地问："李公子，你怎么可以寻短见？"李甲用含泪的眼睛睖着四儿，痴呆呆的，默默无言。四儿说："十娘在院中里等了你一日一夜，快回去吧。"李甲无颜再见十娘，听了四儿的话语后，摇摇头，感喟地叹息一声说："我今天没有空，你先回去罢。"四儿奉了十娘之命，到处寻找李甲，如今找到了，岂肯轻易放手。李甲扭不过他，只好垂头丧气地随他回院。

回到院中，十娘问他："昨天晚上在什么地方过夜？"李甲答："柳遇春家里。"十娘问："银子借到没有？"李甲耸耸肩，双手一摊。十娘说："你在京中也有不少亲友，难道人情真的如此淡薄，连三百两纹银都凑不足？"李甲鼻子一酸，眼睛发潮了。

两人潸然相对，久久默然。秋喜端茶来，扯扯十娘衣袖，意思叫她到外边去说几句话。十娘站起身来，走到门外，悄声问秋喜："什么事？"秋喜说："刚才四儿在城外见到李公子时，李公子站在木桥上，好像要投河自尽，你得小心留意他的行动。"十娘寻思一阵，说："吩咐四儿不要乱猜疑，李公子的日子过得舒舒服服，没有理由出此下策。"

话虽如此,十娘倒也开始惴惴不宁了,回入客厅,想劝慰他,又不敢揭穿他的心事,令他难过。她惟有强颜作笑,装作完全不知道李甲曾萌厌世之念。

她说:"不要担心,事情终归有办法解决的。"说罢,袅袅婷婷走入卧房,稍过些时,又从卧房走出来,手里捧着一堆白银。

李甲不觉发了一怔,忙问:"这些银子哪里来的?"十娘含笑盈盈地对他说:"公子,这里是一百五十两碎银,是我历年积下来的私蓄,你拿去吧,只要再设法一百五十两,问题就解决了。"

李甲惊喜过望,暗忖:"十娘已对我付出真挚感情,我能辜负她吗?我必须尽我能力所及,凑足三百两,也好给十娘过些快乐的日子。"

二十七、山西来客

李甲被十娘的真情打动了心,当天下午又冒着风雪出去想办法。在外边奔走一日,晚上回来时,依旧分毫无获。十娘见他如此狼狈,恨不得立刻凑齐了银两,交与鸨母,随他南下。但是十娘没有这样做,宁可让情郎暂时再多吃些苦,非继续考验他不可。李甲见到银子,颓唐之情尽失,虽然疲倦,也不气馁。

第二天早晨,吃过东西,他又出街去想办法。临走时,十娘无限依依地送他到楼梯口，细声对他说："公子，我的终身大事，全凭你的努力了。"李甲点点头，说："我知道，我知道。"

李甲走后，雪晴了。十娘独坐房内刺绣，静候佳音。午饭过后，李甲未返。十娘闲着无聊，取出琵琶，转轴拨弦，将内心的悒郁，全部发泄在弦在线。

楼梯上忽然传来一阵脚步声，零零乱乱，好像不止一个人。有人敲门，十娘放下琵琶，探手掠掠散在额前的鬓脚，走过去，拉开门，一看，竟是鸨母。

十娘大失所望，那鸨母却堆上一脸阿谀的笑容，眯着眼，说：

"儿啊，你真有福气，大同县的李大官人特地从山西赶来，给你挑来了多少礼物，穿的，戴的，装满四大箱，够你享受一辈子的了！"

听了这些话，十娘将脸偏过一边，厉声疾气地答了两个字：

"不要！"

鸨母碰了个硬钉子，有点气恼，可又不好意思当着李大官人发脾气。没有办法，只好再陪笑脸："儿啊，你年纪也不小了，为什么还是这样不懂事？人家李大官人乘兴而来，总不能叫他败兴而去。"

"这是他的事！"

鸨母见十娘态度如此倔强，心里满不是滋味。回过头去对身后的李大官人一瞅，李某表情尴尬，显然受窘了。鸨母是个开妓院的人，怎能随便得罪嫖客？于是正正脸色，一脚跨过门坎，推推搡搡地将十娘推到靠墙处，轻声责备她：

"你怎么啦？这李大官人一年难得来一回，就摆出这副嘴脸，叫人怎样下台？"

二十八、没趣的寻芳客

"妈妈，"十娘据理力争，"我们有约在先，期未满，我是决不接客的。"

鸨母又气又急："傻丫头！你……你怎么这样不明事理？人家李大官人远道而来，送你这么多礼物，没有别的打算，只想跟你喝上一杯两杯的，你又何必如此认真。再说，李甲这穷小子又不在这里，你怕什么？"十娘说："这不是怕不怕的问题。"鸨母立刻露了笑容："既然不怕，我就去吩咐下面摆酒了。"十娘连忙频频摇头："不，不，我不能陪他喝酒。"

鸨母困惑地问："为什么？"

十娘说："我与李公子早有约言，彼此皆不怀二志，妈妈，请你不要逼我太甚好吗！"

鸨母脸孔一板，咬咬牙，对十娘身上看了又看。半晌过后，伸出手来，愤然掴了十娘一巴掌："贱货！别惹老娘动气！今儿个，你爱接就接，不爱接也得接，不由你来作主！"

十娘不说话，双手蒙住脸庞痛哭。

鸨母悻悻然走出房门，吩咐王八、四儿等人立刻摆下酒席。倒是那李大官人自感没趣，笑嘻嘻地对鸨母说："妈妈，既然十娘心绪不好，也就不必惊吵她了！"

鸨母大急，惟恐那业已到手的四大箱礼物又被抬了出去，连忙拉住李大官人，怎样也不肯放手：

"大官人，十娘的脾气，你是知道的，只要一杯下肚，就什么事都没有了。大官人，请你无论如何赏个脸，别叫人讪笑'迎春院'的妈妈不懂礼貌。"

鸨母说出这番话时，语气近似哀求。

那李大官人低头沉吟了半晌，总觉得花了银子来看妓女们的嘴脸，实在不是聪明人做的事情。因此，欠身对鸨母作了一个揖，颇表歉意地说：

"妈妈，请原谅，小生另有他约，改日再来打扰。"

此话说来十分勉强，既有约会，何必来此，显然是推托之词；但是鸨母只好眼巴巴地望着他的背影，让他带走四大箱礼物。

二十九、再求遇春

李大官人走后，鸨母气得心胆俱裂，猛一转身，怒冲冲地闯入十娘房内，擎起鸡毛帚，向十娘身上疯狂乱抽。十娘咬牙切齿地忍住痛，虽然噙着眼泪，却不呼喊。四儿和秋喜闻声赶来，夺去鸨母手中的鸡毛帚，将她拉了出去。十娘又挨了一阵毒打，身上痛，心里却充满了喜悦。她知道再过几天，就可以跳出火坑了。十娘从良之心已决，没有任何东西可以阻止她。

晚上，李甲回来了，依旧没有借到银子。事情显已无望，李甲精神颓唐，意志消沉。十娘劝他不要灰心，好在限期未届，明天再出去试试。李甲摇摇头，说："整个北京城，已经没有一个人同情我了。"十娘问："柳监生呢？"李甲说："他虽然是一个例外，但是没有钱。"十娘说："你不妨再去找他一次。"李甲摇头叹息："如果他有银子的话，他早就借给我了，问题是，他自己也没有。"十娘说："他没有，也许他的朋友可以帮助他一些。"这句话终于提醒了李甲，咬咬牙，决定再到柳寓一趟。

翌晨，李甲走出院子，去到柳寓。遇春正在书房中读书，见到李甲立即欠身请他坐下。

"十娘的事，怎样了？"柳遇春问。

李甲从衣袖里掏出一百五十两碎银来，摊在桌上，开始为十娘分辩："你说十娘是个六院魁首，决无真情，如今，她看我到处碰壁，终于将自己所有的积蓄全部拿了出来，共计一百五十两，尚少一半。"

柳遇春见到雪白的银子，才相信十娘已对李甲付出真挚的情感，点点头，说："想不到风尘中还有这样多情的女子，李兄，你有福了，我赞成你娶她为妻。"

"但是……"李甲期期艾艾地说出自己的困难:"那老鸨要三百两纹银始肯放十娘。"

柳遇春略一沉吟,说:"我虽然穷,可是我还有些亲戚朋友,这一百五十两银子,我一定帮你筹。你暂时住在这里,等我筹足了数目,再回院接十娘出来。"

三十、期限届满

柳遇春不失为一个有义气的朋友,自己拿不出银子,但是感于十娘之诚,竟代李甲出去谋借。奔走三天,终将银子凑齐。

李甲喜极,一再向柳遇春作揖致谢。柳遇春将三百两银子包好,交与他,叫他行路小心,千万不要给歹徒抢去。李甲捧起银子,匆匆告辞。柳遇春故意调侃他:"何必这样性急,吃了早点再走也不迟。"李甲频频欠身,说了一声"改日再来",便飞也似的奔上大街去。

回到"迎春院",十娘正在梳头。李甲将包袱往桌上一放,透口气,笑嘻嘻地对十娘说:

"银子凑齐了。"

十娘喜不自胜,立刻走过来观看,解开包袱,果然是三百两雪雪白白的纹银,忙问:

"谁帮的忙?"

"柳遇春向亲友借来的。"

"那柳公子真是好人，我们回到绍兴后，一定要设法好好报答他才是！"

李甲听了这句话，忽然敛住笑容。十娘问他："何故发愁？"他说："我们连路费都没有，怎么动身？"十娘露齿而笑了，冉冉走入卧房，又取了一包碎银出来："公子，这是我昨天向几位姊妹商借的，数目不大，可也足够我们搭船回绍兴了。"

至此，李甲才松了一口气，心忖：事情已经走了九十九步，只差一步，就可以双宿双飞了。十娘拨指一算，刚刚十日，连忙包好银子，准备下楼去找鸨母。就在这时候，楼梯上忽然响起零乱的脚步声，拉开门一看，原来鸨母带着一帮人上楼来了。

鸨母一见十娘，涎着脸，用鄙夷不屑的目光对四周瞅了一瞅，冷冷地问：

"怎么啦？今天是第十天了！"

十娘立即陪上笑脸，柔声细气地说："承妈妈厚意，正欲相请。"

"不必多讲，有银子，赶快拿出来！"

"如果没有呢？"

鸨母嗤鼻冷笑："那就休怪老娘无情了！"

三十一、反悔

十娘斜着眼珠对李甲看看，李甲明白她的意思，当即走入卧房，将包袱取了出来，往桌面上一放。

李甲说："纹银三百两，分毫不缺。"

鸨母一见银子，默然变色。她原以为李甲已经山穷水尽，绝对拿不出这么多银子的，如今纹银放在桌上，心里不免有点后悔了。

"孩子，"她皮笑肉不笑地对十娘说，"上次的话，我是跟你开玩笑的，你怎么可以当真？"

十娘知道鸨母反悔了，心中很气，本想反驳她几句，又怕她老羞成怒，反将事情弄坏，以致功败垂成，不若暂时耐下性子，好言好语的：

"妈妈，我在院中度这朝秦暮楚的日子已有七个年头，在这七年来，不知替你挣了多少金银，今天从良的事情，是妈妈亲口答应的，岂可食言反悔？"

鸨母见十娘态度坚决，马上摆出一面孔不好惹的神气，扁扁嘴，回过头去对李甲说：

"哼！三百两纹银就想买走我的十娘了，天下哪有这样便宜的事？李公子，你是读书明理之人，当然知道我在跟你开玩笑。"

李甲至此也就不再畏缩了，用冷峻的眼光对鸨母看看，然后狠巴巴地说：

"三百纹银已经全部放在桌上了，不欠分毫，又不曾过了限期。"

鸨母听了这句话，自知理屈，腿一软，木然坐在檀木椅上。十娘见她仍在犹豫，立即加上这么几句："妈妈，你若反悔，叫我今后如何再做人。如果李公子捧了银子离去，我必即刻自尽，到那时，人财两空，妈妈悔之莫及了。照我看来，妈妈还是收留这三百两纹银的好，虽然不多，可是终归是银子。"

老鸨哑口无言，呆了大半晌，找不出适当的话语来分辩，心一横，终于大声咆哮起来：

"好！你要走，我也留不住！不过，这迎春院向来有个规矩，从良的可一样东西也不能带走！"

三十二、离院

十娘狠狠地对鸨母一盯，那眼睛里仿佛有一撮怒火在燃烧，灼灼的，一直盯到她心里。

"难道连我身上的衣服都要脱下？"十娘问。

鸨母咆哮如雷："你身上的穿戴衣饰都是我的，脱下来，一样都不准带走！"

十娘霍然站起，将头上的耳环发簪之类统统取了出来，然后撇撇嘴，冷笑着说："所有的东西都还给你了，只是身上穿的这件衣服，如果你要的话，就得叫王八来脱！"

鸨母对王八使使眼色，王八挪前两步，正欲伸手去脱十娘的衣服时，十娘两眼一瞪，吓得王八怯然倒退。十娘"哼"了一声，用胜利的目光对四下瞅了一圈，看到秋喜，不禁泫然涕下了。

　　"再见吧，秋喜，我到了南方一定托人带信给你，不要惦念我，今后务须好好做人。你待我的好处，我一辈子也不会忘记的。"

　　秋喜听了她的话，心里有一种难言的激动，未开口，已经泣不成声。

　　十娘说："不要难过，回头到徐素素姐处去等我，还有话跟你说。"

　　秋喜点点头，用手绢蒙住鼻尖抹泪。十娘头一昂，非常坚定地对李甲说："走吧！"

　　两人走出房门，下楼。李甲有意雇一顶轿子，先送十娘到柳遇春家去暂住，但是十娘说："院中众位姐妹，平日待我不错，昨天还凑了路费给我，今天我跳出火坑，不能不向她们道谢告辞。"李甲颔首允诺，并将柳寓地址告诉她，嘱她离院时，自己雇轿前去。十娘摇摇头，说："你在门口等我，回头我带你到徐素素处去借宿一宵。"说罢，就婀婀娜娜地走入月朗房内。月朗一见她，就噙着眼泪说："十妹，听说老太婆已经答应放你走了，我真替你高兴。"十娘咬牙切齿地："那老太婆实在狠心，我替她挣了这么多金钱，她却连一件衣服也差点不肯让我穿走！"月朗说："幸亏你有先见之明，早将那只百宝箱寄存在我处。"十娘感喟地叹息一声："如果不是这样，那就不堪设想了。"

三十三、素素饯行

月朗问她："要不要带走百宝箱？"十娘说："我现在拿在手里的话，给老太婆看到了，不被她夺去，才怪哩。"月朗问："你打算怎样处理？"十娘说："李公子现在门外等候，我打算带他到后街徐素素处去寄宿一宵，你若有空，晚上悄悄地将百宝箱带出迎春院，到素素家来与我相会。"月朗频频点头，认为此计甚善。

两人暂告分手。十娘走出迎春院，站在大门口，回过头来，对这万恶的妓院作最后一次的端详，心忖："我总算跳出这罪恶之所了，今后自当细心服侍丈夫，做一个贤妻良母，也算不枉我在院中吃的一番苦楚。"

这样想时，李甲扯扯她的衣袖，叫她不必留恋。十娘说："我哪里是留恋这吃人的火窟，我只是想留个深刻的印象，来日遇到什么痛苦时，忆起这可怕的迎春院，心境可以宽舒些。"

李甲急于离开此地，拉着她向徐素素家疾步急走。徐素素也是一个名妓，住在"迎春院"邻近，与十娘非常亲厚。

素素见到十娘时，不觉发了一怔，忙问："你怎么啦？头发蓬蓬松松的，一件首饰也没有。"十娘感喟地叹息一声，然后将三百两纹银赎身的经过，原原本本，讲与素素知道。素素听了，很替她庆幸，立刻吩咐丫头备酒，广邀姊妹。一会，月朗来了，将百宝箱私下交与十娘。李甲正与素素闲谈，未曾注意及此。

饮酒时，秋喜也来了，大家团坐一桌。十娘送了秋喜一些银子，希望她早日找个老实男人出嫁。席间，吹弹歌唱，有说有笑，十分热闹。饮至中宵，十娘向众姊妹一一道谢。月朗说："十妹有了确定的行期，吾辈当另行设筵饯行。"十娘说："行期确定后，当来相报。"说罢，纷纷离去。

这一晚，十娘与李甲暂时寄宿在徐素素让出来的卧房。

两人好像脱笼之鸟一般，心情十分愉快。十娘已经恢复自由身，在欣喜中，仍不免有些担忧。

三十四、苏杭浮居

五更时分，十娘因为情绪兴奋，怎样也无法入睡，偏过脸去望望李甲，李甲也瞪大了眼睛，对着帐顶发愣。

十娘问："公子，我们此去，将在何处安身？"

李甲略显踌躇，答道："我也正为着这个问题而感到烦恼。"十娘问："为什么？"

李甲说："家严如果知道我与你结为夫妇后，一定不会收留我们的。"

"那怎么办呢？"

"目前尚无万全之策。"

十娘抿嘴不语，对当前的情势仔细考虑一下，觉得让李甲去跟父亲顶撞，实在是一个不智的行为；且布政司生性固执，对人对事皆有成见，决非他人的言语可予影响者。因此，如果没有更好的办法，只有暂时到苏杭等地去浮居一个时期，待布政司怒气稍减时，让李甲先回绍兴，恳求至亲好友到父亲面前去劝解和顺；希望能够获得老人的谅解后，再接十娘回里。

李甲听了十娘的计划，认为相当安妥，点点头，说："就这样办吧。"

第二天，二人起身，辞别素素，搬往柳遇春处暂住。素素留他们住多几日，十娘说："反正搬过去后，我们一样可以来往的。"素素当即吩咐丫头去叫轿子。

抵达柳寓，李甲亲自进去通报，柳遇春闻讯，连忙出来相迎。十娘一见柳遇春，立刻侧身下拜，感谢他周全之德。柳遇春忙不迭叫李甲扶住，摇摇手，说："不可行此大礼。"十娘说："此番全仗大力相助，衷心感激。"柳遇春说："这是小事，何必挂齿。想十娘能不因李甲病穷而变心，实为女中豪杰！"

说罢，柳遇春迎他们进入客厅喝茶小歇。谈起今后的一切，柳遇春对十娘暂往苏杭浮居之议，极表赞同，认为这是最妥当的办法。

当天晚上，柳遇春在家设宴款待他们两人，席间，见十娘丽质天生，仪态大方，暗暗为李甲庆幸。

三十五、忠言

　　当天晚上，十娘因为感到疲惫，兀自上床先睡。李甲则与柳遇春
在厅里下棋，遇春说："十娘乃是六院魁首，竟能不嫌贫穷，实在非
常难得，希望你好好对待她，不要辜负她的一番美意。"李甲点点头：
"年兄所言极是，愚弟自当牢记在心。"遇春抬起头来，鼓大眼睛对李
甲愣了半晌，然后一本正经地问："你打算什么时候跟她举行婚礼？"
听了这个问题，李甲眉头一皱，踌躇久久，结结巴巴地说不出一个具
体的答复："我想……暂时……无法提这……"遇春正正脸色，问：
"难道你还不信任她？"李甲连忙摇摇手："不，不，不是这个意思！"
遇春追问一句："那么，你的意思是什么？"李甲经不起遇春一再的逼
讯，终于将自己的心意讲了出来："这件事必须先禀告父亲知道，才可
以作一决定。"遇春问："万一令尊不答应呢？"李甲不假思索地答了
一句："那就只好不举行婚礼了！"

　　柳遇春听了李甲的答话，心一沉，身子往后一靠，面色苍白得怕
人。李甲忽然惊骇于自己的失言，颇感窘迫，两眼直直地望着遇春，
仿佛小孩子做错了事，在等待大人的饶恕一般。

　　遇春嘘口气，用低沉而持重的嗓音对李甲说："十娘是个好人，你
不能辜负她！"李甲低下头，噤默了好大阵子，问："依你之见？"遇
春说："照我的意思，你们应该在这里先结了婚，然后再南下。十娘是
个女人，如果未曾拜过天地就跟你回绍兴的话，路上是很不方便的。

再说，像十娘这样有义的女子，被你找到了，总算你有运气，何必三心两意呢？"李甲极力为自己分辩："并非我三心两意，只因手头拮据，不敢有此想念。"遇春说："婚礼不在仪式的隆重是否。"李甲说："但是没有银两总不能办此大事。"遇春说："这个你不必担心，我虽然穷，总还有些小办法。"李甲站起作揖，遇春这才露了安慰的微笑，陪他走到书房门口，祝他睡后做个好梦。

三十六、结婚

这一晚，李甲果然做了一个梦，但并不像柳遇春预祝的那么好。他梦见自己带了十娘回到绍兴，见到父亲时，父亲大发雷霆，将他逐出家门。

翌晨醒来，李甲将梦中见到的情形告诉十娘，十娘笑笑，说梦与事实往往是相反的，不必介意。李甲又将柳遇春的意思讲了出来，十娘大喜，马上梳头穿衣，雇一乘小轿，独自到徐素素处去谋借结婚费用。十娘去了两个时辰，回来时捧着一包碎银。李甲拿出来点数，不算多，总共二十余两，但是用以举行婚礼，倒也相当足够了。

柳遇春是个极有义气的朋友，借了一百五十两纹银给李甲，还将自己的书房让给他们住，如今，又出力帮同他们筹备喜事。

喜事进行很顺利，不到三天功夫，所有琐碎的事情已经完全办妥了。发请柬时，李甲只发几位曾在国子监一起求学的监生，京中的父执辈一概不邀。

大喜日，天气晴朗，虽然寒冷；但阳光明媚。柳家的客厅暂时充作礼堂，两旁挂满了喜帐贺联，红底金字，一派新气象。礼堂中间放着一只红木长条桌，桌上燃烧着一对龙凤花烛，烛光跳跃，象征着一对新人心头的喜悦。

十娘穿着红缎绣的花服和大红缎绣的百褶裙子。她是一个妓女，纵然是六院魁首，也从来没有穿过大红颜色的衣衫。根据上代传下来的规矩：凡是当妓女或为人偏室者，皆不能穿大红。但是今天不同，她已从良了，而且嫁的是布政司的公子，穿大红谁也不能反对。

十娘在迎春院中度过这么长久的苦难岁月，日盼夜祷，无非希望有朝一日能够堂堂皇皇地嫁个好丈夫。如今，这个愿望已经成为事实，能不欣喜若狂？

拜过天地神明后，十娘在喜娘的陪同下，冉冉走入洞房。所谓"洞房"，实际上就是遇春的书房，只是八仙桌上有对龙凤喜烛，烛光射照之处，皆有绣花红巾铺盖，处身其间，令人有新的感觉。

三十七、洞房花烛夜

天黑时，贺客们在灯火辉煌的箫鼓竞奏中，同席对杯，以烧酒补偿自己的疲劳。新娘子照例出来敬酒，惊人的明艳使贺客们个个瞪大了眼睛。大家都说李甲有福气，娶到了美若天仙的杜十娘。

筵席散后，监生们还有兴致闹新房。十娘是男人堆里长大的女子，今晚却被他们闹得连头都抬不起来了。按照一般的习俗，闹新房不分老幼，谁都可以肆无忌惮地说些话，纵或说错了，只要迹近戏谑的，也不会遭人责备。于是，有个多嘴的监生竟提出这样要求：

"请新娘子报告一下迎春院里的恋爱经过！"

这句话，逐个字镌在李甲的心板上，使李甲非常难堪了。有些识趣的，知道李甲受不了侮辱，趁早偷偷溜走，免得再"闹"出什么不愉快的事情。

中宵时分，贺客们散光了，只有遇春一个还在新房陪着一对新人。

遇春说："你们也累了，快上床休息吧。"

说着，挪步走出房门，转身将门轻轻掩上，蹑足而去。新房终于静了下去，十娘坐在床沿上，等待李甲唤她解衣就寝。但是，李甲却站在窗边对月下的景色发愣。天气仍寒，开着窗，容易着冷。十娘也顾不得礼俗了，款款站起，走到李甲背后，轻声而又体贴地说："外边风大，把窗子关上了吧？"

"不用你管！"李甲的语气竟如此得难听。

十娘有点气，只因这是新婚第一夜，不能吵嘴，忙把冤气吞下肚中，细声柔气地说："时候不早，也该休息了。"

"你爱睡，你自己去睡好了，谁也不阻止你！"

"公子你……你怎么啦？是不是刚才闹新房时，有个监生讲了几句笑话，你认真了？"

"笑话？那样刻薄的话语，能当作笑话来听吗？"

"公子，你何必生这么大的气呢？今天是我们大喜的日子，应高高兴兴的。我相信那位监生并不是存心要调侃我们的。"

"哼！难道你要一辈子忍受别人的侮辱吗？"

三十八、刺喉

十娘哭了，哭得非常哀恸，没有解衣，就倒在床上。从痛苦的过去想到绝望的将来，泪水就像泉水一般涌了出来。她千辛万苦地摆脱了老鸨的束缚，刚刚跳出火坑，以为从此可以过一些平安的日子，不料为了过去的污点，竟在新婚第一夜就遭受李甲的奚落。

她想：李甲如果不肯原谅她的话，就不应该娶她为妻，既然请过酒拜过天地，就该将过去的一切忘记得干干净净。

难道李甲连这一点器度都没有？

如果他永远忘不了过去这丑恶，以后的日子怎么熬？

想到这一层，十娘恨不得立刻离开这龌龊的人世间了。她纵身起床，三步两脚地走到书桌边，拉开抽屉，找到一把剪刀，擎起来，正欲往喉头猛刺，终被李甲及时阻止。

李甲惊慌得面无人色，抖着声音问："你……你……这算什么？"

十娘哭得像个泪人，苦苦哀求李甲："让我死去吧！让我死去吧！"

李甲受了感动，自己也哭泣起来，两腿一软，跪在地上，恳求十娘宽恕他，说是自己情绪不好，无端端地发了不应该发的脾气。十娘究竟是一个女人；而且早已将所有的希望寄托在李甲的身上，见他自认错误，心里益发难受了，忙不迭地扶他起身。两人拥抱在一起。

庭园里传来更夫的梆竹声。已经三更天了，李甲亲自走去关上窗户，搂住十娘，两个人亲亲爱爱地度过了良宵，将闹新房引起的烦恼全部抛开……

新婚后的甜蜜生活，使十娘忘却过去所受的一切痛苦。她死心塌地地爱着李甲，尽可能让李甲感到舒适。

李甲也许是太过舒适了，住在遇春家中，一直不提南返的事。遇春为人素重情义，只要李甲喜欢住下去，他是绝对不会催他们走的。倒是十娘，总觉得长此打扰别人，决非智者之策。因此，当李甲情绪好的时候，十娘终于向他提出了这个问题。

三十九、起程

李甲对南返的问题似乎并不积极，只是懒洋洋地答了一句："何必这么忙呢？"十娘说："我们总不能老在这里住下去。"

李甲问："是不是柳遇春讲了什么不好听的话语？"十娘摇摇头，

说："没有。"李甲说："既然没有，不妨再多住几日。"十娘说："人家待我们好，我们不能尽给人家添麻烦。"李甲问："依你之见呢？"十娘说："我以为还是早日起程的好。"李甲沉默不语。

这难堪的沉默，使十娘感到了某种威胁；但是她绝不惧怕。她认为世界上决不会再有什么东西比老鸨的嘴脸更可怕的了。跳出火坑后，快乐冲昏了十娘的理智，只知道自由之可贵；因此忽略了现实的丑恶面。她担心的是：布政司肯不肯拿出勇气来接受一个妓女作为儿媳妇？为了这个缘故，她一再催促李甲起程，俾能早日获得答案。

过了三天，他们终于择定起程的吉日。十娘差人送信给谢月朗和徐素素，致谢并辞行。临行时，轿子纷纷抬到，十娘拉着李甲到柳遇春面前，含笑盈盈地说："多蒙柳公子大力相助，我俩始有今日，此种恩典，定当永志不忘。"柳遇春当即吩咐小厮取酒来，向李甲夫妇敬酒三杯，说："十娘情意坚决，实属难能可贵，今以水酒三杯，敬祝两位一路顺风。"十娘连忙举杯还敬，说："祝君健康！"

遇春侧过脸去，殷殷地叮嘱李甲："回到绍兴，应以理智说服令尊，切勿意气用事。"

李甲点点头。

两夫妇正欲拜别遇春，月朗和素素赶来送行了。月朗手持干点心一盒，交与十娘，以便他们路上充饥。十娘感动得心里有一种不可言状的激荡，说是欢喜，倒也有点像悲伤。女人们逢到离别的场合，少不免总要流几滴眼泪，何况这一次分手不知何年何月始能重逢。

轿夫们一再催请，十娘这才抹干泪水，向众人告辞。众人依依不舍，追他们上了轿子还跟在后面，走到崇文门，一声"珍重"，挥手而别。

四十、前往潞河

天气晴朗，碧空如洗，阳光和煦地照着大地，虽属初春，也令人有暖的感觉。官道极平坦，两旁新柳摇曳，麻雀啁啾，处身其间，宛若仙境。十娘在迎春院的时候，几年难得出城一次，今天看到这如画的景色。立刻掀起美好的感觉，将刚才因离别而引起的伤感，全部抛却。

当天晚上，他们寄宿在一家"招商店"里。粗茶淡饭，倒也别有一番情趣。十娘高兴得如同刚下了蛋的母鸡，咧着嘴，常常露齿而笑。李甲则相反，绷着脸，紧锁双眉。十娘是个从小在风尘中打滚的女子，男人们的心事，一过眼，就可以猜料得出几分。

"李公子，"她笑嘻嘻地说，"何必这样愁眉不展的，想令尊乃是堂堂布政司，知书明理，只要你肯用心解释，决不会说不通的。"

李甲叹一口气，不作任何表示。

翌日起身，吃过早点，吩咐店小二算账，付清膳宿费用，继续乘轿去潞河。

气候暖得出奇，乌云像一堆棉花团，将个天遮得黑压压的，眼看又要落雪了。十娘有点担心，李甲建议换乘马车。于是付清轿夫费，改雇马车疾驶潞河。

两人坐在车厢里，被车子颠簸得头昏脑胀。十娘手捧百宝箱，差点弯身呕吐。

过了两个时辰，瘦马也奔得疲惫了，尽管马夫扬鞭吆喝，车子却在官道上慢吞吞地驶行。十娘这才松了一口气，笑嘻嘻地自言自语：

"虽然马车有点颠簸，可是，我很愉快！你呢？"

李甲仍然摇头叹息，只是讪讪地用手一指："你看，潞河在望了！"

十娘偏过脸去，眯细眼睛远眺，果见前面有个大河集，河上帆樯杂沓，人声喧哗，很是热闹。

抵达潞河，李甲夫妇舍陆从舟，准备由此搭船南下。

李甲付了马车费用，先带十娘到埠头茶亭去小歇，安顿了十娘之后，自己匆匆赶去大河集找船。

四十一、租船

不足一袋烟的时间，李甲气喘吁吁地奔回茶亭，对十娘说："巧极了，恰好有一艘瓜州差使船载货到此，正欲转回，舱户皆空，愿以低价包与我们搭乘。"

"那就再好也没有了。"十娘喜不自胜。

"但是……"李甲愁容满面，似乎另有问题。十娘忙问："公子，你有什么心事吗？"

李甲说："那船钱虽已讲定，可是还没有交银两。"

"我在柳家给你的二十两碎银呢？"

"十娘，你也不想想，我在院中弄得衣衫不齐，银两到手后，当然要先去当店赎出几件衣服穿着，剩下来的钱，只够付与轿夫和马夫。"

十娘娥眉一皱，踌躇半日，两只眼珠骨溜溜地一转，对李甲说：

"公子千万不要担忧，你可记得我离开北京时众姊妹赠给我们的干点心吗？"

"记得的。"

十娘略微一停顿，斜着眼珠对李甲一瞅；然后娇滴滴地说："那不是一包干点心。"

"是什么？"

"一包碎银！"

"有这样的事？"李甲显然十分惊诧了。

十娘微笑着解释给李甲听："众姊妹知道我们身上没有银两，想赠送一些贴补路费，又怕我们不肯接受，故意说是干点心，其实包的是银两。"

李甲这才笑逐颜开了，忙问："有多少？"

"我没有点算过，究竟有多少我还不知道。"

"拿一点出来待我去付船费吧。"

十娘款款站起，走向墙边的行李堆，用锁匙启开一只红漆箱，撷取绢袋，探手袋中，掏出十几两纹银。

"拿去吧。"十娘说。

李甲接过纹银，既惊且喜："唉！如果不是爱卿，我李甲穷途末路，早已死无葬身之地了！"

十娘曲意抚慰："我们是夫妻，何必论恩德，快去付船钱。"

四十二、潞河上

李甲拿了银子，走到埠头，与撑船人敲定开船时间；就近找下几个挑夫，回入茶亭，将箱子竹篮等物统统搬上舱户。

这"差使船"专门载运货物，陈设比不上烟船或妓船，但是面积相当宽，河上驶行，十分平稳。十娘从来没有坐过船，如果船身经常摇晃的话，必会感到头晕，此刻碰巧找到一艘回程的"差使船"，那是再合适也没有了。

东西搬入舱户后，一切舒齐，十娘倚窗而坐，闲观河上景色。潞河的水，黑黢黢的，仿佛酱油一般，有点臭。邻近泊着几条烟船，浓烈的烟味冲淡了河水的臭气。十娘问李甲："为什么河水会发臭的？"李甲说："春雨未落，河水不涨，因此产生一种泥滞的气味。"十娘颇感好奇，贪婪地凝视水上人家的动态，怎样也不肯离开舱窗。

天黑了，河上岸上，到处亮起点点灯火。撑船人已经在前舱摆好酒菜，催他们快吃，说是吃过晚饭，立刻开船。

十娘起先以为船上的饮食必定粗糙得不堪下咽；但是坐上酒席时，才知道撑船人也相当慷慨。桌面上摆满好酒好菜，一点都不吝啬。

吃过晚饭，船儿开动了。夜色渐浓，两旁河岸已不见灯火。十娘暗自忖度："我终于踏上新的人生道路，只要布政司肯点头，就可以舒舒服服地过下半辈子了！"

但是李甲的心情却并不像她那么轻松；他怕父亲不让十娘进门。两人相对而坐，十娘用灼灼的目光凝视李甲。十娘说："我真快乐！"

李甲爱理不理地问她："是不是因为脱离了迎春院？"

十娘说："这是一个原因，不过，主要的是：我终于有了一个甜蜜的家！"

提到"家"，李甲想起了严厉的父亲，心里不免感到局促不安了，沉着脸，不再出声。他并非不爱十娘，只因十娘是个妓女，回到绍兴后，尽管掩饰，也避不了众人的耳目。这丑恶的事实，犹如白布上的油渍，怎样也洗不掉。

四十三、梦回绍兴

毫无疑问地，李甲开始失悔于自己的荒唐了。

这天晚上，李甲做了一个梦，梦见回到了绍兴的老家，趑趄在

"布政司府第"门口，不敢走进去。这是一座封建气息非常浓厚的大宅第，围墙很高，缠有须蔓缭绕的朱藤。两扇黑漆大门，仿佛一个盛怒者的嘴巴，紧紧地关闭着。门上装着一对擦得亮晶晶的铜环，铜环旁边，左右各贴着春联一条，粗粗的笔迹，显出某种威严。门上挂着两只大灯笼，灯笼上用红朱漆着"李"字。四周很静，连鸟雀的声音都没有。一会，大门蓦地启开了，走出白发苍苍的老管家。

"少爷，原来是你回来了！为什么站在门口不动？我引你进去。"老管家说话时，充满了又惊又喜的神情。

然后，李甲跟他介绍十娘。

他撇撇嘴，用鄙夷不屑的目光对十娘身上一瞅。十娘有点窘，低着头，兜耳澈腮的涨得通红。李甲知道她受窘了，低声悄语地在她耳畔：

"不要怕，不要怕，见了父亲，任何忧虑都会消失的。"

两人跟在管家后面，走上厅阶，跨过门坎，抬头一看，只见父亲兀自坐在堂中，绷着脸，好像一尊金刚菩萨。

李甲与十娘同时跪在地上。李甲说："孩子拜见父亲大人。"布政司愤然以手击桌，大声问："你身旁的女子是谁？"

李甲怯怯地答："孩子……在北京时……已经结了婚。"布政司霍然站身，厉声疾气的："快快与我滚出去！谁要这种不三不四的女人做儿媳妇？"李甲极力为十娘分辩："大人，她虽然在风尘中长大，但是……她是一个好人。"布政司蛮不讲理，竟嘶声大嚷："来人啊！"此时，左右众仆童立刻一拥而至。布政司吩咐他们将李甲夫妇赶出府第……

李甲终于惊醒了，在睡梦中依旧狂呼"大人"不已。十娘也被吵醒，侧过脸去安慰他：

"公子，你怎么啦？"

李甲出了一身冷汗，对四下看看，才知道自己仍在船舱里，离家尚远。

四十四、船抵瓜州

十娘一骨碌动身下床，斟了一杯热茶，还绞一把手巾替他抹脸。

"你梦见了谁？"十娘问。

李甲不便将自己的事讲出来，只是摇摇头说："没有什么！没有什么！"

十娘见他不肯说，也就不加追问。

过了三天，差使船抵达瓜州，泊于岸口，准备再度运货北上。李甲夫妇必须另雇民船，继续南下。十娘在岸上看顾行李，交了些碎银给李甲，由他去与船夫接洽。稍过些时，李甲匆匆奔来，说是民船已经雇到，约定明日清晨剪江南渡。十娘问："今夜我俩宿在何处？"李甲说："既已雇到民船，就不必住招商店了。"这样，两人唤叫挑夫一名，将行李挑上民船。

是夜，月光皎洁，景色如画。吃过晚饭，李甲与十娘并排坐在船头上。

李甲说："自从搭乘差使船后，我俩局处舱中，一直不能毫无拘束地谈些话；如今，独据一舟，就不必有所避忌了。再说，瓜州为通江南必经之埠，何不趁此畅饮数杯，一舒数日来的悒郁？"

说着，李甲亲自到里边去端了一壶酒两只酒杯出来，一边斟酒，一边对十娘问：

"你没有到过江南吗？"

"没有。"

"江南是鱼米之乡，不同于北地风光，相信你见了一定欢喜。"

"只要同你在一起，即使是蛮荒之区，我也决不会出怨言的。"听了这句话，李甲又颓丧地皱起眉头来了。十娘知道他担忧的是什么；只是不愿意在这个时候扫他的兴，所以故意举起酒杯，装作非常愉快的样子。

"公子，今晚的月光特别美，让我们痛痛快快地喝几杯吧。"

李甲举杯一口呷尽，忽然兴冲冲地要求十娘唱一首歌给他听。十娘当即站起身来，走到舱内拿出琵琶，坐在铺毡上，轻轻唱了一曲《状元执盏与婵娟》。

李甲以扇按拍，意兴甚浓。

四十五、邻舟有耳

十娘五指飞舞，奏出铮铮乐音，兴致所至，竟引吭高歌了。歌声悠扬，惊动了附近船只上的搭客，各自撩开窗帘，侧耳谛听。

这时，旁边有一只陈设豪华的大船，船上只有一个乘客，姓孙，名富，徽州新安人，家里十分富裕，打从爹爹那一代起，就做盐生意，赚钱易如反掌，因此养成了一种玩世不恭的习气，常在无聊时到妓院里去寻欢作乐。此人生性轻浮，喜欢在脂粉堆中打滚，如今听到了美妙的歌声，立即奔出船舱，站在船头上，伫听半晌，在昏黄不明的灯光下，看不到十娘的倩影，正欲询问船夫时，忽然刮来一阵狂风，将江上的一部分灯火吹熄了。

歌声倏归沉寂，孙富回入船舱，暗忖："唱得这么好，一定不是良家妇女，若非有钱人家的宠姬爱妾，必然是妓女优伶。"

于是唤过仆人孙禄过来，命他乘坐小船，潜窥踪迹，打听那唱歌的女人是哪一条船上的搭客。

迟了一会，孙禄回来了，说是有位李相公雇的民船泊在码头附近。

"那唱歌的女子呢？"孙富问。

"来历不明。"

孙富沉吟良久，眼珠子骨溜溜地一转，立刻吩咐舵手将船撑过去，与李甲所雇的船紧紧靠拢在一起。

此时，北风呼呼，气候寒冷，天上乌云四起，将一轮明月也掩盖了。

孙富头戴貂帽，身穿狐裘，当然不会觉得冷，因此，推开窗户，假装欣赏江上夜景，其实无非想看看那位唱歌的女子究竟美得怎样。

事情也真凑巧，正当孙富凭窗远眺的时候，民船上的窗户忽然打开了，探出一个美若天仙的脸蛋，将一盆洗脸水倒在江里。

孙富给这惊人的艳丽震慑了，虽然是匆匆的一瞥，但已使他魂摇意荡，心神不属了。他若有所失地靠着窗棂，凝眸注目，希望有机会能够再见她一面。

四十六、上岸饮酒

孙富凭倚窗户，等候十娘再度出现；但是等了很久很久，总不见窗户启开，心中纳闷，仿佛上了锁一般，暗忖："我从未见过这样的绝色，既然遇见了，岂可随便错失这个机缘？"

这样想时，忽然以掌击膝，竟若有所获地提高了嗓子，大声吟了两句明朝高启做的梅花诗：

"雪满山中高士卧，月明林下美人来。"

那李甲正在舱中闲得无聊，听到邻舟有人吟诗，一时兴起，便走到船头去观看。

两条船早已靠拢在一起，相隔咫尺。

孙富看见李甲出来，知道李甲已中计，忙不迭又念了两句诗，念完，对李甲拱手作揖道："仁兄请了！"李甲当即欠身还礼，说："在下姓李名甲，浙江绍兴人，请赐台甫。"孙富微微一笑，极有礼貌地："敝姓孙，小字富。"李甲说："得悉仁兄，真乃小弟之幸也。"孙富说："天气寒冷，眼看就要下雪了，江上民船，遇风雪不能航行，我们不如到岸上去小饮几杯，聊以解闷。"

李甲踟蹰一阵，认为船上耽得太久，不若到岸上去借酒散闷，也好一舒积郁。

于是，回身进入内舱，将孙富的邀请告知十娘。十娘说："天色已晚，而且就要下雪了，何必再上岸去？"李甲说："正因为要下雪了，民船不能航行，耽在舱中烦闷，所以想上岸去散散心。"十娘不便再加阻拦。只好颔首允诺。

李甲换上一身浅蓝色的皮袍，走出内舱，跳到孙富船上，两人携手上岸。

走入酒楼，孙富叫了几盘可口的小菜，还故意烫了一壶绍兴酒，举杯对李甲说："萍水相逢，请受水酒一杯。"

李甲说："尊兄何必如此客气。"

接着，两人又叙了些"太学"中的事情，彼此对许多事物的看法都相当接近，因此，愈谈愈投机，愈谈愈亲热，最后，话题转到风月场中，志趣相合，一下子就变成相知了。

四十七、饮酒谈心

三杯下肚，天降大雪。孙富吩咐伙计再添一壶热酒，屏去左右，低声问李甲：

"刚才在船上唱歌的女人是谁？"

李甲有了三分醉意，用近似夸耀的口气答："她是北京城有名的杜十娘。"

孙富听了最后三个字，眼睛一亮，默然久久，心中暗自盘算：

"怪不得这么美丽，原来就是鼎鼎大名的杜十娘！我几次到北京都没有机缘见到她，今天居然无意间遇见了，岂可随便放走良机？"

因此，举起酒杯，堆上一脸阿谀的笑容，假情假意地说："老兄真好福气，来，来，干一杯！"

干了一杯后，李甲洋洋自得，笑得见牙不见眼。

孙富问："想那杜十娘，既是北方名花，怎么会跟随老兄南来的？"

李甲已有七分醉意，听了孙富的问话，竟老老实实将自己与十娘结合的经过情形告诉孙富。

孙富闻言，大感失望，暗忖："杜十娘既与李甲拜过天地，那就不容易下手了，不如死了这条心吧，天下美女多的是，何必去拆散这一对患难夫妻。"

想到这一层，立即将杯中酒一呷而尽；然后付了账，偕李甲一同走出酒楼。此时，大雪纷飞，路面泥泞。李甲饮多几杯，走路时身子常常失去平衡。孙富扶着他，两人跌跌撞撞地走回渡头。

李甲回入船舱，发现十娘独自一人坐在灯下枯候，也就大声憨笑起来了。十娘问他为何发笑，他说："我结识了一个好友！我结识了一个好友！"

第二天，风雪交加，江上大小船只，皆不能驶航。李甲因为隔夜喝醉了，一直到日上三竿才睁开惺忪的眼来。十娘早已准备了可口的点心，待他洗过脸后裹腹。李甲一骨碌翻身下床，匆匆洗脸，什么东西都不吃，就跳到邻船去找孙富。

孙富本已经放弃那陡起的邪念，再度见到李甲后，那邪念立刻像复燃的死灰一般重新滋生。

四十八、交浅言深

孙富想："天下美女固然不少；但是像十娘那样的绝色实属罕见。如今，李甲既然自己送上门来，不妨再陪他去喝几杯罢。"

两人当即跳上岸去，各自打伞，径向酒楼走去。

抵达酒楼，刚刚是吃中饭时候。坐定后，先干三杯。李甲举箸又放下，皱着眉，长叹一声。孙富问他："仁兄有什么化解不开的心事，可否讲与小弟闻听，也好让我为你分忧。"

李甲一味摇头叹息，似有难言之隐。

孙富何等刁钻，单凭李甲的神色，早已将他的心事看穿。因此，故意作关心的样子："仁兄能将这么一位如花似玉的美人带回家中，当然是一件值得骄傲的事，问题是：你有没有征得令尊大人的同意？"

这几句话，完全点穿了李甲的心事。李甲干了一杯，企图用酒来压制惊悸与烦闷：

"不瞒老兄说，我所顾虑的正是这件事！家严为人固执，决不会让十娘进门的。"

孙富将计就计，立刻追问一句："既然令尊不能兼容，你打算怎么办呢？"

听口气，孙富似乎非常关心李甲的处境；实际上，当然是别有用心的。李甲愚骏，不但无法察觉孙富的阴谋；抑且把他视作知己，推心置腹地将肺腑之言也讲了出来。

"这件事情，使我头痛极了。"李甲说。

"你该跟十娘商量才是。"

"商量过了。"

"她有什么更好的打算？"

"她的意思是：暂时侨居苏州，由小弟先回绍兴，然后恳请亲友求情于家严之前，希望他老人家能够让十娘进门。"

"万一令尊拒绝求情呢？"

李甲无可奈何地说："那就不知道应该怎么办了。"

孙富见他毫无主意，心中暗喜。于是像演戏似的对李甲说："办法不是没有。只是……"

"你我一见如故，仁兄有何高见，尽管直说可也。"孙富说："交浅言深，仁兄一定要见怪的。"

"不，请直说罢。"

四十九、彷徨

孙富沉吟一下，说："照我看来，令尊是掌一方重任的政区长官，对于男女交往的规矩一定是很严的。你若为了十娘而绝父子之情，那就未免太不值得了。说老实话，十娘虽然美，究竟是个妓女！"说到这里，孙富忽然堆上一脸阿谀的笑容，颇表歉意地拱拱手："仁兄，请勿怪我直言。"

李甲连忙摇摇手："哪里的话，希望你多多指点。"

两人各尽一杯，李甲紧蹙眉尖，似有无限心事。孙富打铁趁热，又加上了这么几句："再说，十娘的侨居苏杭，也决非长久之计。"

"为什么？"

"因为你既已违反令尊大人的意志，倘有所求，必遭拒绝。如此，你与十娘在苏杭的日常费用又从何而来？"

李甲听了，为之沉吟不置，垂着头，暗自盘算："这话说得一点也不错，我手头只有纹银五十两，此刻已用去大半，万一被父亲逐出家门，侨居苏杭，吃穿皆需费资，到了山穷水尽之日，又怎么办呢？"

正这样思忖时，孙富又拱拱手说："小弟还有一句心腹话，但不知仁兄肯俯听不？"

李甲心内激荡万分，瞪大了两只滴溜溜的眼，等待孙富把话语说出来。孙富顿了一顿，故意摇摇头，说："疏不间亲，多嘴不但得不到好处，反会引起不必要的麻烦。"李甲正感彷徨无主，见孙富欲言又止，忙不迭苦苦哀求，请他继续说下去。孙富正正脸色，说："常言道得好：婊子无情，烟花之辈，哪里会动真情感？杜十娘既是六院魁首，相识极多，将来遇到旧日相好，仁兄就非戴绿帽不可。"

李甲愈听愈心烦，脑子里像潮水一般地涌来了许多可怕的念头。他茫然若失地坐在那里，目无所视，冷汗直沁。

半晌。李甲抖着声音问："我应该怎么办呢？"孙富说："我是一个做生意的人，有了钱，也就心满意足了。你是官宦之后，有了钱，还得求取功名来光耀门楣，娶了十娘，无异将锦绣前途断送。"

五十、两全之计

李甲本来是一个没有主意的人，被孙富这么一说，心中更加惧怕起来。孙富早已识透李甲之忧，稍微用了些计，已经使李甲心神不属了。李甲站起身，伛偻着背，深深地向孙富作了一揖说："如今木已成舟，进退两难，不知仁兄有何解决办法？"

孙富不慌不忙地举起酒杯，呷了一口，皱皱眉，做出寻思的模样，然后若有所悟地以掌击桌："有了！"李甲立刻转忧为喜，忙问："仁兄请讲！"

孙富说："在目前这种情形下，你有两个困难的问题，一是怎样安排十娘的出路；二是囊空如洗，返回家园后必触令尊之怒，所以，我替你想出了一个两全良策。"李甲问："仁兄倘有良策使弟重温家园之乐，真不知道应该怎样感激你才好？"孙富说："但不知这个办法行得通吗？"李甲说："仁兄尽管直说无妨。"

于是，孙富终于说出一个不近情理的解决办法。他说他愿意付出纹银一千两，希望李甲将十娘让给他自己。这一来，据他的意思，十娘可以借此获得一个安身之所；而李甲也可以拿了银子高高兴兴地回转绍兴。然后，见到布政司时，只说这些银子是在北京当"授馆"（即家庭教师）时赚来的。布政司见到银子，当然会相信李甲所说的尽属真话了。从此转祸为福，合家可以和睦度日。孙富还说："并非小弟贪图女色，实在想帮助你一臂之力罢了。"

李甲听了，不知是计，还以为孙富为人有豪侠气，看见自己有困难，不但愿意出资相助；而且还肯设法收留十娘，真是少有的大好人了。

"承兄指教，茅塞顿开，但是——"李甲欲言又止了。孙富催他讲下去，他才嗫嗫滞滞地说："但是十娘待我甚厚，我必须回去跟她商量商量。"

孙富喜不自胜,又吩咐伙计烫一壶酒来。李甲几乎把十娘完全忘记了。饭后,孙富邀李甲上街去游乐。李甲贪玩,竟冒着风雪跟孙富到妓院去。

可怜爱情专一的十娘,这时还在船舱里枯候李甲。

五十一、变心

天黑了,黑得像漆一样,乌云滚滚翻卷,朔风呼啸。气候很冷,江上一片寒意。杜十娘摆好酒果,不禁打了个哆嗦,双手圈在嘴前呵了口热气,然后到后舱去取灯火,挂在篷档上。

"怎么还不回来?"

她开始焦急起来了,反剪双手,在舱房里踱来踱去,想走上甲板去等,外边风劲。

酒,刚刚烫好,酒壶嘴里还有热气往上冒,再过些时,就要冷却的。冷酒不能驱寒,然而李公子出去了一天,到此刻还没有回来。十娘等得心焦,蹑步走到船舱旁边,伸出纤纤玉手,轻轻揭起窗帘,身子往窗棂一靠,迎着小刀子一般的北风,眯细眼睛,远眺渡口。

渡口很静,只有渔火两三点。

迟了一会,小路上忽然有个黑影走来,身形颇似李甲,仔细察看,果然是李甲,心中不胜欢喜,忙不迭迎上前去扶他上跳板,小心翼翼回入舱房。

"你出去一天，把我等苦了。"她佯嗔薄怒地说。

李甲眉头一皱，有意无意地向她瞅了一瞅，脸一沉，竟掩面哭泣起来。

十娘大吃一惊，连忙斟了一杯热酒双手捧到他面前，体贴而又温柔地说："公子，你回得船来，为何闷闷不乐？"

李甲将脸偏过一边，咬着嘴唇，极力忍住不让眼泪流出来；但是泪水已像荷叶上的露滴一般簌簌滚落。

十娘见他不睬自己，心中更是焦急了，忙问："你我患难夫妻，你若不肯直言相告，我就更加难过了。"

李甲这才抽抽噎噎地对十娘说："唉！如果不是你委屈相从的话，我李甲早已沦落为流浪汉了。你的大恩大德，我一辈子也不会忘掉。不过……"

"怎么样？"

李甲顿了顿，张口结舌地继续说："我曾经一再仔细思量，总觉得不能跟你一同回家！"

听了这句话，十娘不禁怔住了。心忖："事情早已商量妥当，由我先在苏杭侨居一个时期，然后托亲友向布政司求情，再回绍兴。如今，他怎么忽然说出这种话来？"

五十二、绝情

十娘问：“相公，你这话是什么意思？”

李甲倒也老实，竟将与孙富在酒楼共饮的事，告与十娘知道。十娘大感诧异，认为李甲初到瓜州，哪里会有什么朋友。

李甲说：“这位孙富兄住在邻舟，是一位盐商，年少风流，颇有豪侠气。”

“你怎么会认识他的？”

李甲用衣袖抹干脸颊的泪水，怯怯地说：“昨晚孙兄邀我去酒楼小叙，彼此谈得十分投机。今天他又来邀我共饮，情面难却，只好冒雪前往。饮酒时，我将我俩结合的经过情形及欲归不得的处境对他说了，他听后，极表同情，最后终于为我们筹得一计。”

“他有什么良策？”十娘用淡淡的口气问。

李甲说：“只要我肯割舍夫妻之爱，他就资助我一千两纹银，可让我南返拜见父亲。”

十娘一听，仿佛给人在头上击了一锤似的，浑身发抖，脚弯软软地差点跌倒在地。但是，李甲完全看不出十娘内心的痛苦，依旧打拱作揖地要十娘成全，说道：“十娘，你是一个深明大义的人，请你成全我了罢，好让我们父子团聚。”

十娘忍不住嗤鼻冷笑了：“像我这样的女人还能值一千两纹银，也算是你的造化了！”

李甲听了这有刺的话语后，还极力为自己分辩："并不是我李甲狠心，只因家教森严，妯娌之间也不易相处，与其将来长期捱苦，不若此时一刀两断……"

十娘脸色刷地发青，抖着声音问："公子，你还记不记得当初的山盟海誓？你曾经亲口对我说过这样的话：天长地久决不分离；淡饭粗饭共度光阴。为什么一到这里，就变心了呢？"

"唉！"李甲长叹一声，说："我并非不知道你待我好，但是，你究竟是一个……是一个……"

"是什么？"

李甲期期艾艾地答了这么一句："你……究竟……是一个青楼女！"

五十三、决定投江

十娘佯装着有所悟地"哦"了一声，说："原来因为我是一个妓女，进不得你们宦家之门，所以你才变了心。但是，你与我是迎春院结识的，这迎春院就是出卖色情的所在，你并非不知道，为什么到了此地竟说出这样的话来？你为什么在北京的时候不仔细地想一想？"

李甲感喟地叹息一声，说："只怪我太糊涂，做事太大意。今天听了孙富之言，才恍然悟出自己的错误。"

"如此说来，你对我一点感情也没有了？"

"你待我的恩情，我将永铭在心。"

十娘气得眼前发黑，全身战颤，欲哭无泪了，心忖："那孙富固然可恶，自己的丈夫也不是一个好东西。既有山盟海誓在先，岂可效学王魁于后？"但是，追悔已经不能产生任何力量了，她必须接受这残酷的现实。在目前这种处境下，她只有两条路可走：一、李甲既然如此无情，索性依照他的意思，跟随孙富而去。二、李甲贪钱，拿出百宝箱来，让他立即改变初衷。

然而，这两个办法都行不通。第一，孙富是个坏蛋，跟他去，必无好结果；第二，用金银财宝来争回李甲的爱情，比纸还薄，一点价值也没有。

十娘愈想愈伤心，恨不得立刻跳入江中，死掉了，倒也可以省却许多烦恼。不过，转眼一想，这样死得不明不白，别人还当是失足落江，未免太便宜了这没有良心的李甲，要死，必须当着大家的面，将满腹悲怨全部说出来。杜十娘爹娘早已去世，知心的谢月朗和徐素素又远在京城，眼前最亲近的人只有李甲，不料，李甲竟忘恩负义地将她出卖了。她有怨无处申，惟有等待天明后，当众宣布李甲的劣行。

主意打定，心境倒也宽松了些，当即挪开脚步，冉冉走到窗边，撩起窗帘，呆磕磕地望着窗外的雪羽，不发一言。

李甲以为已经说服十娘，暗自欢喜，怯怯地走到她身后，轻声说："十娘，我知道你会了解我的心境的。"

五十四、不可后悔

　　十娘极力忍住不让眼泪流出来，但是想前思后，不免感到一阵刻骨的悲酸，泪水就簌簌地滚落两颊。窗外风雪交加，冷的风，冷的雪，冷的夜空，浸透了一颗冷的心。

　　人生草草，岁月匆忙，十娘万念俱灰，觉得这个世界一点温暖也没有。

　　李甲还在她背后絮絮地噜叨着，她听不清他在说些什么。此时，朔风呼啸，波浪汹涌，窗帘在风中飘舞，李甲伸手将窗户关上，十娘蓦地转过身来，问他：

　　"银子呢？"

　　李甲连忙陪上一脸笑容，颇表歉仄地说："这事未得你应诺，我不敢接受他的银子。"

　　十娘怡然一笑，故意用讥讽的口吻揶揄他："有了一千两纹银，不但你可以回家欢叙天伦之乐；而且我也可以有个安身之处，真是两全之计，再好也没有了。机会不可多得，明早快去应承了他，时间一长，也许他会反悔的。不过，一千两纹银不是小数，必须兑足后交与你之手，我才过船去！"

　　李甲这才听出话中有刺，当即眉头一皱，怪不好意思地对十娘说："事情还没有完全讲定，你若不愿意我这样做的话，我可以拒绝孙富的。"

　　十娘冷冷一笑："你心已变，何必再去拒绝孙富。你要知道，目前市面不好，肯出一千两纹银买一个妓女的人，实在不容易找。"

"如此说来，你已经答应了？"

"是的，我已经答应了。不过，有一点我必须郑重地声明。"

"什么？"

"我希望你不要后悔。"

李甲耸耸肩，暗忖："我的问题已经顺利解决，还有什么可以后悔的呢？"因此，牵牵嘴角，假情假意的，对十娘说："时候不早了，你也可以安歇了。"

十娘摇摇头，说："我还要梳妆一下。"

李甲颇为惊讶，瞪大了眼睛问道："半夜三更，还梳什么妆？"

五十五、对镜自怜

十娘噙着泪水，匆匆走到梳妆台前，对着镜子，企图从镜子里寻找自己薄命的征象。纵然在悲伤的时候，她依旧有着绝代的风华，那星一般闪耀着的眸子，那樱桃一般红润的小嘴，那瓜子脸，那笔挺的鼻梁，那乌黑的头发和皙白的皮肤，形成了一种飘逸的神采，令人见了，无不立即产生"醉"的感觉。

她痛恨自己太糊涂，竟将所有的希望全部寄存在一个薄幸的男人身上。对着镜子里的自己，极力忍住不让眼泪流下来；但是泪水已经夺眶而出了。

她凄然欲绝地拿起木梳，轻轻掠了几下。李甲站在她背后，莫明究竟地追问一句：

"天都快亮了，为什么还要梳头？"

十娘抖着声音答："到了明天，你又要送旧迎新了，事非寻常，岂不可打扮打扮？"

李甲略一沉吟，暗忖："十娘明天一早就要过船了，其情形一若重做新娘，趁此天未明时修饰一下，也是人情之常，我何必一定要阻止她呢？"

这样想着，李甲就兀自上床安睡。

十娘梳好头发，瞪大了泪眼凝看镜子里的自己，禁不住咬牙切齿地咒骂起来：

"十娘呀十娘，你怎么会爱上这样一个无情无义的男人的？"

李甲对十娘的悲哀似乎完全无动于衷，一上床，就扯起如雷的鼾声。十娘这才看透李甲的为人；但是已经没有第二个选择。她侧过脸去，狠狠地对那个负心郎瞅了一眼，手抖了，连梳头的气力都没有。

"我必须来得清白，去得也清白。"她想。

于是，款款站起，走到床边去打开箱子，取出一件大红的衣裳，迅速换上。这件大红的衣裳是北京的谢月朗送的，当时月朗曾经说过这样的话："十姐，我没有什么好东西送给你，这件大红的衣裳是我亲手缝的，送给你，等你到达李府后成亲时当礼服穿。十姐，我们干这行的，能够穿大红的衣裳实在是一桩天大的喜事。我祝贺你永远快乐。"

五十六、天未明

忆起谢月朗的话语，十娘禁不住心酸落泪了。她原以为从良后必可与李甲白首偕老，想不到李甲竟在半路变了心，使她在难忍的屈辱中，非投江自尽不可。现在，这套姊妹送的吉服，竟变成殉葬的衣服了。

"我完全瞎了眼睛！"她咬牙切齿地咒骂自己："想当年，不知道有多少王孙公子要娶我为妻，我却把他们全部视作花花公子。哪里知道千挑万拣，竟会将终身托与这个薄情郎！不但如此，我还自赎身体，与他共拜天地，结果却落了这样一个下场，怎不叫人万念俱灰？"

想到这里，泪水就像泉水般涌出。李甲在床上翻了一个身，梦呓频频，十娘以为他醒了，怕他见到自己脸上的泪痕，故意将一根骨簪掉落在地，佯装失手，然后伛偻着背，借拾簪的姿势，偷偷抹干脸颊上的眼泪。

世界上还有比这更惨的事情吗？临到快要投江自尽了，仍不敢被狠心的丈夫察觉自己在落泪。

世界上还有比十娘更贤淑的女人吗？尽管怨恨薄情的李甲，宁愿自己离开尘世，仍不愿辱骂李甲一句。

杜十娘身世凄凉，从小没有爹娘，为了生活，被卖入妓院当妓，整天陪着王孙公子饮酒取乐；但是心境一直是寂寞的。遇到李甲后，以为救星已到，不顾鸨母的冷落，拒绝接见任何来客，全心全意地对待他，同时还分担他的忧虑。

"苍天呀！"十娘差点惨叫起来，"他竟将我出卖了！"

十娘走到窗边，推开窗户，朝外一看。此时，夜縠暝茫，天色未明。雪已晴，北风凄厉地呼着。江水浪涛汹涌，民船在浪潮中左右摇荡。

十娘打了个寒噤，连忙关上窗户，为的是怕李甲受凉。

多么体贴温柔的杜十娘！纵然在临死的时候，还害怕狠心的丈夫会受凉。难道她真的不恨李甲吗？不，绝对不。十娘恨透了李甲，问题是：十娘是个十分善良的人，她不愿意加害任何人，纵或是忘恩负义的薄情郎。

五十七、午夜梦回

现在，她又坐到梳妆台前了，对镜细瞧，不觉猛发一怔：那美丽的容颜怎么一下子会变成如此憔悴，如此枯槁？

"不行，"她想，"我必须将自己打扮成天仙一般美丽。我不能在最后一刻还让别人留下一个丑恶的印象。"

于是，手持剪刀，小心剪去烛芯，然后拆散头发，慢条斯理地梳了个"盘龙头"。

远处已有鸡啼，实际上还没有过四更。十娘揭开首饰箱，取了一支翡翠双凤钗出来，小心翼翼地插在头上。插好，举起小圆镜，左照照，右照照，竟发现李甲睁大眼睛睐着她。

原来李甲心神不定，做了一阵乱梦后，蓦地惊醒，正欲阖眼再睡时，蒙眬中看到十娘挑灯化妆，颇感好奇，睡意也就消失了。

十娘只顾敷脂抹粉不睬他。

但是李甲见她美若嫦娥一般，心里倒有点舍不得了。心忖："这杜十娘真不愧为群芳魁首，在迎春院时，不知道有多少有钱人追求她，可是她谁也不嫁，竟会挑中我这个落难书生，实在难得之至。再说，自从我进院后，她全心全意地对待我，不接客，不要金银，不受鸨母影响，忍受任何苦楚，处处为我着想……，而我竟会听信孙富的劝告，将她出卖与他人。我太对不起她了！我不能这样做！幸亏我还没有收受孙某的定银，口说无凭，不如食言了罢！……但是，我怎么能够带着她回绍兴去见父亲呢？我若带她回家，两人都活不成；我若不带她回家，不仅可以自由自在地继续活下去；而且还有一千两银子到手，一举两得，何乐不为？……世界上美丽的女人多的是，我年纪尚轻，家庭环境又好，怕会娶不到理想的妻子？大丈夫何患无妻，何况，杜十娘是个烟花女子，惯于迎新送旧，对这一类事，在她实在是很平常的，我又何必为她担心了？……对，我想的一点也不错！如果杜十娘是个名门淑女，遇到这样的事情，哪里还有心情坐在梳妆台前化妆？她一定是因为明天又要做新娘了，才如此兴奋！"

五十八、镜破

李甲发现镜子里的十娘正在露齿而笑，心中油然起了一种轻松之感，以为十娘已经宽恕他的过错了，其实，十娘正在讪笑他的无耻。

"你又梳盘龙髻了？"李甲问。

十娘点点头："是的，我又梳盘龙髻了。"

"好像去年吃腊八粥的时候曾经梳过一次？"

"你的记性真不坏。"

"好像在柳遇春家里拜天地时也梳过一次？"

"不错。"

"现在是第三次了。"

十娘嗤鼻冷笑："因为我明天又要做新娘了。"

李甲简直是一根木头，不但辨不出十娘话中有刺，而且还说了这么一句：

"祝你与孙富白头偕老。"

十娘倏地绷紧面孔，气得浑身哆嗦了，想不到这个忘恩负义的薄情郎，还有勇气祝贺她与别人白头偕老。她抿着嘴，手一松，镜子落在舱板上，破了。

李甲说："快天亮了，你精神不济，快上床睡一会？"

十娘冷冷地答道："我明天就要过船了，还有很多琐碎事情要做，你自己睡吧，别管我……"

李甲叹口气，翻个身，又沉沉入睡。

十娘持着烛台，冉冉走到床边打开朱漆皮箱，将那只描金百宝箱取了出来。

她对着那只描金百宝箱出了好一会神，暗忖："如果李甲看到了这百宝箱里装着的东西，他一定死也不肯让我过船去的。但是，这又有什么用处呢？用金银珠宝换来的爱情，能获得幸福吗？算了吧，这种狼心狗肺的男人，何必再留恋他？"

想到这里，她似乎什么也看得开了。她将百宝箱随手放在梳妆台上，俯身拾起破镜，然后拿起眉笔，对着破镜在细意画眉。

风很大，北风从窗隙中吹进来，吹得烛光摇曳不已。岸上有鸡啼报晓，杜十娘的最后时刻即将来临。

五十九、吹箫

她将自己打扮成新娘一般，既美且艳。如果有人在这个时候见到她，必定不肯相信这是一个即将离世的女人。事实上，谁也无法想象十娘此刻的心理，她既然决心投江，又何必如此细心地修饰自己？然而，人就是这样一种奇异的动物：可以死，却不可以遭受污辱。

十娘是个倔强的女性，在极端的绝望中，仍愿用死亡去报复李甲的无情。李甲的自私，使他变成了一个最丑恶最卑污的男子。

天快亮了。

何处传来鸥鸮的啼叫，咕咕咕的，叫人听了懔栗。十娘款款站起，百无聊赖地走到窗边，拉开窗户，外边飘来一阵新鲜的空气。

天上乌云消散，现出无数闪烁不定的星星。雪已晴。宁静落在江上，别有一番情致。

十娘想：

——星色虽美，但是卑污的人心太多。再过几个时辰，我就要离开这个人世间了。

——北京的姐妹们还以为我在享福，谁想到我竟会落得一个这样的下场。

——李甲此刻正睡得如同婴孩一般，不知道他究竟梦见了什么？我死去后，他会追悔吗？他会一辈子咒骂自己吗？他会再娶吗？他会晚晚睡得这样甜吗？

想到这里，十娘轻轻透了一口气，仿佛放下一副肩上的重担似的，油然起了一种轻松之感。

她乐于离开人世？当然不是。一个人到了真正绝望的时候，感受麻痹，情绪真空，反而不会产生任何烦恼了。杜十娘这时的心境，正是哀莫大于心死。所以有人说：真正的大解脱是死亡，也就是这个道理。

十娘的心境已趋平和，但觉时间过得太慢。天边已露曙光，寒气益增。

对岸有早起的赶牛人临空抽鞭，江上水流急骤。

她的眼眶潮湿了，又觉得这眼泪是多余的。为了不让悒郁流露出来，终于走至舱内将那支凤凰箫取了出来。

于是，她坐在窗边，开始吹箫。

六十、往事只堪哀

四周很静，箫声像一个女人的呜咽，凄凄恻恻的，从江面上传来，传到早起人的耳中，谁也可以辨得出这箫声的凄凉滋味。

自古红颜多薄命，但是像十娘所遭遇到的，实在不多。

往事只堪哀，面对着熟睡中的李甲，十娘将满腔哀愁全部排遣在凄恻的箫声中。

那是一曲"状元执盏与婵娟"，是李甲最爱听的调子。

李甲醒了，怔怔地瞅着十娘，倾听，寻思，斟酌，惶惑，始终无法肯定十娘此举的用意何在。依据李甲的解释：十娘将过船了，心绪必然纷纭，哪里还会有这样的闲情逸致来吹箫自娱？

李甲又想："难道她还没有忘情于我？"

想到这一层，李甲再也止不住内心的怔忡了，一种奇异不安的感觉，困扰着他，使他精神失去平衡。

箫声幽幽，代替了十娘的饮泣。李甲再也不能继续安睡，当即一骨碌翻身下床，木然睐着十娘，说不出有多么地难受。

十娘虽然背着他；但早已听到床的吱吱声，知道他起身了，故意不回头，继续安详地吹箫。

油灯渐干，火苗很小，船舱里只有这么一点阴惨的光华，增加了不少悒郁的气氛。

李甲无限依依地仔细端详十娘，觉得她实在美，心里闷得很，仿佛上了锁一般。此时，十娘已吹完一曲，放下凤凰箫，抽出手绢，抹干泪水。

李甲看看窗户，窗外已露曙光，心内一急，忍不住开口了："十娘，天亮了！"

"是的，我们即将分手。"十娘答。

顿了顿，李甲故意压低嗓子，怯怯地问："十娘，我还有一句话想跟你说。"

"什么？"十娘淡淡地问。

李甲喟叹一声："十娘，我没有收过孙富的定银，如果你不愿意的话，我……我……可以回了他的。"

听了这句话，十娘不禁嗤鼻冷笑了，横波一瞅，问："我若不过船，你有什么更好的打算吗？"

六十一、妆台信物

李甲说："我带你回绍兴。"

十娘笑不可仰了，笑了一阵，正正脸色，问："你不怕父亲责备吗？你有勇气带我进入布政司府吗？你的亲友不会讪笑你吗？你愿意牺牲一千两纹银吗？"

一连串的问话，问得李甲哑口无言了。李甲的反悔，完全缺乏真诚；一经考验，就被证明为暂时的情感冲动。

此时，天已大亮，江上人声嘈杂，气候仍寒，但窗外已有阳光射入。

十娘知道死神即将来临，心境反而十分平和，站起身来，冉冉走到梳妆台边，拿起破镜，仔细端详自己的容颜。

"李公子，"她用冷淡的口气说："我们即将分手了，希望你从此一帆风顺，称心如意。"

李甲虽然无情无耻，听了这几句话，也不免感到窘迫了。

两人无言相对了好大一阵子，撑船人端稀饭来，说是中午时分就开船，如果还想买些什么东西的话，应该趁早上岸去采办。李甲毫无表情，低着头，闷声不响。十娘心绪纷纭，哪里还吃得下早点；但是她还像过去在"迎春院"的时候一样，亲手替李甲摆好碗筷，十分体贴地请他上坐。李甲摇摇头，不想吃。

舱外忽有唤声传来，李甲忙不迭穿上衣帽，走出去观看，原来是孙富的小厮。

"有什么事吗？"李甲连忙问道。

小厮堆上一脸阿谀的笑容，说："我家相公请李公子过船去。"李甲整整衣帽，当即跟随小厮踏上跳板。

十娘在舱内静候。

迟了一会，李甲匆匆回来，面带愁容，不发一言。十娘问他："收了银子没有？"

李甲神情显得很尴尬，隔了很久很久，才张口结舌地对十娘说道："那孙兄一定要取得你妆台的信物之后，才肯送银子过来。"十娘冷笑道："这可又有何难？"

六十二、千两纹银

十娘当即捧起百宝箱，走到李甲面前，含笑盈盈地对他说道："不如将这只描金盒拿去吧。"

李甲接过百宝箱，脸上的惆怅之情顿即消失，欠欠身，迈步走出船舱，踏上跳板，过船而去。孙富见他手捧锦盒，知道他送信物来了，心中十分高兴，咧着嘴，对他连连作揖。

孙富说："仁兄言出有信，令人钦佩。现在既已收了佳人信物，自当立即派人将银两送过船去。"

说罢，孙富回过头去对两个仆人说："将这箱银子抬到李公子船上去！"

李甲一见银子，喜不自胜，本想同孙富攀谈几句的，只因让妻子之事，实非光明行为，不若退回自己船上，倒也可以掩饰一下心境上的狼狈。于是，打了一个揖，说：

"仁兄，你该修饰修饰了，回头请过船来迎接十娘。"

说话时，声音像蚊叫一般低，孙富未必听清楚，见他已经退出船舱，也就不加挽留。

李甲回到自己船上，发现一箱白皑皑的银子已经放在桌子上了。十娘反剪双手，屏息凝神地瞧着银子出神。李甲这回可窘极了，半晌亦不敢出声。

十娘衣饰华丽，珠光宝气，站着那里，赛若一朵盛开的玫瑰花。李甲愈看愈觉得美，有一种难言的感觉，激聚在心头上。

"十娘，你要走了？"李甲说。

十娘怡然一笑，点点头："是的。你还有什么话要交代吗？"李甲无语。

十娘说："你我夫妻恩爱，今日分手，难道无一辞慰我寂寥之心？"李甲叹了一口气道："我……我……我实在太对不起你了！"

十娘脸一沉，蓦地转过身来，厉声疾气地问他："想当初你我情深似海，恩爱异常。如今，为了这一千两银子，竟将我转让与人，他日追思起来，不知道你的心里会不会感到内疚？"

六十三、启开百宝箱

李甲深深地叹口气："事已至此，尚有何话可说。"

十娘忽然痴笑起来，笑得非常惨。李甲莫明究竟，侧过脸去望她，见她举动失常，颇为惊悖。

有小厮在舱外促请十娘过船，十娘心一横，婀婀娜娜地走出舱外。

孙富站在邻船上，面对这位风华绝代的杜十娘，眼睛鼓得很大很大，刹那间，震慑于过分的美丽，几乎不相信眼前的一切皆是事实。

十娘态度安详，先对孙富笑笑，然后吊高嗓子嚷：

"孙公子，刚才送上的描金盒，里面还有李公子的路票一张，因为一时大意，没有取出，现在，请你费神差人送过来，让我还给他！"

孙富听了十娘的话，高兴得眉花眼笑，当即吩咐小厮将百宝箱搬与十娘，自己也跟着跳了过去。

十娘接过百宝箱，回过头去唤叫李甲。

李甲从舱内走到船头，一见孙富，只好假情假意地拱手施礼。十娘问李甲："银子有短少吗？"

李甲羞惭地低着头，面孔涨得通红。孙富立即抢白道："足色官银，一分一毫也不会短少。"

十娘咬咬牙，用一种揶揄的口气问李甲："李公子，这一千两纹银，你可要仔细点数一下！"

李甲赧然无语。

十娘将百宝箱放在船头之上，抬起头来对四周瞅了一圈。江上泊有不少船只，大家见到美若天仙一般的杜十娘，无不探首舱窗外，擦眼观看。

岸上也聚着一群看热闹的闲人。

杜十娘从身上摸出钥匙，先将百宝箱打开；然后回过身去，对李甲说：

"李公子，请你走过来看看。"

李甲挪前一步，仔细察看百宝箱，发现这箱子做得极其精巧，启开盖板，里面竟有几层小抽屉。

十娘厉声对李甲说："将第一层抽出来看看！"

六十四、三层宝物

李甲伸出抖巍巍的手，抽出百宝箱的第一层，举目观看，不觉吓了一跳。

这百宝箱的第一层，堆满了翡翠明珰，瑶簪宝珥，放在明媚的阳光下，闪呀闪呀的，令人看了眼花缭乱。

"你估计一下，单单这一层要值多少钱？"十娘问。

李甲脸白似纸，全身顿呈麻木，呆磕磕地站在那里，不开口，也不动弹。

十娘伸手接过这一层珠宝，毫不犹豫地竟将珠宝往江里倾倒！此时，岸上闲人愈聚愈多，看到这样的情形，无不大惊失色。十娘又命李甲抽出百宝箱的第二层。

李甲呆若木鸡，两眼盯着百宝箱，一动也不动。

没有办法，十娘只好自己动手。原来这第二层藏的全是玉箫金管等名贵饰物，照市价，最少要值千两白银。

李甲怎样也想不到十娘竟会有这么多的积蓄，心里万分追悔了。

"十娘，"李甲用歉意的口气说，"一切都是我不好，请你原谅我！"

十娘狠狠地"哼"了一声，终于将第二层的宝物又倾倒在江水里。岸上观者如堵，大家都不明白这究竟是怎么一回事。

有人问："这个美丽的女人是谁？为什么她要将宝物抛在江中？那两个男人又是谁？"可是，没有人能够回答这些问题。

迟了一会，十娘又命李甲抽出第三层。

李甲浑身哆嗦，满额冷汗，悄悄地对十娘偷觑一眼，见她已经将第三层抽屉也慢慢地拉了出来。

抽屉里盛满了古玉紫金玩器，足值数千两纹银。

至此，李甲心似刀割，恨不得当众跪在十娘面前，求她宽恕自己。

但是，十娘又将这些宝物毅然抛入江中了！

李甲急得面如土色，知觉尽失，望着水面上的波纹，眼泪夺眶而出！

六十五、投江

最后，十娘吩咐李甲将第四只抽屉拉出来。抽屉里除了珍珠宝物外，还有一个小盒子。打开小盒一看，全是"祖母绿""猫儿眼"等奇珍异宝。那"祖母绿"是一种绿色的宝石，通体透明，光芒四射；那"猫儿眼"是一种黄色的宝石，内有折光，熠耀如黑暗中的猫眼。这两种宝石都是不易找到的宝物，但是杜十娘却有整整一盒。

孙富虽然有钱，也从来没有看到过这么多的宝物。

十娘头一昂，竟将这些无价之宝全部倾倒在江中。李甲悔恨交集，抱住十娘痛哭起来。

十娘愤然将李甲推开，指着孙富大骂：

"我与李公子吃尽千辛万苦，好容易才有今天，你这禽兽，见色起意，暗中用花言巧语来挑拨我们夫妇间的感情！你凭什么要破坏人姻缘，断人恩爱？你……你……居心何在！难道你付了几个臭钱，就可以拆散别人的婚事了吗？……此仇，此恨，我死也不能瞑目！如果神明有知，我绝对不会饶了你的！"

孙富给她骂得浑身战颤，腿一软，倒退两步，差点昏倒在船头上。

然后十娘转脸去，用凄然欲绝的口气对李甲说："这箱中的宝物，是我历年在风尘中含冤忍辱积下来的东西，本来准备抵达杭州时，交与你，由你单独回绍兴去献呈令尊，也好让他老人家对我有个好印象。不料，我命运太坏，刚刚脱离火坑，就遇到这个狼心狗肺的孙富，存心拆散你我夫妻，而你竟愚昧至此，明知其诈，竟醉心于区区一千两纹银。你也太……太没有良心了！你自己想想看，在迎春院的时候，有多少王孙公子追求我，黄金珠宝任我拣，但我一个都不嫁，偏偏拣中了你这个没有心肝的穷书生！我……我是肉眼无珠，才会把终身托付你！你呀！你是绝情负义的王魁！你是畜牲！你——你不应该辜负我杜十娘这一片苦心呀！"

　　说到这里，杜十娘紧抱百宝箱，走到船舷，瞪大两只眼睛，凝视滔滔江水，猛吸一口气，纵身跳入江中！

II

孟姜女传说

一、孟兴越篱

天还没有亮，姜老太婆已经醒了，觉得喉咙很痒，咳了半天，才吐出一口浓痰在泥地上。四周很静，有风，但闻檐铃叮当，一若悠扬的仙乐。

姜老太婆已经八十岁了，膝下并无小辈，单身单口，十分孤寂。她身体很健，耳不聋，眼不花，每日下田，锄头铁铲都能动用。

乡下人习惯早起，老年人更较年轻小伙子容易醒。此刻，菜园里已有鸡啼报晓，姜老太婆用手推开墙上的纸窗，立刻一骨碌翻身下床，趿鞋，穿衣；然后乜眼对窗一瞅，发现东天已经泛起鱼肚白的颜色，忙不迭走到厨房里去烧水。

姜老太婆最爱喝茶；但是不大喝。为的是茶叶贵，不愿浪费。姜老太婆知道赚钱难，即使喜爱，也不肯随便泡茶。

今天，姜老太婆觉得喉咙非常不舒服，决定烧些滚水，冲杯浓茶喝下，借以镇咳化痰。

清水烧滚，姜老太婆刚从井边洗完脸进来，取一只蓝花大碗，伛偻着背，揭开土窟的木盖，伸手瓦盆，用二枚手指撷了些茶叶出来往大碗里一放。

"这年头兵荒马乱的，谁有茶叶喝，谁就算有福气的了！"

这样想时，觉得茶叶取多了，有些舍不得，又用手指撷了一些在瓦盆里，站起身，跟跟跄跄地走到灶边，提起水壶，将滚水冲在大碗里。

一会，东天终于呈露了一片金黄色的光芒，从木窗望出去，朝霞灿烂，赛如画家笔下的泼墨。

姜老太婆喝一口热茶，透一下气，喉咙润了，不再咳呛，想吃番薯汤，又懒得下锅，因为急于要下田，就取出两只芝麻饼充饥。

太阳升起时，姜老太婆放下茶碗，捎起锄头，冉冉走入菜园。刚走几步，就听到有人悉悉索索地从篱笆上爬过来。姜老太婆定睛一瞧，原来是隔壁孟员外的家人孟兴。于是直着嗓子问："唏！大清早爬过来做什么？"

二、大冬瓜

那孟兴已经翻过篱笆，听到叱喝声，不由得大吃一惊，站在菜畦边，目瞪口呆。

姜老太婆见他偷偷摸摸的样子，心里更加恼怒了，继续直着嗓子问：

"你到这里来做什么？"

"摘瓜。"

"这是我的园子，怎么可以随便闯进来？"

孟兴耸耸肩，呈露了一个尴尬的微笑；然后伸手指指篱笆旁边的一只大冬瓜，说：

"我要摘的就是这一只。"

姜老太婆两眼一瞪，呶呶瘪嘴，两手插在腰眼上，气势汹汹地挪步走到孟兴面前，直着嗓子据理力争：

"孟兴！我跟你家员外是熟人，你不能如此无理，走来欺侮我老太婆！"

孟兴见她哗啦哗啦的，忙不迭以手比嘴，压低嗓子，说：

"你别这么大声乱叫，好不好？回头给我家老爷听到了，那还了得？至于这只冬瓜，虽然长在你这里，其实是我亲手种的，今天想拿它炖鸡汤，特此走到这里来摘。"

"放屁！"孟老太婆愈说愈火："这冬瓜明明长在我的菜园里，你怎么可以随便走来乱摘？还说是你种的，真岂有此理！"

孟兴显然十分着急了，跺跺脚，说：

"这瓜实实在在是我亲手种的，想不到它会长到你的菜园里来了。"

说罢，孟兴伛偻着背，竟动手去摘了。姜老太婆见他如此横蛮，立刻握紧双拳，像擂鼓似地拼命捶打孟兴，阻止他摘取冬瓜。

孟兴给她打了好几下，心内十分气愤，想还手，又怕老太婆年纪老身体弱，受不了时闯出祸。

但是老太婆仍不罢休，打了他几拳后，就近擎起锄头，居然用锄头柄猛击孟兴了。孟兴挨了打，额角被锄头击破，流出许多血，鲜血糊着面孔。孟兴又疼痛又气恼，马上走去将"太岁地保"叫了来，要他评理。

三、剖瓜受惊

地保来了，询问究竟。孟兴说冬瓜是他亲手种的，所以要摘回来炖鸡；但是姜老太婆却说冬瓜长在她的菜园里，当然是属于她的。于是两个人站在地保面前，你一句，我一语，弄得地保完全没有主意了。

地保对姜老太婆说："冬瓜是孟兴亲手种的，应该让他摘去。"姜老太婆说："这瓜长在我的地上，谁来摘，谁就贼！"

地保觉得姜老太婆的话相当有理，当即侧过脸去问孟兴："这瓜既然长在姜家园子里，当然是属于姜家的，你怎么可以擅自进来强抢。"

孟兴辩称："我并没有强抢，这瓜是我亲手种的，问题是：它长歪了，所以长到姜家园子里。"

地保非常为难了，只觉得公说公有理，婆说婆有理，两人说来都有道理。于是，眉头一皱，斜眼望一下孟兴；又斜眼望一下姜老太婆；然后作了这样的决定：

"依我看来，只有一个解决办法。"

"什么？"两人不约而同地问地保。

地保顿了顿，说："将这只大冬瓜摘下来，切成两边，一家分一边，不知道你们觉得怎样？"

孟兴暗忖："这瓜虽是我亲手种的；既然长到姜家菜园里，只好吃些亏，拿一半就算了。"

姜老太婆暗忖："反正这瓜儿长得挺大，拿一半，也不算太过吃亏。"

于是，两人都同意了地保的办法。

地保着孟兴去拿刀，孟兴疾步走回孟宅厨房，取了一把长刀来，交与地保。

地保擎起长刀，正欲切下时，耳际忽然听到一句娇滴滴的喊声："慢着！让我走出瓜胎后，你们再分！"

地保大吃一惊，睁大了眼睛问孟兴和姜老太婆："你们听到没有？"两人同时受惊地点点头。地保又问："这声音从什么地方传来的？"

四、借瓜为母

孟兴早已吓得面无人色，听了地保的问话，只管摇头。姜老太婆则比较镇定，但也觉得事情有点奇怪，明明除了自己外，没有第二个女人在场，怎么忽然之间会有女人的声音传出呢？

地保踟蹰了一阵，东张张，西望望，不见有什么动静，继续举起长刀，刚要切下时，又听到一个女人的惊叫声：

"求太岁开恩，要剖瓜，先从旁边切下去，让我走出瓜胎后，你们再分吧！"

这一下，大家都听清楚了；声音来自瓜内，是绝对没有疑问的。问题是：冬瓜里边怎么会有人的声音？

这冬瓜虽然不小；但怎么藏得下一个人？

地保惊惶异常，手一软，也就不敢随便乱切了。孟兴与姜老太婆早已吓退了几步，站在较远的地方观看情形。地保比较大胆，而事实上也不得不装作有胆，虽然心内慌得厉害；也只好弓着腰，对准冬瓜，大声询问："你是谁？"

接着，瓜内就传出娇滴滴的答话了："回禀太岁，我是仙姬宫里七姑。"

地保问："七姑？什么七姑？"

瓜里的声音答："就是七姑星中的第七个。"地保又问："你怎么会藏在冬瓜里的？"

回答是："我怕见血，不愿投胎，所以借此冬瓜为生母；然后寻找东主抚养。"

地保一听，几乎不信这是现实，用牙齿紧紧咬了一下手指，很痛，才知道不是做梦。于是，举起长刀，小心翼翼地将冬瓜的边缘慢慢剖开；然后用手去分，分开后，果见一个女孩子端坐在瓜内，盘膝而坐，双手合十，皙白的皮肤，清秀的面目，一派仙气，完全是个佛相。姜老太婆平生最喜欢小孩子，见到瓜内的女孩，忙不迭走去将她双手抱起，说是菩萨有灵，特地赐一个孩子给她。这时，孟兴早已奔回家去报与员外知道了。

五、击鼓告状

孟兴奔入厅堂，员外与夫人正在品茗。员外见孟兴神色紧张，忙问："有什么事吗？"孟兴濡濡滞滞地答："报告员外、夫人，姜家的菜园里有只大冬瓜，这冬瓜是我们的，但是里面有个女孩子。"孟氏夫妇闻听，不觉猛发一怔，认为孟兴一定神经不正常，才会这样语无伦次。

但是孟兴说："若非事实，小的决不敢胡说，员外夫人如果不信，不妨到隔壁去看个究竟。"

孟员外略一沉吟，好奇心起，当即放下手里的茶杯，站起身，偕同夫人前往姜家菜园。

这时，太阳已经高高升起，微风拂来，有一种蒸发自泥土的温馨气息。

三人走到姜家，果见冬瓜里有个盘膝端坐的婴孩，喜得孟夫人眉花眼笑，忙不迭伛偻着背，将她抱在手中，如获珍宝。她说：

"这是孟家祖上阴功积德，老天爷才会赐一个娇儿给我们。"言毕，回过头去吩咐孟兴："快将孩子抱回家去，先拿一个旧被单将她包裹起来。别让她着凉！"

孟兴当即两手捧起女婴，匆匆忙忙地奔回孟府。那姜老太婆眼看孟兴将婴儿抱走，气得双脚直跳，指着孟氏夫妇大骂："这冬瓜长在我的地基上，当然是属于我的，你们怎么可以随便将她抱去？"

孟员外知道姜老太婆穷，素来有点瞧不起她，平时从不与她兜搭，此刻更不愿意理睬了。姜老太婆见他们阴阳怪气的，一定要地保出来说句公道话。地保知道孟员外是地方上乡绅，有财有势，岂敢随便上前阻拦？姜老太婆气得脸孔铁青，说地保有偏心，立刻拨转身，兀自悻悻然走到县衙门去，举锤击鼓。

知县老爷闻鼓升堂，用惊堂木一敲，厉声疾气地问："你有什么冤枉吗？"姜老太婆当即将冬瓜生女的怪事禀与老爷知道，老爷听了，认为事情十分奇怪，立传孟员外孟隆德前来公庭对质。

六、秉公判断

县老爷仔细调查两家身世，才知道孟氏夫妇膝下没有子孙，姜老太婆膝下也无小辈，暗忖："如果这是一只冬瓜的话，案子当然容易公断，无奈这是一个女孩子，岂能用刀一切为二，任由孟姜两姓各取其半？"

于是，县老爷灵机一动，想出了一个两全的办法。他说：

"这冬瓜原本种在孟家地上，只是长大后寄生在姜家；照理，这瓜中的女孩应判交孟氏夫妇抚养，而姜婆则当作寄母论，今后有关该女一切，姜婆亦随时有权过问。如此判断，不知道你们两家肯不肯同意。"

孟隆德夫妇闻判，彼此用眼色交换心意，认为县老爷秉公判断，并无私曲，因此点点头，表示同意。

然后县老爷侧过脸去问姜老太婆："这个办法好不好？"

姜老太婆两只眼睛骨溜溜地一转，暗忖："我膝下虽无子女，但家境贫穷，即使县老爷将这个女孩交我抚养，她也不会获得幸福的。好在老爷有言在先，今后我对她随时都有权过问，那么，由他们抚养反较留在自己家中妥当。"

这样想时，姜老太婆也点点头。

县老爷说："如今，两家既已同意这个办法，我建议将孩子题名孟姜，希望你们从此和善相处，不要再起争执。"

说罢，喝令退堂。地保将女孩交与孟夫人，三人含笑盈盈地走出衙门。那孟隆德为表示亲善起见，当即吩咐孟兴另雇竹轿一顶，让姜老太婆乘坐。姜婆欣慰异常，暗中默谢上苍不已。

从此，姜老太婆常去孟府走动，将孟姜女视作珍宝，抱抱玩玩，再也不觉得寂寞。

孟员外为人素来善良，见姜老太婆孤苦伶仃，经常送些白米布匹之类的东西给她。姜老太婆为表示和好起见，索性将篱笆拆除，任由孟府家人进出，绝不干涉。不久，这件事传了开去，全县居民无不引为美谈。

七、星眉柳目

五年后，姜老太婆忽然病倒了，起先是受了些风寒，大家都不予重视，迨至姜婆呼吸迫促时，大家才手忙脚乱地走去请郎中，但是已经来不及了。

那时，孟姜才六岁，虽然年幼无知，倒也十分聪明伶俐。孟员外非常疼爱她，特地请了个绣花娘到家里来，专教孟姜挑花刺绣。不料，绣花娘却非寻常女子，不但满腹经史；而且无所不晓。孟姜从小受她熏陶，居然也能识字通理。

又过十年，孟姜已经长得如同盛开的花朵一般，星目柳眉，唇红齿白，修长的身材，苗条的体态，走路时，婷婷袅袅，模样十分美妙。

这一天，风和日丽，孟姜百无聊赖地坐在窗边刺绣，窗外忽然吹来一阵和风，香喷喷的，使她骤然抬起头来，见到满枝新苞，心神油然起了一种轻松之感，放下针线，兀自走到花园里去欣赏美景。

孟府花园的面积相当大，有树，有花，有假山，有鱼池，处身其间，宛若仙境。

孟姜挑了个石凳坐下，贪婪地凝视着新绿，神往在春的气息中，有了沉醉的感觉。

就在这时候，一个名叫春梅的丫鬟忽然气急败坏地疾步而至。

孟姜微发一怔，问："有什么事吗？"

春梅娇喘吁吁地说："员外夫人都在内堂饮茶，请小姐即刻去一趟。"

孟姜听说父母唤叫，不敢违命，当即站起身，挪开莲步，匆匆走到堂前，双膝下跪，说："小女磕请万福，不知有何差遣？"

孟员外听到声音，先将手中的茶杯放下；然后斜眼对女儿一睨，脸上立刻绽开慈祥的笑容，说："女儿，为父的今年已经六十了，膝下只有你一个女儿，日盼夜祷，总希望能够在世之日看到子孙成长。昨晚想起这件事，与你母亲私相计议了一下，认为时机已至，拟为我儿招个壮健的女婿进门，也好了却一桩心事。"

八、女大当嫁

孟姜听说父亲要替她招赘，心下突感忡忡不安，斜目对母亲一睨，刚欲开口，泪珠儿已像断线珍珠一般，簌簌掉落。

那孟夫人一向疼爱孟姜，见她泪下如雨，也不免难过起来了。但是转念一想，这忧愁实在是莫须有的，因为女儿长大了，当然要嫁人的；况且员外的意思是：招婿来到家园，不但可以照常生活在一起；抑且多个亲人来照料家事，实为两全的美事，怎能擅加反对？

于是，漾开一朵慈祥的笑容，柔声细气地譬解给孟姜听：

"女儿呀！男大当娶，女大当嫁，乃是一定不易的道理，你应该高兴才是，怎么可以伤心流泪？"

孟姜听了母亲的话，不敢背悖，只用手绢掩面，细声啜泣。这意思已经十分明显，她虽不赞成；但也不能当场反驳长辈。孟员外看出她的心意，点点头，捋须微笑了：

"这招婿的事，不同寻常结亲，除了八字无冲克外，还要看他是否心甘情愿，万一草率从事，招了个坏心眼的男人进来，日后就会祸患无穷的。"

孟姜这才忍无可忍了，猛一抬头，睁大泪眼，抖着声音说道：

"女儿自幼吃素，为的是想在家中苦修仙道，倘论嫁娶，实与女儿心愿有悖。"

孟员外忽然嘿嘿大笑了，说孟姜久困闺房，思想有点古怪，才会产生修仙的念头。女儿家嫁人是天经地义的事情。

其实，孟姜乃是仙童下凡，借冬瓜为母，来至人间，自有其根衷在。孟员外不明白这一点，只用情理去判断事情，结果却害苦了孟姜。

孟姜回入闺房，心中闷闷不乐，暗忖："如果父母一定要我嫁人的话，我只好返回天庭去了。"

但是，她冷静地细想下去：天庭岂是容易擅自进出的？万一给玉帝查出自己的行动，那还了得？

原来孟姜当初私自下凡，是另有一段隐情的。

九、七姑与芒童

孟姜在天庭的时候，原是仙姬宫的"七姑星"，心肠软柔，十分忠厚。去年冬至节，七姑在"南天门"游乐，遇见了"斗鸡宫"的芒童，发现他愁眉不展的，忙问："有什么心事吗？"芒童叹口气，用手向下界一指，说："凡间十分混乱，万民受苦，我心中十分不安。"七姑闻听，不明其意，暗忖："万民受苦，与他有什么相干？"正这样想时，芒童已一溜烟潜出天门了。七姑甚感诧异，紧紧跟随他后，瞬息间，不见了他的影踪，而自己则已来到人间。但七姑原无下凡之意，找不到芒童，惟有驾起祥云，遄返天庭。不料，回上天宫，所有天门皆不开放，七姑嘶声唤叫，总不见门神将门启开，没有办法，只好再度下凡，借瓜为胎，索性化身为人。

为了这缘故，孟姜当然是不肯嫁人的。

从内堂回到自己的卧房，她心里说不出多么的烦闷，净手焚香，却静不下心来诵经念佛；然后站起身，走到窗边去闲看园中景色。此时，和风习习，阳光明媚，满园花木仿佛涂了一层黄蜡，极美。孟姜百无聊赖地凭窗而立，蓦地发现有个黑影窜入树丛，心内一惊，却又不敢出声。

好像是一个陌生男人。

但是孟府的花园里怎么会忽然出现陌生男人？

孟姜有点害怕，连忙退后一步，双手关紧低窗，上了木闩。兀自躺在凉床上，闭目养神。稍过些时，外边忽然响起一阵零乱的脚步声，橐橐橐地自远至近。孟姜定定神，眼望房门；但见丫鬟春梅疾奔而至："小姐，报告你一个好消息。"

"什么？"

"花园里开了一朵并头兰，是吉祥的预兆。"

"原来是这么一点小事。"

春梅睖大眼珠，说话时，显然十分紧张："并头兰是难得见到的，员外与夫人此刻俱在凉亭里赏花，请小姐快到花园里去。"

十、骤雨倾盆

孟姜心内纳闷，哪有心绪赏花，只因父母有命，不便擅加违背。于是一骨碌翻身下床，用手掠顺散在额前的头发，拍拍衣衫，婀婀娜娜地朝园中走去。

走入凉亭，照例磕头请安。孟员外见到女儿，咧着嘴，笑得见牙不见眼。

"儿呀，你且过来观看，这并头兰是罕世珍品，百年难得一见。"说罢，携着孟姜之手，兴高采烈地向兰花棚走去，刚挪了几步，迎面就扑来一阵异香，孟姜心中大为惊讶。一会，众人绕过假山石，通过一条曲折的园径，来到兰花棚内，果见并头兰一朵，花大三寸左右，白里透红，临风摇曳，异香扑鼻。

孟姜问："这花朵怎么会连生的？"

孟员外笑着说："我家若无喜事，花儿就不会连生了。"

孟姜听到"喜事"两个字，立刻敛住笑容，头一低，不敢再发问了。孟员外完全会错了意思，以为她腼腆含羞，心内大悦，索性进一步作了这样的解释：

"上天必定知道我儿要在家招婿，故而先示瑞兆，以坚我意。"孟姜愈听愈不顺耳，想转身回房，又怕父亲生气，只好呆呆地站在那里，不发言，也不露喜色。但是，孟员外兴致很高，想起不久即将来临的喜事，马上吩咐孟兴关照厨房备酒设宴。宴席设在凉亭中，只有三个人：员外、夫人与孟姜。全家男仆女佣闻讯后，纷纷赶来摆席，刹那间，圆台上已经摆满好酒美肴。

员外高兴极了，贪婪地举杯倾饮。就在这时候，亭外蓦地掀起一阵狂风，吹得满亭泥尘。孟姜抬头一看，只见满天彤云，轰雷掣电，正拟回避时，骤雨就沙沙沙地倾盆而下。孟姜大惊，慌忙投入父亲怀抱。父亲忙叫孟兴取伞；孟兴不在。问春梅，才见孟兴匆匆奔来，说是那朵"并头兰"已经给骤雨击落了！

十一、跌入荷花池

孟姜听说"并头兰"被骤雨击落了，心内十分纳闷。暗忖："如果这是梦，多好。"醒来，果然是梦，但额角已是冷汗涔涔，浑身发抖，业已饱受虚惊。

此时，夜色四合，闺房一片漆黑，孟姜醒自噩梦，不免有点心虚，忙唤春梅取油盏来。

春梅听到唤声，忙不迭持灯而入，见孟姜神色慌张，以为她身体不舒服，问她是否需要关照厨房煮些薄粥果腹。孟姜摇摇头，说："我什么都不想吃。"

春梅说："晚饭终归要吃的，刚才员外还叫我来唤小姐出去吃饭哩。"

"你怎么说？"

"我说小姐在房内睡觉，现在睡得正酣。"

"员外怎么说？"

"员外说小姐一定是做多了针线，叫我不要吵醒你，让你睡多一会。至于晚饭，员外吩咐端到闺房里来。"

"我不饿。"

春梅正想开口时，孟姜一挥手，意思叫她先下去；然后觉得房内空气太闷，兀自走到窗边，拉开纸窗，立刻嗅到一阵异香，心内不觉为之惊诧不已。

"奇怪，这香味怎么会跟梦里的香味一样的？"她想："莫非园中当真开了并头兰不成。"

于是抬头一看，只见月圆似盆，银光如雪，那景色实在十分美丽。

"我不妨到兰花棚去察看一番吧，万一真的开了'并头兰'，也该从速报与双亲知道，让两位老人家高兴高兴。"孟姜心里在想。

这样想时，立刻移动莲步，冉冉走向前堂，本拟唤叫春梅掌灯；但春梅不在，谅必到厨房吃晚饭去了。反正月光皎洁，不点灯，一样可以看得清楚，何必再叫春梅掌灯。

走入花园，那异香更加浓馥了。孟姜急于前往兰花棚看个究竟，行经九曲桥时，不留神踢到一块大石，竟滑跌在荷花池里了！

十二、万希郎

孟姜跌入荷花池后，吓得嘶声惊叫，只因花园太大，尽管呐喊，也无法使屋里的人听到。幸而正值冬天，荷花池里的水很浅，浸湿了鞋子和衣脚，尚无大碍。

孟姜正欲举腿跨出水池时，树林后边忽然窜出一个高大的身形。

"你是谁？"孟姜张皇失措地惊问。

那人闷声不响，只是伸出双手，稳重谨慎地将孟姜从水池中扶起。孟姜上岸后，先伛偻着背，绞扭衣脚上的水；然后直起身子，定定神，瞪大黑而亮的眸子，对那人仔细端详。园中虽无灯；但月光十分皎洁。孟姜凭借月光，已可清晰看出那人的脸相。那是一个年轻人，长得眉清目秀，仪表非俗，身穿长袍，头戴方巾，模样甚是斯文，完全不像是个粗人。孟姜很喜欢他的笑容，因此紧张的情绪也就松弛了不少。纵然如此，她还是羞惭的，她心头扑扑地跳，垂着头，用蚊叫一般的声音问：

"你是谁？为什么会在这里？"

"我姓万，我叫万希郎。"那青年人说。

"听你的口音，好像不是本地人？"

"敝处是江南苏州府。"

"既是苏州人，怎么会闯进我家花园来的？"孟姜详细问下去。那万希郎这才感喟地叹口气，将自己的事情约略讲与孟姜知道。原来万希郎的父亲是苏州城里一个大财主，平生乐善好施，恤老怜贫，膝下只有希郎一个儿子，疼爱逾恒，简直将他视作掌上珍珠一般。希郎天资极高，随便什么事，不但一学就会；而且极易精通。万希郎父亲出重资礼聘良师回家，专教希郎诵读经书。希郎为人聪明，十年窗下，文名已经四扬了。不料，到了上个月，一件意想不到的事情突然发生，使希郎不得不背乡离井，从遥远的苏州逃到此地。

十三、神仙托梦

听到这里，孟姜对万希郎开始寄予无限的同情了。孟姜游目四瞩，附近虽无家员走动；但是月光十分皎洁，站在荷花池边，极容易被人发现。于是，压低了嗓音对希郎说：

"这里讲话不便，我们不如到假石山后边去谈吧，那里有石鼓凳。"

说罢，挪开莲步，矫捷地向假山石走去，希郎则跟在她后面。两人挑了两只石鼓凳，在明亮的月光下，相对而坐。

孟姜问："你刚才说是发生了一件意外的事，究竟是什么事？"万希郎略微一停顿，吁口气，说：

"秦国的始皇帝，为了抵御胡人来攻，听信了赵高的奏本，决定建造一道万里长城，准备长年闭关卫戍，不让胡兵越过一步。"

这一番话，听得孟姜如入五里雾中。孟姜虽然也知书明理；但是对于国家大事，她不是十分清楚。因此，皱皱眉头，问：

"秦国皇帝要建造万里长城，与你有什么相干呢？"

万希郎沉吟一下，显然有点踌躇了，隔了半晌，才细声告诉孟姜：

"前些日子，听说始皇帝做了一个梦，梦见天上的三眼神授以建城妙法。"

"什么妙法？"

"那三眼神在梦中对始皇帝说：万里长城是一项艰巨的工程，即使死了十万八万的筑城工人，也未必能够筑得成。除非……"

"除非什么？"

万希郎在答话之前，先对四周瞅了一圈；然后很持重的，用很低很低的声音，对孟姜说道：

"那三眼神这样告诉始皇帝：除非将苏州府里的万希郎捉去，否则，万里长城永无筑成之望。"

"但是，"孟姜参信参疑地说，"这只不过是一个梦境哟！"

十四、林中遇盗

万希郎说："事情就是这样的奇怪，那三眼神托梦的说法虽然迹近无稽；但是秦国的始皇帝怎么会知道苏州有个万希郎呢？再说，始皇帝与我从未见过面，大家无怨无仇，平白无故，绝对没有理由要抓我的。"

孟姜默然久久，神往在万希郎的叙述中，百思不获其解。

万希郎为了求取她的同情，不得不继续将自己的遭遇讲出来：

"那始皇帝做了这一场梦后，立刻派人持文书前往楚国，要楚王下令捉拿我。"

"后来怎样？"

"起先，我们对于这件事一无所知，后来，有个远亲忽然走来，说是城门口已经高张榜文，要捉拿我的真身，解往秦国，前去修筑长城。家父听了，吓得面似土色，呆呆地坐在那里，想不出主意。家母则更加可怜了，听说榜文挂得如此凶恶，急得几次晕厥过去。一家人急得团团转，谁也不知道应该怎样对付这件事。幸而老家人万福还能保持镇定，说是县尹即将来到我家，要我从速逃生要紧。这样，我就改名换姓，离开苏州，流离逃避，企图在外边度过两三年，迨至长城筑好，再回家园。"

"但是，你怎么会来到此地的？"

万希郎透口气，继续说下去："我离开家门，匆匆走出阊门，关吏查究甚严，幸而榜上无图，终于被我混了出来。我从未远出，只是低头乱闯，不敢直走大道，单向小路逃行，肚饿了，向店家买些粗食充饥；走累了，则找枯庙草堆投宿……昨晚，我在一座树林里睡觉，清早被人推醒，举目一看，面前站着一个彪形大汉，脸相十分凶恶，见我躺在地上，立刻大声吆喝，要我留下随身所带金银。我不敢违抗，惟有将父母交给我的银两，全部交给他，只求他饶我一命。他走后，我独自走出树林，直到日落西山，才发现这里有座花园。"

十五、原来是逃犯

原来万希郎所说的那座花园就是孟家花园。他因为身上的银两全部给强盗劫去后，整日没有吃过一点东西，身子疲惫万分，但求有个地方休憩，也顾不得其他了。

当他走到后门口，轻轻用手推门，那门并未上闩，竟"呀"的一声启开了。希郎欢喜异常，当即蹑足潜入花园，挑个僻静之所，躺下安眠。

入晚，希郎在睡梦中听到有人在呼救，醒来，纵起身子，辨清声音的方向，匆匆向荷花池走去。

凭借月光，他看出荷花池中有个女人，连忙挪步向前，伸手将她救了起来……

"小姐，"希郎悄声向她道歉，"请你原谅我的粗鲁。我知道擅自闯入他人宅第是有罪的；但是我实在太疲倦了，不进来，就会累死的。"

孟姜听完他的叙述，斜目对希郎一瞅，见他相貌堂堂，仪表非凡，断定他绝非歹徒之流，心内油然起了一阵怜悯之意，低着头，说：

"想你乃是豪富之后，从小娇生惯养，自在受用，此番在外落难，也惟望保全性命，来日再振家声。"

希郎听出孟姜的口气，知道她不但不责备自己的无礼；抑且寄予了可贵的同情，心下不免暗暗称慰。于是，站起身来，对孟姜作了一个揖，说：

"我就是楚王下令捉拿的万希郎，望小姐千万不要声张，否则，我命休矣！……今晚，时已不早，万望小姐行个方便，让我在此寄宿一宵，明晨，天未明，我一定离去，免得府上受累。倘蒙俯允，他日定当图报大恩。"

孟姜踟蹰了一阵，紧蹙眉尖，低着头，似有无限心事。万希郎以为孟姜有意报官，急得浑身发抖，当即打恭作揖，求孟姜开恩。孟姜见他那股焦急的神情，差点噗哧一声笑了起来；然后正正脸色，对他说："既然你是一个逃犯，我必须带你去见家父。"希郎闻言忙问："见令尊万一走漏风声，我性命岂不休矣？"

十六、授受不亲

孟姜是个识字明理的女人，认为此事不能不禀告父母，理由是：男女授受不亲，今既同席而坐，惟有配与希郎为妻，不能另事他人了。

希郎说："小姐的好意，我完全明白；但是我是一个有罪之人，与小姐结为夫妇，万一给官府查出底细，岂不误了小姐的一生？"

孟姜态度十分坚决，呶呶嘴，说："我的事，请你不必顾虑，刚才在荷花池中，你既已触到了身体，我怎么再可以嫁与他人。"

说罢，拉着希郎就走。希郎心存怯意，不敢挪步。孟姜说："你若不去，我就撞死在这里了！"

希郎连忙将她拦阻，抖着声音说："我去，我去。只要小姐不怕受累，我万希郎就算是死，也是心甘情愿的。"

孟姜这才露了笑容，明眸玉齿，有一种令人感觉蚀骨销魂之美。两人走出假山石，由孟姜领前，急急忙忙地向大堂走去。走进厅堂，孟员外正在品茗，见到孟姜拖了一个陌生男子走进来，不觉大吃一惊。

"儿呀！这究竟是怎么一回事？"

孟姜说："女儿因月光皎洁，入园散步，行经荷花池，不留神，失足跌入荷花池中，幸是这位公子将我救起，终告无碍。"

孟员外一听，益发诧愕不置了，忙问："这位公子，为什么深更半夜到我家花园里来呢？"

孟姜在答话之前，先用黑眸对左右瞅了一下。孟员外知道女儿的意思，不让有人在旁，立刻将家丁与婢女斥退；然后，压低嗓音问：

"请问这位公子姓甚名谁？仙乡何处？"

万希郎当即挪前一步，恭身作揖，道："小生姓万名希郎，苏州府元和县人，家居阊门内，家境尚称小康。"

"既是苏州人士，为何远道来此？"

十七、撞向大柱

万希郎当即将过往的实情，一五一十地讲与孟员外知道。孟员外听说万希郎是个逃犯，心内十分慌张，脸孔一板，厉声疾气地对孟姜说：

"此人乃楚国要犯，岂可让他擅自闯入？你应该吩咐家丁前去报官才是，怎样反而要招他为婚了？"

孟姜没有开口，泪珠儿已经簌簌掉落，顿了顿，竟双膝跪地：

"女儿的身体既已给他触摸过了，今生当然不能另事他人。"

孟员外迟疑久久，总觉得将女儿配与逃犯为妻，实在是一件很不妥当的事。于是，两眼一瞪，严词训斥：

　　"不行！我不能让你嫁给一个有罪之人！"

　　孟姜一听，霍然站起，说是："女儿犯了授受不亲，倘不下嫁万郎，惟有一死了之！"

　　说罢，头一歪，直向大柱撞去；幸被员外及时拦住，未成大祸。员外见她意志坚决，只好满口答应，并赐座位与万希郎。

　　希郎说："小生误入贵府，触犯小姐，罪孽深重，幸蒙恩施格外，怎能在大人面前就座呢？小生愿站立一旁，聆听明训。"

　　孟员外见他彬彬有礼，心内倒也十分欢喜，当即唤叫家丁和婢女出来，吩咐厨房设宴款待。

　　迟了一会，酒席已摆好，刚好孟姜也没有吃过晚饭，大家同桌而坐，并无陌生感觉。那孟氏夫妇虽已吃过晚膳，但是为了礼貌关系，居然也陪饮了几杯。

　　孟员外平时不大喜欢多开口，酒后则甚唠叨。此刻三杯下肚，居然坦白述出招赘之意。

　　万希郎说幸蒙孟老照拂，感激不尽，只因戴罪之身，不便在此久留，免得风声走漏，连累孟府。

　　孟姜听了，脸色一沉，当着父母的面，表示此身已属希郎，任何困难，皆愿共同担当。倘若父母不允此项婚事，她只好一死明节了。

十八、黄道吉日

孟员外见女儿态度坚决，惟有相劝希郎容纳此意。希郎说："我非忘恩负义之徒，小姐美意，自当接纳，不过戴罪之身，决不能在此久留，倘婚后即外出逃命，岂不辜负了小姐的青春？"

孟姜接口对父母说："女儿并非贪图闺房之乐，只要万郎肯答应婚事，婚后理应远去逃生，但愿灾难早渡，日后平安回家相聚；万一遭遇不幸，女儿也只有一死相随！"

语音未完，孟姜已经泣不成声了。孟夫人许久没有开口，见女儿哭得如此伤心，立刻善言劝慰，叫她不要尽往坏处着想，说是生死有命，祸福难测，既已矢志不事二夫，不妨让万郎长年隐居深闺，除家丁婢佣外，不被任何人知道此事，一来可免在外奔波之苦；二来可享闺房乐趣，迨至长城造好，万郎之罪，不消自消，岂不美好？

孟员外听了夫人的建议，认为这是万全之策，一边拈须沉吟；一边颔首。

孟姜自己也同意此法，用泪眼对希郎一瞅，意思叫希郎即席磕头。希郎何等机智，立刻站起身，叫声："岳父岳母在上，请受小婿一拜。"然后双膝一屈，跪倒在地了。孟员外喜得哈哈大笑，连忙伛偻着背，挪步上前，伸手将他扶起。于是事情就这样决定。饭后，孟员外吩咐家丁在书房里安置一只睡榻，作为希郎临时休息之所。孟员外千叮万嘱，不准下人在外声张。

第二天，孟员外一早起身，就翻阅历本，企图找个黄道吉日，好让希郎和孟姜拜堂成亲。历本上面偏巧书明即日适宜嫁娶，因此，忙不迭吩咐家人将客厅打扫干净，决定下午拜堂。

孟员外膝下只有一个女儿，逢到这大喜的日子，心下欢喜，自非笔墨所能描摹。他知道希郎乃是一个逃犯，成亲当然不可悬灯结彩；但成亲而无喜娘，在礼式上，总觉得缺少了什么，因此，壮着胆子吩咐春梅叫个喜娘来。

十九、洞房花烛夜

当天下午，孟姜与万希郎就拜堂成亲了。孟员外为了防止走漏风声，不但不发请柬；甚至连鼓乐手也不请。

婚礼在默默中进行，除了喜娘外，并无第二个外人。

那喜娘原非多嘴之流，只因孟员外乃是当地的殷户，膝下只有一个女儿，纵然招婿入赘，也不能这么冷冷清清。在拜堂的时候，喜娘早已暗暗称异，认为结婚而无宾客，内中必定另有蹊跷。迨至礼成受赏，孟兴又千叮万嘱叫她不可在外边提及此事，因而益发使她多疑了。

喜娘回到家里，丈夫问她："今日孟府招亲，情况可比庙会更热闹？"

喜娘摇摇头，脱口而出："事情也真奇怪！孟府乃是本县数一数二的有钱人家，女儿完姻，不但不挂灯结彩；甚至连鼓乐手都不请一个。"

"有这样事？"

"谁骗你？"

"那么，宾客多不多？"

"宾客？"喜娘呶呶嘴说："宾客一个也不见！"

"这是怎么一回事？"她的丈夫问。

喜娘耸耸肩，忽然惊诧于自己的多口，连忙以手比嘴，叫她的丈夫千万不要声张开去。不料，那个做丈夫的人是个粗汉，平时又喜欢喝几杯，听到这样的事情，哪里还守得住秘密。

为了这个缘故，不到三个时辰，孟姜结婚的新闻已经传遍全县。此时，万希郎与孟姜已经喝过合卺酒，两老以及家丁婢女纷纷退出新房。希郎眼看时已不早，伸出手去，将孟姜的盖头揭开；然后柔声细气地对她说：

"时候不早，你实在累了，早些休息吧。"

孟姜斜眼对他一瞅，立刻羞红满脸，低着头，用蚊叫一般的声音说道：

"我不累，你先上床吧。"

话语刚说出，门外人声乍起，忽然乱糟糟地闯进十几个大汉来！

二十、希郎被捕

原来这十几条大汉乃是钦差官手下的差役，一进门，便用法绳将万希郎紧紧捆住。

孟姜惊惶失措，抱住希郎，怎样也不肯松手。大汉们横蛮异常，七手八脚地将孟姜拉在一旁，不让她接近希郎。孟姜眼看自己的丈夫被绑，心内又慌又恼，想奔过去解救，又被大汉们拦住了去路，没有办法，只好嘶声呐喊：

"你们不能随便抓人！"

话语刚出，孟员外偕同夫人已经跟跟跄跄地奔来了。孟员外年事已高，步履沉重，走过一条长廊，气喘吁吁的，连脸色都转青了。

"你们在干什么？"孟员外问。大汉们的回答是："来抓人！"

"抓谁？"

"奉钦差之命，特来逮捕万希郎！"

"万希郎？"孟员外灵计一动，立刻改换另一种语气，说："我们这里没有万希郎这个人！"

大汉给孟员外这么一说，倒也弄糊涂了，纷纷用手指指着希郎，问：

"他是谁？他不是万希郎吗？"

孟员外仰起脖子，只顾嘿嘿作笑。半晌，才正正脸色，对大汉们说：

"他姓黄，名叫喜良，谅必你们搅错了。"

"黄喜良？万希郎？音同字不同。"

"一点也不错。"

大汉们正感踌躇间，忽然有人大声嚷叫了起来："黄喜良也罢；万希郎也罢，将他拉去见过钦差再说！"

于是，十几个人将万希郎当作烤猪一般，抬了出去。孟员外紧紧跟在后面，一边走，一边问：

"请问爷们，钦差大人现在何处？"

大汉们全不作声，默默经过长廊，直向厅堂转去。孟员外搀扶夫人，接踵走入厅堂，才发现钦差官已经端端正正地坐在堂中了。

二十一、百两黄金

钦差官浓眉大眼，脸相十分凶恶，见到万希郎，立刻大声怒叱，问他知罪否？

希郎将脑袋摇得如同博浪鼓一般，死也不肯承认有罪。孟员外见此情形，忙不迭挪步上前，一边拱手施礼；一边为希郎辩护：

"小婿姓黄，并非要犯万希郎，大人明察。"

钦差官斜目对希郎一瞅，撇撇嘴，阴阳怪气地对孟员外说道：

"孟员外，你这话得小心些，欺骗本官，亦即是欺骗当今圣上，倘不从实，这欺君之罪可不是闹着玩的。"

孟员外闻言，心内不由得慌张起来，跌跌撞撞地走到钦差大人身旁，低声悄语，邀他移步内堂。钦差大人抬起头来，两只眼睛骨溜溜的一转，当即大声喝退左右，仅留两个差役看住希郎。然后，站起身来，跟随孟员外大摇大摆地走入内堂。

坐定后，孟员外连忙堆上一脸阿谀的笑脸，柔声说：

"大人息怒，且听老夫从实讲来……那万希郎乃是苏州人士，与老夫原不相识，只因潜逃来此，黑夜与小女相值，遂不得不招他为婿。事非得已，尚祈大人鉴宥。"

说罢，当即吩咐家员抬出黄金百两，暗中赠与钦差大人。那钦差见到金光闪耀的黄金后，心里扑通扑通地一阵子乱跳。孟员外见他已心动，连忙笑嘻嘻地对他说："这一点小意思，未敢言酬，聊表敬意耳！请大人哂纳。"

钦差踟蹰良久，暗忖："这百两黄金多么惹人喜爱，我若拒绝收受，恐怕这一辈子再也无法找得到了。"

正拟伸手收受之时，转念一想："不对，那万希郎乃是钦犯，我奉圣旨捉拿于他，倘若违命将他释放，万一给圣上知晓了，还能活命吗？……此事非同小可，切不可贪财成祸。"想到这里，脸一沉，厉色对孟员外说："公事公办，绝对不能通融。这百两黄金还是留着你自己受用罢！"

二十二、勒颈自尽

孟员外见钦差态度如此坚决，一时别无他法，只好下跪哀求了。钦差连忙将他扶起，说是："此番递解令婿前去修筑长城，未必吉少凶多，员外何必焦躁至此？"孟员外闻言，止不住热泪涔涔掉落，哀痛欲绝。

就在这时候，忽见春梅气急败坏地疾奔而至。员外忙不迭以袖拭泪，问她：

"何事惊惶？"

"员外，小姐自尽了！"

孟员外大吃一惊，忙问："你说什么？"

春梅抖着声音答："小姐用绳索勒住颈脖自尽！"

孟员外闻言，急得浑身发抖，连忙拱手向钦差施礼，请他在堂中稍坐片刻。那钦差见此情形，只好拱手回礼，答："下官在此暂候，员外请便。"

孟员外当即疾步走入花园，经长廊，来至新房，只见孟姜已被众婢扶上床去。员外用手往孟姜额角一按，觉得微微有点暖，知道尚未断气，忙不迭吩咐孟兴用力搓其太阳穴，搓了半日，才见孟姜睁开干涩的眼来。孟姜见到父亲，止不住内心的悲酸，竟"哇"地放声大恸，哀号涕泣。员外百般劝慰，叫她不必担心，说道：

"希郎虽被逮捕，却未犯罪，此番解往咸阳，只为修筑长城，迨至长城修成，即可平安归来，共庆团圆，我儿何必悲伤若此？"

孟姜得到父亲安慰，这才停止啼哭，一骨碌翻身下床，正正脸色，要求父亲到厅堂去与希郎话别。

员外点点头，吩咐春梅搀扶孟姜前往厅堂。孟姜哀愁地在厅堂出现。

希郎一见孟姜，蓦地感到一阵刻骨的悲酸，泪水就像荷叶上的露珠一般，簌簌滚落。孟姜也顾不得别人了，紧紧捉住希郎双手，似有千言万语要说，但是喉咙口仿佛被什么东西哽塞住一般，说不出话，只会抽噎啼哭。希郎感动异常，知道此去万难安返，因此直言要求孟姜改嫁。

二十三、生离死别

孟姜听了"改嫁"两字，心一酸，泪如泉涌了。希郎劝她不要难过，认为虽已拜堂；但未合卺，即使另择佳婿，也不能算是失节。孟姜脸色一沉，用坚定而哑涩的口吻说：

"希郎，请你不要再讲这种话！我孟姜既已与你拜堂，当然是你的妻子。今后自应淡妆布服，专心侍奉双亲，静候夫君安然返来；万一我夫有什么三长两短的话，我也决不会偷生在世的。"

说罢，泪似雨下，紧紧搂住希郎，死也不放。

孟员外见此情形，也不由得伤心落泪了，暗忖："有钱可使鬼推磨，那钦差虽不肯释放希郎，但是将银两分赠众差役，请他们在路上多多照顾希郎，也好免得他多受饥寒之苦。"

这样想着，立刻吩咐家丁，暗中将纹银分与差役。差役见银开眼，马上给希郎解去两根麻绳。

此时，钦差从内堂踱步而出，见两夫妇抱头痛哭，心一横，大声催促上路。孟姜舍不得希郎，跌跌撞撞地走到钦差面前，两膝一屈，"噔"地跪拜在地。

"大老爷，请你开开恩，让希郎在家留多一宵，俾我亲手煮些可口的小菜，给他吃了，明晨再走。"

钦差闻言，撇撇嘴，大声叱了两个字："不行！"

孟员外连忙挪步上前，拱手作揖，帮着孟姜苦苦哀求，再次邀请钦差到后堂去品茗。钦差看在老人面上，居然听从孟员外的意思。孟员外暗中赠送二十两黄金给钦差，说是："今天是他们大喜之日，请大人在舍间吃些水酒淡饭，等明晨再解希郎动身，一来，好让我略尽屋主之谊；二来，也给他们夫妻畅谈一宵。"

钦差略一沉吟，想了想，当即收下黄金，颔首答应了。

这一晚，孟府全家彻夜不睡。希郎夫妇灯下相对，足足哭了一整晚。孟姜从箱子里掏了几件衣服出来，给希郎包成一包袱；又斟了酒给他，俾他借酒浇愁。

二十四、深夜对泣

希郎哪里有心思饮酒，每一次举杯，泪珠儿就扑簌簌地掉落在酒杯里了。

孟姜心如刀割；但极力忍住不让眼泪流落来。她不想让希郎带着浓重的悲伤离去，惟有强作笑颜，讲些未来的美景，给希郎听。

"希郎，"她抖着声音说，"等你修好长城回来，我们就可以天天在一起了，片刻都不分离。"

希郎垂着头，心里翻腾，难受得如同万箭攒心。听了孟姜的话语后，斜眼对她一瞅，但觉孟姜星目朱唇，长得妩媚非常。惟有如此，他就更加难过了，眼眶酸溜溜的，泪水不停地往下掉。

孟姜伸出纤纤玉手，举起酒杯，劝他饮酒：

"喝了这一杯，我告诉你一件事。"

希郎仰起脖子，一口将酒呷尽；然后用哑涩的声音问：

"什么事情？"

"此地城东有一个湖，湖里多鱼，等你修好长城回来，我们一同去打鱼，你坐船尾；我坐船头；你摇桨；我唱歌。"

希郎听了这番话语，只用叹息作答，不开口。

孟姜说："此地城西有一座山，山上林木蓊郁，等你修好长城回来，我们一同去爬山，你在头，我尾随；你吹笛，我闲观风景。"

希郎又是一声叹息，依旧不开口。

孟姜说："何必如此悲伤呢？好的日子还在后头哩！等着吧！"希郎凄楚地对孟姜看看，心忖："此去凶多吉少，哪里还有什么好日子？"于是，感喟地说了这么一句："孟姜，别做梦了，听我的话，为了二老，为了你自己，还是另外找个男人吧！"

孟姜再也不能伪装了，鼻尖一酸，泪水又扑簌簌地掉落下来。闺房很静，园中突然响起嘹亮的更梆声。孟姜这才意识到时间已在极度的悲伤中度过了。

二十五、起解

时间已不多，两夫妻哭哭啼啼的，相对而坐，难分难舍。孟姜已经想不出什么话语可以安慰希郎了，希郎哭得两眼红肿，不但出语无声；抑且连眼前的景物都看不清。这时，酒已失效。两人内心纷乱，情急万状。

园子里已有鸡啼报晓。

那鸡啼如同长刀一般，砍入两人心中，又刺又痛。孟姜惊惶地抬起头来，侧目望望打开着的低窗。

东方刚刚泛起鱼肚白的颜色，虽然依旧黑朦朦的；但是已有柔弱的曙光透露。孟姜知道天快亮了，情不自禁地叫声"希郎"，要他千万保重身体。希郎点点头，正想开口，长廊里已有零乱的脚步传来。

孟姜霍然站起，走到希郎面前，紧紧抱住他，泣不成声。

希郎身上仍有绳索紧系，想动弹，总不自然，勉强站起身，突感头昏目眩。

孟姜凄楚地叫一声"夫君"；希郎也凄楚地叫一声"我妻"，交颈痛哭，再也说不出别的话来了。

此时，钦差带了几个差役疾步而至，大声催促希郎起解。希郎摇头狂呼，却被差役们用力拉开。孟姜哀号三声，身子往前一冲，"噗"地吐了一口鲜血出来。众婢女忙不迭走去搀扶，她却如同一匹脱缰的马一般，疯狂向长廊奔去。奔至廊中，一把拖住受绑的希郎，哭哭啼啼地嘶声高嚷：

"希郎！请你带我一同去吧！"

说话时，声音哑涩，令人听了心酸。希郎站定，拨转身来，噙泪低语：

"贤妻，你……你回去休息吧！"

"夫君，你……你时刻要小心身体，为妻的一定等你回来，死也不事他人！"说着，孟姜泪如泉涌。

希郎对孟姜看了最后一眼，就被差役们七手八脚地拖出孟府。孟姜连吐几口鲜血，倒在地上，无力追赶，目送希郎远去，心似刀割。

二十六、脚镣手铐

希郎被拉出孟府大门，由钦差监押，踩着官道，朝西北方走去。迨至日上三竿，他们已经走入山岭地区。这一带，森林蓊郁，山路崎岖，静悄悄，四周绝无人烟。虽说是初春天气，但在山地走路，也会像大伏天一般，汗流涔涔。

万希郎从小娇生惯养，没有吃过苦，此刻脚镣手铐的，早已走不动了。

"钦差大人，"他哀求道，"这里有几块大石，能不能坐下来喘口气？"

钦差脚步一停，发现希郎的脸色苍白得如同纸张一般，暗想：

"这人身体并不强健，万一在路上有三长两短的话，到了咸阳，拿什么东西去向上边交差？"

于是，点点头，吩咐大家在树荫休息片刻。那四个差役走了一个早晨，肚子也饿了，听说可以歇脚，无不解开干粮袋，取饼充饥。

希郎倒并不觉得肚饿，只是口渴得很，正想向钦差要些清水，抬起头，发现那钦差两眼灼灼，全神贯注地凝视着自己，仿佛将自己当作了盗贼，心里不免一沉，竟把要说的话语又咽了下去，说不出来。

此时，太阳像火伞似的高张在天空，晒得大地热气腾腾。希郎再也忍不住了，当即用哑涩的声音对钦差说：

"钦差大人。"

"嗯。"

"有累众位了。"

"这是公事，理应如此。"

"我有一件小事，但不知钦差大人肯帮忙吗？"

"什么？"

"我口渴，想喝些水。"

不料，那钦差两手一摊，咂咂嘴，说：

"抱歉得很，谁也不带水袋，要喝，再行三十里路，到达'青松岗'，就可以喝些清泉了。"

希郎闻言，不觉猛发一怔，暗忖："如果再走三十里才能有水喝，我万希郎恐怕连命也没有了。"

二十七、思妻

大家坐了一刻工夫，差役们个个吃饱了，但闻钦差一声吆喝，希郎只好垂头丧气地站起来，吵唧唧，挪开脚步，踩着山路，向前走去。

一路上，阳光像火柱一般，晒得他头部刺痛。那几个差役们一会儿唱歌；一会儿谈笑，倒也不会感到什么，只有希郎一个人，心乱似麻，想起那情义皆重的孟姜女，止不住悲酸，泪水就簌簌地掉落在枷锁上了。

"不知道她现在怎么样了？"希郎暗自忖度，"早晨分手时，她还吐过鲜血的……可怜的孟姜，今后叫她怎样做人？……事实上，她跟我虽然拜过堂，却未合卺，她何必一定不肯改嫁呢？……她说她愿意在家守候，实在是很难得的；正因为这样，我才觉得太对不起她了！……至于我，此番前去修城，十有八九是不会生还的……我自己的性命倒无所谓，可怜那痴心的孟姜，我怎么可以叫她陪我一起死呢？……"

想着，想着，又走去了十里路。希郎从未步行过这么多路，脚下重甸甸的，说不出多么的不舒服。太阳仍猛，嘴里有一种奇异的滋味，不像酸；不像苦，只是难受得很。

差役们也疲惫了，回过头去，向钦差要求休息。钦差自己也有些吃不消，终于点了头应了差役的要求。

在休息的时候，希郎低着头，开始抽抽噎噎地啜泣了。钦差斜目对他一瞅，用近似揶揄的口气说：

"有什么好哭呀？哭得人心烦意乱，我们不是一样在陪你受罪？"希郎咬咬牙，收住泪水，抬起头，望望天，太阳已逐渐偏西，天色已快接近黄昏了，于是细声问：

"还有多少里？"

"长着呐。"

"我的意思是：到青松岗还有多少里？"

"大概十几里。"

"再走十几里？到那时，天都黑下来了！"

二十八、夜宿青松岗

抵达青松岗，果然夜色四合了。希郎早已筋疲力尽，幸而已经走到泉边，忙不迭奔过去，昂起脖子，张开大口，贪婪地倾饮着，让泉水将自己淋成落汤鸡一般。

喝过水，精神稍为转好了些。肚里有点饿，当即打开随身携带的那个包袱，取出干粮，连咬两口，细细咀嚼。这时，夜幕笼罩，没有一丝云翳，繁星点点，月圆如盆。

几个人坐在清泉旁边的岩石上，喘气休息。希郎吃完干粮，但觉浑身骨痛，想睡，又不知近处有何宿店。于是，用舌尖舐舐嘴唇，问钦差：

"时候已不早，也该找个宿店歇歇才是。"

"宿店？"钦差涎着脸，有声没气地说，"除非有气力再走六十里！"

希郎一听，赛若冷水浇头，皱皱眉，问："难道我们今晚就在这里露宿？"

"怎么？你嫌不舒服了，是不是？"

"不，不，我不是这个意思。但是……这地方，荒无人烟，且多树木，说不定会有毒蛇猛兽藏在其间，我辈睡在此处，岂不危险了？"

钦差打了个哈哈，便用揶揄的口吻对他说："我的落难公子呀，请你将就点吧，就算有毒蛇猛兽，也不会单啮你一个的。快睡，尽管放心大胆，好好睡一觉吧，明天一早，又得赶路了。"

希郎不再出声，心下非常踌躇，侧过脸，竟发现几个差役早已横在岩石上鼾呼大睡了。没有办法，只好叹口气，将身子躺了下去。

四周很静，惟小虫仍在草丛间啾以觅伴。月光十分皎洁，照得希郎合眼不能入睡。希郎从未在一日间行走过这么多路，由于过分的疲惫，反而精神提起，难入梦境。他开始想念孟姜，那几乎已经哭干了的眼睛，又有泪水流出来了。约莫过了一个时辰，当差役们个个都在扯着如雷般的鼾呼时，万希郎忽然听到一阵零乱的脚步声。

二十九、开掉木枷

希郎连忙直起身子，侧耳谛听，只因枷锁负累，行动非常不方便。稍一转身，那镣铐就会吵啷啷的作响起来。

钦差醒了，圆睁怒目，以为希郎企图逃脱，忙问："你在做什么？"

希郎悄声回答："有脚步声。"

钦差眉头一皱，举起右手，往耳后一按，装出仔细谛听的神情，听了半晌，摇摇头，对希郎说："没有声响呀！你一定是白天走得累了，夜晚做噩梦。"

希郎说："请你不要冤枉我，刚才我是清清楚楚听到的。"

钦差脸色一沉，反问他："但是现在为什么一点声响也没有了呢？"

希郎说："也许他们知道我们在此地，暂时将身子躲藏起来了。"

钦差迟疑一阵，不见再有其他的动静，嘘口气，继续躲下身子，合上眼睛，重入梦乡。希郎心烦意乱，又怕毒蛇猛兽来袭，老是睁大眼睛，无法入睡。一会，又有依稀的脚步声传来。希郎忙不迭直起身子，挪步走到钦差近边，伸手将他推醒。

钦差睡意正浓，给他推醒后，怒往上冲，没好声气地问：

"你……你干嘛？"

希郎心存怯意，说话时不免有点嚅滞："我想跟你商量一件事。"

"什么？"

"这个木枷，戴在身上，不能睡，最好请钦差大人开个恩，连枷带镣暂时开掉一晚，等明朝再戴上。"

钦差想了想，说："这事办不到。"

希郎说："那么，求你开开恩，将这个枷锁开掉了吧，好让我安睡一晚。"

钦差睡意极浓，又非常讨厌他的噜苏，先用手背掩盖在嘴前打了个呵欠；然后寻思一阵，为了避免他再度打扰自己的睡眠，居然接纳了他的请求，伸出手去，将木枷的锁子抽出，取下两个半边，放在石头上，当作枕头。

三十、刀砍剑挡

希郎开掉了枷锁，颈脖立刻感到一种难言的舒适，透口气，回到自己刚才睡过的那块石头。月光仍极皎洁，远处偶尔有不知名的鸟雀夜啼。希郎实在疲惫至极，打个呵欠，躺下身子，也就沉沉入睡了。

睡得不久，忽闻嘹亮的梆锣响，睁开眼，意识尚未清醒，却看见六七个彪形大汉从草丛间纵身而出，各持刀枪，将希郎他们团团围住。

希郎是个读书人，见到这样的情形，自然会吓得心惊肉跳的，呆呆地蹲在那里，浑身哆嗦。

倒是那钦差，究竟是个官，态度总比希郎镇定得多。

"呔！你们这班狗强盗，也不擦亮眼睛看看我是谁？"

当头的一个大汉，听了他的言语，不但不示怯意，抑且挪前两步，晃晃手里的大刀，圆睁怒目，叱道：

"不要噜苏！身上倘有银两黄金，快快与我放在地上，如若敢说半个不字，别怪大刀没有眼睛！"

钦差不甘示弱，胸脯一挺，将嗓子吊得很高："慢着！我是本国的钦差，押的是钦犯，前往咸阳建筑万里长城，你们不让大路，难道有意劫差不成！"

不料，那大汉竟哈哈大笑起来了，狂笑一阵，说："你若是别的钦差，我也许会放你过路；但是押解壮丁前去秦国的，我就更加恼怒了。那秦皇是个专横的家伙，焚书坑儒，不知道杀害了多少好青年；如今又要筑造长城了，只求保护自己的安乐；不顾别人的性命，像这样的坏蛋，你还替他押解良民，分明是助纣为虐，企图从中取利。今天也算你倒霉，遇见了爷爷，非拿下你这条狗命不可！"

说罢，擎起大刀，一个箭步，直向钦差砍来。钦差何等机警，当即拔出长剑，纵身相迎。于是乎，剑劈刀截，刀砍剑挡，两个人就在刀光剑影中，战成一团了。另外四个差役见势不妙，乘战乱之时，挟着希郎匿入丛林。

三十一、途中患病

希郎跟随四个差役窜入丛林，企图逃命，不料，跑不多远，后面追来三个强人，挥舞刀枪，欲杀众人。希郎见状，早已吓得浑身发软，呆呆地站在那里，连脚步都搬不动。

四个差役当即一分为二：两个拔剑迎战；两个挟着希郎，继续奔逃。

强人们知道希郎是个受难之人，任他逃脱，单将两个迎战的差役杀死；然后将尸体上的银两搜去，也就心满意足了。

天亮时，希郎与两个差役终于逃出丛林，回头一看，不见强人追来，挑一处浓荫，坐下进食。

希郎从包袱里掏出一些干粮，分与两个差役充饥。谈到钦差，两个差役一致认为凶多吉少。希郎闻言，喜不自胜，连忙想了些动听的言词向两个差役诱说，希望他们释放自己，等到回转孟府，另外设法送些银两给他们受用。两个差役听了，起先不免有些心动；仔细一想，万希郎乃是秦皇急于捉拿的钦犯，如果释放了，日后的祸患必多，只好摇摇头，拒绝了希郎的请求。

希郎说不动差役们的心，惟有自怨命苦，继续脚镣手铐地向咸阳走去。

希郎从小没有吃过苦，如今每天过着餐风饮露的日子，当然会抵受不住的。他的身体本来就不大健康，一路上，受尽风霜的摧残，未到咸阳就病倒了。

这一天，三人已经行抵距离咸阳一百里之处。两个差役急于交差，不顾希郎死活，坚持要继续赶程。希郎病体孱弱，加上连日落大雨，不但热度高，抑且目眩心悸，怎样也无法挪步了。

他掏出十两纹银，交与两个差役，苦苦哀求，要他们找个"招商店"，让他休息一下，喝几剂药茶，迨至体力恢复时，继续赶路。

差役们起先怎样也不肯答应，后来惟恐他在路上死去，反而交不了差；但是见他实在无法搬动两条大腿时，也只好点了头。

三十二、始皇升殿

差役扶着患病的万希郎，走进一家简陋的招商店，先要了些好酒好菜，吃饱肚皮；然后吩咐店小二请郎中来。

郎中把过脉，脸上呈露着忧虑之情，说希郎体质本弱，受不了风雨苦，病情相当严重，药茶未必有效。

差役们听了，心下不免一沉，立刻将郎中拉出房门，低声悄语地问他：

"究竟还有希望吗？"

郎中略一沉吟，皱皱眉，说："病势不轻，吃两剂茶，只能拖延时日，希望是没有的。"

这才急坏了两个差役，认为希郎病死途中，麻烦必多，不如立刻送他往咸阳，交了差，卸去责任，也就不必管他死活了。

"反正咸阳离此不过一百里路程，要不了两天功夫，就可抵达，还是赶程的好。"

差役们商量妥当，吩咐郎中开张药方，煎了一碗药茶，让希郎服下，立刻付清客栈费用，雇了一顶竹轿，冒雨向官道行去。

雨很大，淋得差役和轿夫个个变成落汤鸡。希郎早已陷入半昏迷状态，坐在轿子里，任由差役们摆布，根本无力抗拒。

一众人在雨中奔跑。两天后，雨停了。轿抵咸阳，一进城，差役们宁可饿着肚子，忙不迭赶去交差。

差官听说万希郎解到，知道这是钦犯，不敢怠慢，一方面教人好好地看管他；另方面忙不迭进宫报告。

秦始皇闻报，好奇心陡起，立即升殿要看犯人。差官将万希郎押上金殿，始皇举目细观，果见希郎长得与梦中所见者完全一样，因此益信此系天意，不管希郎病成什么样子，一定要他去参加筑城，以求长城早日筑成。

秦始皇下旨，从速将万希郎送往长城，交与管理修城的官长，要他日夜工作，直到气绝为止。

"气绝后，葬在长城下面！"最后，秦始皇还加了这么一句。

三十三、挑泥搬砖

当天晚上，万希郎被送往长城，交与管理修城的长官，派到城下做工。

万希郎正在病中；而且病得很厉害，抵达城脚，哪里还有气力挑泥搬砖。但是修城的工头，个个手执皮鞭，一见贪懒的工人，立刻乱抽乱挞。

希郎原无贪懒之意，只因病体孱弱，别说是做工，即使躺在床上，也免不了要呻吟几声的。

工头经过他身旁，见他躺在城脚喘气，心内怒火欲燃，不问情由，举鞭猛抽，抽得希郎嘶声呼号，却不能获得工头的谅解。工头不知道他有病，一心以为他贪懒，只顾咆哮鞭挞，要他立刻挑泥搬砖。希郎不敢背悖，惟有依照他的吩咐，勉强支撑起身子，挑一担泥，踉踉跄跄地向前走去。走了一阵，两腿一软，身子没有站稳，竟跌倒在地了。工头见状，以为他装腔作势，疾步奔来，又是一阵子鞭挞。希郎原已有病，经此打击，当然无法生存了。他是一个书生，从来没有做过粗工，加上病体未愈，给工头挞伤后，血流如注，不到一个时辰，两脚一挺，断了气。

希郎一死，工头当即将经过情形向长官报告。长官知道希郎乃是秦始皇特地派人到楚国去捉来的，不敢随便处理，只好到咸阳去走一遭。

抵达咸阳，才知道秦始皇早已下旨：着万希郎死后立刻埋葬于长城之下。

于是，匆匆赶回长城，吩咐工人们在城脚未奠基的地方，掘一个墓穴，将希郎尸体往穴中一掷，覆以黄泥，连纸钱都不烧，算是落了葬。

万希郎就这么糊里糊涂地离开了人世；留下苦命的孟姜，仍在日祷夜盼地等候他归去。

孟姜为了希郎，不穿绫罗，整日坐在闺房里，诵经念佛，祈求菩萨保佑希郎早日完工返来，重享闺房之乐。这一天，天气甚热。孟姜吃过中饭，觉得有点头昏脑胀，倦眼难睁，终于伏在桌上假寐了。睡后，做了一个梦。

三十四、惊梦

孟姜在梦境中，见到希郎站在未完成的长城边，不禁欣喜若狂，忙不迭奔上前去，希郎忽然不见了。孟姜大感诧异，将双手圈在嘴边，吊高嗓子，大声唤叫：

"希郎！希郎！"

叫了几声，始终没有回音。孟姜焦急万分，东张西望，忽见督工的工头持鞭而至，瞪大双眼，命令孟姜立即离去。孟姜不肯，工头当即举鞭猛抽。

抽了几下，孟姜晕厥在地。

迨至苏醒，耳际陡闻吱吱之声，举目观望，竟发现希郎的幽灵在长城前边飘来飘去。

一切都显得如此的不真实，呈露在面前的东西，犹如一幅动荡不定的幻画，希望它稍稍停顿，不能停顿。

孟姜是非常诧愕了，以为自己眼花，用手猛擦眼睛，走近去仔细观看，不觉猛发一怔。

那万希郎身穿白色长袍，袍上鲜血斑斑，令人看了只想作呕。

"希郎！"孟姜不由自主地嘶声狂叫。

但是万希郎并不回答，晃晃身形，原来是两脚腾空的。

孟姜见状，心内怦怦乱跳，有点怕，却又不愿意离去，暗中推忖："莫非希郎已经死去了？"

正这样想时，希郎慢慢走近来了，走到孟姜面前，有意讲话，但喉咙里仿佛被什么东西塞住似的，只会吱吱叫，却说不出话。

孟姜问："希郎，你想说什么？"

希郎没有回答，吱吱乱叫，终于哭了。

孟姜走到他面前，想安慰他，结果发现他流出的眼泪全是血。

"希郎！希郎！你怎么啦？"孟姜见状大惊，歇斯底里地狂嚷。希郎低着头，用衣袖拭去血泪，叹口气，忽然连影子也不见了。孟姜急极，大声呐喊，喊不出声音，沁了一身汗，终于从睡梦中惊醒。

三十五、跪求母亲

孟姜从噩梦中惊醒，神志还有点迷蒙，迨至用手擦亮眼睛，头脑逐渐转清。当她忆起梦中情景时，终于"哇"的一声痛哭起来。

春梅正在外边打扫，听到孟姜哭泣，忘不迭走到堂前去禀告员外知道。员外正在与客人聊天，闻报后，立即请夫人先去观个究竟。

孟夫人不敢迟缓，站起身，疾步走入花园，经长廊，须臾之间就到达孟姜的香闺。

孟姜坐在床沿，用手绢蒙在鼻尖上，哭得十分哀恸。孟夫人冉冉走到她身旁，柔声细气地问：

"平白无故的为什么又哭起来了？"

孟姜听到夫人的声音，益发哭得伤心，抽答抽答的，总不能收住泪水。

孟夫人焦急万分，紧蹙眉头，叹口气，索性跟孟姜并排坐在一起，伸出手，亲昵地圈住孟姜的肩胛；然后用抚慰的口吻对孟姜说：

"儿呀！为娘的年事虽高，也还愿意替你分忧分愁的，你若有什么心事，尽管讲出来，好让我跟你合计一下，说不定可以想出一个对策的。"

孟姜这才收住眼泪，将梦中的情景详细告诉夫人。夫人听了，久久寻思，总觉得梦境里的一切皆属虚无，未必就是事实。

"一定是你思夫心切，才会做这样的噩梦，怎么可以认真呢？"孟夫人说。

孟姜忽然双膝一屈，竟跪倒在夫人面前了，急得夫人连忙伛偻着背，将她扶起；但是孟姜却哭哭啼啼地要求夫人：

"妈，请你做做好事，让我到咸阳去走一趟。"

夫人眉头一皱，脸呈为难之色，忙道："我儿乃是女流之辈，岂可只身前往北方？"

孟姜说："我志已坚，宁死也要到长城去寻找万郎的。"

夫人见她如此坚决，倒也没有主张了，明知裙钗女不便在外边抛头露面，但也不能劝阻于她了。

三十六、恩重似山

孟夫人不敢作主，只好把责任推在员外身上，侧过脸去，吩咐春梅："到堂前去看看，如果客人已走，立刻请员外到这里来一次。"

春梅当即挪开莲步，匆匆忙忙地走入花园，向厅堂疾步走去。稍过片刻，孟员外来了，见到两泪汪汪的孟姜，忙问：

"为什么又哭？"

孟姜低头啜泣，不答话。孟夫人呶呶嘴，将孟姜梦见万希郎已死的情形告诉员外。

员外听了，禁不住打个哈哈，认为梦境并非事实，岂可如此认真？

但是孟姜却坚信希郎屈死，故而托梦与她。

员外见她忧闷不解，焦急异常，也就正正脸色，皱眉沉思。半晌，才用劝慰的口气对孟姜说：

"由此去长城，路程非短，我儿乃是女流之辈，自不能出外抛头露面。依为父的看来，不若差遣孟兴前去咸阳，仔细打听一下，当可知道是否虚实了。"

孟姜闻听，踌躇久久，觉得差遣别人前去探听，总没有自己可靠。正欲开口，请命要自己亲身前往时，员外已经吩咐春梅到下边去将孟兴叫来。

迟了一会，孟兴气急败坏地疾奔而至，堆上一脸阿谀的笑容，问：

"员外使唤到我，不知有何差遣？"

员外瞪大双目，用手捻捻长须，他凝神地思索了一会，才没头没脑地向孟兴提出这样一个问题：

"孟兴，现在问你一句，我一向待你可好？"

孟兴连忙拱手作揖，说员外待他恩重似山。孟员外听了，当即用打蛇随棍上的语气接口道：

"我现在有一件困难的事,你我多年宾主,不知道你肯帮我解决吗?"

孟兴欠欠身,说:"孟兴身受员外深恩,员外倘有差遣,即使赴汤蹈火,小人也在所不辞!"

三十七、孟兴北上

员外见孟兴已露允意,当即将心事说出,要孟兴即日离家,前往长城打探希郎下落。孟兴闻言,明知路程遥远,只因员外有命,自也不敢辞却。幸而孟兴从小单身单口,并无牵挂,既能出外走动,也未必是一桩坏事。于是点点头,表示愿意北上。员外大喜,立命春梅等人去账房间拿了八十两纹银来,分成两包,交与孟兴:

"四十两给你自己作盘缠;另外四十两则面交姑爷。"

孟兴接过银两,说要收拾衣帽雨伞之类的对象,匆匆返回自己卧房去了。

孟姜趁此撰写书信一封,密密封好,追至孟兴收拾定当,交与他,带给万郎。

这样,孟兴领了员外之命,身背包袱,拜别员外、夫人,离开孟府,大踏步向北走去。

走了半个月左右,终于抵达杭州城郊,询问别人,才知道距离长城仍远,心一沉,不免有点气馁了。但是,转念一想,员外待他甚厚,自不能半途而废。没有办好，只好继续赶路。

走进城内，沿湖滨而行，但觉景色迷人，萎靡的精神不觉为之一振，脚步也就加快了。

此时，夜色四合，彤云密布。孟兴站在湖边，游目四瞩，想找招商店投宿，然而附近只有几间茅屋。抬头望天，乌云滚滚，远处有闷雷，眼看就要下大雨了。

"怎么办呢？"

孟兴自言自语，显然有点无所措置了。正感踟蹰间，天就一个大滴继一个大滴地落起雨来了。

雨势逐渐转大，如同千万条水晶管子一般，击打在泥地上，发出一阵嘈杂的沙沙声。孟兴忙不迭打开雨伞，疾步向茅屋奔去，奔了几步，风势陡紧，雨伞抵挡不住破裂了，淋得孟兴浑身湿漉漉的，好比落汤鸡一般。

一会，孟兴奔到一间茅屋门口，不管三七二十一，举起手来，

"嘭嘭嘭"，一连敲了三下。

三十八、遇艳

门"呀"的一声启开了，门缝里探出一个妇人的头来。妇人年纪三十左右，极美，瓜子脸，星目，朱唇，皙白的肤色，樱桃小嘴，虽

然农妇打扮，但是香气喷喷，谅必是穿了一袭熏过的缟素。

"你找谁？"声音是那么的娇滴滴。

孟兴给她的美丽震慑住了，目瞪口呆地站在门外，答不出话。女人不但不生气，抑且露齿而笑了，笑得很媚，媚若莲花初放。

"你究竟找谁？"

"我……我……"孟兴这才嚅嚅滞滞地答："我是过路的，远道而来，此去咸阳，因天色已黑，又逢大雨倾盆，近处没有招商店，特来打扰大娘子了，想在府上寄宿一宵，待明晨雨停后，继续动程。"

女人闻言，两颊忽然泛起一阵红晕，低着头，羞赧地答："舍间简陋不堪，实在不便留客。"

孟兴见她已露允意，心下十分高兴，正要启齿恳求，天上蓦地响起一串惊心动魄的响雷，吓得孟兴本能地挪开脚步，未经女人同意，居然闯了进去。

那是一间狭小的茅屋，中间隔一道竹墙，划分成两个房，前房稍大，放一只四方桌竹凳，算是客堂了；后房较小，放一只竹床，乃是妇人的卧房。

孟兴既已进入客堂，倒也不客气，先将包袱放在地上，用衣袖拍去身上的雨滴；然后嘘口气，大模大样地往竹凳上一坐。

妇人十分有礼，点上油盏；又替孟兴斟上一杯热茶。孟兴凭借微弱的光线对妇人身上仔细端详，觉得事情颇为蹊跷。原来那妇人身穿缟素，当系新寡无疑；既是新寡，岂能以香熏衣？于是，呷了一口热茶，撇撇嘴，问："大娘子府上还有些什么人？"

妇人怡然一笑，用娇滴滴的声音答："这里只有我一个。"

"不觉得寂寞？"

"这也没有办法。"

三十九、笑声格格

孟兴听说妇人单独住在这里，心下邪念陡起，斜目对妇人一瞅，见她美若天仙，不由得起了一阵飘飘然的感觉。

那妇人倒也十分乖巧，单凭眼色，已能猜料出孟兴的心意，当即俏皮地笑了笑，用磁性的语调简单讲出自己的身世。

原来妇人姓张，单名叫"莲"，人称"莲娘子"，从小死了父母，一直在有钱人家充当婢女。去年秋天，那有钱人家将她许配与农户陈阿二为妻，过门不久，阿二患急病逝去，留下张莲一个人死守着这间茅屋和屋前的几亩田。张莲虽是贫寒出身，但在有钱人家已经吃惯用惯，嫁与阿二，终日自叹自怨。阿二去世后，日子益发艰苦，不能改嫁，惟有在家引些好色之徒前来作乐取财，以维生计。

"所以，"妇人用衣袖拭眼，假装抹泪，"我是很可怜的。"

孟兴听了，心花怒放，当即飞眼弄嘴，开始调戏张莲了。张莲半推半就，丝毫不露愠色。外边大雨倾盆，风势转劲，木窗虚掩，终被狂风吹开，"嗖"的一声，桌上的油盏灭熄了。孟兴乘机在黑暗中摸索张莲的纤纤玉手；张莲霍然站起，纵身墙边，低声悄语地对孟兴说：

"你一定肚饿了，我去弄些酒菜给你驱寒充饥。"

孟兴仍在摸索，嘴里咿咿唔唔地只说不饿。但是茅屋虽小，却也无法捉住张莲，正感诧异间，但闻笑声格格，回过头去一看，张莲已经持着油盏出来了。

"你这人呀，真性急！"张莲含笑盈盈地说。

孟兴低着头，很有点不好意思，没有办法，只好从包袱里取出一些碎银，塞与张莲，作为酬谢。

张莲收了银子，笑盈盈地进厨房去，不久，从厨房端了一壶黄酒出来，另外还有一盘豆腐干和花生米。

孟兴见到酒菜，自也胃口大开，当即举起酒杯，一连喝下三杯。

四十、不敢久留

孟兴素不善饮，三杯下肚，神志已恍惚，眼前的景物开始打转。那莲娘子与他相对而坐，咧着嘴，露出一排贝壳似的白牙，笑得极媚。

外边的雨，愈下愈大。孟兴仿佛处身在另外一个世界里，完全得不到一丝现实感……

直到第二天早晨，大雨始止。孟兴一骨碌翻身下床，走出门外，翘首东望，但见初阳似轮，金光四射，心里说不出多么的轻松，暗忖："我若能久居于此，岂不幸福？"

正这样想时，莲娘子含笑盈盈地从里边走出来，说是洗脸水已经倒好，叫孟兴进去洗脸，洗完脸，好吃早点。

吃早点时，孟兴睁大眼睛望着张莲，觉得她长得十分妩媚，忍不住想向她提出嫁娶的问题，但是喉咙老是干涩涩的，讲不出话。

张莲何等乖灵，见他张口结舌，早已猜料出几分，因此，横波对孟兴一瞅；忽然用香喷喷的手绢往鼻尖一掩，佯装哭泣起来。

"什么时候走？"她问。

孟兴连忙放下筷子，支支吾吾地答："我本来……我本来想再多住几天的。"

"现在呢？"

"只因受人之托，不敢在此久留。"

张莲脸一沉，声色俱厉地问："究竟你自己的事情要紧呢？还是别人的事情重要？你说啊！"

孟兴十分为难了，眨眨眼睛，半晌，才答："那孟员外待我恩重如山，我可不能背信于他！"

张莲接口说："所以，你为了孟员外，你就宁可抛却一切了？"孟兴无所措置地摇摇头，一连说了好几个"不"字，却无法用别的言语来表达自己的心意。

那莲娘子倒也厉害，见他踟蹰不决，知道有机可乘，索性直率地对他说：“你不喜欢我吗？”

四十一、离别

孟兴并没有立刻答复张莲的问题，只是伛偻着背，解开包袱，取出四两纹银来，交与张莲。

张莲脸呈愠色，圆睁怒目，拒绝接受孟兴的银两。孟兴颇感诧异，问她：

“为什么不肯收受？”

她说：“我要的是你，不是银两。”

听了这句话，孟兴浑身起了一种软绵绵的感觉，咧着嘴，笑得见牙不见眼。他说：

“莲娘，只要你有心，我是一定不会辜负你的。我此番北上，实因拜受主人之命，不能不去。你若肯耐心等待，多则半年，少则三个月，待我探得姑爷的音讯，先回孟府；然后再到这里与你结为夫妇。”

“此话当真？”

“若非出自真意，我就……”

莲娘子忙不迭用手掩住孟兴的嘴，不让孟兴继续发誓。她说：

“不必讲下去，只要你是真意，我就放心。”

“这样说来，你一定在这里等我了？”莲娘子羞赧地点点头，她伸手去紧抓孟兴之手，将自己的戒指送给孟兴。

孟兴当即加了二两纹银给张莲，要她收下作为家用，免受饥寒之苦。张莲不但不加拒绝；抑且小心翼翼，将银两放在地洞中。

接着，孟兴心一横，背起包袱，走了。张莲想不到他会这么快就离去的，忙不迭站起身，匆匆奔上前去，将他一把拖住。

"为什么你就这样走了？"她说。

孟兴说："早些起程，可以早些回来。"

张莲鼻尖一酸，泪水就簌簌掉落了。孟兴劝她不要难过，说是快乐的日子不久就可来临。张莲千叮万嘱要他照料自己，孟兴点点头，挪开脚步，朝北急急走去。张莲站在官道上，频频向孟兴挥手；孟兴虽然愈走愈远，也频频回过头来看张莲。

四十二、抵达长城

孟兴离开杭州，直向安徽走去，经常乘坐小船或独轮车，为的是希望早日抵达咸阳。孟兴并不知道咸阳在什么地方，只顾朝北走去，沿途闻讯，足足走了一个多月，才由直隶转入山西。

其实，这样走法，无疑绕了一个大圈子，要不然的话，孟兴早已抵达咸阳。当孟兴进入山东时，应该向西走的，只要过河南，就可以来至西安府。如今，孟兴既已走了不少冤枉路，惟有转向西南继续赶路。

过了些时日，孟兴终于见到正在建筑中的长城。孟兴欣喜异常，忙不迭走到各帐篷和竹棚去打听万希郎的下落。不料，问了三日三夜，始终问不出一个头绪来。所有的工人都没有见过万希郎本人；甚至连他的名字都没有听到过。孟兴大失所望，不免有些灰心，只因远道来此，当然不能白跑一趟。于是，沿着长城，慢慢走去，倦了，就在墙脚安睡。

有一天，孟兴发现前边有热闹的锣鼓声传来，抬头一看，却发现长城上到处尽是灯彩。

孟兴不知道这是怎么一回事，拉住一个过路人询问：

"有什么喜事吗？"

那人睁大一对受惊的眼，尽管对孟兴身上仔细端详；呶呶嘴，反问他：

"听你的口音，好像不是当地人？"

孟兴点点头，承认来自南方，为的是想探听万希郎的下落。那人一听"万希郎"三个字，呆磕磕地望了孟兴半晌，然后问他与万希郎什么关系。孟兴倒也老实，当即将孟姜招亲之事约略讲给那人听。那人听了，叹口气，说出这样一段事情：

"这长城修了几年，始终修不好，常常东边修好西边倒；或者西边修好东边倒。始皇帝为此大为焦急，怎样也想不到办法来完成这伟大的工程。有一晚，皇上做了一个梦，梦中仙人密告于他，说是只要抓到万希郎葬在长城下面，长城就可以修起！"

四十三、御祭

孟兴听了，不胜诧异，眨眨眼睛，问："现在万希郎在何处？"那人故作神秘地顿了顿，然后抬起头，伸手对城墙上的灯彩一指，答：

"你知道这里为什么挂灯结彩？"

"不知道。"

"让我告诉你罢，这挂灯结彩的意思是庆祝长城的修起；而长城之所以能够修起，完全是因为万希郎的关系。"

"这样说来，那万希郎已经死去了？"

"他不葬在长城底下，长城是永远筑不起来的。"那人还是神秘地回答。

孟兴颇感困惑，眨眨眼睛，半信半疑地问："万希郎已经葬在长城底下了？"

那人当即用手一指，说："就葬在那边。"

孟兴顺着他的手指看过去，发现城门口搭起不少芦席棚，黑压压地围着一帮人，有的在打锣，有的在打鼓，有的跪地磕拜，有的焚香祈祷，有的齐声唱歌，有的同席对杯……。

"他们在干吗？"孟兴问。

那人含笑盈盈地答："他们在守城官领导之下，一边代天子御祭，一边庆祝长城修好。你今天来到此处，适逢上祭之期，能够看到大祭典礼，真是再巧也没有了。"

孟兴获悉一切后，当即欠欠身，拱手道谢，那人也十分有礼，双手拱起，还了一揖。孟兴为了证实所得消息，挪步向前，走到芦棚旁边，果见关吏站在祭坛上，正在虔诚地跪拜磕头。

孟兴挤入人丛，大摇大摆地走到祭坛下，抬头观看，发现坛上有一块牌位，那块牌位上赫然写着"万希郎之灵"五个字。

看到这个牌位，孟兴益信那人所言不虚，暗自叹息一声，又从人堆中退了出来。

事情既已证实，孟兴急于与张莲会面，归心似箭，不敢在此久留，马上进城去投宿招商店。

四十四、痛饮高粱

当天晚上，孟兴投宿在招商店，事情已经办好，心下自也比较轻松。临睡前，觉得肚饿，向店小二要了一盘卤牛肉和两碟炒菜，另外加绍兴黄酒一壶。

店小二眉头一皱，用手搔搔后脑，十分为难地说："客官，小店只有高粱，未备有黄酒。"

孟兴从小生长在南方，喝黄酒，早已成了习惯，如今，听说只有高粱，心里说不出多么的不舒服，只因酒瘾已发，不喝不行，因此脸色一沉，没好声气地说：

"高粱也成，不过千万别渗水！"

店小二立刻堆上一脸阿谀的笑容，吊高嗓子，应声"是！"拨转身，三步两脚地走了出去。孟兴独坐房内，心里老是惦念着张莲。稍过些时，小二托了酒菜来，往桌上一摆；抓起酒葫芦，沙的一声，给孟兴斟了一大碗高粱。孟兴从未尝过烈性酒，举碗一闻，但觉色味浓，忍不住一连打了两个喷嚏。店小二见他那种土头土脑的神情，脸上虽然装得十分正经，心内却在暗暗窃笑。

孟兴白天走得辛苦，此刻四肢酸软，只想借些酒力，借以补偿疲劳。于是，仰起脖子，咕嘟咕嘟地喝了好几口，猛饮一通，完全不知道高粱的厉害。店小二站在一旁，见他一味牛饮，不免目瞪口呆。

孟兴放下大碗，用衣袖抹干嘴角的酒液，举起筷子，挟一大块牛肉往嘴里送。

店小二颇感诧异，故意装出特别殷勤的样子，伛偻着背，细声说：

"客官，这酒可不曾渗过水的呀！"

"嗯。"

"味道还好吧？"

"跟绍兴酒不一样。"

"对！客官说的一点也不错，这高粱酒跟绍兴酒完全不一样……客官，如果没别的事，我想暂时到外边去料理一些琐碎事。"

"你尽管去吧！"

四十五、小二盗银

　　店小二走后，孟兴只觉得这高粱味道有点特别，每喝一口，那酒便像一团火珠似的，从喉咙口一直烫到肚里。孟兴酒量，原也不坏，以黄酒来算，一两壶决不会变色；但是这高粱却不同，一碗下肚，眼前的景物就渐渐模糊起来了。

　　不久，他看到一幅旋转不已的幻画，幻画中间原是金绿交错的图案，刹那间，那图案竟变成了含笑盈盈的张莲。

　　孟兴诧异万分，以为张莲果真出现在面前了，忙不迭放下筷子，双手抓住桌角，勉强支撑起身子，跌跌撞撞地走上前去，嘴里喃喃地呼唤"莲娘"不已。

　　莲娘笑眯眯的，较前更加妩媚了。

　　孟兴抵受不了美丽的引诱，神不守舍地伸出手去，紧紧一抱，以为抱到莲娘了，结果扑个空，"通"的一声，跌倒在地。

　　这一跌，额角碰地，痛极，眼前一阵昏黑，竟尔晕厥过去，完全不省人事。

　　约莫过了一餐饭的时候，店小二算准时间，走来收拾碗筷，推开房门，猛可地发了一怔，心忖："这小子，打肿脸孔充胖子，明明不能喝，偏要装作海量。活该你倒霉！"

　　于是，弓着腰，扶起孟兴，将他拖上床去，替他解衣，脱鞋。孟兴大发酒呓，一点知觉也没有了。店小二本非善类，见此情形，知道良机难逢，连忙走到房门口，探头门外，东张张，西望望，长廊里并无行人，当即关上房门，转身拿起孟兴的包袱。

包袱十分重甸，打开一看，棉袍里藏着几十两白晃晃的纹银。店小二欣喜若狂，将纹银往褡裢里一塞，缚紧腰带，放好包袱，打开房门，立即疾步离去……

第二天早晨，孟兴醒转，一骨碌翻身下床，给窗外的阳光刺得睁不开眼。

店小二送洗脸水和早点来，孟兴吩咐开账。

四十六、胖老板

店小二完全不动声色，从从容容地走到前边账房间，手持账单，摇摇摆摆地走回来。孟兴打开包袱，准备付账，竟发现所有银两已经被人窃去，急得双脚直跺。

"奇怪，这银两一直放在包袱里，怎会不见的？"他说。

店小二耸耸肩，涎着脸，伸手对墙上一指，却不开口。孟兴侧过脸去，顺着他的手指一瞅，原来墙上贴有白纸一张，纸上写着这样十六个字：

"贵重物件，顾客自理，倘有遗失，概不负责。"

纵然如此，孟兴当然不肯罢休，因此，咬咬牙，一把揪住店小二，非要他负责不可。店小二依旧嬉皮笑脸地对他说：

"你这又何苦呢？我又没有拿你的银子？"

孟兴理屈词穷，惟有吊高嗓音咆哮："银子在你们店里丢失的，你们决不能推得干干净净！"

店小二说："既然要招商店负责，就该找老板去评理，揪住我这个穷小二，算是什么意思？"

孟兴略一沉吟，觉得店小二的话也有道理，撇撇嘴，要店小二带领他去见老板。

店小二何等乖灵，知道孟兴已转移目标，心下暗自欢喜，当即挪开脚步，大摇大摆地带领孟兴去见老板。

老板是一个肥胖得近乎臃肿的家伙，手里拿着水烟筒，左腿搁在右腿上，荡呀荡的，正在悠扬地吸着烟。

店小二将孟兴失银的事告诉老板，老板乜斜着眼珠对孟兴仔细打量一番，见他衣着普通，料非王孙公子之流，因此存了鄙夷不屑之意。

"如果我是你，身上带了这么多银两，一进店，就该交与账房代管，这是你自己不小心。如今，谁能证明你有银子带来？"老板道。

孟兴非常讨厌老板那种阴阳怪气的态度，只因银两已失去，只好忍声吞气地请求老板帮他调查一下。不料老板脸一沉，竟拒绝他的要求。

四十七、糊涂县官

孟兴气极，一定要拉胖老板到官府去评理。胖老板闻言，斜目对他一瞅，霍然站起，兀自走到堂后，索性给他一个不理不睬。

孟兴见到这样的情形，心内更加焦急，拍手跺脚大哭大嚷地，声言要去官府控告胖老板一状。

店小二听到孟兴的恫吓，不但不因此而感到恂栗；抑且怒往上冲，卷起衣袖，纠合几个同事，一拥而上，围住孟兴，纷纷饱以拳脚，打得孟兴头昏脑胀，知觉尽失。

迨至苏醒时，孟兴才发现自己躺在街边，有几个爱管闲事的人围着他。

他吃力地站起身，浑身刺痛，遍体鳞伤。

有人问他："怎么会被人打成这个样子的？"

他定了定神，用干涩的嗓音问："县府在哪里？"

看热闹的人伸手向东一指："由此笔直走去，经过五条横街就到。"

于是孟兴拍拍身上的灰尘，挪开脚步，跌跌撞撞地径向县府走去。走到县府中，忙把皮鼓痛击，县主升堂，下令孟兴受讯。孟兴当将失银之事，详细禀告县主。殊不知县主听后，愤然将惊堂木重重一击，说：

"银两被窃，乃是你自己的疏忽，与招商店无涉！按照此地的规矩，凡是投宿招商店者，贵重物件必由顾客自理，倘有遗失，只好自认倒霉。"

县主的这一番话语，说得孟兴目瞪口呆了，跪在地上，赛若冷水浇头，但觉寒冻冻的，仿佛这世界一点温暖也没有。半晌过后，孟兴开始磕头求拜了：

"纹银既在贵境被窃，贼人谅来仍在境内，万望县老爷开恩，下令缉拿乖贼。"

县老爷两眼一瞪，猛拍惊堂木，叱声："退堂！"兀自站起，大踏步走向后堂，根本不理孟兴。

事情至此，孟兴只好废然走出县府，两手空空，茫茫然，莫知所从。

四十八、回禀员外

银子虽已失去，但也不能不回家。按照孟兴的初意，只想将实情回禀孟员外后，立刻前往杭州与张莲结婚。如今，纹银被盗，连回家的盘缠都没有，哪里谈得上其他？没有办法，只好沿途求乞，希望回抵孟府，虚报万希郎有病，员外自必再交银两与他，差他返转长城，好生服侍希郎。到那时，银两在手，即可悄然前赴杭州，与张莲快乐地生活在一起。

主意打定，手挽包袱，一路问讯，沿途求乞，终日餐风饮露，受尽千辛万苦，幸而身体茁壮，倒也未曾病倒。

过了一个多月，孟兴走过郑卫，进入吴越境内，原想趁便探视一下张莲，只因衣衫褴褛，惟有径返孟府。

回到孟府，员外见他面呈菜色，衣不蔽体，骇得两眼直瞪，忙问：

"你……你怎么会弄成这个样子的？"

"启禀员外，小人去到长城，探得姑爷消息后，不敢久留，立刻兼程赶回，不料中途遇见强盗，身上所带银两，全被强盗们劫去。"

"银子事小，只要能够保得性命，已属万幸。"

"此番全靠员外洪福，要不然，恐怕……"

说到这里，身旁忽然响起一阵零乱的脚步声，孟兴斜目一瞅，只见孟姜气急败坏地疾奔而至。

"孟兴，"她娇喘吁吁地说，"你可曾见到姑爷？"

"见到的。"

"他在长城可安好？"孟姜紧张地问。

孟兴并不立刻回答，很持重地，想了想，两眼骨溜溜地一转，说：

"姑爷身体单薄，做不惯粗工，目下病倒在长城。"

"病势可重？"

"不轻。"

"你知道他患的是什么病症吗？"

"好像是痨伤。"

孟姜一听，心内悲伤异常，正待继续开口，晶莹的泪珠已经夺眶而出。

四十九、纹银八十两

孟员外见女儿哭得像个泪人，心里不免难过起来，提起衣袖，拭拭眼角，然后干咳一声，继续询问孟兴：

"姑爷可有书信叫你带转来？"

孟兴咂咂嘴，咽了口唾沫，低着头，又撒了一个谎：

"姑爷卧病榻上，无力执笔，只差小人带个口信，请员外夫人再送些纹银衣服去。"

正在耸肩啜泣的孟姜，听了孟兴的话语，马上转过脸去，哭哭啼啼地恳求员外：

"爹呀！想那万郎乃是文弱书生，怎能经得起风吹雨打？如今，既因操劳过度而病倒，女儿必须即刻赶去送些银两衣服给他，同时也好在病榻旁边任他差遣。"

员外闻言，连忙把头摇得如同搏浪鼓一般，嘴里颤声说：

"想那长城，离此甚远，我儿乃是千金小姐，乘坐舟车，皆有不便；不如再差孟兴即刻前去，一来孟兴已经走过一次，熟悉路上情形；二来孟兴是个男人，即使行路，也远较我儿为快。现在，希郎既已病倒，需款甚殷；倘若送款人在路上耽搁时日太久，对万郎实属不利。所以，此番自当再差孟兴前去，多与银两，让他用轿马代步，日夜兼程，大概无需一个月，即可抵达。只有这样，才不致于耽误大事。"

孟姜心乱似麻，早已没有主意，听了父亲的话语，忙不迭奔回闺房，将前些日子替希郎缝好的衣帽鞋袜，用大包袱一包，便交与春梅，叫她捧入厅堂。

这时，孟员外也亲自取了四包纹银出来，交与孟兴，郑重地说：

"孟兴，这是八十两纹银，四十两送去面交姑爷；另外四十两给你乘坐轿马舟车，一路上，必须小心纹银，千万不可露眼，万一让歹徒们见到，失落银两事小，误了姑爷的病症，那就不堪设想了。现在，快到后边去洗澡更衣，尽速吃饭，洗过澡吃过饭后，便立刻再动身！"

五十、骑马而去

孟兴从员外手里接过纹银，心里说不出多么的高兴，暗忖："有了这八十两纹银，我孟兴就可以赶往杭州，先与张莲结婚；然后拿这笔款子作为本钱，在杭州城内旺盛地区开一间店铺，今后就可以不必愁吃愁穿了。"

这样想时，当即向员外夫人连磕两个响头，站起身，退出厅堂，到后边去洗澡吃饭。

孟姜想起正在病中的希郎，心似刀割，马上转身返回闺房，提笔修下书信一通，将久久蕴藏在心内的思情，全部写在纸上。

傍晚时分，孟兴吃饱肚皮，换好衣服，兴冲冲地回入厅堂，辞别员外夫人，准备再往长城。员外为了争取时间，特命家人替孟兴牵来骏马一匹。

"孟兴，"员外郑重嘱咐他，"姑爷卧病长城，急需请医服药，你应尽速赶去，千万不可延搁时日！"

孟兴频频点头，正拟踏蹬上马，忽见孟姜匆匆奔来，只好站在那里不动。孟姜将书信递与孟兴，员外又赏了十两纹银，说是："去到长城，不必急于赶回，你姑爷正在病中，需要有个人在旁伺候，等到姑爷病愈，再回家不迟。"

孟兴急于前往杭州与张莲会晤，尽管孟姜怎样叮嘱，他却有点心不在焉，一味颔首称是，其实根本不知道她在说些什么。

孟员外见孟姜总是唠叨不完，当即走上前去，柔声对孟姜说：

"儿呀，不必多说了，还是让孟兴趁早上马吧。不要耽误了他的正事。"

孟姜这才退后两步，睁大一对泪眼，目送孟兴扬起皮鞭，一声吆喝，那骏马立刻腾起四蹄，像枝飞箭，朝官路疾奔而去……

员外眼看孟兴远去，拨转身，率领一家大小，冉冉走回厅堂。夫人见孟姜愁眉不展，忙问："儿呀，孟兴已经动程了，你何必再担忧？"

五十一、倾盆大雨

孟姜为人素来细心，纵然悲伤难捱，但是也能察觉孟兴的神情有异，因此疑窦顿起，只是放心不下。孟夫人见她愁眉不展，颇感诧愕。

孟姜用衣袖拭干眼泪后，抬起头，说："那孟兴取得银两后，笑容常露，既不忧虑，又不焦急，看样子，可能另有打算。"

孟夫人摇摇手，说："儿呀，千万不要胡思乱想，想孟兴本性善良，自幼在我家长大，你父亲待他甚厚，视同己出，理应知恩报德，那里会贪图银两，做出丧尽天良的事。儿呀，你切勿多疑，快快回房去焚香祈祷吧。"

孟姜叹口气，怀着沉重的心情，由梅香搀扶，垂头丧气地回闺房。此时，蓦地吹起一阵狂风，抬头望天，天上黑压压的，彤云密布，眼看就要落大雨了。孟姜加快脚步，匆匆沿着廊庑行走，以免淋到雨水。一会，响雷贯耳，闪电刺眼，孟姜未抵闺房，雨像倾盆一般倒下来。

雨很大，哗啦哗啦的，赛若万马奔腾。孟姜急于回房，竟尔冒雨疾奔，淋得浑身湿透，如同落汤鸡一般。

当天晚上，孟姜病了，热度相当高，躺在床上频发梦呓。孟员外闻讯，急如热锅上的蚂蚁，连忙请了大夫来，替孟姜把脉开方。大夫说孟姜受了些风寒，不碍事的，只需静养数日，就可痊愈。

但是大夫的话语未必正确，孟姜患的虽非重症，却老是病恹恹的，在病榻上足足躺了半年多。

眨眼间，半年过去了，孟兴仍未归来。

孟姜早对孟兴有了怀疑；此刻益发觉得孟兴的不可靠了。照说：孟兴此番北上乃是以舟车代步的；自应较上次省时得多。上次虽然途中遇盗，也不过费了四个月左右；如今，半年已过去，而孟兴则音讯全无。这是一宗怪事。

"这是怎么一回事？"孟姜问父亲。

父亲眉头一皱，开始怀疑事情另有蹊跷。

五十二、二次托梦

孟府上下不见孟兴归来，无不焦急异常，只因孟姜病体未复，谁也不敢面露愁容。

有一天，孟府的另一家人孟和在茶楼里遇见一个来自北方的布贩子，谈起长城，那布贩子说：

"长城早在八个月前就修成了！"

孟和闻听，不觉大吃一惊，连忙疾步奔回，将布贩的话语禀告员外知道。

员外拨指一算，终于断定孟兴撒了谎。理由很简单：孟兴是在半年前回来的，那时候，他说长城仍未修成；现在，布贩却说长城修成已有八个月了，前后一核，不无矛盾之处。两人中间，必有一人撒谎。如果布贩说的是实话，那么，一定是孟兴在撒谎；如果孟兴讲的是实话，那么，万希郎也早该回来了。根据这样的推算，孟兴的不可靠，似乎已毋庸怀疑。

然则，孟兴为了什么要撒谎呢？难道银两使孟兴起了坏心？

孟兴吞没银两，必然另有用意。孟员外无法猜测其用意何在；但是已可确定孟兴是不会回来的了。

纵然如此，孟员外还是不愿意将这件事告诉孟姜，免得她过分悲伤，有损身体。

又过了两个月，孟兴依旧消息全无，孟姜焦急万分，日夜不思茶饭，弄得面黄肌瘦，容颜枯槁。

"这是怎么一回事？"当她焚香祈祷时，忍不住噙着眼泪询问上苍，"菩萨有灵，也该托个梦给我！"

当天晚上，孟姜果然做了一个梦。

在梦中，孟姜第二次见到希郎，见他两袖垂地，依旧穿着一件血衣。孟姜一见夫君，早已哭得泪眼模糊，忙不迭扑上前去，结果却扑了空。孟姜面对一片黑暗，嘶声狂喊；喊了半天，终见万希郎飘飘忽忽地又出现了。孟姜问他："为什么不回家乡？"希郎以袖拭泪，抖着声音说："我已死去了！"

五十三、化为青烟

孟姜问希郎："你什么时候去世的？"希郎说："算起来，已经有一年了。"

孟姜猛发一怔，困惑地问："死去已有一年？但是，八个月前，孟兴从北方归来，还说你卧病在床，急需银两和寒衣？"

希郎这才喟叹一声，向孟姜说出了真情："妻呀！为丈夫的早在一年之前因疲劳过度就死去了，尸骨迄今埋葬在十里亭的长城底下。那孟兴初到长城时，为夫的已经故世月余。这奴才本该将实情报与贤妻知道才是，哪知他在北上时，经过杭州，结识一个姓张名莲的寡妇，一心与她结为夫妇！又因中途被人盗去纹银，只好沿途求乞，回转孟府，谎言为夫病重，又从岳父大人处骗去纹银八十余两，遄赴杭州，与那寡妇结成夫妇。"

听了这一番话，孟姜终于恍然大悟了，正拟继续发问时，那万希郎又哭哭啼啼地对她说道：

"贤妻呀！你……你千万要设法将为夫的尸体寻回才好！"孟姜问："夫君尸在城下，可有任何标志。"

希郎说："你到达十里亭时，细心观察，当可在墙脚见到一块小小的碑志。"

希郎忽然退后一步，挥挥衣袖，瞬息间化为青烟而隐。

孟姜大哭，终于从睡梦中哭醒。春梅闻声进来，问孟姜为什么悲伤至此，孟姜定定神，才知道做了一场噩梦，连忙一骨碌翻身下床，绷着脸，匆匆走到厅堂。

孟员外见她神情慌张，当即瞪大一对受惊的眼，问："我儿为何这等模样？"孟姜双膝跪地，将梦中的情景详细禀明父亲。员外听了，不由得勃然大怒；但是转念一想，梦境所见未必就是事实，岂可随便信以为真。孟姜当即要求亲自前往长城，寻回夫君尸骨，员外不允，谓有方法可证明孟兴所为是否与梦中符合。孟姜问："什么方法？"

五十四、本性不良

孟员外建议派遣孟和前往杭州探听孟兴的下落，杭州离此不远，来回无需半个月，倘能探得孟兴下落，当可知道事情的真相了。

孟姜一听，觉得这个办法相当合理，也就颔首表示同意。员外当即将孟和唤至堂前，取出纹银十两，交给他，命他速往杭州打听消息。

孟和奉命，立即回房收拾东西，扎成一个包袱，背在肩上，提一把纸伞，辞别孟员外，匆匆离开孟府。

过了二十天左右，孟和回来了。孟员外问他：

"有没有见到孟兴？"

"见到的，不过，他正在患病。"

"孟兴病了？"

"病得很重，据大夫说：已经没有什么希望了！"孟和说时，神色黯然。

"这是怎么一回事？"孟员外追问。

"那孟兴上次离开这里后，并未前往长城，却去杭州与一个名叫张莲的青年寡妇结为夫妇。"

"与哪一个女人结为夫妇？"孟员外感到很奇怪。

"张莲。"

孟员外听到"张莲"两个字，不觉猛发一怔，茫然于事情的发展太过奇突，困惑地问：

"张莲是谁？"

孟和感喟叹息，唏嘘着说："那张莲是一个本性并不纯良的寡妇，丈夫死去后，不能久守，经常利用自己的色相去骗取别人的钱财。"

"但是孟兴怎么会认识她的？"

"孟兴上次奉员外之命前往长城，路过杭州，适逢大雨，无处走避，惟有就近寄宿。这样，就认识了张莲。两人一见钟情，约定孟兴归来后结为夫妇。孟兴抵达长城，始知姑爷已死，赶着回来禀告员外，不料中途遇到贼人，所有银两，全部被盗。孟兴没有办法，只好编造一套故事回来说谎，俾能骗得员外的银两，前往杭州与张莲结合。"

五十五、意外的发现

孟员外听了孟和的报告，气得脸色铁青，两眼睁得大大的，仿佛有两撮怒火在里面潜燃着。

"想不到孟兴这小奴才竟会做出这样的事来！"

孟和见员外满脸怒容，早已吓得浑身哆嗦，连忙磕头作揖，不断地抖声恳求：

"请员外息怒。"

员外咂咂嘴，呷了一口浓茶，忽然猛烈地咳呛起来，咳了半天，"霍"的一声吐出一口浓痰；然后伸手捻捻长须，用嘹亮的嗓音问孟和：

"那没有良心的小奴才怎么会病成这个样子？"

孟和明知员外在生气，也不得不将已经查明的事实详细禀告员外：

"孟兴第二次抵达杭州，一心一意想找张莲结婚，不料，张莲态度大变，显已移情别恋。孟兴用情极专；但张莲则是一个水性杨花的女人，对于上次对孟兴所作的诺言，早已忘得干干净净。孟兴从未坠入过情网，至此只好将八十两纹银全部交与张莲，作为结婚的条件。张莲一见雪白发亮的纹银，立刻眉花眼笑了。"

"但是，"孟员外不耐烦地追问一句，"那小奴才怎么会病成这个样子的？你说！"

孟和略微顿了顿，咽一口唾沫，继续说下去："孟兴与张莲结为夫妇，并没有获得预期的幸福。张莲依旧常常暗中与别的男人来往，孟兴屡次规劝，她总不肯改过。有一次，孟兴到钱塘去接洽一宗买卖，行至中途，忽然忆起忘记携带账簿，立刻赶回去取，想不到……"

孟和欲言又止。

员外愤然以掌击桌，怒叱："说下去！"

孟和觳觫异常，嘴角痉挛地跳动着，隔了半晌，才怯怯地说：

"孟兴回抵家门，敲门，久久不闻张莲的应声，心中怒火欲燃，咬咬牙，举腿踢开板门，竟发现卧房里另外还有一个男人！……从此，孟兴就病倒了。"

五十六、晕倒在地

孟员外又问："孟兴这小奴才为何不跟你一起回来？"

孟和抖着声音说："孟兴病入膏肓，已经不久于人世了。我离开他时，他要我转禀员外……"

"什么？"

"他要员外饶恕他的过失。"孟和说。

孟员外听了这句话，忽然感到一阵刻骨的悲酸，眼圈一红，止不住热泪掉落，呈露了凄伤的神态。就在这时候，孟姜听说孟和已回来，忙不迭从闺房奔来厅堂，一见孟和，当即抖着声音问：

"你家姑爷可有消息？"

孟和对孟姜瞟了一眼，立刻低下头来，痛苦地皱着眉头，不敢说出实情。

孟姜为人素来敏感，看到孟和的表情，不必等他开口，也已知道事情不妙，因此，跺跺脚，跌跌撞撞地走到孟和面前，用裂帛似的声音嚷起来：

"孟和！你家姑爷究竟怎样了？"

孟和依旧怯怯地低着头，不敢将实情讲出来。孟姜益发焦急了，她噙着眼泪地问：

"孟和！你说，你说，姑爷到底还在不在人世？不要骗我！"

孟和迫得无奈，只好叹口气，用蚊叫一般的声音答复孟姜："姑爷……他……他已经去世了！"

话音未完，孟姜早就晕倒在地。几个丫鬟七手八脚走来搀扶孟姜，嘶声叫唤，隔了很久很久，才见孟姜眼皮翕动，转过气来。

孟员外弓着腰，细声在劝慰着女儿：

"不要啼哭，人死不能复生，哭也无用，为今之计，只好差遣孟和到长城去搬灵回家了。"

孟姜泪滴满颊，哭得上气不接下气，用泪眼对父母一瞅，连话都说不出来了。稍歇又在揪心恸哭。

孟夫人最能体会女儿的心情，当即吩咐春梅先扶孟姜回房休息。

五十七、叩谢父母

当天晚上，孟姜换了一身素服，在自己闺房里摆好祭馔，焚烧纸钱，面对着万希郎的牌位，哭得如同泪人一样。

孟夫人亲自走来劝慰孟姜，要她止哭节哀。孟姜当即向母亲提出一项要求：

"过了七七之期，女儿有意前往长城，亲将万郎尸体寻回，另葬必发之地，不知双亲肯不肯让女儿北上？"

孟夫人闻言，立刻脸呈忧色，噙着眼泪对孟姜说："儿呀，你是个女人，怎么可以只身前往长城？想那长城离此甚远，绝非短期可以抵达，你若去后，你父亲与我怎能够放得下心？"

但是孟姜意志坚决，宁死也要北上寻灵。夫人力阻无效，惟有将事情交与员外作主，于是，孟姜走去跪求父亲。

员外费尽唇舌，始终无法使孟姜改变既定打算，心中颇为焦躁了；但是转念一想：孟姜不事二夫之志，实属难得；今希郎已亡故，孟姜不辞艰苦，坚要搬回丈夫尸骨，于情于理，自当允其所请。于是，员外捻捻长须，颔首对孟姜说：

"儿呀，你既已立志要去，为父的也只好成全你了，不过，长城离此甚远，你是千金之身，单独行走，实在诸多不便，现在，我准备唤叫春梅与孟和陪你前去，一来也好在路上照顾于你；二来逢到有什么急难之事时，大家也好磋商着应付。"

孟姜点点头，当即推金山倒玉柱地跪倒在地，叩谢父母成全之恩。

孟员外当即唤过春梅与孟和，将此意述出，问他们是否愿意陪同小姐北上，春梅与孟和闻言，立即上前磕拜，齐声回答：

"小人愿意保护小姐同到长城。"

孟员外闻言，大受感动，略一沉吟，作了这样的诺言：

"你二人如此有义气，来日寻得姑爷尸骨回来，老夫当将孟和收为义子；春梅收为义女。"

五十八、出门寻灵

事情就这样决定，到了七七期满，孟姜一早起身，盥洗完毕，立刻去到厅堂，辞别双亲。

"娘呀，"孟姜抽抽噎噎地说，"孩儿此去，要一年半载才能回来，望两位大人千万保重福体！"

老夫人听了孟姜的话语，止不住心的悲怆，连忙用手绢掩住鼻尖，但是晶莹的泪珠已从面颊上滚滚流落。

接着，孟员外捻捻长须，用低沉的声音对孟姜说："吾儿立志要去寻找丈夫的尸骨，为父的也不能阻止你，但望沿途小心，谨防盗贼抢劫，为要。"

孟姜频频点头，只是悲伤得说不出话。

孟员外随即唤过孟和与春梅，千叮万嘱，要他们好生服侍小姐，将来返府，自有重酬。两人连磕三个响头，站起身，手挽雨伞包袱，搀扶孟姜，走出厅堂，向大门徐步走去。孟姜不带任何首饰，只穿素布粗糙，虽是小姐身份，却是婢女和工人的打扮。挥泪上轿，轿夫一声大喝，健达门口，早有两顶竹轿等在外边。竹轿是员外特别雇来给孟姜与春梅代步的，孟姜见了，能不悲从中来？

此时，孟员外偕同夫人因为舍不得女儿，竟亲自走了出来多看一眼，孟姜一见父母，立即磕地哭拜，员外忙不迭弯腰挽起，暗中又塞了一两黄金给她。

孟姜将金子塞入衣袖，立即步似飞，刹那间，走上了山岭。孟姜从岭上回首远眺，竟发现两位老人家依旧站在大门口，心内起了一阵刻骨的悲酸，泪落纷纷。

傍晚时分，轿夫们也累了，只因近处并无宿店，惟有沿途买些面饭充饥，食后，在凉亭里露宿过夜。

大凡凉亭都是为了便利商旅歇脚而设，多数位于落荒之处，孟姜初次出门，未知盗贼厉害，竟糊里糊涂在这种地方过夜，实在非常危险。幸而，这天晚上并无歹人经过，翌晨醒来，初阳未起，他们就在薄雾中继续赶路。

五十九、心似箭急

孟姜为了寻找丈夫的尸骨，不辞辛劳，日日赶路。只因小脚难行，惟有雇用舟车代步，比较起来，当然比当初孟兴的行程快得多了。

纵然如此，但是路远迢迢，过了一村又一村，过了一镇又一镇，问别人，总说距离长城仍远，仿佛永远走不完似的。那春梅虽是女流之辈，倒也忠心耿耿，但是孟和却耐不住饥渴的煎熬，常常口出怨言。

孟姜对孟和的态度很不满意，只是不便申斥。

这一天，三人行抵一座小村，买了些干粮充饥，略事休息，又要继续赶路。孟和扁扁嘴，用鄙而不屑的眼光对孟姜一瞅，没好声气地说：

"前边乃是旷野深林，须待明晨一早动程。"

孟姜心似箭急，皱皱眉，说："此刻刚过晌午，距离天黑尚有半日时间，岂可在此逗留，延搁光阴？"

孟和两手往腰眼一插，显然有点不耐烦了："如果是早晨动程的话凭你们两双小脚，也未必能够及时穿出森林；何况现在已经是晌午过后了。"

孟姜无意跟他争吵，只好柔声细气地好言相劝，说了一大堆来日的重酬，才打动孟和的心。孟和说："要走，还得雇两顶竹舆。"

但是小村人口稀少，连独轮车都没有，那里找得到舆子？孟姜急于北上，咬咬牙，决定步行入林。

孟和耸耸肩，只好背起包袱，无可奈何地走在前面领路。

森林犹如鬼域，大树耸立，深荫郁郁，处身其间，但觉阴气侵人，仿佛进入了另外一个世界。

孟和愈走愈怨，一路责怪小姐性子太急。孟姜给他讲得面红耳赤，不知应该答些什么才好。幸而春梅深明大义，代替小姐责备孟和，说他临危退缩，完全不像一个男子汉。孟和听了，心里很不高兴；但是想起员外和夫人的叮咛，总算没有将怒气发作出来。

六十、孟和变卦

三人在黝暗中行走，因为见不到天日，所以无法知道时辰。孟和觉得腰酸，兀自挑一块大石坐了下来。

孟姜皱皱眉，催孟和继续赶路。孟和脸一板，没好声气地说：

"我是人，不是野兽！走了这么久，难道休息一下也不可以吗？"恰巧树旁有一块青皮石，很大，上面平平滑滑的，像只圆凳，正好坐下。尽管孟姜在旁催促，他只顾安详地坐在这里，右腿搁在左腿上，荡呀荡的，给她一个不理不睬。

孟姜对春梅看看，春梅耸耸肩，表示无可奈何。

没有办法，孟姜和春梅只好也拣两块大石坐下。坐了一阵，孟姜性急，站起身，再度走过去催促孟和：

"时间不早了，快走吧！"

孟和正在哼山歌，模样十分自得，听到孟姜的声音，脸一沉，扁扁嘴，用鄙夷不屑的目光对孟姜一看，说：

"急什么？反正天黑前绝对走不出这座深林的！"

"难道要我们两个女人在深林里过夜吗？"

"咦！刚才是你自己主张走进来的，现在怎么反而责怪起我来了？"

"我责怪你太懒！"

孟和倏地脸色发青，伸出右手，用手指点自己的鼻尖，哗啦哗啦地嚷起来：

"小姐呀！你也不想一想，自从离开家门到现在，少说也有五六十天了，没有好好儿吃过一顿；也没有好好儿睡过一觉，此刻，脚底都走破了，还不让休息一下？"

孟姜狠狠盯了他一下，见他一动不动地坐在那里，心一气，顿脚说："你若不愿意继续赶路，我们只好先走了！"

孟和嗤鼻冷笑一声，不干不净地说了几句，然后说："随便你们！"

孟姜掉过脸来对孟和一望，看不惯他那副爱理不理的嘴脸，当即自己提起包袱，拉着春梅，一步一拐地向森林中冉冉走去。

六十一、山岗阻路

两个女人手拉手地朝森林里走去，愈来愈黑，根本不清楚是否已迷失路途。这是一个鬼域似的所在，到处充满了恐怖的气氛。四周尽是千年古树，很粗，很高，像屋顶般盖在上面，使人抬头见不到天日。瘴气氤氲，常常使两人咳呛得连眼泪都掉下来。

孟姜从未吃过这样的苦，此刻但觉头重脚轻，仿佛大醉似泥的酒徒一般，踉踉跄跄，脚下一路划着十字。

"小姐，"春梅一边用手抹去自己额角上的汗滴；一边抖声说，"我们不如在这里歇歇吧，看样子，今晚是绝对没有办法走出这座森林的。"

孟姜娇喘吁吁，连呼吸都感到迫促了，说话时，声音微微有点沙哑：

"再往前走几步，也许可以找到比较清静一点的地方。"

于是，两人彼此搀扶着，一步高；一步低，踏在野草丛中，困难地朝前继续走去。

走了约莫一盏茶的时间，忽然听到一阵沙沙声，不很响亮，但十分清楚。孟姜站定了，用手往眉际一遮，看看前边，但见山岗阻路，心里不觉冷了一截。

"糟了！前边是一座山岗，怎样行走呢？"

春梅舒口气，用舌头舐舐干涩的嘴唇，将眼睛眯成一条缝，仔细对山岗看了一看。

"说不定翻岗而过就可以走出这座森林了。"

"但是，那沙沙的声音又是什么呢？"

"我们索性翻过山岗去看看罢。"

"你走得动吗？"

"我们总不能就在这里过夜啊。"

说着，两人随地拣了两根粗树丫，握在手里，当作手杖使用。孟姜侧过脸来，用感激的目光对春梅看看，春梅也报以绽自痛苦的微笑，抖起精神，挪开莲步，一步一步向山岗走上去。

这山岗并不陡，只因平时极少行人，无路可循，走起来格外辛苦。

六十二、月下露宿

山岗上，树木稀少，抬头可见金黄色的落日光。孟姜嘘口气，心下也比刚才安定了些。孟姜说：

"反正天还没有黑，我们总可以找到一个休息的地方的，希望翻过山岗就见大路，我们续行一程吧。"

春梅点点头，用一种近似爬山的姿势，在崎岖的山岗上行走。那沙沙声忽然响起来了。两个女人只顾爬山，没有注意到这些。迨至夕阳西下，夜幕四合，她们才翻过岗头，站定一望，竟发现那不绝于耳的沙沙声原来是溪谷里的清泉。孟姜高兴极了，忙不迭疾奔而去，完全忘记了疲倦。奔到一潭清泉旁边，扑在地上，用嘴凑在水面上，贪婪地饮取。

饮过清水，解了口渴，浑身感到清凉，孟姜和春梅精神逐渐转好。

孟姜游目四瞩，不见黑魆魆的大森林，牵牵嘴角，脸上呈露一丝安慰的笑意。

"不如在这里过夜吧。"

"也好。"

"那边有几块大石，干干净净，正好躺下安息。"

春梅点点头，站起身，搀扶孟姜行走。孟姜知道春梅自己也累了，不要她搀，两人慢步走向大石。

坐定后，孟姜取出干粮，与春梅分食。春梅说："余粮不多，还是留着给小姐明天充饥吧。"

孟姜说："明天走出林子后，到处有得买的，怕什么？快吃。"春梅依旧不敢接受干粮，说："万一明天还走不出森林，那怎么办？"

孟姜说："我不愿意让你一个人饿死，要死也得死在一起。快吃吧，吃了，明朝就有气力赶路。"

这样，春梅才拿了两只芝麻饼，细细嘴嚼，静候夜幕笼罩，但见东天挂起一轮明月。

吃过东西，两人就躺在大石上，疲倦之余，合上眼皮，沉沉入睡。

六十三、兽性大发

睡至中宵，孟姜忽然觉得有人在解开她的衣服，睁眼一看，竟是孟和。

"你干嘛？"

孟姜拼命挣扎；但怎样也无法从孟和的怀抱中挣脱出来。孟和咧着嘴，露出一排黄牙，笑嘻嘻的丑态十分难看，他对孟姜说：

"小姐，我已经想了你几年了，今晚机会难逢，你就答应了我罢！"

孟姜想不到孟和竟会如此下流，心内气愤，张开嘴，在孟和的肩头狠狠咬一口。孟和痛极呼号，手一松，终于让孟姜逃脱了。

孟和这下可认真发了脾气，绷着脸，纵身跃起，用裂帛似的声音咆哮起来：

"你若知趣的，乖乖走过来，要不然的话，这荒山旷野，我孟和杀死一两个人，谁也查究不出来的！"

孟姜躲在岩石背后，怯怯地望着兽性大发的孟和，心存怯意，不敢大声呼唤。此时，春梅早已醒了，她没有动，也不敢动，悄悄躲在另一块岩石背后，静观发展。

孟和知道荒山野岭中根本无人管辖，胆子更壮，先从腰际拔出一把尖刀；然后汹汹然直向孟姜扑去。孟姜惊惶失措，想逃；大腿酸溜溜的，完全不听指挥。孟和笑得十分狰狞，如同老鹰捉小鸡一般，一把拉住孟姜，不顾一切地百般戏弄着她。

"孟和，你……不能这样的！"

孟姜泪眼泛滥，用近似哀求的口气对孟和说。孟和理智尽失，紧紧搂住似花似玉的小姐，欲火狂燃，心房跳得非常厉害。

接着，孟姜的衣服就被解开了。

孟姜嘶声唤叫春梅；但春梅不敢前来营救。孟和心慌意乱，见孟姜不停挣脱，索性举起手来，猛挥一拳，直向孟姜脸部打去！

孟姜眼前立刻出现无数星星，连喊叫的气力都没有，就仰天晕倒在地。

六十四、鲜血涌出

孟和见孟姜晕倒，心中大悦，当即蹲下身子，伸手去解开孟姜的衣服。

就在这时候，春梅弓下身，撷取一块大石，高高举起，蹑足走到孟和的背后。孟和色星高照，一心想蹂躏孟姜，哪里会知道身后有人？

迨至孟姜身上的衣服几乎完全剥去时，春梅咬咬牙，愤然将大石掷向孟和的头颅。

孟和惨叫一声，朝前猛扑，跌倒在地，鲜血似泉涌出，动都不能动了。

春梅知道闯了祸，倒也并不恂栗，只顾嘶声唤叫孟姜；但孟姜由于惊惶过度，始终陷于昏迷状态，紧闭双眼，仿佛断了气一般。春梅见此情形，不免焦急起来，伸手摸摸孟姜的额角，微微有点热，知道尚未死去，忙不迭奔向清泉，合并双手，捧了些冷水过来，淋在孟姜额上。

孟姜醒转，慢慢睁开两眼，一见春梅，以为自己已遭孟和奸污，止不住泪水簌簌掉落。

"春梅，我好命苦呀！"

"小姐，你不要难过，那孟和已经被我用大石击死！"

"什么？你说什么？"孟姜急急追问。

"小姐，那狼心狗肺的孟和已经被我击毙了！"

"那么，我……"

"小姐，你并没有被他糟蹋过。"

孟姜这才松了一口气，侧过脸，对旁边一瞅，无意中发现孟和的尸体伏在大石上，两眼眨直，鲜血洒满一地，那样子很恐怖。

"这是怎么一回事？"孟姜抖声问。

春梅将经过情形讲出，孟姜才知道自己险些失身，亏得春梅及时相救，幸免于难。于是，纵身跃起，匆匆穿好衣服，竟哭哭啼啼的，跪在春梅的面前了！

春梅是个丫鬟，哪里受得这样大礼，连忙将孟姜搀起；但孟姜老跪在地上，怎样也不肯站起。

六十五、埋葬孟和

孟姜跪地不起，为的是感谢春梅救命之恩。春梅见她哭成泪人一般，止不住内心的激荡，终于也流了泪水。孟姜愿与春梅姐妹相称，春梅更加无所措置了。孟姜说：

"你若不肯答应，我就一辈子也不站起来！"

没有办法，春梅只颔首答应。春梅比孟姜大两岁，孟姜从此就改口称她作姐姐。

两人站起身，定定神，不约而同地看看孟和的尸体。

"怎么办呢？"孟姜问。

春梅说："这里是荒野地区，官兵决不会来此调查，我们不如将他埋葬了，谁也不会发现的。"

孟姜想了想，觉得春梅的意见很好，抬头望天，团圞月已偏西。

"天还没有亮，"孟姜说，"我们快动手吧。"春梅略一迟疑，问："没有铁铲，怎样挖穴？"

孟姜说："办法还是有的，找两条树桠枝，用力掏挖，一样可以挖出洞穴。"

到了东天泛起鱼肚白的颜色时，两人已将孟和的尸体埋好，走近泉潭，撷些清水出来，洗净手脸，各自背了包袱，继续下山。

翻过山岗，已是晌午时分，前面横着一条羊肠小道，有一个庄稼汉恰于此时挑着菜担疾步而过。孟姜才松了一口气，知道已经安然越过大森林，心上的一块大石也就掉落了。这时候，阳光极明媚，气候爽朗。两人踏上小路，肚子有点饿；风拂过，嗅到一阵浓烈的泥土气息，精神为之一爽。

一会，见到前边有座十里亭，忙不迭疾步走去，坐下歇脚。春梅娇喘吁吁，直嚷肚饿。孟姜打开包袱，发现存粮已吃光，惟有叹口气，要春梅熬一熬。

孟姜休息一阵，但觉四肢酸软，心忖："一定是肚饿的关系，无论如何得找些东西来吃。"于是，站起身，游目四瞩，发现山脚有一间茅屋，离此不过半里路程，只是不知道那茅屋住着何等样人。

六十六、借宿乞食

两个女人忍着饥饿，直向茅舍走去。抵达茅屋，但见板门紧闭，里边一点动静也没有。春梅用询问的目光向孟姜投以一瞥，孟姜点点头。春梅立刻挪步上前，伸出右手，笃笃笃，叩了三下门扉。

没有回音。

春梅又叩了三下，听不到应声，当即吊高嗓音，如同鸡啼一般叫起来：

"里边有人吗？"

稍过片刻，门内传出一阵咳呛声，春梅知道有人来了，心下自也高兴。一会，板门"呀"的一声启开，里边站着一个白须白发的老公公。

"你们找谁？"老公公慈蔼地问。

春梅立刻堆上一脸笑容，很有礼貌地对他说："我家小姐有事前往长城，路经此地，因为找不着歇脚的地方，故此前来向老伯伯借宿一宵，明天一朝立刻就动身，万望老伯伯行个方便。"

春梅一边说话，孟姜站在旁边，也向老公公低声求请。

老人用怀疑的眼对春梅和孟姜端详，望了片晌，见她们莲步难行，终于允其所请，拉直板门，让她们走到里边去休息。

坐定后，老公公开口询问："你们是少出闺门的裙钗女，为什么要到遥远的长城去？"

孟姜刚要答复时，另外一位老婆婆，从堂后冉冉走出，手里托着一只茶盘，盘中放着三杯热茶。

孟姜为人素来细心，见此情形，不免暗自诧愕了，心忖："这样穷苦的人家，居然备有如此上好的茶盘，倒是一件无法理解的事情。"

正这样想时，老公公又催问她一句，她微昂着，冥思片刻，终于将北上寻灵的底细简单讲与两位老人家知道。两位老人听了，不但同情她的遭遇；而且嘉许她的心志，于是亲自下田去挑了些菜蔬来，还宰了一只鸡和一只鸭，由老婆婆下锅，不多久，老婆婆就煮出一桌丰盛的菜肴，给孟姜和春梅充饥。

六十七、奇遇

孟姜与春梅已经两三天没有好好儿吃一餐了，如今见到这热气腾腾的白饭好菜，来不及谦让，端起饭碗，立刻狼吞虎咽。两位老人家见她们吃得如同饿猫一般，心下自也高兴。

饭后，夜色四合，山风转劲。老公公让出自己卧房，给孟姜与春梅安憩，孟姜过意不去，一定要睡在厅堂里。但是老公公说：

"你们明天一清早又要动身，非舒舒服服睡一觉不可，否则，哪里会有气力行路？"

这样，孟姜和春梅也就睡在卧房里了。

两人身体疲乏，躺在床上，一合眼，立刻沉沉睡去。翌晨，朝阳从东天射来，刺得孟姜睁不开眼。孟姜从迷蒙的意识中渡到清醒，想到赶路要紧，正拟翻身下床，忽然发现自己并没有睡在床上。

原来她与春梅都睡在山脚的泥地里。不但如此，连那间茅屋也不见了！

孟姜大吃一惊，连忙用手推醒春梅。春梅从睡梦中惊醒，揉揉眼睛，一边打呵欠；一边问孟姜：

"有什么事吗？"

"你看！"

春梅举目观看，不觉大吃一惊："奇怪！我们怎么会睡在地上的？那个茅屋呢？那一对好心的老人家呢？他们那里去了？"

孟姜答不上这些问题，只好站起身，好奇地对四周瞅了一圈，发现这是一个落荒的所在，极目所至，并无房屋，因此，益发惊诧不已。

"春梅，我是不是在做梦？"她问。

春梅摇摇头，说："小姐，你并没有做梦，我们可能是遇到奇事了。"

于是两人你看我，我看你，彼此交换了错愕的眼色，得不到解答，惟有背起包袱，用衣袖拍去身上的灰尘，两人又继续赶路。

沿着山脚，走了一阵，春梅忽然大声嚷了起来："小姐，你看！"

六十八、土地显灵

孟姜偏过脸去。一看，发现草丛堆里有一个神龛，白石刻的，并无香火。那神龛里并排坐着土地公公和土地婆婆，虽然只有两尺高，而且是石像；但是那久已为风雨所剥蚀的面容，却和昨天在茅屋里见到的那一对老人家，几乎完全是一样。

"这是怎么一回事？"春梅问。

孟姜恍然大悟地"哦"了一声，点了点头，说："我明白了。"

"你明白什么呢？"春梅又问。

孟姜已经两膝跪地了，对着石像连磕三个响头。磕毕，站起身，幽幽地向春梅说：

"昨天我们在茅屋里遇到的两位老人家，就是土地公公与土地婆婆。"

春梅微微昂起头，冥想片刻，总觉得事情无法获得合理的解释。

"既然土地公公和土地婆婆显灵，为什么不指点我们朝哪一个方向而行？"

孟姜唏嘘一声，说："菩萨见我们孱弱可怜，已经赐给我们一顿丰盛的晚餐和一夜的安睡了，我们岂能贪心不足，要求别的东西？春梅，快快谢过两位菩萨，我们还有不少路程要赶。"

春梅谢过两位菩萨，站起身，用衣袖拍去鞋面灰尘，扶着孟姜，继续前进。两人一心以为行不多远，必可抵达城镇投宿；不料，走到傍晚时分，只见到四周山岗成围，不知是哪里去处。

孟姜正感到彷徨焦急，忽然，平地吹起一阵狂风，彤云四布，刹那间雷雨交加，飞沙走石。

两人慌张失措，缩作一团，被豪雨淋成落汤鸡一般，找不到藏身之处。孟姜比较镇定，坚信附近必有山洞石屋之类的地方可以避雨，当即拖着春梅，朝前狂奔。

雨猛地滑，奔走自也不便。幸而走不多远，果见旛竿耸立，忙不迭奔上前去，原来是一座枯庙。

六十九、春梅被刺

两人走进枯庙，发现庙内黑魆魆的，久已断了香火，但闻蝙蝠振翼而飞。

孟姜透了一口气，游目四瞩，断定庙内并无他人，当即吩咐春梅卸下潮湿的外衣，以免着凉。

此时，天色漆黑，庙内又无灯火，疾雷骤雨，加上阴风惨惨，吓得两人只管瑟瑟发抖。

"春梅姐，"孟姜抖着声音说，"都是我不好，害你吃这么多的苦！"

春梅忧慌无措，不知道应该答些什么好，只是呶呶嘴，没头没脑地说了两个字："肚饿。"

"忍一下吧，待雨停后，我们一定可以找到食肆的。现在，我们权且在这里宿一宵，明早五更再赶路。"

孟姜想找一个干燥地方躺下，因为没有灯火，只好凭借闪电察看，神坛已颓败；但墙脚有稻草一堆，孟姜顾不得干净肮脏，拉着春梅，立刻躺下休憩。两人走了一天，四肢异常酸软，躺下不多一会，各自沉沉入睡。迨至三更前后，大殿上忽然响起一阵哄笑声。两人同时吃了一惊，睁开惺忪的眼，发现面前站着一个虬形大汉，手持火把，露齿狂笑。

"小娘子，快将身上的金银饰物脱下！"大汉叱喝。

春梅紧紧搂住孟姜，吓得连话也说不出来。孟姜知道这大汉乃是山中强徒，不敢动怒，只好善言解释，希望博取他们的同情。于是，双膝跪地，连哭带说地将北上寻灵之意简单述出。

大汉哪里有心绪听她诉苦，没有等她讲完，立刻强凶霸道地，动手将她们的金银全部抢了去。

春梅知道失去盘缠，不但到不了长城；甚至连老家也回不转，心内一急，竟冲上前去争夺了。

大汉身强力壮，捉住春梅，强要脱去她的衣服，春梅不肯受辱，张嘴怒咬大汉之臂，大汉痛极，当即抽出长刀，对准春梅心窝一刺！

七十、仙女显灵

长刀刺入胸脯，鲜血四处喷溅，春梅惨叫一声，倒在地上，两眼眨直，停止了呼吸。

孟姜大骇；但强盗仍不肯罢休。

外边劲风骤雨，霹雳交加，其声訇然，赛若万马奔腾。那强盗杀死春梅后，见孟姜星目朱唇，长得如同花朵般美丽，索性一不做二不休，先将火把往神龛的边上一插；然后瞪眼露齿地向孟姜扑过来。

孟姜早已察觉强盗的企图，想逃，竟被强盗一把拉住。强盗满嘴酒气，笑得见牙不见眼。孟姜拼命挣扎，始终不能脱身，没有办法，只好抖着声在哀求：

"请你饶了我吧！"

强盗仰起脖子，哈哈大笑了，边笑，边用手指解开孟姜的外衣。孟姜焦急万分，想大声呐喊；但喉咙口仿佛被什么东西哽塞住似的，怎样也喊不出声音。

就在这紧张关头，庙外蓦地吹来一阵怪风，"飕"的一声，将火把吹熄了。孟姜益发焦急，吓得冷汗直沁，用力推拒强盗；但强盗已开始拉她的肚兜。强盗狂笑。

神龛里忽然射出一朵火花，圆形的，两三寸高，晃呀晃的，好像火珠一般滚滚而来。

这是一个奇异的现象，但强盗竟没有看见。孟姜希望引开他的注意力，嘶声嚷出两个字："你看！"

强盗愕了一下，本能地侧过脸去，定睛观看，不觉猛发一怔。那火珠像明灯似的挂在空中，须臾之间，进出金光万道，吓得强盗连退数步，口中只是在叫：

"菩萨饶命！"

一会，金光中隐约出现了一位仙女的身形，那少女手执莲花，脚踏彩云，浑身素白，毫光四射。

"畜生，休得无礼！"

说罢，手指一展，打出金弹两个，像两道流星，不偏不倚，疾如劲风般直向强盗头颅击去！

七十一、红鹊引路

强盗惨叫一声，饮弹倒地。那仙女当即拂动大袖，但闻"嗖"的一声，金弹迅即收入袖中。孟姜见此情形，惊诧万分，抬头观看，只见旌旓旖旎，千羽缤纷，一位亭亭玉立的仙女含笑盈盈地站在空中。

孟姜忙不迭地双膝跪地，望空参拜，口中喃喃不已，感谢仙女救命之恩。

仙女笑声格格，说是："那歹徒天谴难逃，不必寄予同情；至于春梅，命数已绝，也无需惋惜。"

孟姜听了，再一次抬起头来，眼看金光尽敛，彩云滚滚。

彩云中又传来这样的一句："明天早晨，雨晴后，庙外有一红色喜鹊，你跟着它行走就不会迷失路途了！"

孟姜又磕了三个响头，举目观看，彩云消失，庙内一片静寂。那神龛上的火把忽然又燃烧起来，孟姜心内不免有点慌迫，站起身，看看春梅，满胸鲜血；再看看强盗，脑浆四溅，吓得连忙蜷伏在草堆里，双手紧掩面庞。

她的心绪十分纷乱，神志极其恍惚。庙外狂风骤起，声若鬼叫。孟姜吓得浑身哆嗦惟有祈求菩萨保佑。

好容易挨到东方泛白，忙不迭纵身起来，走到廊檐底下，举目观看，只是不见喜鹊。于是回入庙内，首先映入眼帘的就是春梅的尸体，心内不由得一酸，连忙找一把铁铲之类的东西，在院中挖了个浅浅的墓穴，将春梅的尸体放入穴内，覆以泥土，算是埋葬了。埋好，树梢有鹊叫传来，抬头一看，果然是红色的。

于是匆匆回入大殿，从强盗身上寻回金银财物，放入包裹，立即离开枯庙。

那红鹊仿佛通达灵性似的，一路上飞在前头，指引孟姜行路。当天下午，走得脚骨全酸，喘一口气，不见了红鹊，但见城墙耸立，才知道已经抵达一座城池，因为肚中饥饿，急于想进城去买些东西吃。不料，走到城门口，却被官兵拦住去路。

七十二、过关被阻

孟姜被阻城外，好生诧异，问别人，才知道近处有战争，进城者必遭官兵查问，以免奸细混入。孟姜心忖："我乃良家妇女，当然不会有什么问题的。"于是，挪步走到关口，正欲往进城时，却被几个官兵挡了。

"为什么不让我进去？"孟姜问。

官兵说："你口音不同，必非本国人士，所以不能让你进去。"孟姜据理力争："我是良家妇女，你们不能阻止我进城去的！"官兵不肯让步，因此就起了争执，大家仿佛鸡啼似的，你一言我一语，直着嗓子乱嚷。

吵了一阵，关吏闻声赶来，一见孟姜，惊为天人，眯细眼睛，只顾在她身上仔细端详。孟姜给关吏看得不好意思，羞赧地低着头，静候关吏查问。关吏乃是一个好色之徒，见孟姜并无随从，疑心她是卖笑为生的，故意想些理由出来留难她，不让她进关。

但是孟姜肚中饥饿，再也忍不住了，急于进城买些东西充饥，只好苦苦哀求。那关吏抬起头来，两眼骨溜溜地一转，寻思半晌，忽然拉下脸子，没好声气地问：

"小娘子，你来自何方？如今又想去到哪里？为什么只身走出来？"

孟姜一听，知道关吏存心跟她过不去，不由得怒火欲燃，撇撇嘴，瞪了关吏一眼。关吏恶毒异常，故意摆出一副不屑的神气，昂着头，非要孟姜把底细说出不可。孟姜无法，只好将北上寻灵的事，简单告诉关吏。

关吏略一沉吟，提出了这样的问题："长城离此，少说也有五六千里，你一无随从；二无盘缠，怕走不到长城，就会饿死在途中了。"孟姜说："我虽是女流之辈，但对于医卜星相吹弹歌唱，样样都会，必要时，单凭歌唱求乞，也不会饿死在途中的。关于这一点，你倒尽可不必担忧。"

七十三、唱歌进城

关吏暗忖："原来是一个贞烈的女子，不可难为她，还是让她进关去罢。"正这样想时，几个兵丁却吵吵闹闹地向关吏要求："她既会唱，不如让她唱支山歌给老爷开开心！"

关吏一听，觉得兵丁们的意思倒也不错，点点头，用舌尖在干涩的嘴唇上舐了一圈，然后涎着脸，油腔滑调地对孟姜说：

"你既然会唱，那么，就唱一支歌来给我开开心。"

孟姜闻言，脸孔涨得如同初午的太阳一样，红通通的，非常窘迫了。

关吏见她忸忸怩怩，心中更乐了，立刻吊高嗓子，哗啦哗啦地威胁她：

"你唱是不唱？如果肯唱，我就放你进城；不然的话，就得请你在城外过夜了！"

孟姜见关吏如此无礼，心里不免气愤起来；只因肚中饥饿，急于进城购食。没有办法，只好低着头，开始唱起歌来：

正月里来是新年，家家户户做年饭，人家做饭客喝酒，孟姜闺房泪涟涟，二月里来暖洋洋，双双燕子回南方，杏花带雨流红泪，你代孟姜痛伤心。

三月……

这样，一直唱到十二月，一字一泪，听得关吏和兵丁们也拉长脸子，伤心起来。关吏感喟地长叹一声，挥挥手，说："走罢，走罢，快快进城去，这歌儿再唱下去，连老爷我都要掉眼泪了！"

孟姜用衣袖拭干泪，当即挪开莲步，匆匆忙忙地走进城去。这时，太阳已落山，夜幕慢慢展开，黑魆魆的，有些店铺已经点上油灯。孟姜四肢酸软，加上腹中饥饿，走了一段路，忽然感到一阵昏眩，差点掉在地上。幸而背靠墙壁，勉强支撑着，呼吸极不均。迨至睁开眼来时，面前站着一个老婆婆和一个小孩。老婆婆皱皱眉，十分关切地问："你这小女子，脸色这样难看，是不是身体不舒服？"

七十四、人小志大

孟姜见到老婆婆，未开口先流眼泪，老婆婆见她孤苦伶仃，当即邀她到家里去留宿。此时，夜色渐浓，四周黑魆魆的。孟姜四肢酸软，腹中饥饿，纵然想赶路，也已力不从心，孟姜连忙向她道了万福。

于是，老婆婆搀着那个小孩，带领孟姜转入横巷，走到一间石屋门前，站定，推开大门，走了进去。

厅堂点着油盏，火头正在风中跳跃。大家坐定后，孟姜就将自己的身世讲与老婆婆听。老婆婆素来慈善，听了孟姜的话语，立即站起身，匆匆走入灶间。稍过些时，端了一大碗菜粥出来，笑嘻嘻地说：

"这是中午吃剩的，如果不嫌弃的话，请用吧！"

孟姜本想客气几句，只因不咽水米已久，如今闻到了香喷喷的菜粥，眼睛鼓得大大，哪里还有什么心绪谦让，只愿捧起饭碗，一股脑儿地吞了下去。吃过菜粥，精神转好，放下筷子，才发现自己有点失态，垂下头，两腮红得如同落日一般。老婆婆知道她已筋疲力尽，当即取过油盏，领她入厢房就寝。

孟姜疲惫不堪，侧在床上，合上眼皮，立刻沉沉入睡。睡至中宵，忽闻喁喁的读书声，心内诧异，忙不迭翻身下床，见厅堂仍有光芒漏出，启门一看，原来老婆婆正在教那小孩读书。孟姜好奇心陡起，冉冉走过去，细声问老婆婆："夜已深，为什么还这样用功？"

老婆婆感喟地叹息一声，说："这孩子天资聪慧，从小怀有大志，跟他的父亲一样，素来痛恨秦皇无道。"

"他的父亲呢？"

"他的父亲早已故世了，这孩子发誓要领兵进入咸阳，非将秦国灭亡不可！"

孟姜晓了，为之惊叹不已，暗忖："小小年纪，就能有此壮志，将来必成大器。"于是冒昧地问一句："他叫什么名字？"老婆婆沉吟半晌，答出两个字："韩信！"

七十五、问路樵夫

孟姜眼睁睁地端详韩信，见他气宇非凡，不禁暗自忖度："难道蚕食六国的秦国将来真会亡在他的手里？"因此，低下头去察看韩信诵读的书卷，才知道这七八岁的孩童居然通晓周易。

"他能了解书中的含意吗？"孟姜问。

老婆婆牵牵嘴角，怡然作笑了："他不但能够了解其中的含意，而且还能倒过来背诵呢？"

孟姜闻言，暗暗吃惊："如此说来，真是了不起的人物了。"

"过奖，过奖！"

孟姜闪闪眸子，贪婪地细看韩信，终觉得小小年纪就能存此大志，简直是一件不可置信的事情。不过，就孟姜来说，如果将来真有人能够带兵攻陷咸阳，将秦国灭亡，当然也是痛快的。

此时，院子里忽有鸡啼传来。老婆婆劝孟姜继续安睡，说是养足了精神，方始可以赶路北上。孟姜点点头，故意对正在勤读的韩信瞧了一眼，拨转身回入厢房去就寝。

不久，天已大亮，鸡啼频频，不便再睡。孟姜连忙翻身下床，梳洗完毕，从包袱里取出一锭纹银，交与老婆婆："不敢言酬，聊表敬意。"

老婆婆怎样也不肯收受；还煮了些馒头白粥，给孟姜吃饱了，好继续赶路。

孟姜辞别老婆婆与韩信，手挽包裹，兀自出城而去。一路上，想着那小小韩信，即使走得筋疲力竭了，情绪也不会像过去那么消极。

这天，孟姜来到一座高山前面，眼望四下，并无人烟，也无大路可循，面前有一条蜿蜒曲折的羊肠小道，心里不免慌张起来。

正感踌躇不决时，小道上来了一个樵夫。孟姜上前询问："由此前往山东，有何大路可走？"

樵夫皱皱眉头，叹息一声说："由此往山东，只有这条山路可通；但是——"

七十六、山中怪物

那樵夫吞吞吐吐的，使孟姜更加焦急了。孟姜性情焦躁，直着嗓子问："究竟通不通山东？"

"通是通的，不过，我劝你还是不要去的好。"

"为什么？"

"因为山里有妖怪！"

孟姜听了，不由得猛发一怔，闪闪眸子，用怀疑的口气问："除了这条路，还有别的路途可通山东吗？"

"没有了。"

孟姜沉吟一下，眼珠子骨溜溜地一转，心下暗忖："既然只有一条路可走，管他什么妖怪不妖怪？趁时光还早，不如翻岗而过吧。"

主意打定，立刻挪开莲步，踏上崎岖的山路，东摔西倒地趔趄着，完全不觉得疲倦。

走了五里山路，终于进入了山。风很大，吹得群树左右弯腰。孟姜站定远眺，只见羊肠小道如同带子一般，蜿蜒伸展。此时，太阳已偏西，晚霞似泼墨，美得令人感到耀眼。

"还是快些赶路罢。"孟姜暗自忖度，"天色即将转黑，如果不能在天黑前越过此岭，不但找不到投宿之处；而且非摸黑行路不可。那樵夫说山中有妖怪，我走了这么久，却连个影子都不见，看样子，一定是山居之人闲着无聊，编制谣言，专事恫吓远道来的行脚人罢了。"

正这样想时，眼睛一亮，岩石背后有火光熊熊，仿佛有人在燃烧篝火。

"莫非有猎户在此露宿。"孟姜想，"我不妨上前去问个询，究竟还有多少路程可以抵达山东？"

于是，她便向着有火光之处走去。

孟姜加快脚步，走得娇喘吁吁，愈近岩石，愈觉得热不可挡。耳际忽然听到一声怒吼，抬头一看，不觉四肢瘫软，仰天倒在地上。

原来岩石上面忽然出现一个三头九眼的怪物。

七十七、韦陀菩萨

这三头九眼的怪物，身高二丈，口中有火焰喷出，射向三个不同的方面。

孟姜躺在地上，完全瘫痪了，心内焦急，可是一点气力也使不出，只好眼睁睁望着怪物，等候死亡来临。

那怪物见到躺在地上的孟姜，忽然大声哄笑起来，笑声犹如晴天霹雳，极其恐怖。

孟姜想喊，可是喉咙口仿佛被什么东西塞住似的，怎样也喊不出声来，眼看那怪物伸出两条毛茸茸的手臂，在空中乱抓乱摸。这手臂最少有一丈长，看起来，像两株活动的小松树。

就在这千钧一发的时候，天上蓦地出现一朵七彩祥云，狂风骤起，飞沙走石，稍过片刻，云斗里竟站着威风凛凛的韦陀菩萨。那怪物不识韦陀是位神道，只当是过路的飞禽，不但不予理睬；抑且齐昂三头，同时向着他喷射火焰。

韦陀见怪物如此无礼，当即擎起降魔杵，用力一击，但见金光四射，逼得怪物九眼齐闭，迅速敛住火焰。

"妖魔休要逞强，快快与我跪下受缚！"

话音未完，那妖怪伸手一指，祭起一道红光，疾如鹰隼，直向韦陀射去。韦陀十分镇定，双手合十，口中念念有词，喝声"疾！"云斗立刻出现白猿神，手持弓箭，刹那间发射九枝飞箭，终将怪物九只眼睛全部射瞎。

怪物痛极呼嚎，连忙收敛红光，正拟翻身逃逸时，韦陀举起降魔杵，猛击一下，金光过处，正中怪物三头，但见黑血四溅，怪物惨叫一声，訇然倒地。

孟姜这才恢复了知觉，心中虽骇然；但四肢却因血液的再度流动而不再麻痹，于是，站起身，双膝跪地，望空参拜，连呼菩萨保佑不已。

菩萨哈哈大笑，未几即隐入云中。有喜鹊在树梢聒噪，东天已有月亮上升。

七十八、空中飞行

孟姜受了这场惊吓，意志仍极坚定，当即拾起包袱，挪开脚步继续前进。经过大岩时，发现那怪物的尸体僵直地躺在地上，三头尽破，九眼俱瞎，形状非常恐怖。此时，月色朦胧，夜风猎猎。孟姜独自一人在荒山行走，只觉山路崎岖，步步难行。

走了一个时辰左右，来到一座小山头，举目观望，但见复岭重岗，一片蓊郁，找不到出路。

四周常有猫头鹰的夜啼，声似鬼哭。孟姜肚中饥饿，口里干渴，只想找个地方坐下来休息。不料，近处十分荒凉，草深过膝，找不到一块比较干净的地方，没有办法，只好忍饿又走。

半个时辰过后，忽然发现前边有一株古松，高可百尺，笔直地耸立在草丛间。

树旁有两个女人，相对坐在大石上。

孟姜见了，不觉猛发一怔，暗忖："这两个女子为什么半夜三更来到这荒野地方，莫非是什么妖魔鬼怪不成？"

正感踌躇间，两个女子已经在向她招手了。她不敢朝前行走，但是那两个女子却已疾步奔来。孟姜环顾四周，只见一片荒凉，心下不免觳觫。

一会，两个女人已站在面前，笑嘻嘻地对孟姜说："姐姐，让我们送你出山罢。"

孟姜瞪大一对怀疑的眼，颤声问："我与你们素不相识，为何姊妹相称？"

　　两个女人齐声对孟姜说："姐姐不必多问，快快闭上眼睛，千万不要睁开。"

　　孟姜莫明究竟，但也依嘱闭上眼睛。两个女人分站左右，各自拥住孟姜，纵身一跃，三个人像鸟雀一般，直向天空升去。孟姜闭紧眼睛，只听到耳际呼呼有声，身体有种飘飘然的感觉，却不知道这是怎么一回事，稍过些时，风势渐渐微弱，肚里很不舒服，好像要呕吐了。

七十九、黄昏投宿

　　就在这时候，双脚已着地。两个女子唤叫孟姜睁眼，孟姜定神一瞧：东天已有曙光射来，呈露在面前的是一片青葱的田野。

　　"是什么地方？"孟姜问。

　　"姐姐，你已脱离险境，快快由此北上，过去不远，有间饭店，姐姐自可买些东西充饥好了。"

　　孟姜这才知道她们是好人，连忙作揖施礼，颤声询问："两位究是何人？请坦白告诉我，将来倘有机会，也好让我报答救命之恩。"

　　两女怡然笑笑，齐声答："姐姐无须动问，到了前边王母娘娘庙，自然就会明白。"

说罢，两女挥动衣袖，眼前吹着一阵清风，刹那间，不知隐到什么地方去了。

孟姜见此情形，心中大感诧异，忆起隔夜的奇遇百思不得其解。

此时，太阳已出山，朝霞从彩云射来，使附近的景色陡然多了一层彩色，非常美丽，孟姜深深吸了一口新鲜空气，挽着包袱，顿觉精神焕发，走路时，脚步非常轻松。

走了一盏茶的路程，果见田边有一凉亭，亭边有个老婆婆，用木板搭一间木屋，门口摆些炉灶，专门出售饭面茶水，方便行脚商旅。孟姜掏出碎银，向老婆婆要了一碗汤面，吃饱后，又买了些芝麻饼放在包袱里，以备不时之需。孟姜挽起包袱，继续赶路，精神饱满，丝毫不觉疲倦。

傍晚时分，孟姜急于寻找安身之处，举目观望，发现山脚有个寺院，连忙款动金莲，匆匆走去。

抵达寺前，两扇黑漆大门紧紧关闭。孟姜走上石阶，握拳叩打山门。一会，山门"呀"的一声启开，里边走出一个女冠，问她："为什么敲门？"

孟姜当即说明借宿之意，女冠仔细对她打量一番，断定她不是什么坏人，也就欠身让她进门。

八十、梦见观音

孟姜跟随女冠进入寺院，先到大殿，果见王母娘娘端坐在神龛里，忙不迭上前焚香叩拜一番。

叩毕起身，走近去观看，觉得其中有两位特别面善，仔细一想，才知道就是昨夜护送自己脱险的两位女子。于是弓腰察看牌位，发现上面书写着许飞琼与麻姑两位仙女的名字。

孟姜恍然大悟了，立即焚香顶礼，感谢救命之恩。抬起头来时，心里不觉一怔；原来那两尊塑像牵牵嘴角，居然发笑了。

这是一桩不可思议的事；但是孟姜是个诚虔的信女，诸如此类的事情，并不需要解释。

接着，女冠引她进入后殿，但见观音大士屹然站在神坛上。孟姜止不住两泪滔滔，双膝一屈，跪在拜垫之上，说："万望菩萨大发慈悲，保佑信女早日抵达长城，寻得丈夫尸骸。"

说罢，泪珠如同断线珍珠一般，簌簌掉落。女冠见她哭得哀恸，当即上前将她搀起，前往方丈休息。

方丈里已经摆好素菜素饭，色香味无一不佳；但孟姜思夫心切，吃了两口，终于放下碗筷。女冠们劝她多进茶饭，以增体力；她摇摇头，说是无心于此。

不久，夜色四合。女冠们急于到大殿去做晚课，替孟姜铺好床褥，嘱她安心休息。

孟姜已经很久没有在这样清静的地方休息了，上床后，刚合眼，就沉沉睡去。

睡后，做了一个梦。梦见观音大士含笑盈盈地走来，劝她不要心灰，早日寻得希郎骸骨，即可归位。孟姜虽然在睡梦中，听了观音的话语，心里也不像先前那么焦躁了，因此睡得很酣。

时交三更，女冠们在大殿上做完夜课，各自返回禅房。不料经过后殿时，女冠们竟意外地发现：殿上有耀目的金光射出！

八十一、菩萨显圣

女冠们无不大惊失色，彼此交头接耳，吱吱喳喳的，不明白后殿怎么会有金光射出的。

一个比较年轻的女冠，好奇心陡起，蹑足走到殿边，睁目向里观望，不禁猛发一怔。

原来那万道金光是从观音菩萨身上发散出来的，菩萨站在神坛上，手持灵芝草，临空一挥，用柔软的声气，问：

"韦陀菩萨何在？"

语音未完，坛前忽然闪起另一道金光，刺得女冠忙不迭以袖掩眼，隔了片刻，又听到观音大士开口：

"韦陀，那孟姜暂时已脱险，但困难仍多，请速去吩咐各州府城隍土地，各自暗护她，让她寻获丈夫骸骨后，上天归位。"

"得令！"

韦陀领了法旨。双手一拱。"嗖"的一声，早已隐得无影无踪。追至小女冠放下衣袖，后殿金光尽敛，只见观音的塑像屹立如故，毫不动弹。

其他的女冠们见金光已敛，纷纷拥上前来，睁大眼睛，看个究竟。但是殿上一片沉寂，全无动静。大家正感诧异时，小女冠当即述出适才的情景，说观音大士显圣，吩咐韦陀菩萨好好地保护孟姜。

"有这样的事？"一个女冠问。

"我亲眼看见的。"小女冠回答。

"如此说来，那孟姜一定也是神仙了。"

"是不是神仙，我不知道；不过，既能惊动观音大士，来头当然不小。我们应该好生伺候才是。"

这样，女冠们一窝蜂拥到方丈，轻轻推开长门，见孟姜正在熟睡中，口里呼唤"希郎"不已。

女冠们不知"希郎"是谁，心存好奇。年纪较大的一个首先闯进去，轻轻推醒孟姜，问她："你为什么大声呼唤着希郎？"孟姜说："我做了一个梦！"

八十二、潼关受阻

女冠问孟姜："你梦见了什么？"

孟姜答："我梦见后殿有金光射出。"

女冠齐声惊叫："你并没有做梦，那是真事哟！"孟姜止不住猛发一怔，目瞪口呆地问："是真事？"

于是女冠们就七嘴八舌的，将观音显圣的情形，讲与孟姜知道。孟姜听了，连忙疾步奔入后殿，两膝一屈，跪在拜垫上，叩谢观音大士搭救之恩。

叩毕，拾起包袱，正拟离去，那年长的女冠匆匆奔来，说是稀饭已经煮好，请她吃过东西再走。孟姜无意惊扰她们，借词赶路要紧，款动莲步，直向大殿走去。女冠留不住她，只好拿些干粮赠送。

孟姜正在叩拜许飞琼与麻姑两位仙女，眼含热泪，似有无限依依。女冠端着干粮，气急败坏地赶来，交给她，请她一路保重。孟姜感其诚，当即解开包袱，取出四两纹银，送与庵堂作香火钱。女冠不肯收受，使孟姜非常不好意思。

女冠说："你由此前往长城，尚有不少路程，买粮寄宿无一不需银子，还请留着路上用罢。"

这样，孟姜就离开了庵堂，匆匆北上，遇到有轿子可乘时，乘坐轿子；有船可搭时，搭乘船只，沿途问询，过了一镇又一镇，过了一城又一城。

路上遇到的困难实在不少；但在神道保佑之下，均能逢凶化吉。这一天，天气晴朗，孟姜终于抵达了潼关。

潼关十分险要，墙高千丈，上下皆有弓兵把守，令人见了，无不感到慌怵。

孟姜是个弱女子，从未见过这样的关口，站在关下，自不免浑身直哆嗦。

这时，关口有一排身穿盔甲的兵丁把守，一见孟姜，立刻齐声吆喝：

"快走开！这里不是女流之辈逗留的地方！"

八十三、茶寮小坐

经此一喝，孟姜本能地倒退几步，定定神，暗自忖度："不行，此关非过不可！否则我将永远无法抵达长城了。"

这样一想，咬咬牙，鼓足勇气，走上前去，对守关的兵丁说：

"我有要紧的事，一定要过关去！"

那带头的兵丁听了孟姜的话语，立刻两眼一瞪，拔出亮晃晃的长刀，朝孟姜一指：

"喂！不要乱闯！小心你爷爷的大刀，可没有长着眼睛！"

孟姜见他态度凶恶，只好废然拨转身，抬头一望，见前面有几间小石屋，当即匆匆走去，找到一间茶寮，走进去，泡了一壶茶。

茶客们难得见到女客，无不用惊诧的目光凝视她，纷纷交头接耳，猜测她的身份。孟姜急于过关，哪里有心思顾到茶客们的大惊小怪。

稍过片刻，冲茶的提了一壶滚水走过来，孟姜立刻张嘴询问：

"请问，这关口为何不让路人通行？"

冲茶的瞪大眼睛，上一眼，下一眼，贪婪地打量孟姜，然后呲呲嘴，说：

"这潼关乃是天险，平日皆由精兵据守，为了安全，皇上下旨不准闲杂人等通行，除非……"

"除非什么？"孟姜问。

冲茶的乜斜眼珠，用鄙夷不屑的目光对孟姜一看，说："除非有人准备向皇上献宝，否则就不能过关。"

"献宝？"

冲茶的要理不理的"嗯"了一声，提起水壶，走到别处去冲茶了。孟姜心内暗忖："这下可糟了，我是一个行路之人，身上哪里会带宝物；但是无宝不能进关，怎么办呢？"

愈想愈心急，愈急愈没有办法。付了茶钱，孟姜第二次走到关口，跪在地上，哀求把关的兵丁通融，结果却给横蛮的兵丁踢了一脚。

八十四、神仙赠宝

孟姜被兵丁踢了一脚，受不了委屈，止不住两泪滔滔，放声大哭了。

这一哭，终于惊动了天上的"先天老母"。老母正在打坐，忽然心血来潮，连忙掐指一算，知道孟姜受阻潼关，不免起了同情之心。于是，霍然站立，挪步走到洞外，举手向空中一挥，祥云就滚滚卷来。

老母驾起祥云，瞬即抵达潼关上空，身子往下一沉，降落在官道上，用眼对四周瞅了一圈，不见行人，立刻走到槐树背后，摇身一变，变了个老太婆。然后疾步向潼关走去。

走了一阵，果见孟姜躺在地上，连忙走过去，伛偻着背将她扶起。

"小娘子，为何在此哀嚎？"

孟姜当即将北上寻骨以及受阻关口的情形，约略告诉老母。

老母略一沉吟，伸手褡裤，掏出一只小锦盒来，双手捧给孟姜观看：

"小娘子，这锦盒是我在路边拣到的，让我走去送交守关的兵丁，也好带你过关。"

孟姜久久睁大眼睛，对老母只管发愣，隔了半晌，才"噔"的一声，双膝跪地了。老母忙不迭将她搂起，牵牵嘴角，微笑着说：

"我们走罢。"

孟姜便跟着老母起行。

两人冉冉走到关口，一个身材魁梧的兵丁用长枪一横，拦住她们的去路，老母当即堆上一脸笑容，双手捧上锦盒，说盒内藏有稀世珍宝，准备献与皇上的。

兵丁听了，两眼一瞪狠巴巴地将锦盒抢了过去，打开盒盖，里边就射出万道金光，使人目眩神迷。

兵丁从未见过这样的宝物，连忙擦擦眼睛，仔细察看盒内的宝物。原来盒内藏着的乃是一只玉刻九龙杯，那杯上每一条蟠龙的眼睛里都有金光射出，熠呀耀的，令人看了感到晕眩。

八十五、满天金云

兵丁连忙将锦盒盖好，斜目对两个女人一瞅；然后收起锦盒，厉声疾气地吆喝一声：

"进去罢！"

孟姜依旧神不守舍地站在那里。仿佛根本没有听到兵丁的吆喝。老母拉拉她的衣袖，她才如梦初醒地嘘了口气，望望兵丁怯怯走进关去。

进关后，山路崎岖，行路极不方便。老母虽已年迈，但腿力甚健，一路上，扶着孟姜，不让她从山坡上掉下去。

两人困难地翻过了一座山岗，到达平地时，孟姜才站定脚步，两膝跪在地上，感谢老母赠宝之恩。

老母微微一笑，伸手朝空中一指，身子就像孩童们放起的纸鸢一般，竟向空中迅速上升。

孟姜抬头观望，只见云斗中金光四射，映得天上的白云全作金黄色，如同一片闪耀的金海。

孟姜这才知道那老母乃是一位神仙，忙不迭磕了几个响头；然后站起身，继续向前行走。

孟姜走了二三十里路程，始终不见人烟，眼看天色快将黑下，心里不免慌张起来。

不久，夜色四合，孟姜鼓起勇气，不顾一切地继续赶路。幸而，窜过一座小树林后，终于听到了嘹亮的犬吠声，定睛一看，果然发现前面已有昏黄的灯火。孟姜早已筋疲力尽，但是见到灯火后，知道前面必有住户，她的脚步也就轻松起来。

不料，奔到灯火近处，才发现那是一座兵营，两个茁壮的兵丁各执长枪，不分青红皂白，一把捉住孟姜，将她当作奸细，用绳索一绑，送到后方的城池去。

守城的总镇为人向来糊涂，见到孟姜，说是单身女子在荒野地方乱闯，必有奸情，因此就糊里糊涂定了罪，将孟姜打进监狱囚禁。

孟姜在监狱里见不到天日，心中纳闷异常，思前想后，不禁两泪滔滔。

八十六、托塔李天王

孟姜被拘禁在囹圄中，终日以泪水洗面，心中甚感纳闷，暗忖：

"总镇虽糊涂；但我罪已定，只待批文来到，即将推出处决，这样一来，今生再也无法见到希郎的骸骨了！"

思念及此，不禁嚎啕大哭了，一股冤气，直冲天庭……

南天门外的千里眼和顺风耳，首先得到消息，连忙走上"灵霄殿"，跪拜金阶，向玉皇大帝报信，玉帝闻报，立升龙座，拔出令旗，大声询问天神天将：

"孟姜在下界落难，谁去搭救于她？"

话音未完，只见班部站出一位高大的神道，手托宝塔，雄赳赳地走上金阶，用裂帛似的声音，应声道：

"小臣愿去！"

玉帝睁目一看，原来是李靖李天王，心下暗暗称喜，当即颁下法旨，着李靖立刻就去。

李靖领了法旨，大踏步走出灵霄殿，为了争取时间，马上去到南天门，正拟腾云驾雾时，后边忽然有人高声呐喊：

"父王稍候！"

回头一看，金吒、木吒、哪吒已经从云斗中出现。金吒是大哥，代表两位兄弟开口要求跟随父亲到下界去走一趟。李靖说："如此小事，无需汝等协助。"

接着，驾起祥云，兀自飞下凡界，先在无人地带摇身一变，变了个白发老公公，一手持着拐杖，一手提饭菜，跌跌冲冲地前去探监送饭。

走到监狱门前，站在木栅外边，直着嗓子大嚷：

"禁头老哥在哪里？"

嚷了三声，禁头终于从黑暗中走了出来，一见李靖，撇撇嘴，用鄙夷不屑的语气问：

"老头子，你知道这是什么所在，也由得你乱喊乱嚷？"

李靖这才堆上一脸阿谀的笑脸，故意把嗓子压得很低，说是前来探监送饭的；同时从褡裤里取出四两纹银，交出来与禁头。

八十七、雷公与火神

禁头一见亮晃晃的银子，早已笑得眼脸都皱在一起了，呶呶嘴，一边喃喃地说："这又何必呢？"一边伸出抖巍巍的手，将银子迅速接了过去；然后笑嘻嘻地启开监门，让李靖走了进去。李靖冒称孟府老家人，禁头不起疑心，当即领他到孟姜面前。

孟姜正感纳闷，听说有人送饭菜来了，心中不免暗觉诧异，走近栅门一看，只见一个素不相识的老公公站在监门外边，不便询问，惟有接过饭菜来食用。

吃过饭菜，禁头已走开，李靖马上将嘴巴凑近孟姜耳边，悄声对她说：

"千万不要担心，我是特地赶来搭救你的。"

孟姜听了，久久发愣，不知应该说些什么，一来，她想不出这个老头子为什么平白无故会走来搭救她；二来，这老头子已届古稀之年，哪有办法救她出狱。

正在这样想时，禁头忽然气急败坏地疾奔而至，神情紧张，说话时连声音也有点发抖。

"糟了，批文已到，你家小姐……"

李靖闻言，态度非常安详，但是孟姜究竟是个女流之辈，没有听完禁头的说话，早已晕倒在地了。

禁头当即打开监门，走进去唤醒孟姜。

李靖趁此蹑足走出监牢，双脚一顿，立即升上天庭，掐个指诀，嚷："雷公何在？"

瞬息间，雷公已经站在李靖面前了，双手一拱，问："李天王有何差遣？"

李靖伸手向下一指，说："我命你到了午时三刻，用猛雷劈开监狱，吓掉那糊涂总镇的魂魄，不得有误！"雷公领了法旨，转身隐入云斗，举起巨锤金钉，静候午时三刻下手。

接着李靖又召黑火神，命他于雷公劈雷时，放火将总镇衙门全部焚毁。火神领得法语，立刻拱手施礼，驾起祥云，前往总镇衙门上空。

八十八、宝剑破墙

李靖又召风姑娘，命她携带风布袋，前住总镇衙门上空，静候大火燃起时，立即发风助威。

风姑娘应了一声"谨遵法令"，拨转身，迅即隐入云斗。

李靖安排妥当，返回下界，蹲在监狱门口，静候禁头出来。时近晌午，烈日当空，旷场已经站满观看热闹的闲人，只待官兵前来提人。一会，禁头匆匆走出，李靖一把拉住他，说要送些酒菜给孟姜。禁头摇摇手，不允所请。李靖只好又掏出十两纹银，禁头这才欠身让他进去。

孟姜已被狱卒绑好，哪里还有心思吃东西，见到李靖，不由得热泪直淌。李靖劝她不要担心，举起右手，对准孟姜轻轻一点，孟姜身上的枷锁竟"訇"一声，全部打开了。

狱卒见状，个个惊皇失措，大声呐喊，指李靖是个妖魔。

此时，外边人马喧腾，原来总镇已到。有人慌忙迎上前去，将狱中的情形讲与总镇知道。总镇大怒，立即派出十几个强兵勇将，进狱去捉拿李靖。

李靖态度十分镇定，用身体保护孟姜，不让官兵走近身边。官兵人多势壮，围在木栅门口，虽不敢贸然闯入；也不让李靖和孟姜夺围而出。李靖是个神仙，对付这十来个官兵，当然无需吹灰之力；只因孟姜乃是孱弱女子，怎能驮她冲出重围。没有办法，只好借用法术。于是拔出宝剑，往地上一摔；然后喝声："疾！"只见宝剑在地上忽然旋转不已,瞬息间变成一团火光,冉冉升空,愈升愈高,升到天花板时,"嗞"的一声,直向石墙刺去,石墙崩开一个大洞,李靖驮着孟姜,大踏步跨了出去。

外边的总镇见此情形,不由得怒往上冲,当即提起大刀,催马过来,两眼一瞪,拦住李靖去路。李靖收起宝剑,用手指在地上划了一个圆圈,那虚形的圆圈,竟变成一个莲座,射出万道霞光。

八十九、九条火龙

那总镇只当李靖是个懂得邪道的术士,立即派遣所有官兵,将李靖团团围住。孟姜驮在李靖背上,早已吓得魂飞魄散。李靖则态度如常,面呈笑容,尽管官兵们声势汹汹,却谁也无法挨近他的莲座。

这时,众神仙早在天上等候发威。迨至午时三刻,但闻晴天一声霹雳,不偏不倚,恰巧击中监狱屋顶,监狱劈开,所有监犯乘机脱逃。

接着,半空中忽然出现九条火龙,张牙舞爪地从云斗里钻出,每一条都张开大嘴,"烘隆隆"地吐射熊熊大火。

火势炽烈,熏得地上的人个个汗流浃背,睁不开眼。官兵们威风尽失,你推我攘,乱得一塌糊涂。总镇也怕烈火;但还竭力企图维持自己的尊严,坐在马鞍上,嘶声下令。

一会,风姑娘也撒开风布袋了,刹那间,狂风四起,愈刮愈劲疾。

天空完全变黑了，昏沉沉的，令人感到恐慌。总镇再也不克保持镇定了，扬起皮鞭，不断地抽打骏马。那骏马平时日行千里。此刻，这畜生见了飞沙走石，不但不开蹄步，竟尔自动躺了下去。

总镇无法，惟有跨下马鞍，手持大刀，直向城门狂奔。不料，抵达城内，情形更乱，总镇见在大火中，谁也不敢冲进去。城里的居民个个以为匈奴压境，慌慌张张地携老扶少，像潮水一般，向所有的城门涌去。

总镇回不得老家，只好放下大刀，挤在老百姓堆中，企图冒充难民，保得自己的性命。

可是，走了一阵，忽然有人指着他大嚷："这是总镇！他是罪魁祸首！把他绑起来，送交匈奴，就可以免去这场兵灾了！"

话语一出，老百姓纷纷围拢来，七手八脚地将他捉住，准备送交匈奴。总镇心犹不甘，拼力挣扎，结果却被老百姓们合力击毙了！

九十、黑虎玄坛

总镇死去的消息，迅即传抵广场。李靖捻须作笑，站起身，双手合十，口中念念有词，只见莲花座忽然冒起一阵烟雾，刹那间升上天空。

雷公、火神、风姑娘任务已毕，纷纷走来拜见李靖。李靖连声道谢，请众神各自返回天庭；然后又召黑虎玄坛，命他变成骏马一匹，驮载孟姜前往凉山县。玄坛拱手施礼，举起那拐杖，"嗖"的一声掷向下界。

拐杖落地，兀自旋转不已，稍过片刻，居然变成了青鬃骏马，站立田野，静候孟姜来到。

此时，李靖继续暗展法力，由天庭下降黄土坡。孟姜驮在李靖背上，完全不省人事。

李靖着陆后，用手在孟姜脸上划个圈，孟姜犹如噩梦初醒，睁开惺忪的眼，望望站在面前的李靖，渐次从迷蒙中渡到清醒。

"我……我还没有死？"她问。李靖含笑作答："你没有死。"

孟姜又问："那班强凶霸道的官兵呢？"李靖答："全给大火烧毙了！"

孟姜略一沉吟，颇表怀疑地问："但是我们竟能从监狱中逃出？"李靖捻须发笑，终于撒了个谎："别瞧我这么一把年纪，从小就学成一套邪术，举凡金木水火土，无一不熟，刚才那一点火，休想挡住老汉。老夫使了个避火法，就将你救了出来。"

孟姜听了，信以为真，立刻双膝跪地，叩谢救命之恩。

李靖连忙弓下身子，将她搀扶起来；然后用手向田野一指，说道："那匹青鬃大马乃是我家牲口，不但奔跑似飞；抑且熟识路途，你不妨骑它归去，日落即可安抵凉山。"

孟姜皱皱眉，说："我从未骑过马匹，只好有违老伯的好意了。"

九十一、神驹驮烈女

李靖笑笑，劝她不必惊惶，说是此乃千里神驹，十分乖灵，凭谁骑在背上，绝无危险。

孟姜迟疑一阵，心忖："这老公公既有办法救我出狱，当然不会加害于我，看此马身形高大，眼神似火，必非寻常牲口，我若弃马行路，真不知何日可抵长城。为了早日寻获希郎骸骨，也该鼓足勇气来试一试。"

于是，咬咬牙，接过李靖交给她的皮鞭，踏上马镫，翻上马鞍，刚坐定，那牲口就嘶叫一声。腾起四蹄，飞也似的，直向山岭地带窜去。

孟姜大惊失色，但是完全无能为力了。那青鬃大马犹如腾云驾雾一般，穿山越岭全不费气力。孟姜紧闭双眼，任其乱奔，瞬息之间，已越过了十几个城镇。

夕阳已经落山，暮色苍茫。青鬃马兀自走到一座庙宇门前，停下。孟姜睁开眼来，抬头一看，只见旗杆顶端有一面杏黄旗，迎风飘舞，隐约可见"凉山庙"三个大字。

孟姜这才嘘口气，知道已抵凉山，忐忑之情于焉消失。因此，翻身下鞍，牵着大马走向树边，将缰绳往树干上一系，走向草丛，采了些青草给骏马充饥。

天色尽黑，四周一片宁静。孟姜移动莲步，怯然走入庙门，见龟蛇两神镇守山门，玄天大帝的塑像端坐在大殿上。

孟姜当即走上前去，跪拜在垫上，祈祷神道多赐吉祥，使她早日抵达长城。一会，老和尚闻声而出，问她："为何远道来此？"孟姜将寻灵之意略讲与老和尚知道，后者善心大发，领她进入禅堂安睡。

孟姜骑了一天的马，身子极感疲倦，进入禅堂后，来不及等待老和尚端素食，竟沉沉入睡了。睡后，又梦见希郎泣血而来，浑身铁链枷锁，状极凄惨。孟姜问他："灵魂今在何处？"希郎朝北一指，忽然不见。孟姜痛不欲生。

九十二、黄河南岸

此时，庙外已有鸡啼报晓，孟姜立即起身，走出禅堂，冉冉走上大殿，叩拜神明保佑之恩。老和尚来了，送了些干粮给她，孟姜留下几两纹银，老和尚怎样也不肯收受，还亲自送她上马。

骏马休息了一夜，精神特别饱满，迨至孟姜踏蹬而上，立刻腾起四蹄，飞也似的向北奔去，不多时，已经越过千山万水，只见前面浪涛滔天，泥水滚滚，使骏马趑趄在岸边，无法前进。

孟姜翻下马鞍，用目观看，见前面有一老农走来，忙不迭迎上前去，施礼问他：

"这是什么水道？"

听口音，老农知道她不是当地人，睁大一对惊诧的眼睛，贪婪地对孟姜仔细打量；然后说出这么一句：

"这是黄河！"

"请问长城在河北呢？还是在河南？"

"在河北。"

"那么，这里附近有无渡口？"

老农闻言，登时脸呈惊惶之色，顿了顿，问："你想过河到北岸去？"

"是的。"

"小姐，我劝你还是不要去的好。"

"为什么？"

"因为没有人肯划船帮你渡过黄河的！"

"我愿意以重酬租一条渡船行吗？"

"你可以租得到渡船；却租不到划船的人。"

"什么道理？"

老农嚅嚅滞滞地欲言又止了，孟姜察看他的神情，知道内中必有蹊跷，连忙一再追问，她情神恳切的，要他将原因说出。

老农为人倒也忠厚，经不起催询，当即坦白告诉孟姜，说黄河最近出了水怪，常在水中吞噬渡河的人畜，为了这个缘故，所有划船的人，宁可坐在家里挨饿；再也不敢冒死渡河了。

九十三、水怪吃人

孟姜听了老农的话，紧蹙蛾眉，望望那滔天的浪涛，忧心似焚。

"怎么办呢？"她说，"我有要紧的事必须渡河去！"

"姑娘，我劝你千万不要自尽末路。河里的确出了水怪，谁也过不得的。"老农说。

但是孟姜自不肯相信，认为："说不定这是好事之徒制造出来的谣言。"

老农把头摇得如同搏浪鼓一般，嘴里抖声说："姑娘，这绝对不是谣言，我曾经亲眼看见过的。"

"你看见过水怪？"

"黄河南岸的居民几乎每个人都见过。"

"水怪是怎么样的？"

"当它站起来的时候，是有十丈高，遍体黄毛，吼声震天，它有一对红光四射的眼睛，倘在夜晚出现，四周便会像白昼一般通明，它的嘴巴常有鲜血流出，张开时，獠牙狰狞，非常可怖。"

"它专吃人畜？"

"岂止人畜，有时找到船只木筏，照样拿起来往嘴里送！"

"有这样的事？"

"所以，我劝你还是不要去送死的好。"

孟姜这才慌张起来了，暗忖："我若不能渡过黄河，就无法寻得希郎的骸骨，这便如何是好？”

想到这里，不禁两泪滔滔，以袖掩面，耸肩啜泣了。老农劝她不要难过，有意邀她到家里暂宿一宵，到明天再作打算。

孟姜用泪眼看看老农，只好接受他的好意。于是牵了神驹，跟在老农背后，沿着曲折的田路，向茅屋走去。

老农家里没有别人，只有一个白发斑斑的老婆，两夫妻以种田为生，不但生活清苦，抑且十分寂寞。如今见到了孟姜，立刻开锅下面给她充饥。

天黑后，老夫妇给孟姜预备好了一铺床叫她趁早安睡。孟姜上床，辗转反侧，始终不能入睡。到了中宵，忽然听到窗外有人呼唤她。

九十四、就地腾起

“孟姜！孟姜！要过河，快快走出来！”

孟姜一听，不觉大吃一惊，连忙翻身下床，走到里边，推开木窗，竟发现田野里站着一位金光四射的神道，仔细一看，乃是韦陀菩萨。

韦陀双手合十，一根降魔杵横在双臂之上，目光炯炯，全身金光四射。见到孟姜时，立刻张嘴唤叫：

“孟姜，快出来，我驮你过河去。”

孟姜闻言，心下也自骇然，定定神，韦陀仍在外边唤她，当即拨转身来，挽住包袱，趁一对老年人睡正酣，蹑足走出茅屋。

屋外一片漆黑，仅田野间有一团金光在熠耀。孟姜知道那是韦陀菩萨，忙不迭搬动莲步，趔趄着奔过去，奔到菩萨面前，双膝一屈，跪倒在地，口中不停呐喊：

"菩萨救我！"

韦陀当即掏出一颗明珠，迎空一抛，那明珠冉冉腾起，在空中旋转不已，稍过片刻，蓦地变成一个莲座，似云非雾地落在孟姜面前。

孟姜暗暗吃惊，却不知道该如何是好；正感踌躇间，韦陀开口了：

"快快坐在莲座，随我过河去！"

孟姜不敢迟疑，本能地举步入座，刚坐定，那莲座再度就地腾起，在微云薄雾的烘托下，跟在韦陀背后，直向黄河飞去。

此时，无星无月，只是彤云四布，天色漆黑。风声猎猎，黄河忽然掀起一阵大浪，但闻"訇"然一声，狂风大作，河水中竟像海岛一般竖起一个巨形物体。

孟姜坐在莲座上，被狂风吹得左右飘荡，幸而有韦陀菩萨带头引领着，还不致于魂飞魄散。

就在这时候，那巨形物体蓦地大声吼叫起来了，吼声极响，犹如晴天霹雳，吓得孟姜浑身哆嗦。

九十五、韦陀斗水怪

　　孟姜定睛一瞧，发现黄河中央耸立着的怪物与老农描绘给她听的完全一样：十几丈高，周身黄毛，双目射出两道红光，张嘴时，獠牙狰狞。

　　"不错，正是这个水怪！"孟姜心下暗忖。

　　不料，水怪见到空中有金光出现，居然伸展双臂，不顾一切地向韦陀扑来。

　　韦陀大怒，咬咬牙，口中念念有词，举手向水怪一点，用裂帛似的声音大呼：

　　"妖怪，休得猖狂，看剑！"

　　说着，拳头放开，"嗖"的一声，金光射自掌心，疾似飞箭，直向水怪刺去。水怪倒也厉害，立刻张开血盆大嘴，吐出一堆血水，竟尔破了韦陀的法术。

　　韦陀失了宝剑，怒不可遏，立刻将降魔杵抛入空中，降魔杵在黑暗中转了两转，刹那间放出万道金光，照得黄河通明，如同白昼一般。

　　孟姜坐在莲座中，心内害怕，也只好强自镇定。这时，降魔杵不但使她得了安全感；抑且使她凭借金光，这才看清了水怪的狰狞面貌。

　　水怪的模样远较老农的描绘为恐怖；两只眼睛赛若两个团圞月。所有头发虽系黄色，但能蠕动游舞，绝非毛发之类，虽然不容易看清楚；倒有点像千万条水蛇。它的嘴巴很大，吐出来的不是唾沫，而是殷红鲜血……

孟姜见状，浑身起了鸡皮疙瘩，暗忖："难怪撑船人宁可在家里饿死，也不愿意赚取商旅的摆渡钱了！此怪不除，相信黄河两岸，永远得不到安宁！"

正这样想时，但闻雷声隆隆，大雨似注，韦陀祭起的降魔杵，顷刻变了千万把金刀，如同雨点一般，直向水怪齐发。水怪不甘示弱，第二次张开大嘴，呼的一声响，口里又吐出一条血龙，企图借此阻挡金刀来袭。

九十六、除水怪

韦陀早有准备，见水怪再度吐出血龙，马上掏出一个七彩钵盂，迎空一抛，只见偌大的一条血龙在空中晃了晃，全部给小小的钵盂收敛了去。

水怪大惊失措，嘶声怒吼，声极响亮，犹似火山爆裂，孟姜听了，吓得骇然失色，连忙以手掩耳。

就在这时候，那降魔杵突然金光四射，先在半空中左旋右转，仿佛通晓灵性似的准备攻击；继而咭的一响，登时向水怪脑袋俯冲。

水怪法术已尽，同时知道降魔杵厉害，正想走避，已经来不及了。那降魔杵对准水怪的脑袋刺去，脑壳破裂，鲜血四溅，似泉喷出。水怪痛极而嚎；但韦陀仍不肯放松。降魔杵如同捣蒜般的击下又跃起，跃起又击下。

约莫击了十几次，水怪再也不能支撑了，两条巨臂无可奈何地乱抓一阵，终于倒入河中去了。

水怪身形高大，倒下时，犹如山崩一般，轰然一声，邻近的地区无不引起轻微的地震。

此时，黄河的泥水刹那间完全转为红色。孟姜坐在莲座中偶一俯视，不禁目瞪口呆了。原来水怪已毙，僵直地躺在黄河中心，如同一座岛屿，使整条黄河变成红河了。

韦陀收起降魔杵，然后回过来，吩咐孟姜将眼睛闭起。孟姜不敢违命，当即合上眼皮，但闻风声呼呼，浑身起了一种飘然的感觉。

孟姜只觉身子在半空飘荡了好一会，韦陀叫她睁开眼来，发现自己已经飞渡黄河，坐在对岸的平地上了。

孟姜知道菩萨神通广大，连忙抬头观看，发现黑空里有一点光华，比星星大；又不若月亮那么皎洁。

"韦陀菩萨归天去了！"她想。

于是站起身，两膝跪拜，虔虔诚诚，对空中的光华磕了三个响头。

九十七、长城在望

叩毕，天际又有一道火光射下，不偏不倚，恰巧击中水怪的尸体。尸体着火，竟在水中焚化，孟姜见了，暗惊神道厉害。

这时风势已戢，雨亦停止。远村忽有鸡啼报晓，东天果然露了鱼肚白的颜色。

孟姜站起身，用衣袖拍去身上的灰尘，手挽包袱，断续向北走去。那匹青鬃骏马因为无法飞渡黄河，只好留在对岸；其实，孟姜哪里会知道：那骏马原非寻常之马，乃系黑虎玄坛的化身，此刻任务已毕，自也应该返回天庭向李靖去述职了……

不久，天色大亮，太阳高高升起。黄河两岸忽然拥到千万老百姓，个个举手欢呼，庆祝韦陀降伏水怪。原来昨夜仙妖大战时，两岸居民皆躲在屋里，不能入睡，却看得清楚。

孟姜微微一笑，心中暗忖："想不到为了助我孟姜过河，菩萨竟为地方除一大害。这倒是一件天大的喜事，值得庆祝。"

于是，心情不像先前沉重了，莲步轻盈，一日之内居然过了七个村镇。

走了三日，忽然进入山岭地带，山路崎岖，树木蓊郁。为了避免在山间迷失路途，只好找一个人来询问一下：

"先生，请问到长城去，还有多少路程？"

那人向她瞧了一眼，用手一指，说道："翻过这座山头，就是长城了。”

孟姜一听，喜出望外，道谢了一声，忙不迭挪开莲步，准备继续赶路。不料，那人又将她喝住了。

"有什么事吗？"孟姜回眸询问。

那人说："长城长达万里，但不知要去哪一段？"

孟姜说："我乃万希郎之妻，希郎因筑长城而死，此去，旨在寻觅亡夫的骸骨，不知在哪一段。"

那人听了，不觉喟叹一声，说："骸骨埋于泥土中，你怎样去寻找？"

九十八、埋尸之处

"我既已来到这里，即使必须将整座长城翻起，也决不因此气馁。"孟姜说。

那人听她口气如此之大，只顾睖大了眼睛望着她，久久不发一言。孟姜赶路要紧，当即扑转身，挽着包袱，向崎岖的山路走去。

走到山巅，果见雄伟的长城像带子一般，横在群山中，蜿蜒伸展，两边皆无尽端。

孟姜面对长城，心里掀起一阵不可言状的激荡，说是兴奋，倒也有点像悲哀。于是，挪开莲步，匆匆向长城走去，走了几个时辰，终算达到城脚，抬头一看，那高达数百雉的城墙，显得十分雄壮。孟姜见物思人，不禁泪下如雨，暗忖："听别人说，这长城绵延万里，叫我到什么地方去找到希郎的骸骨？"

正这样想时，前面忽然飞来一只红嘴雀，虽不咭噪，却在她头上盘旋不已。孟姜一时想不出别的办法，惟有对着红嘴雀苦苦哀求：

"雀呀！你若有灵性的话，必知我夫葬身在何处；雀呀！请你速带我前去寻找。"

那红嘴雀听了孟姜的话语，居然呱呱啼叫，掉转身，慢慢向西北方飞去。

孟姜本来就没有头绪，断定红嘴雀已经理会了自己的意思，当即款动莲步，跟随红嘴雀疾步急走。

日落时，红嘴雀忽然在一座六角亭的顶端，停下。孟姜知道这是希郎的埋身之处了，心内一阵酸痛，泪珠儿就纷纷掉落了。

这时，夕阳如同血一般照在长城的城墙上。孟姜一边哭，一边走近去观看，走到墙脚，果见泥地插有一个石志，上书"万希郎埋尸之处"。

孟姜这才抢天呼地地哭泣起来了，拼命用手击打城墙，嘶声狂叫：

"希郎我夫，你也死得太惨了！为妻的吃尽辛苦，却不能与你见面！"

九十九、哭崩长城

孟姜愈思愈想愈伤心，踢一脚，哭一声，哭得非常凄惨，追思往事，泪珠不断淌下，连衣衫都湿透了。但是长城筑得如此坚固，明知夫君的骸骨埋在城脚，孟姜却也完全无能为力了。

想到这里，心如刀割，哭诉无门，肝肠俱裂！

"希郎呀！为妻的不惮长途，受尽风霜之苦，排除一切困难来到这里，竟连你的骸骨都不能找回，怎不令我痛断肝肠？……天哪，我千里迢迢走来把夫寻，登山涉水何止万里路途，如今既已找到希郎葬身之处，却被这座坚固长城压住了！……老天爷呀！难道你一点怜悯之心都没有吗？……我孟姜早已将生死置之度外，但求与夫君的尸骨见一面，即使死在九泉，也心甘情愿！……老天爷呀！你若不肯行个方便，我孟姜，今天就不如撞死在这里了！"

说罢，霍然站起，以袖抹泪，发现泪珠已成红色，原来泪水早已淌干，此刻流的却是鲜血。

孟姜死意已决，当也并不恐慌，挺起胸，侧着头，拼命向城墙撞去。

墙虽坚固，但经孟姜一撞后，竟发出一声如雷的巨响，刹那间，平地里卷起一阵狂风，吹起密匝的乌云，飞沙走石，天上雷响震耳，蓝森森的闪电四处乱射。

孟姜自以为已经撞死，但是一股神秘莫测的力量，却在冥冥之中，救了她的生命。

当她醒来时，睁开眼来，不觉猛发一怔，原来长城已经崩倒了，裂开数丈，塌向一边，仿佛存心给孟姜寻找希郎的骸骨似的。

孟姜当即走进城基，但见满地白骨，却不知道哪一些是希郎的。

孟姜没有办法，只好咬破自己的手指，在每一根白骨上滴上血液，随滴随试，希望凭这个方法，能够找出丈夫的尸骨来。

一〇〇、二次被捕

过了一会，终于找出了丈夫的骸骨，忍不住一阵悲酸，竟抱骨恸哭起来。哭了一阵，心里稍为舒服了些，先用衣袖抹干眼泪，然后抬头对四周瞅了一圈，但见一片碎砖瓦砾，不免有点慌张了，暗忖：

"秦国的始皇帝动用了千万劳工的力量，才建成这座雄伟的长城，为的是防御匈奴的入侵，如今，竟被我一头撞出罅口来了，万一给管城的人发觉了，将我拿去官厅问罪，到那时，不但又要坐监受苦；恐怕连希郎的尸骨也无法运回了。"

想到这里，忙不迭将希郎的尸骨包在包袱里，准备立刻越山穿林，离开这塌城之处。

不料，刚刚挪开脚步，后边就传来一声吆喝："大胆的妖女！快快站住，不准奔跑！"

孟姜闻言，不由得大吃一惊，正欲搬动莲步，但是两腿酸软，一点力气也施不出了。这时，两个守城的官兵已经站在面前，各执长枪，拦住孟姜的去路。那个瘦长的官兵用手对孟姜一指，说：

"一点也不错，就是这个妖女！刚才在城堞上，我看得很清楚，她施展了法术，竟把韦陀菩萨也请来了。"

那个矮肥的官兵听了这番话，颇感惶惑地问："她既然是个妖女，怎么会有办法将韦陀菩萨也请的？"

瘦兵说："她有什么法术，我不得而知。但我明明看见韦陀菩萨用宝杵击倒长城的。"

肥兵主张把她拿去问罪。

于是两个官兵就强凶霸道地将孟姜拉去见过守城官。守城官正在吃晚饭，右手拿着鸡腿，左手拿着一杯高粱，吃得满嘴油腻。听到外边的嘈杂声，知道又出了什么岔子，撇撇嘴，板着面孔走到前厅。

两个官兵一口咬定孟姜是个妖女，说她用法术弄倒长城。守城官一听，当即两眼一瞪，大声咆哮："你这妖女，为何到此击塌长城？"

一○一、蒙恬将军

孟姜听守城官骂自己作"妖女"，不禁嗤鼻冷笑了："如果我有法术的话，怎么会给你们拉到这里？"

守城官恼羞成怒了，脸孔涨得如同猪肝一般，只管吊高嗓子，指着孟姜吆喝："你若不是妖女，怎么会用头颅撞倒长城？"

孟姜摇摇头，说："连我自己也不知道。"

守城官问不出要领，心内更加恼怒了，狠巴巴地挪前一步，瞪大双目，继续对孟姜咆哮：

"为什么你要用头颅撞墙？"

"我想自尽。"

"好死不如恶活，为什么要寻短见？"

"因为我的丈夫葬身在墙基里。"

"你的丈夫是谁？"

"万希郎！"

守城官听到了"万希郎"三个字，不由得目瞪口呆了，暗忖："万希郎乃是钦犯，此事绝对不能草率从事。"因此，正正脸色，对两个官兵说："快将她锁入地牢，待我立刻去禀明蒙将军，请示发落。"

两个官兵不敢怠慢，当即推推搡搡地将孟姜收入地牢。

守城官吩咐马僮备马，连晚饭都没吃完，匆匆翻上马鞍，鞭子一扬，直向黑暗的山路疾驰。

约莫两个时辰过后，守城官抵达将军府第，滚鞍下马，由门公带领走进书房。

时近中宵，蒙恬正在书房里批阅案宗，见到守城官，立刻圆睁怒目，叱道：

"半夜三更走来做什么？"

守城官双膝跪地，抖着声音将孟姜撞倒长城的经过情形禀告蒙恬。蒙恬听说长城塌倒，心下大为震怒，愤然以掌击桌，当即下令守城官即刻将孟姜解来。

守城官不敢违令，匆匆退出将军府，滚上马背，遄返驻防所在，提出孟姜，用粗麻绳捆绑，会同两名官兵，分骑三匹骏马，漏夜赶路。

一〇二、不怀好意

天亮时，守城官等人抵达将军府。门公说："蒙将军不知为了何故，昨夜通宵未眠。"

守城官听了，心内怔忡不已，走入书房，立刻"顿"的一声，双膝跪地。蒙恬问他：

"犯人在哪里？"

守城官站起身，吩咐官兵将孟姜押进来。蒙恬为了长城塌倒的事，急得如同热锅上的蚂蚁一般，但是见到孟姜后，焦忧之情终于一变而为惊诧了。

蒙恬年事已高，但素来好色，平时常去妓寮走动，不为人知。如今，一见这似花似玉的孟姜，早已将公事置诸脑后，眯细眼睛，只管贪婪地打量孟姜。守城官站立一旁，不闻蒙恬下令，心里不免有点焦虑，想开口，又怕蒙恬恼怒。正感踌躇间，蒙恬忽然高声唤嚷：

"秋萍！"

秋萍是蒙府一个丫鬟，此刻正在门外等候差遣，听到唤声，忙不迭款动莲步，走进书房去伺候。

"将军，有何吩咐？"

"命你带领这位姑娘到内宅东厢房休憩。"

秋萍闻言，不敢怠慢，当即带领孟姜，冉冉走出书房，穿过长廊，进入后院，走到内宅东厢房，踏上台阶，打开门，请孟姜坐下休息。孟姜放下包袱，呆呆地坐在桌前，心内纳闷，却又不敢呈露在脸上。

秋萍端了一杯茶来，问孟姜有何吩咐，孟姜摇摇头，她就退了出去。

这时，太阳已高高升起，照得纱窗明通，使孟姜睁不开眼来。孟姜虽倦，但是在这种情形之下，也无法安睡了。

一会，庭院里有嘹亮的咳嗽声传来，孟姜以为官兵前来捉拿与她，怯怯地站起身，望着门背。

门启开，一个人站在门口，原来是蒙恬。

孟姜见他笑嘻嘻地瞅着她，知道他不怀好意，心内非常不安。

一〇三、解往京城

蒙恬色心大动，反手将门一闩，笑眯眯地走过来，伸出双手，一把搂住孟姜的纤腰。孟姜想喊，但是喉咙口仿佛给什么东西塞住了，怎样也喊不出声来。蒙恬见她长得如同天仙一般，咧着嘴，露出一排黄牙，那种穷凶极恶的神气，好像要将孟姜一口吞了下去似的。

孟姜是个烈女，当然不肯让他蹂躏自己的，因此咬紧牙关，拼命推开蒙恬。

两人一个逃，一个追，搅得房间里的凳椅杂物都摔倒了，蒙恬还是没有办法使孟姜就范。就在这时候，嘭嘭嘭，忽然有人以拳击门。蒙恬这才松了手，气喘吁吁地走去启门。

门启开后，原来是怒容满面的蒙夫人。

蒙恬虽然是个大将军；但是一见到自己的老婆，总像老鼠见到猫似的，缩头缩脑，连说话的声音都有点发抖：

"夫人。"

夫人圆睁怒目，双手往腰间一插，嚷道："你在这里做什么？"蒙恬一时答不上话来，斜眼对秋萍一瞅，秋萍倒也机警，看见他受窘，立刻代蒙恬作了这样的解释：

"这个女子乃是一个钦犯……"

蒙恬一听，心里在赞秋萍好帮忙，连忙堆上一脸阿谀的笑容，接口就说：

"对，这个女子名叫孟姜，是个钦犯，我到这里来，为的是想讨取她的口供。"

蒙夫人正正脸色，朝孟姜盯了一眼；然后厉声疾气地对蒙恬说：

"既是钦犯，就该马上解往京城，亲自修成本章，听候圣上发落才是！"

蒙恬闻言，心里非常不自在，暗忖："这样一个到了嘴边的美人儿，竟要送往京城去了，实在有点舍不得。"但是，蒙夫人性格向来暴躁，蒙恬并非不知，因此，虽然不舍得，亦惟有颔首称是，吩咐下人即刻备轿马。

一〇四、绑上金殿

蒙恬回转书房，提笔书写本章。本章写就，立即亲自上马，率领五十名精兵，押了孟姜，前往咸阳。

抵达京城，已经是第二天早晨了。蒙恬两夜未睡，身体虽好，难免也感到疲惫了，原拟在城休息一宵的，只因是日正设早朝，为了避免引起不必要的流言，马上将本章交与黄门官代呈龙案。

迨至秦始皇上朝，打开蒙恬所呈的本章一看，知道孟姜用法术撞塌长城，内心不觉怒火狂燃，圆睁双目，愤极以手拍案，用裂帛似的声音咆哮起来：

"快将那个妖女带上金殿！"

话语一出，蒙恬当即退下金阶，领了旨意，匆匆走到午朝门外，吩咐四个校尉兵将将孟姜绑上金殿。

孟姜踏上金阶，不敢抬头观望皇帝，耳边听到两旁校尉的吆喝，立刻双膝下跪。

"妖女抬起头来！"始皇大声高嚷。

孟姜这才抬起头来，让始皇仔细端详她的容颜。始皇两眼一瞪，见孟姜星目朱唇，皮肤皙白，瓜子脸，微微泛红的粉颊，心中的怒气也就平息了不少。因此，用手捻捻长须，问：

"大胆妖女，快将真姓名道出。"

"我叫孟姜。"

"为何用法术撞塌长城？"

"我乃寻常女子，哪里会有什么法术？"

"那么，长城怎么会倒塌的？你说！"

"我实在不知道。"

"听说你在城基盗取尸骨，有这回事吗？"

"有。"

"你盗取谁的尸骨？"

"我的丈夫。"

"你的丈夫叫什么名字？"

"他叫万希郎。"

秦始皇一听万希郎的名字，不觉猛发一怔，暗忖："万希郎乃是镇城之物，岂可随便给她盗去？"

一〇五、宣她进宫

于是，秦始皇吩咐孟姜交出尸骨，着蒙恬带回原处，重新埋好，择日补筑长城，以防匈奴来侵。

孟姜一听，拼命抱紧尸骨，宁死不肯松手。始皇见状，勃然大怒，吩咐众宦官将孟姜带进偏殿，候至下午应审。

按照过去的例子，皇帝着令下午偏殿听审，多少带点密审之意。孟姜是个闺阁千金，对于这样的事情，当然一无所知，只道皇帝有意对她动刑了，心下有点纳闷。不过，孟姜早已置生死于度外，只要希郎的尸骨不失，别的她就什么都不怕了。

这时，始皇已拂袖退朝。众校尉将孟姜暂时押下。到了下午，有宦官来传孟姜，去到偏殿，发现秦始皇已经坐在龙床上了。

秦始皇的脸色显然比上午和气得多了，见到孟姜，立刻眯细眼睛贪婪地对孟姜仔细打量，然从吩咐校尉兵松绑。

"孟姜，你知道不知道长城乃国家御敌之物？"

"知道。"

"既知道，就不该将它撞倒！"

"万希郎是我的亲夫君，万岁听信奸臣的谗言，将他逼死后作为长城的城基，实在有违人道！"

听了这几句话，侍坐在两旁的大臣们个个吃了一惊，以为秦始皇一定要发脾气了；不料，秦始皇不但不怒，抑且下旨孟姜暂退；然后和颜悦色地对诸大臣说：

"朕看此女天生丽质，节义双全，实非寻常女子可比。朕有意宣她进宫，但不知众卿意下如何？"

众大臣想不到秦始皇会有这样的念头，大家面面相觑，一时谁也不敢随便开口。秦皇以为大臣们不赞成自己的意思，立刻板起面孔，厉声追问一句："谁肯为朕代向孟姜将孤意说明，定有重赏。"

这时，有一个名叫王贯的大臣，为人素来机警，听到万岁的话语，连忙上前奏道："小臣愿当此任。"

一〇六、王贯说合

秦皇闻言，心下大喜，点点头，说："有卿说项，此事就不会失败了。"

王贯领了旨，立刻走去找孟姜。这王贯是一个狡猾的家伙，为人极其聪明，只是不肯走正路，平时喜于吹拍钻营，所以颇得秦皇欢心。此番，秦皇忽然色心大动，不但不罚孟姜；抑且要宣孟姜进宫，让她执掌正宫了。群臣对此皆不敢有所表示，惟有王贯抓紧了这个机会，连忙自告奋勇，代替秦皇前去向孟姜说合，俾能借此讨好万岁。

现在，王贯已经站在孟姜面前了，见孟姜愁眉不展，似有无限心事，立刻堆上一脸阿谀的笑脸，轻声唤叫孟姜：

"孟姑娘，我给你报喜来了。"

孟姜闻言，斜目对王贯一瞅，用冷冷的口气问他："喜从何来？"

王贯挪前一步，伛偻着背，惟恐别人听到他的言语，故意将嘴巴凑在孟姜耳畔，轻声说：

"孟姑娘，首先我要问你一句话。"

"什么？"

"你知道不知道那长城乃是国家御敌之物？如今忽然被你撞倒，论罪，虽死亦不能赎……不过，孟姑娘，我看你福分倒也不小，万岁爷见你有德有貌，不但无意将你处死，抑且要你执掌正宫。你说，天下有什么比这件事更值得欢喜的呢？"

孟姜听了这一番言语，早已气得脸孔铁青，抿紧嘴巴，闷声不响。

王贯见她不开口，以为自己的一番话，已经打动了她的心，当即乘势推舟，继续善言相劝：

"孟姑娘，我知道你是一位烈女，要你改嫁万岁，于理也是说不过去的。但是，你与万希郎虽有夫妇之名，却无夫妇之实，纵使拜过天地，始终未曾合卺，所以希郎死后，你能不惮万里而来，终算尽了做妻子的责任！"

一〇七、三个条件

孟姜愈听愈生气，板着脸只管抿嘴不语。王贯意犹未尽，又加了这么几句：

"圣上此刻已并合六国，声望极高，你若肯改嫁万岁，今生可就享受无穷尽了！"

孟姜低头寻思，暗忖："这家伙实在讨厌，我不免讽刺他几句罢。"

但是，转念一想："此人开罪不得，万一惹他发了脾气，我这条性命也就休矣！"

于是，抬起头，两只眼珠子骨溜溜地一转，先将怒气捺下，然后牵牵嘴角，呈露一个勉强的微笑。

王贯见她有了笑容，高兴得什么似的，比手划脚地对孟姜说：

"孟姑娘，只要你肯点一点头答应下来，这偌大的江山，就等着你去享受了！"

孟姜这才侧过脸来，很持重地对王贯说："做人谁不贪图荣华富贵，我孟姜当然也不能例外。不过，我既与万希郎拜过天地，我便是万家的人。万岁爷倘要宣我进宫，就得依我三个条件。"

"什么条件？"

"第一，在长城旁边筑造一座十里方圆的'希郎坟'；第二，坟前另外造一座'万王庙'；第三……"

孟姜欲言又止，王贯连忙催她将第三个条件讲出来。孟姜顿了一顿，横横心，才郑重地一字一字地说：

"第三，御驾必须亲身前去祭墓，每年两次，满朝文武百官皆须披麻戴孝，同去举哀，倘有所违，处以死罪。"

王贯一听，觉得孟姜的条件虽然苛了一些；但既奉命前来下说词，不能不将孟姜之意回奏圣上。

秦皇正在偏殿等候佳音，见到王贯，忙问："和她谈过了吗？怎么样了？怎么样了？快说！"

王贯心存怯意，惟恐圣上听了发怒，因此，只好战战兢兢地，非常婉转地述出孟姜所提的三个条件。

一〇八、内宫设宴

秦始皇听了王贯的奏言，不觉哈哈大笑了，说道："原来是这样的三件小事，命你速去宣她进宫，朕决定件件依准便是！"

众臣闻言，个个大惊失色，认为万岁爷为了贪图美色，竟糊里糊涂地答应披麻戴孝地去祭祀万希郎了，实在是非常不值的。但是这批大臣，职位虽高，却没有一个不是奴才，纵然心里反对，嘴上谁也不肯出声。于是，王贯领了四名宫女，匆匆走去报告孟姜，然后带她去沐浴净身，穿上凤冠珠袍，乘坐辇舆，进入宫内。

这时，秦始皇想到那玉肌雪肤的孟姜，心情非常愉快，立刻下旨着令守城官即日招募劳工，替万希郎修坟造庙，限期十日完工。

守城官接获圣旨，急得如同热锅上的蚂蚁，暗忖："这修坟造庙的工程不能算小，十日之内，岂能筑成？"但是转念一想："是万岁爷的旨意，谁敢不遵？"没有办法，只好马上传令所属，分头到四乡去强拉壮丁，日夜开工，限期届满之前完成两项工程。

这天晚上，秦始皇吩咐在内殿设下酒筵，挂灯结彩，笙鼓竞奏，不邀群臣作陪，只有孟姜在旁陪酒。

秦始皇原是一个急色鬼，见到星目朱唇的孟姜，完全不可自持了。他贪婪地倾饮着酒，目光像胶水一般贴在孟姜脸上。孟姜心里憎厌这个荒淫无度的皇帝，脸上却老是呈露着妩人的笑容。秦皇要孟姜唱一支歌助兴，孟姜灵机一动，立刻唱了起来：

正月梅花独占先，家家户户过新年，别人家丈夫团圆聚，我家丈夫造长城……

秦始皇听到"长城"两字，知道歌中有刺，只因酒喝多了，神志有点糊涂，一味望着孟姜出神，居然还能以手击拍。

一曲既终，秦始皇再也忍不住了，伸手紧紧搂住孟姜，要孟姜扶他回寝殿。

一〇九、希郎坟

孟姜怎样也不肯依从，说是万岁虽已依准所有条件；但是尚未成为事实，所以，还不能侍寝。秦皇大失所望，用近似哀求的口吻对孟姜说：

"朕已传下圣旨，限期完成坟庙，你又何必多疑？"

孟姜微微一笑，故意将嘴巴凑近皇帝耳畔，说是身在宫内，迟早终是皇帝的人了，何必如此性急。

话音未完，秦皇身子一倾，当即像一块大石般的压在孟姜肩上了。孟姜是个女子，哪里经得起这么一压，连忙唤叫太监前去搀扶，才知道皇帝因为喝多了酒，已经醉得不省人事……

十天过后，守城官来报："希郎坟与万王庙俱已筑成。"

秦皇大喜，立刻吩咐排驾出京。所有文武百官，个个身穿麻服，随从皇帝背后，浩浩荡荡地离开咸阳京城，前往长城祭祀。

孟姜也披麻戴孝，并以巾蒙面，哭得如同泪人一般。

抵达"希郎坟"，早有守城官在坟前搭好黄色竹棚一座，张灯结彩，作为皇帝休息之所。黄棚左边，是一座白色孝棚，备给孟姜守灵。

秦皇跨出辇舆，由守城官领先，大踏步向祭坛走去，亲自拈香上祭。文武百官排列两厢，全部孝衣孝帽，板着脸孔，形成了一种特殊的严肃空气。

秦皇插好香火，忽然拨转身来，对众臣说："朕乃一国之主，岂可跪拜臣灵，谁来替朕代拜？"

群臣中忽然有人高声答话："臣愿替拜！"秦始皇定睛一看，原来是王贯，当即点点头，唤他走上祭坛。

王贯上坛，毕恭毕敬地磕了三个响头；然后洒下三杯御酒，算是完成了祭礼。

接着，始皇吩咐宫女们将孟姜从孝棚中搀出。孟姜早已哭得连声音都有点沙哑了，走上祭坛，刚跪在拜垫上，就晕厥了过去。群臣大惊失色，纷纷上坛去唤醒孟姜。

一一〇、痛骂昏君

祭礼完毕，始皇在黄棚中传下圣旨，要孟姜从速脱下孝服，以便回宫去成亲。王贯领旨，立即走出黄棚去唤叫孟姜。孟姜从祭坛上走下，听到唤声，故意装傻，只顾匆匆朝孝棚急走。

王贯见她不睬自己，忙不迭追上前去，直着嗓子嚷："孟姑娘，请等一下。"

孟姜站定了，拨转身，没好声气地问："有什么事吗？"

王贯立刻堆上一脸阿谀的笑容，说："孟姑娘，万岁爷答应替你办的三件大事，件件都已办妥；现在该轮到你来履行诺言了。"

孟姜这才若有所悟地"哦"了一声，说："原来王大人要我即刻换上吉服，是不是？"

王贯闻言，频频点头："下官正是这个意思。"

孟姜忽然板起面孔，圆睁怒目，愤然吐了一口唾沫在地上，拨转身，疾步向"万王庙"奔去，奔到庙门口，站定，大声嚷了起来：

"秦始皇，你是一个昏君，无缘无故杀害了我的丈夫，还想占有我的身体！老实告诉你吧，我若是这样低贱的话，也不会吃尽千辛万苦走来寻找丈夫的尸骨了！昏君呀！你焚书坑儒，已经罪大恶极，还要动用千万老百姓的劳力，修造这座万里长城，以为从此可以永保江山了；但是你别高兴，我孟姜虽然是个女流之辈，不能独力推倒你的皇座；然而所有被压迫的人们，不久就会揭竿而起了！昏君，你等着瞧吧，你的末日即将来临了！"

这一番言语，像联珠炮似的，说得王贯以及所有的大臣个个目瞪口呆了。大家绝对想不到，像孟姜这样的弱女子竟会如此大胆。

这时，秦始皇正在黄棚中休息，忽然觉得棚外静寂得有点出奇，连忙挪步走出棚外，却发现孟姜兀自站在"万王庙"门口，指手划脚地大骂自己是昏君。

一一一、投江自尽

众校尉听了孟姜老是骂个不休，正欲上前逮捕的时候，却给秦始皇喝止了。

王贯回头一看，见始皇已从黄棚走出，匆匆奔上前去，双膝下跪，连呼"臣该万死"不已。秦始皇倒也相当镇定，说孟姜哀恸过度，一时神经失常，只待回转咸阳，谅必就可以没有事了。

于是，下旨众校尉，不准轻举妄动。众校尉纷纷收起兵械，呆若木鸡地站在那里。

孟姜冤气已出，立刻款动莲步，飞也似的奔向长桥，伸出双臂，大声呼唤："希郎我夫，为妻的今天前来与你团聚了！"

说罢撩起素裙，用裙角掩盖在脸上，双脚一纵，终于从长桥上投入江中。

这时，秦始皇才认真焦急起来了，拍手跺脚地要校尉们下水打捞。

但是熟悉水性的校尉太少了，纵或有，也不敢冒险下水。大家只是站在岸上，直瞪瞪地望着江水。

秦始皇疾步奔到江边，眼见水面尚有漩涡，马上嘶声狂叫：

"谁能救起孟姜来，赏银千两！"

重赏之下，必有勇夫。秦始皇话音未完，但见数十个校尉们纷纷跳入江中，前去打捞孟姜。

约莫过了一个时辰，跳进江中的校尉们全部回上岸来，个个空着手，不仅不能及时救起孟姜，甚至连孟姜的尸首都找不到。

秦始皇呆呆地站在江边，气得脸孔铁青，一方面惋惜这样一个绝色居然投江自尽了；另一方面却后悔自己不该贪图美色！竟在群臣面前出了一个大丑。

站在一旁的王贯，知道秦皇受窘了。连忙催动龙辇，好让万岁早些回宫去休息。

万岁坐上龙辇，喃喃地说了这么一句：

"我真不明白，亲眼看她投江自尽的，怎么会连尸首也找不到？"

一一二、水晶宫

其实，孟姜噗通一声投入江心后，龙王早已派好虾兵蟹将前来迎接。带头的一个是龟将军，手持铜锤，雄赳赳地走到孟姜面前，施一个礼，说：

"请仙女同往龙宫！"

孟姜这才抛却凡胎，在虾兵蟹将保护之下，慢慢往下沉，往下沉……

过了些时，终于沉到海底，挪开莲步，走上一条钻石镶嵌的大道，只见银光闪烁，熠耀多彩。不久来到一座透明的宫门前，门上挂着一盏大灯笼，用朱漆写了一个"龙"字。孟姜心下暗忖："这一定是水晶宫了！"抬头一看，果见门上有一个匾，匾上刻着"水晶宫"三个大字。

孟姜正感困惑之际，"水晶宫"的大门忽然启开了。首先飘出一阵悠扬的仙乐，然后有大群仙女一拥而出，将一些鲜花抛向孟姜。

龟将军堆上一脸笑容，欠欠身，意思请孟姜进宫。孟姜当即款动莲步，婀婀娜娜地踏上玉阶，进入一座偌大的花园，经珊瑚长廊，来至一座水晶大殿，殿前尽是奇草异花，一排翡翠倒长满绿叶红果，令人看了悦目赏心。

这时殿内外皆是水兽龙兵，排列得整整齐齐，十分威武。孟姜走到殿前，两旁喊声震耳，只见殿内挂着一粒很大的夜明珠，珠光四射，照得全殿一片通明。

大殿中央，老龙王早已威风凛凛地升上龙位，身穿珍珠钻石缀成的龙袍，正在温蔼地含笑捻须。

孟姜见状，连忙挪上前，双膝一屈，跪倒在殿阶上了。龙王哈哈大笑，吩咐虾兵端椅赐座。孟姜盈盈起立，在椅上坐定后，立刻向龙王谢恩。龙王笑道：

"难得仙女光临，实乃水府之荣，不必说此客气话。刚才太白金星前来通报，知道仙女今日可到，刻已备好水酒、糙食，请仙女赏光。"

一一三、升上天庭

老龙王挥挥手，就有水兽们将酒菜水果端出，摆在孟姜面前，听她食用。孟姜倒也不客气，伸出手去，拿了一只绿色的果子，叫不出名字，轻轻咬了一口，味甚甘蜜，既可充饥，又能解渴。老龙王举杯敬酒，孟姜不敢拒饮。三杯下肚，脸孔忽然起了一阵热辣辣的感觉。

老龙王说："仙女在凡间吃尽千辛万苦，节义双全，圣迹堪传。今番来至水府，定当为仙女安排与芒童见面。"

"芒童？"

老龙王呵呵大笑了，笑罢，捻须作答："那万希郎实在是天庭的芒童，当初因为看到秦始皇在人间杀害无辜老百姓，慈心大发，就私自潜出南天门，下凡去拯救万民。"

孟姜听了这一番话，才恍然悟出事情的根由了，当即呶呶嘴，问："万希郎现在何处？"

"仍在枉死城中。"

"可否请他到龙宫来一聚？"

龙王点点头，吩咐母夜叉听令，即刻去到枉死城将万希郎请来。稍过片刻，万希郎果然来了。夫妻俩久别重逢，既喜且悲。孟姜止不住刻骨的悲酸，投在希郎怀中，哭得上气不接下气。

希郎则比较镇定，紧紧搂着她，温言安慰她，劝她不要思念往事。

这时，老龙王开口了："你二人今天在此团圆，应该高兴才是，岂可伤心落泪？来，来，我们大家干一杯！"

孟姜闻言收泪，对着希郎展颜一笑。她谢过老龙王，和希郎一同举杯。

酒杯刚举起，有虾兵进来通报，说太白金星来到，携有圣旨。老龙王立刻起身接旨，才知道玉皇已经得到消息，说孟姜与万希郎本是七姑共芒童，着即归回本星。两人不敢拖延，立即拜别龙王，跟随金星迅速升上天庭。

Ⅲ

牛郎织女

一、云端散步

"在所有的仙女中，织女最美丽！"

吕洞宾常常在别的神仙面前这样称赞织女。

织女有一对又黑又大的眸子，瓜子脸，樱桃小嘴，左颊有个酒涡，笑时涡现，美得如同花朵一般。

对凡间的男女而言，美丽是一种资本；但是在天上，美丽是最没有用的东西。

织女有时候也到仙潭去走动，少不免伛偻着背，看看那平静如镜的水面，见到倒影，总是唉声叹气地愁眉不展了。

她不喜欢这种刻板的生活，想找一些刺激，总不可得。她是王母娘娘的外孙女，所以王母娘娘管得她特别严，成天叫她在云房里织造"云幕"，不许她偷看人间的动静。

说起"云幕"，这是一种奇异的东西，很薄很薄，长年浮游在空中，将人间与天堂隔开了。王母娘娘最怕神仙们动了凡心。所以派遣两名天将不分昼夜地监视她，不准她偷懒，希望多织些"云幕"出来，教神仙们看不到下界的种种。织女虽说是位神仙，但是日以继夜地坐在织布机边，当然也会感到辛苦的。她常常走至窗边去向灵鹊诉苦，灵鹊非常同情她的处境，苦无办法使她获得快乐。

这一天，正是王母娘娘瑶池受贺之期，织女邀得天将同意，停工一日，穿了七彩的锦衣，前去瑶池朝拜。

刚离开机房不远，就遇见了双成和云英两位仙姐。双成问织女："到什么地方去？这样匆忙。"

"今天是王母娘娘受贺之期，我赶着去瑶池朝拜。"

双成与云英齐声说道："仙妹难道你不知道吗？刚才王母为了要巡查天界，已传谕众仙不必再去瑶池朝拜。"

"这样说来，我们不必多此一举了？"

云英笑说："我们正好趁此在云端散步遣闷。"

二、众仙迎驾

织女闻言，脸上立刻漾开一朵笑容，拉着双成与云英的手，跳呀蹦的踏着云端走去。

走了一阵，前边忽然乱腾腾地传来一片嘈杂声。织女对两位仙姐看看，表示莫明究竟。双成蓦地伸手一指：

"瞧！众位仙君来了！"

织女顺着双成的手指看去，果然发现十几位仙君有说有笑地迎面走来：南极仙翁持着手杖，一步一拐地走在前头；后边是汉钟离、张果老等八仙；再后是麻姑与娄金狗、金牛星……浩浩荡荡，仿佛有什么要紧的事情赶着要办似的。

织女暗忖："莫非他们也跟我一样，不知王母今日巡查天界，只道是受贺之期，赶着去瑶池朝拜哩！这样吧！让我走去通知他们一声。"

于是，挪动莲步，带着双成与云英匆匆迎上前去，拱手施礼，问：

"列位仙君行色匆匆，该是到瑶池去的？"

南极仙翁摇摇头，说："王母早已传谕不必前去朝拜了。"织女接口便问："那么，列位为何如此匆忙？"

南极仙翁说："王母今日巡查天界，玉辇早已起程，我辈乃是赶去迎驾的。如果你们有兴致的话，不妨随我们一起去。"

说罢，众仙向霞光四射的方向疾步走去。双成与云英正欲跟随，却教织女一把拖住。双成莫名其妙，悄声问：

"仙妹，为什么不让我去迎驾？"

织女压低嗓子说："我难得有一天空闲，你们也该陪我消愁、遣闷才是。"

双成问："仙妹想到什么地方去戏耍？"

织女鼓大了眼睛，先对左边看看；再对右边看看；然后用纤纤玉手向下一指。

双成登时恍然大悟，禁不住脱口而出："噢，莫非仙妹思念红尘，有意去偷看人间的动静了？"

三、仙女思凡

织女脸色一沉，没好声气地对双成说："不要胡说八道，要是给王母知道了，不把你禁闭在天牢里，那才怪呐！"

双成这才焦急起来，连声哀求，希望织女宽恕她一次，不要将此事禀报王母。织女两手插在腰际，板着脸，眼望别处，给她一个不理不睬。双成紧蹙眉尖，心内十分害怕，没有办法，只好双膝跪下，抖着声音求取织女的宽恕：

"好妹妹，请你饶恕我这一次吧，以后再也不敢乱说了！"

织女斜目对她一瞅，见她愁眉苦脸的，禁不住噗嗤一声笑了出来：

"傻瓜，我是跟你开玩笑的呀！快起来，回头给别的神仙见到了，岂不难为情？"

说着，伛偻着背，伸手将双成搀起，双成呶呶嘴，佯嗔薄怒地：

"谁知道你在跟我开玩笑了，吓得我连手脚都冰凉了！"织女格格作笑。

站在一旁的云英欣赏了这一幕活剧，忍不住也格格作笑。

但是双成不笑。双成给织女作弄了一下，心里说不出多么的不高兴，绷着脸，怎样也捺不下心头的怒火。织女知道双成认真了，连忙挪步上前，好言好语地劝她平息怒气，先道歉；然后坦白述出她自己的心意：

"双成姐，请你不要生气，其实，我们的心事何尝不是一样的。想当年华山圣母下嫁凡人刘彦昌；张七姐也到下界去成了家；吕洞宾在人间三戏白牡丹；韩湘子也一样恋上了红尘……凡此种种，我们都是亲眼目睹的，谁也不能否认他们是获到了幸福的。只有我们，长年付出劳力，不但得不到片刻的快乐；抑且连偷看一下都不可以，怎能不感烦闷？"

双成听了这一番话，终于露齿作笑了。云英也大受感动，一定要织女掀开"云幕"观看人间的情形。

四、偷看红尘

织女两眼骨溜溜地一转，确定王母娘娘正在巡查天界，短期不会来到此处，当即咬咬牙，弓下腰，伸出纤纤玉手，将云幕掀起一只角。

三个仙女一起伏在云端上，同时看到人间的景色，个个瞪大眼睛，兴奋得差点叫起来。

云英说："你们看，这青山，这绿水，多么美丽！"双成说："你们看，那亭台，那楼阁，多么舒适！"

织女说："你们看，那年轻的庄稼汉；那年轻的小姑娘，手拉手，跳呀蹦的，多么愉快！"

毫无疑问，织女已经到了热情得发傻的时候，不但耐不住寂寞的煎熬，抑且需要异性的安慰了。但是，王母娘娘哪里会想到仙女们的痛苦，只知道仙规如此，谁也不准动邪念。事实上，仙规可以约束仙女们的行动，未必就能管得住仙女们的思想。正因为如此，像织女、双成和云英这样的仙女，有时候就不免要偷看一下人间的繁华了。现在，云英忽然用手一指：

"瞧，那边有人在结婚，新娘子穿着红衫红裙，打扮得好像鲜花一般美丽！"

接着，双成也叫了起来："瞧，那边有个妇人，手里抱着一对孪生子，笑嘻嘻的，多么开心！"

织女深深地叹了一口气，说："我闷死了！"

云端里忽然传来一声吆喝："喂！你们在看些什么？"

三位仙女不由得大吃一惊，抬起头来，才看到娄金狗怒气冲冲地站在云斗里。织女知道这下可糟了，连忙将"云幕"掩好，但是已经来不及了，只见娄金狗伸手一抛，吵嘟嘟，一条捆仙金链，竟将仙女绑住了。织女大惊失色，忙问：

"你这是什么意思？"

娄金狗两眼一瞪，如雷地咆哮起来："今天王母巡查天界，命我打头，为的是捉拿偷看红尘的神仙，如今给我抓到了，还不上前认罪！"

五、金牛求情

说着，前面卷起一阵彩云，只见十来个仙女各举"符节"、"掌扇"等物，浩浩荡荡地走了过来。织女抬头一看，却见王母在众仙护卫之下，板着面孔，端坐在玉辇中。

娄金狗公事公办，完全没有交情可言，拖着织女，走到玉辇前面，理直气壮地禀报经过情形，说织女私自揭开"云幕"，引诱双成、云英两位仙女偷看人间的动静。

王母一听，不由得怒往上冲，脸一沉，厉声疾气地责问织女：

"我早已传下谕言，不准偷看下界，你为什么要明知故犯？"

织女跪在地上，不敢强辩，惟有请求王母开恩。但是，王母今天出巡天界，为的是捉拿偷看人间的神仙，既然抓到了，岂肯轻易放过。织女运气坏，难得走出来玩玩，却因动了凡心，搅乱仙规，有口难言，只好低头认罪。

王母本拟重重地责罚她一下，可是转念一想："织女究竟是自己的外孙女，不便将她压在华山底下。"于是唤过奎木狼与娄金狗，命他们将织女押入"天牢"囚禁四十九日，不准织女自由行动。

织女闻言，哭得上气不接下气，嘶声要求王母开恩，王母挥挥手，吩咐奎、娄两将押走织女。

就在这时候，云端里蓦地传来一阵嗥叫，大家不约而同地侧过脸去，却发现金牛星蛮头蛮脑地从云端里走过来。王母一见，不由怒火大燃，叱道：

"蠢牛！为什么在我面前乱嗥？"

金牛星脾性素来爽直，逢到不平的事情，常常喜欢强出头；如今见织女受罚，心里吞不下这口冤气，居然不顾一切地站了出来，开口顶撞王母，还要王母释放织女。

王母大怒，立即咆哮如雷："你这蠢牛，休得鲁莽！快快与我退了下去，否则，我就将你一同送往天牢！"

六、变回原形

金牛仍想为织女申辩，但是没有开口，就被奎木狼、嘴火猴等推倒在云斗里。金牛受不下这个委屈，站起身，对着几位神仙大发牢骚了：

"织女究竟犯了什么仙规，要受此重罚？认真说起来，她只不过是偶尔看了一下凡界，些须小事，难道也值得这样大惊小怪吗？其实，我们做神仙的，天天过着刻板的生活，谁不羡凡间的光景？王母娘娘不准我们下凡，倒还有理可说；但是下谕看都不让我们看一下，那就未免有点过分了！"

这一番话，表面上说给众仙听的，实际上，却是大胆向王母提出抗议。王母乃是天国之尊，岂可随便让他放肆？因此大声喝了起来：

"奎木狼、娄金狗听令！"

奎木狼和娄金狗当即挪步上前，拱手施礼，静候王母差遣。

王母呶呶嘴，用裂帛似的声音嚷："这蠢牛既然羡慕凡间的光景，那么就将他贬入下界，还其原形，让他在人间耕田受苦！"

奎木狼等接奉法谕，岂敢怠慢，立刻转过身来，大踏步走到金牛面前，伸手往下一指，说：

"走！"

金牛星倒也十分镇定，伸出右手一挡，说："不用你们推，我自己会下去的。老实说，这天庭的生活我也过腻了，王母既然将我贬入下界，在我却也是求之不得的一件事！我宁可在人间耕地受苦；却不愿意整天耽在这里无所事事。好的，我这就走，你们不必推。"

说罢，身子一弓，兀自将"云幕"揭开，一骨碌钻下去。

离开天庭，首先嗅到的是一股清香的泥土气息，这气息在天上是嗅不到的，所以金牛立刻感到了一种前之未有的爽朗。

当他在人间着落时，心情非常愉快。时为子夜过后，四周一片宁静，他忽然打了个寒噤，刹那间变回原形。

七、夫妻吵架

金牛星变回原形后，用眼对四周瞅了一圈，但见一片田野，不知道应该到什么地方去才好。望望前面，山脚有两三间茅屋，灯火已熄，屋前有块收拾得相当干净的方场，看样子，不会没有人居住。于是，头一昂，慢吞吞地踩在田塍上，直向茅屋走去。

走到茅屋边，静悄悄的，一点声音也没有。金牛挨近窗户，对窗内一瞅，黑魆魆，看不清什么，只有一个茁壮的小伙子睡在靠窗处。这小伙子长得面清目秀，十分惹人喜爱。金牛暗自忖度："我不如蹲在这里，等他起身，就跟了他吧！"

想着，蹲下身子，靠墙而卧，刚合眼，屋里忽然传出一阵吵嘴声，一男一女，彼此吊高嗓音，如同鸡叫一般，各不相让。

金牛大吃一惊，连忙侧耳谛听，但闻女的嘶声大嚷："你管不着，我爱怎么样，全不用你管！"

男的说："家里连下锅的米都没有了，还成天到村上去打麻将！"女的不甘示弱："家里没有米下锅，是你做丈夫的人不尽责任，与我有什么关系？难道要我出去赚钱来养活你们两个，是不是？哼！老实告诉你吧，你还没有这么好的福气！"

男的闻言，似乎更加生气了："我才不要你来养活我啦！不过，你自己也该垫高枕头仔细想一想，你是一个妇道人家，放着家务不管，整天走到外边去打牌赌钱，弄得家不像家，有一餐，没一顿，我倒不要紧，可是牛郎弟弟年纪轻，正在发身的当口，怎么可以经常挨饿？"

女的这才荡气回肠地"哦"了一声，说："说来说去，原来为的是这个宝贝兄弟！那么，让我坦白告诉你，我嫁给你赵阿财，只做赵阿财的老婆，却没有嫁给你那宝贝兄弟，他有得吃没有吃，全不是我的事；如果他嫌我做嫂子的人待他不好，那么，谁也没有拉住他，尽管请便好了！"

八、牛与牛郎

接着，男的重重地叹了一口气，嗓音突然转低，好像在哭泣了：

"唉！想当年阿爸去世的时候，一再嘱咐我抚养牛郎，如今田里收成坏，想做买卖，偏偏又遇到恶运当头，弄得牛郎连饭都吃不饱，叫我怎样交代死去了的父母？"

女的哧鼻"哼"了一声，说："这是你的事，不要赖在我的头上！"

男的不再开口了，霎时，屋内复归宁静。这一场吵嘴，使金牛听了非常难过。金牛当即站起，挨近窗户一看，竟发现那个靠窗而睡的小伙子正在耸肩啜泣。

"原来他就是可怜的牛郎！"金牛心下忖度，"看样子，牛郎是一个忠厚人，不如就让我帮他耕田吧！"

这样一想，继续蹲下身子，静候牛郎起身。

过了些时，远处忽有鸡啼报晓。金牛睁开眼来，对东天一看，东天已泛起鱼肚白的颜色，正想站起，忽然听到有人在门边惊叫："哇！什么地方来了一头大牛？"

金牛回过头去，原来说话的人就是牛郎。

那牛郎穿着一身破破烂烂的蓝布衣衫，星目秀鼻，唇红齿白，十八九岁年纪，长得相当高大。金牛当即挪步过去，亲昵地挨着他的身子，低着头，任他抚摸。

牛郎问："你是谁家的呀？怎么会走到我们这里来的？莫非走失了路途！现在，让我送你回去吧。"

说罢，牛郎一骨碌翻上牛背，用手轻轻拍了两下牛屁股，金牛就慢吞吞地朝小河走过去。小河上面架着一座石桥，桥畔有一株大槐树，树旁有一间泥屋，金牛走到泥屋边，蹲下身子，尽管牛郎催促，怎样也不肯行走。于是，牛郎说：

"牛呀，牛呀！你为什么不走？留在我们这里，准会饿死的，还是乖乖地回家去吧！"

但是金牛却拗执地蹲在那里，一动也不动。

九、恶嫂嘴脸

一会，太阳出山了。朝霞灿烂，七彩纷呈，犹如画家笔底下的泼墨。天上的星星还没有完全隐去，远山被灰色的晨雾弥漫着。牛郎用手抹去眼屎后，伸伸懒腰，打了个呵欠。这时，对河忽然传来一声呼唤：

"牛郎，你在对河做什么？快回来吃山芋！"

牛郎回头一看，原来哥哥赵阿财已经起身了；当即应了一声，先对蹲在地上的金牛看看；然后无可奈何地耸耸肩，叹口气，立刻飞也似的奔回家去。

回到家里，马上拿了面桶到井边去洗脸。嫂子李氏已起身，见到牛郎，狠狠地盯了他一眼，仿佛见了仇人似的。

牛郎柔声细气地叫了她一声，她竟愤然啐了口唾沫在地上。牛郎从小学会了忍耐，对于嫂子的嘴脸，倒看惯了，心内虽然气愤，脸上总不肯露出来。

洗完脸，哥哥亲自下厨端了三碗山芋汤出来，牛郎不想吃，又怕嫂子发脾气，只好坐在旁边，两只眼睛直瞪瞪地望着蓝花大碗，心里老在思念那头牛。

正在发愣间，李氏蓦地像鸡叫似的嚷起来："小鬼！是不是嫌山芋汤不好吃！哼！老实告诉你，今天还有山芋可以下肚，还不是因为我做嫂子的人心肠好，不让你挨饿，要不然，这些山芋拿去喂猪，也比你吃下去强得多！"

牛郎听了这一番刻毒话，心里忽然感到一阵悲酸，泪水就像断线珍珠一般掉落碗中。

"小鬼！你哭什么？是不是做嫂子亏待了你？……"

李氏愈骂愈起劲，唾沫星子到处乱喷，骂得牛郎只管低着头，不停地流着眼泪。那赵阿财见到兄弟哭得如此凄凉，心似刀剐，连忙站起身，将李氏拉开；不料，李氏火气更大了，指着牛郎嘶声叱喝：

"滚！你给我滚！从今以后不要再回来！你想吃好的，就得自己到外边去找，我这里，还得留些东西喂猪哩！"

十、逼走牛郎

牛郎听了李氏的咒骂，再也忍不住了，抬起头，用眼泪对哥哥投以询问的一瞥。哥哥懂得牛郎的意思，只为父亲临终时有过嘱咐，要他好好地抚养牛郎，直到他成家立业。怎奈李氏生性刻薄，好吃懒做，没有事，整天耽在村上赌钱，把个好好的家庭弄得有一顿没一餐，这还不算，如今又讨厌起牛郎来了。

牛郎为人极其忠厚，对于李氏的欺侮从不反抗。李氏输了钱，有气无处泄，常把牛郎当作眼中钉。按照李氏的心意，牛郎是个吃闲饭的家伙，赶走了他，每天可以省掉不少食粮；不但开支可小些，自己想出去走动时也不必有所顾忌。

为了这个缘故，李氏是一定要把牛郎赶出去的。

但是，赵阿财究竟是牛郎的亲哥哥，明知自己的老婆讨厌这个小叔，也只好暗中规劝牛郎别惹嫂子生气。牛郎明白哥哥的处境，从不反抗李氏。

李氏以为牛郎柔弱，因此得寸进尺地欺侮他。时到如今，田里收成坏，阿财又做不好买卖，加上手气常背，所以李氏更加不能容纳牛郎了。

"滚！你给我滚出来！"她用裂帛似的声音嚷。

牛郎怒不可遏，第一次瞪大眼睛，对着李氏狂嚷："要我走，不难；但是这个家可不是你一个人的！"

李氏听了这话，脸上一阵红一阵青，气得额角上的血管像蚯蚓般粗："小鬼！你想造反啦！俗语说得好：长嫂为母，长兄为父，我做嫂子哪一桩待亏了你，你竟用这样的态度来对付我？好！你既然愿意走，那么就请便吧！"

牛郎当即悻悻然走到床边，开始收拾自己的衣帽鞋袜。

不料，李氏心狠，竟说这是阿财出钱买的东西，属于阿财的，不准他拿。阿财舍不得兄弟离去，说好说歹地劝李氏平息怒气，李氏不听，他也哭了起来。

十一、悬梁自尽

牛郎见李氏如此横蛮，不由怒往上冲，当即掷下手里的东西，悻悻然走了出去。

走到大门口，赵阿财忽然感到一阵刻骨的悲酸，忍不住嚷了起来：

"牛郎！"

"嗯？"

"你到什么地方去？"

"我是去找金福伯和春生公公。"

"找他们来做什么？"

"请他们两位老人家来评评理！"

说罢，牛郎咬咬牙，朝外低头急走。赵阿财见兄弟当真生了气，不能不对李氏有所责怪了。李氏是出名的雌老虎，从未挨过丈夫的詈骂，如今见他怒气冲冲的，立刻走到里房，跳上板床，将一条粗麻绳绑在横梁上，哗啦哗啦地哭起来。赵阿财听到哭声，马上冲进去，发现她刚刚用麻绳圈套住自己的颈脖，忙不迭将她抱了下来。

"你……你这又何苦呢？"阿财问。

但是李氏哭得更加哀恸了："都是你不好，从小宠坏了他，现在教他来欺侮我了！"

赵阿财明知被欺侮的是牛郎，只因事已至此，也不便再为兄弟申辩。没有办法，只好顺着她的口气责备自己，说自己不会做哥哥，管教不严，宠坏了他，以致弄出今天这样的事情来。

话虽如此；但是李氏仍不肯平息怒气，哭呀嚷的，非要阿财将牛郎赶出去不可。

一会，牛郎回来了，后边还有两个老头子——金福伯与春生公公。

李氏一见来了人，心里更加难受，暗忖："这小鬼居然把他们也请来了，如果我搅得不好，目的未达，可别落个坏名气。"

这样想着，立刻提起衣角，蒙住面庞，像唱山歌似的哭了起来，边哭边嚷：说牛郎贪吃懒做，不下田，不拔草，把个家都吃穷了！

十二、评理

金福伯与春生公公是村里老一辈的人物，家里有点钱，长日无聊，专管闲事，村里有什么婚丧喜庆，总少不了他们的份。如今，牛郎遭受李氏的欺侮，知道哥哥懦弱无用，只好把这两位老人家请至家里来评理。

两位老人家一进赵家的门，没有开口，就看见李氏大哭大嚷，不能不觉得事情的难于处理了。

"有话好说，有话好说，不必哭；也不要嚷！"

两个老头子一边劝慰李氏；一边要他们将争吵的根源讲出来。牛郎不甘示弱，第一次坚强地反叛李氏了。

"她要赶我出去！"牛郎狠巴巴地说："我从小没有父母，也无亲眷朋友，如今她忽然要将我赶出家门了，请两位公公评一下理，作个主！"

李氏听了牛郎的话语，当即圆睁怒目，气势汹汹地挪步上前，哗啦哗啦地嚷起来："春生公公、金福伯，你们二位人大面大，说话有斤两，可不能随便听信这小鬼的胡言乱语！……本来，这小鬼既是阿财的同胞兄弟，我做嫂子的人怎样也不能让他到外边去吃苦受难的；但是，这小鬼生来就不肯上进，整天贪吃懒做，游手好闲，尽管田里收成不好，他却常常将家里的东西偷出来，变卖了，走进茶馆喝茶、听歌、打麻将！"

"没有这种事的！"牛郎终于怒吼起来了。

李氏岂肯罢休，当即拍手跺脚地哭得上气不接下气。两个老头子夹在中间，倒也十分为难了。

金福伯先对李氏瞅了一眼，想说话，知道李氏是个泼妇，不能惹她；于是转过脸来，对敦厚老实的赵阿财看看，问：

"你的意思怎样？"

赵阿财当然是不愿意牛郎离去的，只因李氏太凶，纵然心里想挽留牛郎，嘴上却又不敢说出来。

十三、分家

金福伯见赵阿财不开口，只好走到牛郎面前，悄声问他："牛郎，你嫂子既然不希望你在这里住下去，我看你还是离开的好。你身强力壮，不怕找不到工做。"

牛郎略一沉吟，认为勉强住下去，精神上的痛苦必较目前更大；因此撇撇嘴，提出了这样一个要求：

"好的，我走！不过两位老人家，你们得秉公处事呀！"

金福伯知道僵局已打开，立刻点点头，说了一句"那个自然"；马上挪步走到春生公公身旁，伛偻着背，用蚊叫一般的声音，在春生公公耳畔说：

"牛郎既然答应离去，事情就好办了。不过，牛郎单身单口，既无亲戚又无朋友，离开家门，衣食住样样都成问题，所以我们必须为他争些家产才是。"

春生公公听了金福伯的话，觉得言之成理，频频点头，表示赞成金福伯的主张。于是，金福伯站在中人的地位，提出了分家的意思。赵阿财不想答应，那李氏却大声高叫起来：

"好，分家是一个解决问题的办法，我不反对！"

话语一出，事情就这样决定了。赵阿财原非富有，说分家，事实上，也没有什么东西可分。

金福伯要阿财将全家的产业讲出，阿财叹口气，皱紧眉头，说不出话来。

然后金福伯问李氏："你们现在有几间屋？几亩田？"

李氏两眼骨溜溜地一转，呶呶嘴说："屋一共两间，现在大家居住的；另外对河还有一间堆草和看顾庄稼用的茅屋。田一共十五亩，河东八亩；河西六亩。"

"此外有无金银珠宝？"

"金银珠宝过去倒还有一些，如今都给这小鬼用光了！"

金福伯听了这些话，当即走到桌边去跟春生公公低语商量。经过一番斟酌后，金福伯终于作了这样的决定。

十四、兄弟分手

"这样吧，牛郎尚未成家，理应吃亏一些。现在，由我们作主，将这里的房屋分与阿财；对河的茅屋分与牛郎。至于田地，河东八亩归阿财夫妇；河西六亩归牛郎。你们觉得怎样？"

赵阿财最不赞成分家，但是事已至此，也只好点点头答应。牛郎明知自己吃亏，为了早日脱离苦海，宁可少拿一些，不愿计较。只有李氏，素来贪心不足，听了金福伯的话语，居然还想争多一些。

"不行！这小鬼一个人，耕不了那么多田地。照我看来，他身体强健，走到外边去做长工，一样可以过日子，那河西的六亩田应该归我们！"

这时候，春生公公再也不能忍耐了，愤然以掌拍桌，指着李氏叱喝："你不要贪心不足，这样的分法对牛郎已经不能算是公平。他目前虽未结婚，但将来终要成家立业的。你若不同意的话，那么，留待将来平分吧！"

听到"平分"两个字，李氏不觉怔住了，瞪大一对受惊的眼，久久不言语。

金福伯见李氏已无话可说，当即着阿财取出笔墨纸砚，由他自己执笔，当着大家的面，将分家书写好；然后各执一纸为凭。

牛郎接过分家书，心内感到一阵悲酸，忍不住含了泪水，临走时，一边以袖拭泪；一边抖着声音对阿财说：

"哥哥，我走了！"

做哥哥的人从小爱护牛郎，这些年来心情虽坏，却从未责骂过牛郎，如今一旦分离，当然会难过得心似刀割的。阿财想开口，但是喉咙仿佛给什么东西哽塞住了，说不出话来。

他哭了，提起衣角蒙着面庞，耳边依稀听到牛郎的声音："哥哥，你要保重啦！你对我的抚育之恩，我是一辈子也不会忘记的。你不必惦念我，我有办法养活我自己的！你若有什么事要找我的话，千万不要迟疑！"

十五、打扫茅屋

阿财愈听愈伤心，泪水不断地往下淌。迟了一会，忽然抬起头来叫了一声："贤弟！"

但是金福伯告诉他："牛郎已经走了！"

牛郎垂头丧气地走出家门，高一脚低一脚地跺在田塍上，疾步朝西走去，走过木桥，对那间堆草用的茅屋一看，禁不住两泪滔滔，"哇"的放声大恸了。

哞……一声牛叫终于使牛郎猛发一怔。牛郎抬起头，用模糊的泪眼对墙脚一瞅，才看到那只迷失路途的大牛依旧蹲在那里。

"多么可怜的老牛，流离失所，同我一样孤单；我应该送它回去才是。"

这样想着，牛郎已走到大牛面前，蹲下身子，问："牛呀，你住在哪里？我送你回去。"但是老牛竟摇摇头，表示并没有迷失路途。于是，牛郎站起身，挪步走入茅屋，取些干草出来，塞入老牛嘴巴。老牛显然已经饿了，贪婪地咀嚼着，眼睛里呈露了感激的表情。

牛郎问："你有家吗？"老牛摇摇头。

牛郎又问："愿意跟我住在一起吗？"老牛点点头。

牛郎沉吟一下，然后对老牛说："既然这样，你就住在这里吧，反正我已被嫂子赶了出来，一个人住这间茅屋免不了要感到孤寂的，你肯陪我，那是再好也没有了！打明儿起，我们一同下田，你翻土，我插秧，大家必须勤力工作，庶能免去饥寒之苦。"

老牛点点头。

牛郎当即到屋里，卷起袖管，开始将这间茅屋打扫干净。日落时，一切都已弄好，只是没有炉锅烧水煮饭。牛郎连中饭都没有吃过；如今当然会感到肚饿的；但是既无锅镬又无炉灶，想吃，也不能像老牛那样塞一把干草在嘴里。因此，牛郎感喟地叹息了，惘惘然想起今后的种种，不禁又泪落满面。

十六、梦见神仙

哭得倦了，终于沉沉入睡。睡至中宵，得一梦，梦见面前站着一个彪形大汉。

"你是谁？"牛郎问。

回答是："我就是那条老牛。"

"老牛？怎么变成人形？"

"唉！说起来，也许你不会相信。不过，我愿意告诉你，我是天上的金牛大仙，一直无忧无虑的倒也十分逍遥自在，只因喜欢抱不平，触怒了王母娘娘，被她贬入凡间，归还原形。"

牛郎一听，连忙拱手施礼："原来是大仙来了，请受我一拜。"金牛立刻堆上一脸笑容："不必多礼，快快起身。我看你为人极其忠厚，倒有意思帮助你一下了；但是你一个人住在这里，下田耕种倒没有问题；那烧水煮饭的事你可办不了的。"

这一番言语，刚好揭穿了牛郎的心事，牛郎眉头一皱，苦苦地问：

"但不知大仙有什么办法可以解决这个问题？"

金牛敛住笑容，一本正经地对他说："以后千万不要叫我大仙，给别人听了，只当你是一个疯子哩！"

"那么，叫你什么？"

"叫我牛大哥。"

"好的，牛大哥，现在请你帮我解决当前这个问题。"牛郎说。金牛两眼骨溜溜地一转，若有所悟地点点头，说："有了，天上有个织锦仙子，长得十分美貌，如果你有福分的话，能够娶得她做妻子，那你就是凡间最快乐的男人了！"

"织锦仙子？"牛郎困惑地耸耸肩，说："牛大哥，我是一个凡人，怎么可以娶仙女为妻？"

"嗳！你怎么这样老实？天上的神仙来到下界不就变成凡人了！你看我，在天上的时候是一个有道行的金牛大仙，如今来到红尘，还不是变成一条普普通通的老牛？"

十七、灵雀报讯

牛郎听说金牛星要设法帮他娶仙女为妻，心里说不出多么的高兴，忙不迭双膝一屈，跪倒在地，要他早日玉成好事。金牛略一寻思，说：

"此不可性急，待时机成熟时，我会驮你上天的。"

"驮我上天？"

金牛仰起头来，哈哈大笑了。就在这笑声中，牛郎从梦中惊醒，连忙用手擦亮眼睛，对屋角一看，发现老牛伏在地上，睡得正酣。

"奇怪！"牛郎暗自忖度，"难道这条老牛果真是天上的神仙？"这样想时，窗外已有第一道阳光射来，牛郎用手背掩盖在嘴前，打了个呵欠，当即一骨碌翻身下床，走到老牛面前，捉住牛角，摇了几摇，说：

"牛大哥，我们该下田了！"

老牛睁开眼来，对牛郎一瞅，站起身，点点头。

"刚才是不是你托梦给我？"

老牛点点头，"哞"地长叫一声。

牛郎满意极了，立刻牵着它下田。那老牛看起来好像孱弱得很；但是耕田时，气力充沛。从此，牛郎开始自立了，勤力耕种，虽然清苦一些，倒也不必愁吃愁穿。

有一天下午，牛郎下田拔草，将老牛系在老槐树边，任它啃草休息。

蓦地，半空飞来一只翡翠色的灵雀，伫立在槐树的树枝上，对着那头老牛，喳喳地叫个不停。

那老牛当即昂起头来，"哞"地叫了两声，仿佛在跟灵雀通话似的。

牛郎在田里见到这种情形，不免暗暗吃惊了，心忖："莫非这老牛当真是天上的金牛大仙化身？"

当天晚上，牛郎吃了些干粮，想上床睡觉，可是偏无睡意，索性走到门前的枣树底下，百无聊赖地望着天上的星星出神。

十八、仙女沐浴

夜风习习，远处有枭鸟相扑的啼叫。天上星光历乱，无云，无月，一切都在静穆中显得非常和谐。牛郎背靠树干，只是默默瞅着天庭出神，心忖："实在太无聊了，如果有个人陪我聊一会天岂不是好？"

正这样想时，耳边忽然传来这么一句话："牛郎，你在想老婆了，我知道的。"

牛郎闻言，好生诧异，连忙东张张，西望望，用眼睛去搜索说话的人，结果连个影子都没有看到。

"奇怪！明明我听到有人在讲话的，怎么会连个影儿都不见？"就在这时候，耳边又听到这样一句说话："牛郎，你若真的有意娶老婆，我倒有办法跟你介绍一个。"

牛郎不胜诧异，睐大一对受惊的眼，问："谁在说话？"

接着，传来一声呵呵的笑声："傻瓜，这山野地方，除了我牛大哥，还有谁？"

牛郎本能地侧过脸去，对蹲在身旁的那条老牛一瞅，果见老牛愕磕磕地望着自己。牛郎问：

"刚才讲话的是你？"老牛点点头。

牛郎又问："你有办法给我娶老婆？"

大牛"哞"地叫了一声，居然开口讲话了："牛郎，让我坦白告诉你罢！今天下午，天上有一只灵雀飞来报告我一个消息。"

"天上的灵雀？"

"是的。"

"报告什么消息？"

"它说今晚有一群仙女前往碧莲池去沐浴，其中有一位仙女，不但品性温淑；而且长得十分美貌。"

"仙女沐浴与我何干？"

大牛"咦"了一声，眨眨大眼睛，用一种不礼貌口气问牛郎："你不是想娶老婆吗？"

牛郎目瞪口呆地望着大牛，不点头；也不摇头，显然有些莫名其妙。

十九、骑牛上天

于是，大牛呶呶嘴，坦白讲出了自己的计划，说是去到碧莲池沐浴的仙女中间有一位名叫"织女"的，与牛郎配在一起，实在再合适也没有了。

"你若真心想娶老婆的话，"大牛说，"回头我驮你上天去，悄悄走到碧莲池边，将织女的衣服抢过来，那织女发现自己的衣衫不见，一定会追赶你的，到那时，你挑个僻静的地方，诚恳地向她表露求婚之意，她就会答应的。"

牛郎听了，总觉得事情有点不合情理，第一，碧莲池在天上，凡人怎么去得？第二，大牛倘有上天的本领，为什么要在下界耕田受苦？第三，那织女是个仙人，怎么可以与凡人结婚？

正感踌躇间，大牛又开口了："你的问题我全知道了，现在让我解释给你听罢。第一，凡人是不能上天的；但是骑在我的身上，只要闭上眼睛，无须半个时辰，就可抵达碧莲池。第二，我本是金牛大仙，因为触怒了王母娘娘，才被贬罚下界来的；不过，到了必要时，只要不被王母知悉，我还是可以偷上天庭。第三，那织女虽然是仙子，但是到了红尘后就会跟你一样变成凡人了。"

牛郎这才若有所悟地"哦"了一声，用手搔搔头皮，虽感困惑，却也跃跃欲试了。于是大牛打铁趁热，立刻追问：

"怎么样？这是千载难逢的机会，要去，现在就走！迟了，仙女们会离去的。"

牛郎依旧迟疑不决，嚅嚅滞滞地问："真的还是假的？"

大牛显然不耐烦，当即站起身来，用命令式的口气对牛郎说道：

"不要三心两意了，想娶老婆，赶快骑上我的背脊！"

牛郎挪步走到大牛边，伸手扳住牛背用力一纵，立刻骑了上去。大牛说："闭上眼睛！"牛郎将眼睛一闭，但闻耳际风声猎猎，浑身轻飘飘的，仿佛完全没有依靠了。

二十、七个仙女

过了一会，老牛悄声对他说："现在，睁开眼睛来吧！"

牛郎睁开眼睛，不觉猛发一怔。前面到处都是亭台楼阁，全用翡翠白玉构成，熠耀闪光，叫人看了眼花缭乱。四周仙乐悠扬，但不知来自何处。脚底下尽是七彩祥云，飘来飘去，十分美丽。

"这一定是仙境了！"

牛郎暗自忖度，心里扑通扑通地跳得很快。

老牛回过头来，细声对他说："牛郎，千万不要作声，万一给王母知道，那可不是闹着玩的。现在，再将眼睛闭紧，我带你到碧莲池去。"

稍过些时，老牛已将牛郎驮到碧莲池畔，躲在一座金山背后，叫牛郎睁开眼观看。

这是一个用钻石翡翠建成的天池，四周围着白玉雕的卐字栏杆，池水清澈见底，靠边处有一些盛开的荷花。

牛郎正看得出神时，老牛忽然悄声对他说："来了！来了！"

牛郎定睛观看，果见钻石铺成的小径上，婀婀娜娜地走来了七个仙女，个个含笑盈盈，仿佛完全没有一点心事似的。其中有一位穿紫色的，身材颀长，最为美丽。于是，牛郎回过头来，用眼对大牛投以询问的一瞥；老牛懂得他的意思，点点头，说：

"正是她。"

牛郎立刻抬起头来，只见织女已坐在玉石的鼓凳上了，刚刚解开绣襦，袒露出一截白玉，仅用红色的肚兜围着。美丽极了！

牛郎从未见过女人沐浴；更未见过这样美丽的女人沐浴。他怔住了，呆呆地瞪着织女发愣，完全不可自持了。老牛心里明白，立刻低声对他说："不要发呆，快去将她的衣服偷走！"

"怎么？你叫我偷她的衣服？"牛郎诧异地问。

"我叫你干的事没有错的，快去吧！"老牛说。

二十一、抢走衣衫

牛郎经不起老牛的一再怂恿，终于鼓起勇气，蹑步走到荷花池边，伸手将玉凳上的那件紫色衣衫拿了过来，拨转身，拔足就奔。

奔了一阵，耳际忽然传来这样的声音："织女姐，有人将你的衣服抢走了！"

喊声十分尖锐，使牛郎听了心内挠乱，正拟藏身苍松翠柏间，后边有人追上来了：

"喂！你是何人？胆敢偷窃我的衣服？"

牛郎这才站定了，回转身来，不觉猛发一怔。原来面前站着的正是那位最美丽的仙姑，身上围了一块红兜肚，周身白玉全部呈露在牛郎眼前。牛郎从未见过这样美貌的女子，只管睁大了眼睛贪婪地欣赏着，心里扑通扑通地直跳，神情紧张之至。

织女追赶时，全凭直觉，只知道衣衫给别人偷走了，怒火狂燃，咬紧牙关拼命追赶，完全没有想到自己半裸着身体。如今，站定在牛郎面前，见牛郎长得面清目秀，心存慕爱之意，终于意识到自己不应该太过冲动。因此，就近找了一棵玉树，躲在树身背后，羞得面红耳赤了。

"你是何方来的野男子？"她问，"为什么强抢我的衣衫！"

牛郎见织女躲到玉树背后，胆子也就壮了起来，当即扁扁嘴，涎着脸答：

"我觉得这件衫实在好看，所以顺手就拿了过来。"

"什么话？觉得好看，就可以随便拿走吗？那么，如果你见到了好看的女子，难道也可以拿走吗？"

"当然可以的。"

"你这野男子，完全不讲道理！我不愿意跟你多讲，快将衣衫还我！"

牛郎故意顿了顿，瞪大眼珠察看织女，看了一阵，油腔滑调地说：

"要我还你衣衫，不难，首先得告诉我，你叫什么名字呢？"

二十二、求婚

织女脸一沉，没好声气地说："为什么要将我的名字告诉你？"

"因为……我觉得你很好看。"

"所以你想把我也抢走了，是不是？"

"不错，我倒是有这个意思的。"

"不要胡说八道，快将衣服还给我！"

"要我还你衣服，不难，快将你的年纪告诉我。"

"不告诉你！"

"既然不肯告诉我，那么，愿意不愿意知道我的姓名和年纪？"

"不要！"

"何必生这么大的气呢？来，请你留神听着，我姓赵，名叫牛郎，今年十九岁，还没有娶老婆。"

"谁要知道你娶过老婆不？"

"你啰！"

"别乱讲！我才不想知道你的事哩！快拿来！"

"什么？"

"我的衣服呀！"

"好的，你要衣服就得自己走过来拿。"

"我怎么可以走出来呢？"

"为什么不能？"

"因为我身上没穿衣服。"

"怕什么？刚才你追我的时候，我早已看得清清楚楚。"

织女闻言，内心不觉一沉，暗忖："这下可糟了，我是仙女，周身白玉从未给任何男人见过，如今，竟给这个男人完全看到了，叫我今后如何再在别的神仙前露脸。"

这样想时，心里更加烦乱了，低着头，又恨、又羞，完全不知道应该怎样处理这弄尴尬了的场面。但是转念一想："不穿衣衫，如何能回机房？不若厚颜走去取回吧！"

于是，织女忸忸怩怩地从树后露出上半身，佯嗔薄怒地对牛郎说：

"牛郎，请你做做好事，快些将衣衫还给我！"

"好的。不过，我要你答应我一件事。"

"什么？"

"嫁我做老婆！"

二十三、躲在树后

织女想不到牛郎会说出这样直率的话语来，闪闪眸子，脸孔羞得如同红柿一般，显然有点不安了。于是，忙不迭将身子往后一退，两手羞怯地交叉在胸前，躲在树后，只觉得万种柔情像潮水一般不断地涌向心坎。

"这牛郎倒是一个有趣的男人。"她想，"但不知他是不是真的这样痴心？"

正在思忖时，牛郎又直着嗓音嚷起来："喂，你究竟肯不肯答应呀？为什么不将你的心意告诉我？老是躲在树背后算是什么意思？"

织女给他这么一催，心里倒也有点慌张起来了，咬咬牙，终于羞答答地对牛郎说：

"你若真心喜欢我的话，就将衣服还给我！"

"不，你得先回答我的问题；然后再将衣服还给你！"

织女听了他的话语，心里扑通扑通地直跳，完全没有主张了。倘若此刻遽尔答应他的婚事，又怕他只是一时的感情冲动，并非真心；反之，织女一向羡慕人间的生活，能够脱离寂寞天庭，在她，当然是一件求之不得的事。

织女心里烦透了，不想立刻答应他，又没有勇气拒绝。

可是牛郎却等得不耐烦了，再次直着嗓子嚷起来："喂，你为什么不答话呀！你若嫌我贫寒，也该开一句口，好让我将衣服还给你死了这条心！"

织女这才当真焦急了，呶呶嘴，不加思索地回答他："好的，我答应你！"

牛郎听了这句话，高兴得忙不迭挪开脚步，急急将衣服送给织女。

织女抢过衣服，立刻佯嗔薄怒地责怪牛郎："有什么好看，还不回过头去？"

牛郎耸耸肩，极其迅速地掉转身，用背脊对着织女。一会，织女穿好衣服，婀婀娜娜地走到牛郎面前，低着头，羞答答地对牛郎说：

"你也必须答应我一件事！"

二十四、揭穿秘密

牛郎瞪大了眼睛，问："要我答应你什么？"

织女略一沉吟后，抬起头来，闪目对牛郎一瞅；然后一本正经地将自己的心意告诉他。

"牛郎，"她说，"你一定知道我是一个仙女？"

"不错，我早就知道你是一位仙女了。"

"但是……"

织女忽然欲言又止了。牛郎见她吞吞吐吐的，心里不免焦急起来，忙问：

"你既然答应嫁我为妻，还有什么事情不好讲的呢？"

经此一说，织女才爽爽快快地对牛郎说："我既已答应与你结婚，当然是要跟你到凡间去的；但是我是一个仙女，去到下界后，万一给别人知道了我的秘密，必然会引起许多不必要的麻烦的！"

牛郎听了织女的话语，若有所悟地"哦"了一声说："你尽管放心了，我自己也是一个怕麻烦的人。"

"那么，"织女斩钉截铁地问："你是一个凡人，怎么会走上天庭的？"

牛郎心直口快，毫不思索地对后边一指："呐，就是那条老牛驮我上天的。"

"老牛？"织女不胜好奇了，"一匹老牛会有办法驮你上天？"牛郎闻言，脸上立刻呈露了一种倨傲的神情，扁扁嘴，自鸣得意地说："这条老牛可不是寻常的牛头呀！"

"难道它也有来头？"

"来头可大呐。"

"你倒说给我听一下。"

牛郎顿了顿，故作神秘地转转眼珠子，压低了嗓音，悄声说：

"它呀！他是金牛大仙，跟你一样，也是一位神仙。"

织女这才恍然大悟了。心中暗忖："原来是金牛星见我耐不住寂寞，故意将牛郎驮上天庭，教了他这个方法，存心要撮合我的好事。"于是，信心益坚。侧过脸去，对牛郎说："你带我去见他。"

二十五、织女下凡

此时，老牛惟恐败露秘密，兀自躲在金山背后，不敢动弹。正感不耐烦时，忽然祥云滚滚，心知有异，连忙睁眼观看，才发现牛郎稚气地拉着织女的手，跳呀蹦的奔过来。

老牛见织女，不免有些羞惭，侧着头，不敢正视。织女笑了，搬动莲步，走到老牛面前，用揶揄的口吻对他说：

"原来是大仙云游天庭，未曾远迎，当面恕罪。"

老牛正欲答话时，忽然心血来潮，知道近处有天兵天将走来，连忙抬起头来，慌慌张张说：

"快！骑在我的背上，有天兵天将追来了！"

织女不敢拖延，当即对牛郎使一下眼色，相继跨上牛背，一前一后，双双离开天庭。

老牛吩咐他们闭上眼睛，但闻风声飒飒，天未明，就抵达了人间。

织女在天上的时候，日夜思慕下界的生活，如今，梦境终于变成现实，亲自来到红尘，只觉得呈露在面前的一切，无一不具新鲜感。

在她的想象中，人间是最快乐的地方，比天堂有趣得多了。当她见到那简陋的茅屋时，她竟将它当作一件艺术品来欣赏。她贪婪地望着茅屋，咧着嘴，笑得见牙不见眼。牛郎见她如此高兴，却完全无法猜测她的心情。

两人进入茅屋，坐定，牛郎斟了一杯热茶给她，她呷了一口，觉得十分清香，脸上立刻漾开一朵动人的微笑。

但是，牛郎虽然将织女带到人间，却并不像她那么高兴。牛郎知道自己是个穷措大，结了婚之后，织女是得不到什么快乐的。织女是久居天庭的仙子，当然不会了解人间忧患。

此时，东天已泛起鱼肚白的颜色。牛郎一夜未睡，正拟解衣就寝，才想起家里只有一只板床。他与织女尚未拜堂成亲，未便遽尔共枕，只好吩咐织女先躺下休息，自己则匆匆赶去村上买香烛。

二十六、拜堂成亲

牛郎买了香烛回来，摆好香案与拜垫，拖着织女，双双跪倒在地。织女是个仙女，哪里会懂得凡间习俗，只因牛郎叫她这样做，也就依样磕头。

仪式完成后，牛郎愁眉苦脸地告诉她："现在我们是夫妻了。"织女闪闪眸子，颇表困惑地问："据我所知，凡人都把结婚当作一件喜事，你为什么老是愁眉不展的？"

牛郎叹口气，对织女作了这样一个解释："你说得一点也不错，结婚的确是一件可喜的事情；但是我是穷光蛋，娶了像你这样一位似花似玉的娇妻，要是无法养活你的话，喜事也变悲事的。"

织女睖大了眼睛，直瞪瞪地望着牛郎，完全不明白牛郎的话意所在。于是，牛郎就不厌其详地解释给织女听，说人间不同天堂，每个人必须以劳力换取衣食，否则，就会因为抵受不了饥寒而死亡的。

"但是，我不怕死亡。因为我是一个仙女。"织女稚气地说。

牛郎摇摇头，说："当你在天上的时候，你是一个仙女，不必愁吃愁穿；既然来到人间，没有衣食，一样也会死亡的，所以，我一定要设法不让你受苦。"

织女这才若有所悟地"哦"了一声；但是仔细想想，依旧有许多问题需要牛郎解释。

"怎样才可以找到衣食？"

牛郎告诉她："一个人必须用劳力去赚取金钱；有了金钱，就可以购买衣食了。"

织女说："我愿意用劳力去赚取金钱。"

牛郎说："你不会种田和缝纫，即使有劳力又有何用？"织女两眼骨溜溜地一转，说："我会织布！"

牛郎睁大了惊诧的眼，悄声问："你真的会织布吗？"织女微笑点头，当即从衣袖里取出一只天梭，说是只要找到一架织布机，所有问题都可以迎刃而解。

二十七、翡翠发簪

牛郎听说织女会织布，高兴得怎的似的。但是，工欲善其事，必先利其器，没有上好的织布机，怎么能够织出上好的布匹来？为了这个缘故，牛郎不能不感到烦恼了。织女见他愁眉不展，忙问：

"有什么心事吗？"

牛郎叹口气，说："我穷，买不起织布机，你纵有织布的本领，也是枉然。"

织女低头寻思，半晌过后，忽然若有所获地惊叫起来：

"有了！"

牛郎听闻，眼睛睁得如同铜铃一般大。

接着，织女含笑盈盈地对牛郎瞅了一眼，举起纤纤玉手，从头发间取下一只碧绿的发簪，娇滴滴地说：

"这发簪是翡翠的，你拿去变卖了；然后买一架织布机来。"

牛郎接过发簪，仔细端详，但见绿光耀眼，的确是珍品，心里高兴，脸上就呈露了笑容。

"这发簪真好看，相信能换得一架织布机回来。只是卖了它有些可惜。"牛郎收起笑脸，微喟地说。

织女笑答："只要有了织布机，将来更好的东西也可以买到。"当天晚上，茅屋里喜气洋溢，牛郎这么大，从来未获得过异性的安慰，有了织女后，心内的喜悦，实非笔墨所能描摹；至于织女，久居天庭，忽然尝到人间的甜蜜，当然会将所有的愁烦全部抛开的。

天色刚黑，牛郎就将板门闩上了。老牛心里有数，兀自蹲在墙脚，每一次听到里边笑声传出，"他"就频频点头。

第二天早晨，鸡啼报晓时，老牛从睡梦中醒来，惟恐牛郎责"他"贪睡，怯怯地对田野一看，不见牛郎的影子，再回过头来，才发现板门依旧紧紧关闭。

太阳出山后，牛郎仍未起身。老牛在门外等得不耐烦了，故意深深吸口气，大声叫了起来。

二十八、牛郎上镇

牛郎听到了牛叫，忙不迭用手擦着惺忪的眼，以为织女仍在自己身边，伸过手去拥抱，结果捉了个空。于是，一骨碌翻身下床，东张张，西望望，不见织女的影子，心里不免慌张起来，连忙走到窗边去察看，才发现织女在后门口生火煮水。

牛郎拉开后门，蹑足走到她身旁，趁其不备，稚气地大声唤叫。织女正在以扇扇炉，听到叫声，不觉吓了一跳，转过身来，见是牛郎，当即板起面孔，呶嘴生气了。牛郎自知做错了事，当即拱手施礼，向她道歉。织女斜目一瞅，见他傻头傻脑的样子，终于噗哧一声笑了起来。

这一笑，紧张的空气顿呈松弛。牛郎问她："为什么这样早起身？"

织女说："给你弄些可以充饥的东西，让你吃了，好去买织布机。"

牛郎闻言，心里十分欢喜，暗忖："究竟有了女人，情形就不同。"

接着织女揭开锅盖，放了一些番薯片在清水里，重新拿起扇子，啪达啪达一阵子狂扇。炉子里的生炭瞬息间就熊熊燃烧起来。织女这才直起身子，转过脸来，对牛郎说：

"这后门口有的是空地，你得闲时，最好搬些砖泥来，砌一间厨房出来，等到落雨落雪的时候，就不至于连个烧饭的地方都没有。"

牛郎点点头，同意织女的建议。他满怀安慰，佩服织女设想得周到。

稍过些时，番薯汤煮好了。织女盛了一碗给牛郎，自己则撷了一把干草，走到前边去喂老牛。

牛郎吃饱了肚皮，马上换上洁净的衣服，带了翡翠发簪，独自走上田塍，疾步向镇上走去。

老牛目送牛郎远去，就知道今天不必下田了，点点头，呶呶嘴，索性蹲在树荫下闭目养神。

二十九、李氏来访

织女独自一个人耽在家里，倒也并不寂寞。牛郎的茅屋虽小；但是乱七八糟的，也需要好好地整理一下了。于是，织女卷起了衣袖，先到井边去挑了两桶清水来，将所有台凳碗筷之类的东西全部抹净；然后逐样摆好，拿一把扫帚来，将泥地扫得干干净净。

正在忙碌间，忽闻老牛在树下大声吼叫，织女忙转过脸去，却发现牛郎的嫂子李氏站在大门口。

织女并不认识李氏，只当她是住在附近的小乡邻，连忙堆上一脸和蔼的笑容，以便赢取她的好感。

不料，李氏不但不以笑容作答；抑且双手插在腰眼，板着脸，没好声气地问：

"你是谁？"

织女不疑有他，居然爽爽快快地答："我是赵牛郎的老婆。"

李氏不觉猛发一怔，忙问："你是赵牛郎的老婆？怎么我们一点都不知道？"

织女笑笑，想起可爱的牛郎，再也掩不住内心的喜悦了。

李氏见她满面春风的，更加狐疑不定了，于是扁扁嘴，又追问一句：

"你们什么时候结婚的？"

"昨天。"

"昨天？怎么连酒席都不摆？"

"牛郎穷，无钱设宴，所以不敢惊动众位乡邻。"

李氏愈听愈不明白了，皱紧眉头，只管对织女仔细打量；由头看落脚，又由脚看上头。织女给她看得不好意思，低着头，兜耳澈腮地羞得通红了。李氏又问：

"你好像不是本地人？"

这一回，可难倒织女了。她该怎样回答李氏？说自己是天上的仙女，当然不可以；但是不这样说，又该答些什么才合适呢？没有办法，只好讪讪地换转话题，说自己还有许多工作要做，等一切弄妥了，改天邀她来吃饭。

三十、男耕女织

说罢，织女故意装出非常忙碌的样子，一会儿抹台，一会儿扫地，理这，弄那，使李氏无法再开口。

李氏见此情形，只好怀着一个谜，挪开莲步，直向村上去打牌。中午时分，牛郎回来了，背了一架织布机，他的步伐非常轻松。

"好了，好了。"他兴高采烈地说，"这下你可以帮我生产了。"织女问他："那翡翠发簪值多少钱？"

牛郎翘起大拇指，说："这发簪可不同寻常，卖给首饰铺，居然兑了十两纹银。"

织女问："这架织布机呢？"

牛郎说："这是上好的织布机，一共花去八两纹银，现在还剩二两，留着有急用时再拿出来。"

织女颇表满意地点点头，拨转身，走到后边去端饭菜。牛郎在外边走了半天，肚子已空，见到香喷喷的白饭，立刻狼吞虎咽了。饭后，织女在洗碗时，对牛郎说：

"早晨有个女人来跟我兜搭，问长问短，十分讨厌。"牛郎问她："那女人的长相是怎样的？"

织女当即将李氏的模样详细描摹给牛郎听，牛郎脸一沉，说：

"一定是我的嫂子！"

织女这才猛吃一惊，呆了半晌，才问："你还有哥哥？住在什么地方？"

于是牛郎将自己被嫂子赶出家门的事一五一十地讲给织女听，织女愈听愈气愤，最后，咬牙切齿地说：

"原来是这样一个横蛮的女人，下次见到她，我一定给她一个不理不睬。牛郎，你不要气馁，只要我们大家勤力做工，迟早终归可以教她低头！"

牛郎点点头，黯然神伤地说了一句："不过，我的哥哥倒是从来没有亏待过我，问题是：李氏太凶，使他消失了丈夫的气概。"

三十一、牛郎盖屋

从此，夫唱妇随，一个耕田，一个织布，生活上了轨道，日子过得相当舒适。

织女手艺好，加上了天梭，织出来的布，又多又好。每逢镇上市集，牛郎放下田里的工作不做，背了布匹，走去市集贩卖。赶集的人总不免要买些布匹回去给孩子缝新衫；而集上贩布卖布匹的人最少也有七八档；但是没有一档的布匹及得上牛郎的。因此，牛郎的生意特别好，赚的钱也特别多。

牛郎终于富裕起来了，不但在方场上，搭了个竹篱棚，专养鸡鸭猪羊；同时，还在河边盖了一间屋，有厅有房，使附近的小乡邻们没有一个见了不羡慕。

牛郎自己十分自满；可是织女一直劝他勤力耕种，切勿因为赚了些钱而傲视乡邻。

有一天，牛郎刚从田里背了锄头回来，织女端了一盅茶出来给他解渴。牛郎呷了一口，就听到门外响起一阵匆促的步声；抬头一看，原来是自己的哥哥赵阿财。

牛郎见是哥哥到来，连忙站起身，将哥哥迎了进去，一边吩咐织女端茶；一边亲自端椅给阿财坐。

大家坐定，牛郎堆上一脸笑容，问："哥哥，这一晌可好？"阿财眉头一皱，感喟地叹息一声。

牛郎又关心地问："哥哥，你好像有心事？"

阿财低下头，似有无限烦愁，满怀心事，只是抿着嘴，不说话。但是经不起牛郎一再怂恿，阿财终于悄声对牛郎说："唉，你嫂子好赌成性，将家里所有值钱的东西全部变卖了。上个月，因为米缸吃空，实在没有办法，只好将那块田也卖给了别人；现在……"

说到这里，阿财忽然耸肩啜泣了。牛郎跟哥哥的感情向来不错，见此情形也不免心酸起来。

三十二、手足情深

阿财抽抽噎噎地告诉牛郎，说李氏好赌成性，一连输了三晚，弄得连箱子里的衣服也大部分押掉了，昨晚回到家里，怒气冲冲地大骂阿财，要他今天出来想办法，想不到，就不必回去。

"所以，"阿财抖着声音对牛郎说，"我只好走来求你帮我一次忙了。"

牛郎闻言，立刻走入后房，打开木柜，取了十两纹银出来，双手捧与阿财。

阿财见了纹银，感激得久久说不出话来。

牛郎说："这些银子是你弟媳妇织布赚来的，你拿去应个急吧。"阿财这才如梦初醒地说："我拿四两就够。"

"不，"牛郎说，"如果是拿去赌钱的话，一两也已相当足够了，我的意思是：万望哥哥好好利用这笔钱，先把屋前的那块田买回来，今后刻苦耐劳，什么问题都可以解决的。"

阿财听了兄弟的话语，羞愤交集，羞的是自己太无用；愤的是李氏太荒唐。

就在这时候，织女从厨房里端了两碗点心出来，放在阿财与牛郎面前。阿财不好意思吃东西，忙不迭用衣袖抹干泪水，强颜作笑，捧着银子就走。

阿财走后，织女对牛郎说："你哥哥心田善良，本性忠厚，不像是个坏人；但是照他说来，你嫂子嗜赌如命，不能改过自新，这十两银子迟早也会给她输光的。"

牛郎说："哥哥既然陷于困境，我做兄弟的人，在可能范围之内，当然要给他一点帮助。"

织女说："我并不反对你送银子给他，反正我们自己的情形也一天比一天好了，用掉些纹银，对我们不会有什么影响；不过，单单送银子给你哥哥花用，还是解决不了问题。除非你嫂子有决心戒赌，今后好好做个贤妻良母；否则，你哥哥一样翻不了身。"

三十三、晕倒在地

阿财走后，织女指着牛郎说："你瞧你，周身都是泥浆，多么尴尬！"

牛郎牵牵嘴角，笑道："我是种田人，怎么会不脏？"

织女说："这几天，我抽空给你缝了一件新衣，让我去拿出来，给你更换。"

牛郎点点头，觉得嘴巴干得发苦，挪步走到桌边，一连喝了几口茶。

放下茶杯时，织女已经站在面前了，手里拿着一件蓝色长袍，含笑盈盈。牛郎立刻脱去脏衣，换上新的，左扯扯，右拉拉，连声称赞，说织女缝工精巧。

"穿了这长袍，去到镇上去蹓跶，谁都不会以为我牛郎是个种田人哩。不过……"

"不过什么？"

"这长袍太漂亮，我舍不得穿。"

"怕什么？穿坏了，我可以再给你缝的。"

"家里杂务多，你最近身体已不像过去那么茁壮了，千万不要太辛苦！"

"不要紧的……"

语音未完，织女陡地脸色发青，两眼往上一眨，竟仰天晕倒在地了。牛郎连忙蹲下身子，双手将她抱起，匆匆赶到内房，放在床上；然后走到后院去吩咐长工到村上去请大夫。长工听说织女病倒，不敢怠慢，拔腿就走，飞也似的沿着田塍狂奔。过了半个时辰，大夫坐着竹轿来了，下轿，由牛郎亲自迎入内房。此时，织女已醒，但脸色依旧惨白似纸，身体显得很是疲惫。大夫坐在床边，侧着头，仔细替织女把脉诊断。

初诊断时，大夫神情肃穆，一会，大夫脸上那股悒忧之情消失了，站起身，踱步走到方桌边。

牛郎焦急万分，伸长了颈脖，悄声问："大夫，请问她的病要紧吗？"

大夫略一沉吟，忽然露齿作笑。牛郎正感困惑间，大夫开口了。

三十四、一胎两个

"恭喜，恭喜，尊夫人已经有喜了！"

牛郎闻言，猛发一怔，只管痴望着大夫，连说话都带些口吃了：

"她……她……不要紧吧？"

大夫一味捻须微笑，说牛郎鸿运高照，发了财，马上又要添丁，真是双喜临门，应该高兴才对，岂可惊惶若是？于是牛郎转忧为喜了，连忙去打开银柜，取了一锭银子出来，送与大夫，作为酬谢。大夫已将药方写好，吩咐牛郎派人到村上药材铺去赎一帖回来，加水煎汤，给织女喝下，便可安胎，牛郎喜不自胜，亲自送大夫上轿。

大夫走后，牛郎从大厅走回内房，正拟探视织女，却发现织女已经起床。

"为什么不多休息一会？"牛郎问。织女嫣然一笑，说："我没有病。"

"没有病，也要多休息才是，大夫说你有喜了，你知道吗？"

"我知道的。"

"为什么不早些告诉我？也免得我受这样的惊吓。"

"这是女人的事，何必告诉你？"

"但是我是孩子的父亲，我当然有权知道。"

织女笑了，笑得如同莲花初放，极美。牛郎愈想愈高兴，手舞足蹈的，欢喜得有些忘形了。

从此，牛郎到村上雇了一个煮饭洗衣的女佣和两个年轻的婢女回来，侍候织女。不许织女自己操劳。织女生性好动，却也不愿成天像木头似的坐在内房里。

过了八个月，织女替牛郎养下了一对孪生孩子：一个男；一个女。

牛郎高兴得不得了，广邀亲友，在方场搭个棚，摆下十几桌酒菜。牛郎贫穷时，并没有什么亲朋戚友，连自己的嫂子也看不起他；如今发达了，不必认亲，自有小乡邻纷纷走来道贺。

三十五、查问身世

在灯火煌煌的热闹场合中，牛郎与小乡邻们同席对杯，贪婪地喝着酒，存心痛痛快快地醉一场。新发酵的糯米酒，连缸抬到酒席前，好让猜拳输了的人，照数喝下。牛郎猜拳的本领不高，常常输，因此，喝了很多。

就在这兴高采烈的时候，阿财带着刻薄的嫂子也来贺喜了。阿财虽穷，究竟是自己的亲骨肉，两人见面，内心的喜悦实非笔墨所能描摹。

那李氏是个势利的女人，过去曾经千方百计地虐待牛郎；如今见他发财又添丁，终于穿着红红绿绿的衣裳，周旋于宾客们之间，俨然以长嫂的姿态出现，笑得见牙不见眼。

牛郎经济情形好，但求小乡邻能够饭饱酒醉，一再吩咐长工们将地窖里的陈酒抬出来。

夜渐深，筵席将散。有些喝醉了的，擎着火把，跌跌撞撞地走回家去。

李氏只有七分醉意，不知怎么一来，忽然想起织女，立即走到内房去献殷勤。

织女正在哄睡两个婴儿，一见李氏，执礼甚恭地欠身让坐。李氏把眼眯成一条缝，只管对织女身上仔细打量。织女给她看得不好意思，低着头，兜耳澈腮地羞得面孔通红。

"妹子呀，"李氏忽然开口了，"你长得这么美；而口音又是那么的不同，谅来一定不是当地人！"

织女最怕别人询问自己的来历，听了李氏的话语，忙不迭堆上一脸尴尬的笑容，故意将话题扯往别处：

"嫂子，今天是我的大喜日，你可要多喝几杯呵！"

李氏为人素来多嘴，喝了酒之后，借着酒气说话更加没有分寸了：

"妹子，你到底是什么地方出生的？"

织女无话可答，一时将话题岔开；但李氏却苦苦追问不已，一定要织女说出自己的籍贯来。

三十六、识破隐情

织女是个仙子，怎么讲得出自己的籍贯，那李氏好像有意跟她捣蛋似的，斩钉截铁，非要她讲出原籍不可。织女逼得无法，只好含糊其词地说了这么一句：

"小妹乃是北方人。"

"北方哪里？"

"远在千里之外。"

李氏闻言，两眼骨溜溜地一转，呶呶嘴，说："这就不对了！"织女不觉发了一怔，忙问："有什么不对？"

李氏略一沉吟，很持重的，顿了一顿，才说："想那牛郎，从小没有走出过百里方圆，你们两人，一个在北；一个在南；怎么会结识的？"

织女给她这么一问，倒也呆住了，闪闪黑而亮的眸子，嗫嗫滞滞地撒了一个谎：

"嫂子有所不知……我虽然是个北方的人，只因去年天旱不雨，父母相继病亡，没有办法，只好背了个包袱，只身南来，一则逃荒；二则有个远亲在此经商，希望能够找到这个远亲后，也可有个安身之处。"

"结果，贵亲没有找到；却找到了牛郎？"

"是的。"

嫂子若有所悟地"哦"了一声，好像已经弄明白事情的根由了；可是心里边的狐疑仍未消除。她不相信一个单身女人会有勇气从北方来到南方的；更不相信像她这样如花似玉的女人，在路上，会遇不到一个歹徒。于是，她有了许多不可解答的问题；这些问题归纳起来，只有一个答案才合逻辑：

"莫非你是从天上掉下来的！"

织女听了，以为自己露了破绽，吓得浑身发抖了。幸而牛郎及时走来，织女立刻对他说："牛郎，你嫂子喝醉了，快扶她回家去吧！"但李氏一味否认："我没有醉！我没有醉！她是天上掉下来的，我知道了！"

三十七、来历不明

牛郎怕李氏胡言乱语，连忙搀扶着她，走出客厅，到方场上去找阿财。

不料，阿财因为添了一对侄儿，喜不自胜，贪饮几杯，有了几分醉意。

牛郎走到他面前，要他扶着李氏回家，他一味痴笑，不挪脚步。李氏醉态毕露，走路时，身子完全失去平衡，有人走去搀扶她，她就大声呐喊起来：

"告诉你们一个秘密，那织女是从天上掉下来的！"

众人听了，以为李氏醉了，莫不哈哈大笑；但是转眼一想，事情的确也有可疑之处；想那织女，不但口音宛异，且举动也稍有不同，既无亲，又无眷，显然来历不明。

于是，大家静下来了，彼此交头接耳，议论纷纷。李氏存心要给牛郎添麻烦，站在人丛中，嘶声狂嚷：

"那织女来历不明，非要查个一清二楚不可，要不然，我们这村子里再也得不到安宁了！"

乡邻们个个起了疑心，将询问的目光投在牛郎的身上。牛郎窘极，不知道应该说些什么好。

接着，有人提议到内房去质问织女，如果织女不能给大家圆满的答复，就决意将她赶出境外。牛郎闻言，急得如同热锅上的蚂蚁，伸展双臂拦住大家不让他们进去。

"众位叔伯兄弟，请你们改天再来吧，孩子们已经睡熟，不要去惊动他们。"

但是，大家非要追问个水落石出不可，一定要进去找织女答话。牛郎急极，大声将所有的长工唤出，各执锄头铁棍，挡住门口，不让大家入内。牛郎再向他们说：

"我嫂子喝多了几杯，酒后胡言，你们怎么可以听信她的话语？"小乡邻们仍不肯罢休，个个圆睁怒目，一定要冲进去质问织女。

三十八、倾盆大雨

就在这千钧一发的时候，平地掀起了一阵狂风，天上乌云滚滚，迅雷震耳，那蓝森森的闪电使方场上的小乡邻们个个睁不开眼。

空气十分紧张，这刚刚办过喜庆大事的庄宅到处充满了敌意。牛郎满头大汗，眼看已无法挡住人潮，正要拔刀乱砍时，天上忽然降下倾盆大雨。

雨像千万条玻璃管子，打击在大家身上，又刺又痛。有的比较胆小的乡邻们，给大雨冲醒了自己的脑袋，终于偷偷地溜走。

迟了一会，雨势更大，狂风转疾。牛郎站在自家门口，手执长刀，眼看乡邻们逐渐散去，心里慢慢安定下来。

最后，乡邻们走完了，面前只剩下李氏和阿财两个。李氏仍在比手划脚地乱嚷，尽管阿财怎样规劝，也无法使她闭嘴。幸而雨势愈来愈大，李氏的喊声终被雨声湮没。牛郎无意跟她斗嘴，当即吩咐长工们回入大厅，将大门紧紧关闭。

一场风波，于焉平息，匆匆走入内房。织女问他：

"外边闹哄哄的，嚷些什么？"

牛郎当即将李氏的捣蛋情形，说与织女听。织女顿时脸呈焦急之情，说是此事迟早要给乡邻揭穿的。牛郎劝她宽心，织女紧蹙眉尖，忍不住两泪滔滔。

"牛郎，我舍不得与你分离！"她说。

牛郎极力安慰着她："不要怕，我自有办法应付李氏，我们夫妻恩爱，怎怎样也不会让她拆散我们的。"

织女耸肩啜泣了，总觉得事情的发展对自己威胁太大，急得睡意都消失了。

这天晚上，牛郎倒还镇定，一上床便呼呼睡去，大概是白天太辛苦的关系。但是织女则心事重重，躺在床上，老是辗转反侧，不能入睡。

三十九、天兵天将

翌晨，雨已晴，天色转好，这刚刚办过喜庆大事的宅第，显得十分零乱。牛郎因为昨夜辛苦了，睡得特别迟，醒来时，不但织女早已喂奶给两个婴儿吃，连太阳都已高高升起。

牛郎赶着要下田去，察看一下昨夜的一场雷雨，有没有使田里的农作物受损，于是一骨碌翻身下床，穿上衣服，匆匆盥洗，立刻捎了锄头出门。

走到门外，先去牵牛。那老牛兀自蹲在树荫下，垂着头，病恹恹的，一点精神也没有。

牛郎见此情形，好生诧异，连忙走近老牛身边，伛偻着背，关心地问：

"你怎么啦？有什么不舒服吗？"

老牛听到声音，终于抬起头来，用眼对四下瞅了一下，然后开口讲话了：

"贤弟呀，这些日子，你待我实在太好了，我非常感激你，但是……"

牛郎见老牛吞吞吐吐的，心知有异，不免有点焦灼了，催"他"快把言语讲出。老牛望望牛郎，叹口气，止不住泪水涌出，边哭边说：

"贤弟，我要离开你了。"

"离开我？……打算到什么地方去？"

"上天归位。"

"什么？"

"唉！贤弟有所不知，刚才天未明时，王母娘娘派了几名天兵天将来到此地，降下法旨，要召我上天归位！所以不得不和你拜别。"

"不！不！牛大哥，你千万不能走！"

"唉，其实我也是不想走的；只因王母的法谕难违，只好与贤弟分手了！"

牛郎闻言，急得如同热锅上的蚂蚁一般，脸色铁青，额上冒汗，紧紧拉住老牛，不肯放手。老牛深深感动，不禁泪似雨下，对他说：

"贤弟，你拉住我也没有用，我少时就要归位了，天兵天将奉令而来，非同小可，绝对不肯通融。"

四十、老牛归天

"哪里有什么天兵天将，分明是在骗我！"牛郎睁大了眼睛，对四周瞅了一圈。

老牛感喟地叹息一声，说："天兵天将此刻就在树旁等我。"

牛郎又对大树周围仔细看看，说："连个影子都找不到，你何必跟我开玩笑？"

"贤弟呀，为兄的怎会跟你开玩笑？那天兵天将此刻在我背后，只是你看不见罢了。"

牛郎紧紧拉住老牛，死也不放，一边嘶声嚷起来："不行，我怎样也不能放你走的！"

这时，天色忽然又暗了下去，平地陡起狂风，飕的一声，吹得树木全部弯了腰。天上彤云四布，轰雷掣电，瞬息间，就落起倾盆大雨来了。老牛"哞哞"乱叫，牛郎站在骤雨中，拼命拉住"他"，死也不肯放手。

老牛限期已届，未便久留人间，纵然舍不得与牛郎分离，只因法谕难违，只好跺跺四脚，用力往前一冲，疯疯癫癫地奔入田中，倒在地上，眼睛一闭，灵魂就跟随天兵天将升往天庭……

牛郎见此情形，忙不迭奔入田中，呆望尸体；然后垂头丧气地走回来。

走进大门，织女匆匆迎来，问他："为什么冒着这样的大雨下田去？"

牛郎无限悲戚地对织女望了一眼，心里忽然感到一阵刻骨的悲酸，眼圈一红，止不住两泪滔滔。

"你，你这又何苦呢？"织女问。

牛郎愈想愈伤心，竟"哇"地放声大恸了，织女莫明究竟，连忙挪步上前，扶着他，用抚慰的口吻问他：

"到底出了什么事？"

牛郎抬起头来，直瞪瞪的用泪眼望着织女，很久很久，才抖着声音嚷：

"娘子啊！那……那牛大哥……他……他……他已归天去了！"

四十一、突变

织女听了，刷地面色转白，全身战颤起来，脸上的肌肉不住地抽搐着。

牛郎说："娘子，想那牛大哥乃是你我夫妻的恩人，决不可暴尸露骨，我即刻就带领长工们，前去将他埋葬。"

织女正要阻止他时，他已飞也似的奔了出去。客厅里静悄悄的，一点声息都没有。织女兀自一个人站在堂中，只觉得浑身发冷，在默默中忽然领悟到一件事，因此感到畏慑了。她想：

"那老牛乃是金牛星化身，怎会遽尔死去？难道是王母娘娘已经知道了我们的隐私，特地遣派天兵天将前来捉拿他不成？如果这一项判断没有错的话，那么，我与牛郎岂不是就要分手了？……"

想到这里，织女焦灼万分，皱眉寻思；只是找不出对策。

此时，响雷震耳，卧房里传出婴儿啼哭声，织女当即挪开莲步，猛抬头，就看见有影子闪来闪去。

"谁？"

远处似乎还有人影晃动，但是没有回音。

织女暗自责备："我也太胆小了，哪里有什么影子，分明是我自己心虚，才会产生这样的感觉。"

于是第二次挪起脚步，不料，刚跨过门坎，前边就出现了一个高大的天将，织女定睛一瞧，原来那人竟是身材魁梧的奎木狼。

"你来作恁？为何站着不声不响？"织女问。

奎木狼手持武器，挺胸凸肚地站在织女面前，两眼瞪大得似铜铃，板着面孔，狠巴巴地对织女说：

"织女接旨！"

织女一听，心知不妙，不但不依惯例跪下接旨；抑且拨转身来，挪步奔跑。直奔到大门口去。

织女奔到大门，正要跨步出门时，面前忽然又出现了另一位天将，仔细一看，原来是娄金狗。

四十二、王母有谕

娄金狗雄赳赳地站在门背，用自己身体挡住织女去路。织女进退两难，慌得满头大汗。

"织女接旨！"

两位天将同时吼了起来，织女心内一沉，双膝一软，终于跪倒在地，垂着头，静候天将传谕。

于是奎木狼大声传读谕旨："织女听了，王母有谕，命你即刻跟随我等离开人间，返回天庭！"

织女闻言，泪珠儿早已如同断线珍珠一般，簌簌掉落。没有办法，只好对着两位天将，磕拜苦求：

"有劳两位仙君，即刻回复王母，说织女已与牛郎结为夫妻，且已养了两个孩子，宁愿长在凡间受苦，再也不想返回天庭了！"

不料，两位天将竟齐声叱喝起来，说："王母法谕，谁也不敢违抗，快快跟随我们上天去吧！"

织女见他们态度倨傲，心中气恼，咬咬牙，说："难道你们非要拆散这个家庭不可！"

"你是仙子，原本不该私自下凡！"

"但是我既已下凡了，且已育有子女两人，你们不看在我的份上，也该替两个婴儿想想。我若跟随你们上天，这两个孩子谁来抚养？"

"这个……"

"所以恳求两位仙君立即回复王母，说织女宁愿在人间继续受苦。"

"不行！"娄金狗开口了，"这是王母的旨谕，我等岂敢随便作主？你若愿意继续留在人间，也该上天去一趟。"

织女说不动两位仙君的心，当即站起身，像是狂痫了似的嚷起来：

"不！不！我绝对不能离开我的丈夫和儿女！"

于是奎木狼从腰间拉出一束捆仙绳，圆睁怒目，声色俱厉地对织女说：

"织女休得无礼，快上天去，再要违抗，我就要祭起捆仙索了！"

四十三、金剪破仙索

织女圆睁怒目，双手往腰际一插，狠巴巴地说："哼，你们有能耐的，尽管施展出来吧！"

奎木狼一听，不觉怒往上冲，正要举起捆仙索时，却被娄金狗拦住了。娄金狗吩咐奎木狼且慢动武，然后掉转身来对织女说：

"织女，让我告诉你罢！我等既然拜奉王母之命前来捉拿于你，当然不会放过你的。你不必逞强，快快跟随我等返回天庭，要不然，大家伤了和气，恐怕吃亏的还是你自己！"

"不，不！我绝对不愿离开我的丈夫和儿女！"

语音刚完，奎木狼已经举起手来，手指间射出一道金光，习习有声，如同一条电蛇般在空中游舞。

织女想不到奎木狼真会动起手来了，抬头观看，只见捆仙索金光四射，发出无比的威力，不但使她睁不开眼来；抑且热不可当。

但是，织女在天上时，虽然专司织锦之职，也不是完全没有法道的，否则，早就乖乖地受缚了。此刻，面临紧要关头，奎木狼既已祭起捆仙索，织女只有两个方法可以对付：一，束手就擒；二，设法击破奎木狼的法宝。

织女既然不愿离开人间，那么只好采用第二个办法了。

当捆仙索逐渐迫近织女时，织女横横心，伸手一指，当即祭起金剪一把，刹那间，竟将捆仙索剪得粉碎。奎木狼眼看法宝被破，不免大吃一惊，叫声"不好！"立刻举起大刀，愤然向织女劈来。织女何等机警，纵身一跃，让奎木狼劈了个空，然后伸手往空间一招，"嗖"的一声，手里已经紧握双剑，当即掉转身，直向奎木狼刺去。

娄金狗站在一旁，见此情形，忙不迭横鞭一拦，以免奎木狼被刺。这样一来，大家就战成一团了。织女两面受敌，只因剑法高超，不但没有败象，抑且愈战愈勇。

四十四、哭别骨肉

战了几个回合，奎木狼已呈不支。娄金狗亦感织女剑法高超，知道不易取胜，灵机一动，当即收起双鞭，指着织女吆喝：

"织女！休得无礼！"

织女愈战愈勇，恨不得立刻将他们击退，也好宣泄一下积聚在心头的冤气。听了娄金狗的话语后，完全不加理会，只管继续砍杀。

娄金狗一边以鞭挡剑；一边大声喝道：

"织女！快快前来受缚，你若执迷不悟，我等就要对不起你了！"

织女两眼一瞪："你们再有什么能耐，尽管施出来好了，看我有没有办法对付你们！"

那奎木狼火气特别大，见到织女飞扬跋扈的态度，哑哑嘴，正拟举刀向织女砍去时，却被娄金狗拦住了。

娄金狗声色俱厉地对织女说："织女，你若不肯跟随我们返回天庭的话，我们就要击毙你的丈夫和儿女了！"

织女听了此话，不觉猛发一怔，暗忖："这……这……怎么办呢？"

娄金狗又道："你若真心爱你的丈夫和儿女，就该从速上天，不然，你的丈夫和儿女均将难免一死！"

织女浑身发抖了，心一软，当当两声，宝剑落地；然后苦苦哀求两位天将：

"好的，我跟你们回天去，但是请两位行个方便，在回天之前，让我到内房去看看两个孩子。"

娄金狗闻言，不敢作主，侧过脸去对奎木狼看看；奎木狼向他招招手，娄金狗走过去，和奎木狼交头接耳地商议了一会，终于两人答应了织女的请求。

织女低着头，当即移动莲步，匆匆走进内房，一见两个婴孩，泪珠儿早就扑簌簌地落了。婴孩们只是睁大了眼珠，望着即将离去的母亲，闪呀闪的，十分可爱。

四十五、离开红尘

织女见到两个婴孩后，尽管天将们催促，怎样也不愿离开了。但是时间已不早，天将们急于将织女押上天庭，只好用力拉开织女。

"我的儿啊！"织女嘶声大嚷，"阿妈今天遭逢大难，为了你们的安全，不能不将你们抛下。阿妈并不是铁石心肠；只为王母有谕，着我即回天庭，恐怕今生今世再也不能与你们会面了……"

嚷呀哭的，织女已经被娄金狗与奎木狼拉到门外了。娄金狗松了手，兀自走到树底下去牵老牛。

织女知道马上就要离开人间了，只管睁大眼睛对田野张望，心中焦灼；口里不停地问：

"牛郎，牛郎，你到什么地方去了？怎么还不回来？再迟，恐怕见不到我的面了！"

可是，田野里空寂寂的，连牛郎的影子都没有。织女急若热锅上的蚂蚁，一心盼望牛郎能够及时回来；任由奎木狼怎样迫催，总不肯挪步。

此时，娄金狗手牵老牛，纵身跳上云端，站在半空中，对奎木狼呐喊：

"喂！时辰已经到了，还不上来？"

奎木狼听了，心里十分焦急，拼命催促织女上天，织女疯狂地狂呼：

"牛郎！牛郎！你怎么还不回来？"

奎木狼见她只管盼望牛郎，完全不理睬自己，心里不免有点气恼，正正脸色，对织女提出最后警告：

"织女，你走是不走？你若再不纵身上云，我就要动仙刑了！"织女知道仙刑厉害，当即用眼对四周瞅了一圈，不见牛郎，只好叹口气，纵身一跃。

跃上云斗，冉冉向青天升去。升至半空，才发现牛郎掮着锄头从田塍上走向家门。织女见了，情不自禁地弯下身子，哑着嗓音，拼命呼唤："牛郎！我在这里呀！"

四十六、抛下天梭

牛郎听到唤声，不觉一怔，左盼右顾，不见人影，心下惊诧不已。

"牛郎呀，我在上面，你抬起头来，就可以见到了！"

牛郎这才仰起颈脖，眯细眼睛对蓝天观看，果见云端里站着哭哭啼啼的织女。

织女边哭边嚷："牛郎！你……你不用难过，我因为擅自下凡，犯了天规，王母传下谕旨，命两位天将前来捉拿与我，逼我即刻返回天庭……"

牛郎听了，悲戚异常，只管吊高嗓音，大声询问："娘子，你此去何日可回？"

织女正欲答话时，忽然感到一阵刻骨的悲酸，泪珠儿簌簌掉落，泣不成声了。

牛郎登天乏术，只好站在地上嘶声狂嚷："娘子，你为什么不下来？"

"我不能下来。"

"为什么？"

"因为有两位天将押着我。"

"但是我看不见有什么天将在你身边？"

"你是凡人，所以看不见的。"

"娘子，你怎么忍心离开我们的？我纵有什么事情对不起你的话，你也该看在两个孩子份上……"

"牛郎！事到如今，你还说这些话干吗？如果不是因为王母亲自下了谕旨，着我立即回天，我是宁死也不肯离开你们的！"

"但是……你也该替我想一想，两个孩子尚未满周岁，你这样丢下了，叫我怎样抚养他们？"

"你……你应该从速到镇上去雇一个身体强壮的奶娘回来，照顾孩子，以免两个孩子断奶。"

"娘子，你当真不再回来了？"

这句话，犹如针刺一般，使织女痛不欲生。这时，两位天将又催得很紧，织女忽然想起身上的天梭，掏出来，朝下一掷。

四十七、仙家宝物

牛郎直瞪瞪地望着上天，只见一道金光，像闪电一般，从云斗中劈下来。金光落在田野上，距离牛郎不过三四十尺左右，牛郎连忙挪开脚步，匆匆奔去，拾起天梭，只是不知道用处。

"牛郎！牛郎！"

云端里又有织女的声音传来，牛郎这才似梦初醒地抬起头来。此时织女已升得更高，尽管大声呐喊，听起来，依旧像蚁叫一般微细。

"牛郎，"她说，"这梭子乃是仙家宝物，你若有困难的时候，只要说三句'大仙救我'；然后临空一抛，它就会替你解答难题的。"

牛郎正欲开口时，织女已经隐得无影无踪了。牛郎悲痛欲绝，呆磕磕地望着云端出神，不眨眼，也不动弹。半晌过后，确定织女已返回天庭，才低下头，用衣袖暗拭泪水。

拭泪时，发现手里还握着天梭，摊开一看，并不觉得有什么特别，只是这梭子乃是金质制成的，五寸长，两头尖，中间有个方孔，光芒四射，多看会感到目眩。牛郎当即将梭子放在衣袖里，叹口气，怀着沮丧的心情，废然回家。

回到家里，一切都没有变；但是缺少了一个织女，仿佛什么都不对了。

牛郎心似刀割，情绪乱得一塌糊涂，反剪双手，只管在客厅里踱来踱去。

一会，内房传出婴孩啼哭声，忙不迭奔到里面，手忙脚乱地抱起一个，另一个就哭得上气不接下气。

牛郎是个男人，怎样会照顾孩子？看着孩子哭，没有办法，只好将婢女唤来。婢女抱住婴孩，说：

"孩子们肚饿了！所以就啼哭。"

牛郎眉头一皱，废然走到窗边，抬起头，对着天空喃喃自语：

"织女，你怎么忍心抛下他们的？"

四十八、梭子开口

正感困扰时，耳际忽然听到有人在轻声唤叫他："牛郎，牛郎，别忘了身边的梭子。"

牛郎这才想起了那只梭子，拿出来，连呼三声："大仙救我！"说着，将梭子往窗外一掷。

如果是寻常梭子，抛出后，必然会落在地上的；但是这是天梭，抛出后，竟会一动不动地停留在半空中。

牛郎大感诧异，眼睁睁地望着它，只觉金光耀眼，并未发现别的异象。正在这时候，那天梭忽然开口了：

"牛郎，你有什么困难，快快告诉我！"

牛郎想不到天梭会讲话，吓得目瞪口呆了，愣巴巴地望着它，不知道应该说些什么好。

不料，那天梭竟用更大声音追问他了："牛郎你究竟有什么困难，快快告诉我吧！"

牛郎经它一催，终于忍不住将自己的心事讲了出来：

"我要上天去找寻织女！"

那天梭顿了一顿后，说："你想上天，是不是？"牛郎点点头，一连说了好几句"是的。"

于是天梭吩咐牛郎即刻走到外边，准备带他上天。但是牛郎舍不得抛下两个孩子，要求天梭允许他将两个孩子带上天去。梭子略一沉吟，终于答应所请，命他挑一担空篮出来，一边放一个婴孩；如同挑西瓜一般。

牛郎闻计，当即走到后面，挑一副担子到方场；然后走进内房去抱出孩子，在两只空篮里一边放一个，仰起头，作了这样的要求：

"请帮我们上天去吧！"

话刚说完，脚边立刻出现一堆七彩祥云，梭子飞到他耳畔，轻声对他说：

"踏上祥云，闭紧眼睛。"

牛郎挑起担子，挪步跨上祥云，站稳，闭紧眼睛。接着，但闻风声飒飒，身子有了飘飘然的感觉。

四十九、云中追妻

一会，天际忽然响起一阵迅雷，牛郎大惊失色，睁眼观看，才知道已经抵达天庭。

两个婴孩受了惊吓，各自坐在筐篮里嘶声大哭。牛郎焦灼异常，只是毫无办法。孩子们愈哭愈响；但四周彤云密布，轰雷掣电，十分恐怖。

牛郎想不到天庭竟会恐怖如同鬼域一般，幸而寻妻心急，那股坚强的斗志，依旧不减。

稍过些时，云雾拨开，发现前边有几个影子在走动，连忙咬紧牙关，朝前急奔。

原来那几个黑影正是奎木狼、娄金狗和织女。牛郎挑着一担筐篮，见到织女，忍不住大声高嚷：

"娘子，请你等一等，我有话跟你讲！"

织女听到唤声，立刻站定脚步，回过头来，寻找声音的来处。当她见到牛郎和两个婴孩时，内心忽然掀起一阵刻骨的悲酸，止不住两泪滔滔，拼命挣脱，企图奔过来与牛郎相聚。

但是娄金狗与奎木狼奉命押回织女，此刻距离天宫已不远，岂容织女随便行动。

织女拼命挣扎，被两位天将用捆仙索紧紧绑住，只可以眼望牛郎，却无法与牛郎接近一步。

牛郎既已见到织女，当然不肯错失这个机会，连忙催动云头，飞也似的朝前冲去，要和织女相见。

冲了一阵，不知何处又飘来阵阵乌云，将眼前的景物全部遮去，只一瞬间，连织女都不见了。

"娘子！娘子！"

牛郎嘶声呐喊，始终不闻回应。而在这时，筐篮里的婴孩仍然啼哭不已，使他益感急躁了。

他急躁地在云端里乱闯，分不清楚东南西北，只管乱嚷乱奔。

奔呀奔的，终于发现前边有一条闪光金阶，牛郎忙不迭踏阶而上，不多时，又见到了织女。

五十、南天门外

牛郎立刻放下筐篮，不顾一切地奔上金阶，追到织女身边，一把将她拉住，咬紧牙关，死也不放。

"娘子，"牛郎连哭带喊地，"你怎么忍心抛下两个孩子的？你听，孩子们此刻不是正在哭嚷着哩！"

织女闻言，未开口，已热泪满颊。两位天将各自圆睁怒目，气势汹汹地走到牛郎面前，一把将牛郎推开。牛郎是个凡人，那里斗得过他们，两腿一软，终于跌倒了。

"你们不要逞强！"牛郎大声詈骂，"就算是天规，也得讲个道理！我与织女既已结婚，而且育了子女各一，你们为什么偏要拆散我们？"

说罢，霍然站起，拉住织女死也不放。

娄金狗急于回报，当即拔出宝剑，用裂帛似的声音对牛郎说：

"快放手！否则，我就一剑将你刺死！"

不料，牛郎竟然毫不感恐惧，昂着头，嚷："你们如果一定要拆散我们两夫妻的话，请将我们刺死罢！"

娄金狗正要持剑向牛郎刺去时，云斗里忽然传来一声叱喝声：

"住手！"

娄金狗吓了一跳，抬头观看，原来王母威风凛凛地坐在云车里，带着仙官仙女，正在南天门外静候织女回来。

娄金狗一见王母，连忙将宝剑插入剑鞘，偕同奎木狼一起上前迎驾。

"参见王母！"

"罢了，织女可曾召回？"

"织女已被小仙等押回天庭，现在金阶下。"

"大胆织女，竟敢私配凡夫，快快押她上来！"王母威严地说。娄金狗当即拨转身，走下金阶，将织女拉了上来。牛郎死缠不放，也一同跟上。王母见他向织女苦苦纠缠，不由得怒往上冲，立刻下令众天神将牛郎拉开。

五十一、划下天河

织女见丈夫被拉开了，不禁泪下似雨。娄金狗两眼一瞪，指着织女说：

"王母在此，还不跪下？"

织女这才双膝一屈，跪下，低着头，不敢正视王母。王母见了织女，怒气更盛，伸手一指，叱道：

"你是我的外孙女，怎么可以背着我私自下凡呢？"织女低头不语，只管耸肩啜泣。

王母又道："你私自下凡，我一直不知，昨天无意中发现九霄云层已较前大为稀薄，查询值日官，才知道机停已久。这云层乃是天庭最重要的护物，缺少了，影响整个天宫，你……你怎么会这样糊涂？"

织女依旧饮泣不语。

王母问她："你认不认罪？"她点点头。

王母正要吩咐娄金狗押她到机房去从速开工时，织女蓦地抬起头来，哭哭啼啼地请求王母：

"恳求王母大发慈悲，容我夫妻作最后的话别，并给两个婴儿喂些奶水。"

"不行！"王母倏地脸色一沉，怒叱，"你私自下凡，罪孽深重，只因云层稀薄，未能责罚于你，已属例外，岂可再让你在天庭与凡夫话别？"

"王母呀！我织女虽然身犯天规；但木已成舟，且骨肉情深，尚祈王母开恩！"

"不行！你千万别胡思乱想，快快回机房去织制云锦，从今修真养性，安心做工。"

"王母呀！请念我一片苦心，容我与夫君话别罢！"

王母大怒，两眼骨溜溜地一转，当即伸出玉手，从发间拔下玉簪一支，吩咐天兵们将牛郎与织女拉开，牛郎站在右边；织女站在左边；然后用玉簪在牛郎与织女之间划下天河一度，说：

"你二人既然情意深重，今后就永远隔河相看吧，你们做一个榜样，也好给别的神仙一个警惕！"

五十二、隔河相对

王母用发簪在牛郎与织女之间一划，蓦地"轰隆隆"的一阵喧哗，刹那间，果见洪水滚滚而来，将二人隔开了。牛郎是个凡人，从未见过仙家法道，如今，看到这样的奇景，早已吓得目瞪口呆。

一会，牛郎面前终于出现一条大河，河水滚滚，凭谁也无法飞越。

筐篮里的婴儿又哭泣起来了。牛郎听到哭声，才如梦初醒地闪闪眼睛，先对婴儿们一瞅，然后抬起头来，大声呐喊：

"娘子！你在什么地方？"

"我在这里。"

应声来自远处，原来织女站在对岸，两人相隔一水，望得见，听得到，可是绝对无法越过大河来相聚。

于是王母娘娘纵声大笑了。

牛郎与织女同时抬起头来朝上一看，发现王母端坐在南天门外的云车里，伸手对他们一指，嚷道：

"你们既然如此恩爱，我就罚你们永远隔河相对，可望而不可及！也好给其他的神仙们一个警惕，让他们知道私自下凡，不但得不到乐处，而且要受千载的痛苦！"

听了这几句话，牛郎不得不承认仙法无边了。没有办法，只好双膝跪下，苦苦哀求：

"王母娘娘，为了织女私自下凡，为了我牛郎擅自闯入天庭，你就用天河将我们隔开，我们罪有应得，只能怨怪自己太重感情；但是——这两个婴儿有何罪衍，你也要罚他们见不得亲娘？"

王母闻言，略一寻思，答："我辈仙家不可生子育女，谁也不能违反！"

牛郎辩称："但是孩子既已生下了，岂能随便任他们饿死？"

王母两眼骨溜溜地一转，觉得牛郎的言语极有道理，当即点了点头，吩咐奎木狼赶快到下界去取些牛奶来喂与两个婴儿。

五十三、隔河相望

王母吩咐奎木狼到下界去取奶，完全基于一种恻隐之心；至于织女与牛郎，她认为罪有应得，索性让他们永远隔河相对，好让众仙见到这样的情形，有所警惕。

南极仙翁关心云层稀薄，立刻代织女向王母求情，王母绷紧面孔，认为织女犯了天条，不可饶恕。

"那么，今后云锦由何方神仙代织？"仙翁问。王母略一寻思，说："我自有打算。"

说着，伸出手去，掌心射出金光一道，终将牛郎身上的天梭摄了去；然后，挥挥手，大声吆喝；

"驾回瑶池！"

至此，彩云弥漫，只见云车似闪电，瞬息间，已经无影无踪。

天河滔滔，四周一片沉寂，牛郎与织女隔河相对，惟有呼唤同哭。

牛郎指着滚滚河水，大声咒骂，说是内心的愤怒，即使动用所有的河水，也无法洗去。

织女只管掩面啜泣，连抬起头来正视牛郎一眼的勇气也消失了。两人日夜相对，望得见，却永远不能聚首，此种情景，实在再凄惨也没有了。

日子过得很快；只觉得昼夜轮流不息，都不能估计究竟过了多久。一河之隔，仿佛天涯，牛郎与织女的眼泪几乎已流尽，日夜痴痴地隔岸相望，喊声都哑了。

牛郎不止一次地想跳入河中，准备在惊涛骇浪中泅过对岸。织女知道他有这样的动机，不止一次地摇手示意，叫他不要泅水。

"不能试！"她声嘶力竭地在对岸呐喊，"河水这样汹涌，如果你跳下去的话，一定会丧命的！"

这样，牛郎终于放弃了泅水渡河的念头。两人依旧日夜相对，想不出任何可以聚首的办法。

有一天，天边忽然飞来了一灵鹊。

五十四、鹊王

这灵鹊经此他往，见到天河，不觉大吃一惊，暗忖："从未听说天上会有河的；但是这明明是一条河！"

于是，好奇心陡起，当即侧转身子，催翼低飞，在天河上边来往盘旋，看不见什么，只发现有一对男女隔河相对，那男的还带着两个婴儿，其状甚怪。

灵鹊本来也没有什么急事要办，当即飞到牛郎面前，张嘴询问：

"这里怎么会有一条河？"

"是王母娘娘用发簪划出来的。"

"王母娘娘为什么要划河？"

"因为她要将我与织女隔离开来。"

"织女？是不是那位专织云锦的神仙？"

"正是她。"

"你是何人？"

"我姓赵，我叫赵牛郎。"

"你也是神仙？"

"不，我不是神仙。"

"既然不是神仙，怎么会走上天庭来的？"

"是天梭驮我上天的。"

灵鹊若有所悟地"哦"的一声，好像已经把这件事情弄明白了，仔细一想，还是非常糊涂。因此，眨眨眼睛，又问：

"王母娘娘为什么要将你们隔离？"

"因为我们太相爱了。"

"两人相爱，并非坏事，王母为什么要这样惩罚你们？"

"因为织女是神仙，不能私嫁凡夫。"

"但是既已嫁了，王母就得通融才是，岂可如此横蛮，将这样一对恩爱的夫妻拆开！"

听了这话语，牛郎和织女忍不住放声大恸了。灵鹊见他们哭得伤心，自己不免也难过起来，灵机一动，立刻转出了一个念头。它说：

"牛郎，你千万不要伤心！我是鹊王，素来好打不平，不知此事，倒也罢了，如今既已知道，我一定要设法使你们团聚的！"

五十五、满天灵鹊

鹊王说话时，口气很大。牛郎睐大了眼睛，只顾对它打量，暗忖："这小小的灵鹊会有办法使我们夫妻团聚？"

正感怀疑时，但见鹊王振翼高飞，在云端里兜了几个圈子，一声唿哨，瞬息间，出现了满天灵鹊。

牛郎见此现象，不觉大吃一惊，只管昂头观看，无法猜测这究竟是怎么一回事。

一会，鹊王开口了：

"众位鹊仙，今日请大家来到此地，不为别的，只因织女私自下凡，嫁得如意郎君赵牛郎，事为王母知悉，立刻传旨将织女捉回天庭，牛郎爱妻情切，借天梭上得天来，因此触怒了王母。王母用玉簪一划，划成天河一条，将此良好姻缘拆散，使他们隔河相对，永远不能团聚，此种情景，实在凄惨！"

众灵鹊听了这一番言语，立刻齐声问道："但不知大王有何吩咐？"

鹊王略微顿了一顿，说："我想请大家合力搭一座桥，好让他们夫妻团聚。"

众灵鹊闻言，个个为之诧愕不已。

于是，鹊王加上这么几句解释："那王母既然划下一条天河将他们隔开，河水波涛汹涌，使牛郎无法泅水游至对岸，那么，我们何不在河上架起一座鹊桥，好让他两人快乐团聚。"

众鹊仙这才明白了鹊王的意思，齐声称好，表示赞同鹊王的建议。

于是，个个抖擞羽毛，一个衔接一个，你用嘴咬我的尾巴；我用嘴咬他的尾巴，一个咬着一个，联成几百长条，然后在鹊王指挥之下，一条拼一条，希望能够拼成二尺宽的走道出来，临空架在河上，以便牛郎挑着筐篮过桥而去，好和织女团聚。

正当鹊仙们一个咬着一个地在搭桥的时候，终被巡查而过的嘴火猴和尾火虎两位神仙见到了。

五十六、金甲神

嘴火猴最为乖灵，见群鹊搭桥，心知有异，忙与尾火虎商量：

"此事必有蹊跷？"

"但不知鹊王此举用意何在？"尾火虎问。

嘴火猴瞪大眼睛，往天河一瞅，说："看样子，众鹊仙正在河上搭桥。"

"搭桥何用？"

"很简单，无非想帮助织女与牛郎渡河相会！"

尾火虎听了，不觉一怔："果真如此，我等应该速去报告王母才是。"

"此言甚善。"

于是，催动云头，刹那间来到瑶池，参见王母，并将众鹊搭桥之事禀报。王母听了，不觉大怒，当即遣派金甲神前往天河，将众鹊驱走。

金甲神领旨，不敢怠慢，驾起祥云，瞬息赶抵天河上空，吊高嗓音，大声呐喊：

"鹊王听旨！"

鹊王忙于指挥群鹊工作，忽然听到唤声，不觉猛吃一惊，连忙抬起头来观看，竟发现金甲神皱眉瞪目，神气十足地站在云堆里。

"原来是金甲大仙，不知到此有何吩咐？"鹊王诈作不知地问。金甲神呶呶嘴，十分神气地对鹊王说："王母有谕，命尔等速速离去！不得在此盖搭鹊桥。"

"为什么？"鹊王仍然带着惶惑的神色问。

"这是王母的谕旨，我也不知道。"金甲神干脆地答复，他只知执行命令。

鹊王既然有心帮助牛郎，当然不会单凭金甲神数语，就将前功完全放弃。于是，鹊王振起双翼，飞到金甲神面前，据理力争：

"大仙，请你想一想，这织女与牛郎既已结成夫妻，且育有子女各一，王母凭什么理由要划下这条天河，强把他们两人隔开，使他们永远不能聚首？"

五十七、百万灵鹊

金甲神被鹊王这么一问，倒也想不出适当的话来答复它，没有办法，只好含糊其辞地说了一句：

"这事不用你来管！"

鹊王听了这句话，益发生气了，在金甲神头上盘旋两个圈，继续理直气壮地说：

"王母这样做法绝对得不到我们的同情；除非王母撤去天河，否则，我们一定要将这座桥搭起来的！"

金甲神见他态度固执，不由得怒火欲燃，当即两眼一瞪，嘶声叱喝：

"王母有谕，命你从速率领众鹊离开此地，从今之后不准再来骚扰，否则……"

"否则怎样？"

金甲神倏地脸色转青，咬牙切齿地说："如果胆敢抗违王母谕旨，定当斩杀不恕！"

"斩杀不恕？"鹊王蓦地哈哈大笑，边笑边说，"请问大仙，你知道天庭有多少灵鹊？"

"这个……"金甲神嗫嚅滞滞地说，"这个我不大清楚。"

鹊王马上敛住了笑容，一本正经地说："金甲大仙，你既然不大清楚，那么让我告诉你罢，这天庭里的鹊仙少说也有一百万！"

"一百万？"

"不错，一百万，有多无少，王母要杀；只怕她老人家一时可没有办法将我们杀尽！"鹊王严肃地答。

这一下，可把金甲神说愣了。金甲神刚才那股嚣张跋扈之气，登时消失殆尽。不过，王母既有谕旨在先，如果不将众鹊驱走，就无法回报了。因此，在没有办法中，想出了一个急办法。

"鹊王听令！"他嚷。

鹊王又在他头上盘旋两圈，问道："金甲大仙还有什么吩咐？"

金甲神用威胁的口吻对他说："我命令你立刻率领众鹊离去，否则，我就要召唤天兵了！"

五十八、满天杀气

鹊王十分倔强，听说金甲神要召天兵，不但不露惧色，抑且大声吆喝：

"我有百万子弟兵，实力雄厚，你若蓄意挑衅，我们一定与你周旋到底！"

金甲神闻言，不觉怒火欲燃，当即两眼一瞪，大声喝道：

"天兵何在？"

话音刚完，但见云堆里忽然出现数千神兵，自高至下，排成九行，各执利器，雄赳赳，气昂昂，齐声询问：

"大仙有何差遣？"

金甲神说："只因鹊群违抗王母谕旨，在此擅自搭桥，屡戒不听，只好有劳列位，立刻将鹊群驱散！"

接着是一声"得令！"云堆里蓦地射出万道金光，闪呀闪的，使鹊群无法睁开眼来。

鹊王不甘示弱，决心要与金甲神见个高低，当即祭起退光神镜；然后唤召九州岛四海的百鸟，以为对抗。

一会，神光敛去，群鹊益发鼓噪了，纷纷飞入天兵队伍，乱啄乱抓。天兵立刻排开数组，各自持械奋战，无奈灵鹊虽然自称仙家；却素来不受仙规管教，行动自由，且极迅捷。

天兵们从未与鹊群交过战，所以完全不知鹊群厉害，此刻尽管挥动武器，却一点也不能发生作用。鹊群们在天兵中间穿梭飞行，或啄或抓或刺或咬，弄得天兵们个个头昏脑胀，无法应付。

就在这时候，九州岛四海的百鸟，应鹊王之召，也正陆续到达。询及根由，无不对牛郎织女寄予无限同情，一致赞成鹊王争取正义，纷纷加入战团。

一时，百鸟齐斗，满天杀气，天兵拼命厮杀，只因群鸟愈战愈勇，终告不支。

金甲神威风尽失，惟有率领天兵仓皇后退。鹊王见此情形，知道胜利在望，索性一不做，二不休，要闹它一顿，大声吆喝，吩咐千万鸟类前向瑶池进发。

五十九、晋谒王母

此时，王母正在瑶池休息，忽闻鸟声鼓噪，心中十分诧异，暗忖："莫非金甲神败下阵来了？"

正这样思量时，奎木狼忽然气急败坏地疾奔而至，双膝跪下，嘴里抖声说：

"启禀王母，金甲神已为鹊王战败，群鸟此刻正向瑶池冲来！"王母闻报，勃然大怒，立刻命令奎木狼率领天兵前往捉拿鹊王。

奎木狼奉命接战，不敢怠慢，正欲召唤天将时，娄金狗急急奔来，奔上玉阶，跪下：

"启禀王母，事情不好了！"

"何事惊惶？"

"鹊王猖狂之极，率领千万鸟类，已经闯进瑶池！"

"鹊王乃是羽毛畜生，你等为何惧怕至此？"

"启禀王母，鸟类虽经常在天庭翱翔；但是素来不受天规管教，倘若再度动用天兵，定必引起空前大战，万一惊动玉帝，岂不糟糕？"

王母一听，觉得娄金狗的话语极有道理，当下传谕出去，命鹊王立刻进来晋见。

娄金狗拨转身，一个箭步纵了出来，站在瑶池边缘，大声吩咐鹊王晋谒王母，鹊王听闻，当即吩咐群鸟停止鼓噪，自己就"嗖"的一声，飞到王母驾前。王母问：

"鹊王，为何在外鼓噪？"

鹊王两眼一瞪，据理力争："想那织女与牛郎被天河隔断恩爱，十分可怜，我等基于恻隐之心，决定在天河之上搭一鹊桥，以便他们夫妻团圆；不料，桥未搭成，那金甲神竟召唤天兵前来阻挠。我等气愤难消，决与周旋到底。如今，金甲神已被我等战败，为使织女与牛郎能够团聚，前来求娘娘，准我等搭桥于天河之上！"

王母眉头一皱，觉得鹊王态度嚣张，但是言来也颇有道理。再说，鸟类不受天规管教，倘若闹嚷开来，给玉帝知道，事情就更加复杂了。

六十、七月初七

王母两眼骨溜溜的一转，心中暗忖："鹊王既然率领百鸟前去挑衅，如果不给多少面子的话，事情必定愈闹愈大，神兵虽然实力雄厚；但百鸟也不是容易对付的。"

这样想时，王母决定退让一步，于是呶呶嘴，问："今天人间是什么日子？"

众仙齐声答道："七月初七。"

王母略一沉吟，侧过脸来，对鹊王说："这样吧，你们要在天河上搭桥，我也不便阻止你们，不过，天有天规，你们必须答应我一个条件！"

鹊王听说王母已有准让搭桥之意，喜不自胜，当即吊高嗓音，兴奋地询问道：

"什么条件？"

王母顿了顿，正正脸色，说："你们要搭桥，我可以答应的，不过，每年只能搭一次。"

"每年只能搭一次？"鹊王颇表诧愕地问。王母点点头，说："是的。"

鹊王不假思索地问："照这样说来，牛郎与织女每年只能相会一次了？"

王母庄严地回答："如果不是我王母宽洪大量的话，他们连每年一次的相会都不会有的。"

鹊王呆思半晌，认为织女既已犯了天规，自当接受王母的处分，今王母鉴于群鸟意志坚决，不想事情闹大，才想出了这个权宜办法，虽然不大理想；但也挽回不少面子。所以，它就点点头，表示同意这个办法。

事情就这样决定，王母立刻谕传。

"今后每年七月七日，百鸟倘欲在天河上面搭桥，谁也不准加以阻拦！"

娄金狗闻谕，心里犹有不甘，连忙走上金阶，双膝跪地，奏称：

"启禀王母，倘若百鸟搭成桥梁，岂不容许织女与牛郎相会了？"

六十一、每年一次

王母挥挥手说："这是他们的造化，不用你多嘴！你尽管传谕下去，教百鸟们做事也该有个分寸。"

娄金狗无奈，只好嚷了一句"遵谕"，站起身，站在金阶上，大声对百鸟喝道：

"王母有谕，今后每逢七月初七日，尔等倘欲搭桥梁，谁也不得阻拦；但除此以外，尔等切不可轻举妄动，违者必遭严厉处分！"

此谕一出，百鸟也不再鼓噪了。鹊王当即走上金阶，先向王母叩谢，然后率领百鸟，"嗖"的一声，离开瑶池。

这天恰巧是七月初七，百鸟飞抵天河上空，各自列成队形，即刻忙碌起来搭桥。

鹊王飞到牛郎面前，笑嘻嘻地对他说：

"牛郎，你得感谢我们才是！"

牛郎显然有点莫名其妙，忙问："为什么？是不是将金甲神打败了？"

"打败金甲神不算什么！"鹊王洋洋得意地说："主要的是：今天晚上，你就可以跟织女相会了！"

"真的吗？"牛郎睁大一对兴奋的眼。

鹊王神气活现地说："刚才我们将金甲神打败，直闯瑶池，要王母娘娘答应我们在天河上面搭桥。王母见我们声势浩大，知道闹出事情时，必不为玉帝所容，因此，只好允许我们在这里搭一座鹊桥，让你们夫妇两人在桥上相会。"

"这就好了！"

"且慢欢喜。"

"还有什么事情吗？"

"王母虽然答应我们搭桥的请求，但也不是完全没有条件的。"

"什么条件？"

"王母只准我们每年搭一次，其他的日子就不得再来骚扰，换一句话说：你跟织女每年也只能相会一次。"

"有没有规定日期？"

"有，七月初七，就是今天。"

六十二、鹊桥搭成

牛郎闻言，不由得两泪滔滔了。鹊王问他："为何如此悲伤？"他说："如果每年只能相会一次的话，其余的三百六十四天教我们怎样挨呢？"

鹊王说："能够有一天相会，总比永远不能团聚的好，你应该高兴才是，免得桥梁搭好后，给织女看到你那沮丧的神情。"

牛郎顿了顿，觉得鹊王之言极有道理，既然今夕可与织女团聚了，就该高兴才是。

于是，用衣袖拭干泪水，抬起头来，眼巴巴地望着群鹊忙碌，希望它们能早些将桥梁搭好。

　　"到那时，"他想，"我将抱着两个孩子，匆匆奔上鹊桥，要她喂奶给孩子们吃。"

　　"到那时，"他想，"我将堆上一脸愉快的笑容，匆匆奔上鹊桥，告诉她我是多么的痛苦。"

　　"到那时，"他想，"我将紧紧搂住她，安慰她，要她耐心等待来年的团聚日。"

　　……许许多多美丽的想念，如同走马灯一般，在他脑海中兜来兜去，不相遇，也不停顿。

　　此时，夜色四合，乌云密布，牛郎正愁无光时，不知道什么地方飞来了千千万万萤火虫，闪呀耀的，照得天河通明。

　　"别小觑这小小的萤火虫，在集体行动中，它们一样会发出这样强烈的光芒的。"鹊王说。

　　牛郎点点头，说："现在，我才悟出一个道理来了，只要大家肯齐心，什么问题都可以解决的。"

　　鹊王立刻拍拍翅翼，兴奋地鼓噪起来："你看，鹊桥搭好了！"牛郎抬头一看，在明亮的萤火下，果见一座偌大的鹊桥架在天河上，他心里不禁惊诧异常。

　　正感惊诧时，鹊王飞到他耳畔，用命令式的口气对他说："牛郎，你还在等什么？快上桥去跟织女相会！"

六十三、鹊桥相会

牛郎闻言，立刻抱起两个婴儿，一手一个，怀着既紧张又兴奋的心情，走上鹊桥。

这鹊桥看起来好像很不坚固；但是踩在上面，竟似石桥一般。起先，牛郎知道脚底下踩的是灵鹊，所以每跨一步，心里总有点惴惴然。后来，走了十几步，发现鹊桥毫不动弹，也就比较镇定了。萤火虫密集在他的头上，仿佛人间的气油灯般发散着青荧的光芒。

百鸟眼看牛郎即将与织女相会了，便齐声鸣啼，听起来，像极了一首交响乐。

在这种美丽的情景中，牛郎已接近桥顶，停下脚步，抬头一看，发现织女已经含笑盈盈地站在桥顶上了。织女虽然笑得很甜；但是她的眼眶里却噙着眼泪。

牛郎走上桥顶，立刻将婴儿交与织女。

织女接抱自己的亲骨肉，忽然感到一阵刻骨的悲酸，眼圈一红，泪珠儿就像断线珍珠似的，扑簌簌地掉落下来。

婴儿大声啼哭，织女当即解开罗襦喂奶给他们吃。婴儿吮到乳头，拼命吸饮。织女看了心酸，忙问：

"听说王母吩咐娄金狗到下界去取牛奶给他们饮的，是不是？"

"有这么一回事，不过，孩子们是无辜的，怎么可以让他们在此受苦？"

"依你的意思呢？"

"我想还是托娄金狗带到下界，交与家兄抚养。"牛郎说出自己的意见。

织女眉头一皱，低吟寻思。隔了半晌，摇摇头说：

"我不赞成这样做。"

"为什么？"

"因为你哥哥虽然忠厚，但是你嫂子的为人，极其刁钻刻薄，将孩子们交给你哥哥，难免不受你嫂子的鞭挞，所以，照我看来，还是将孩子交给我吧！"

六十四、久久相望

牛郎同意织女的建议，认为孩子能够在母亲身边，当然再好也没有了，问题是：王母能不能允许一位仙女在天庭抚养孩子。

"王母一定反对，"织女说，"可是孩子终归是我养出来的，除非她有更好的办法，当然没有理由将孩子们与我隔离的！"

"王母做事不一定需要什么理由，否则，她怎么可以划下天河将我们永远隔离？"

织女这才感喟地叹息一声，说："都是我不好。如果我不贪图人间快乐，你也不必在此受苦了！"

牛郎听了这句话，终于也流了眼泪："事到如今，还说这些话做什么？事实上，只要能够天天见到你，即使隔着天河，我也一样感到快乐。"

织女止不住两泪滔滔，垂着头，紧咬下唇。稍过些时，孩子们已经吃饱了，织女扣好衣服，将那个女的交给牛郎去抱。

两人各抱一个，站在桥顶，久久相望。千万萤火虫密集在一起，在他们头上盈盈飞舞。百鸟也替他们高兴，在空中啼叫不已。

"牛郎。"

"嗯？"

"告诉我一件事。"

"什么？"

"你真的觉得快乐吗？"

"能够天天见到你，我已心满意足了；何况，承蒙鹊王仗义出头，不怕艰苦地向王母讨了情，给我们搭桥相会，而且，我们今后还可以每年见一次面。"

"你愿意为我受一辈子的苦？"

"事实上，我一点不觉得痛苦。你呢？"

"只要你能感到快乐，我一定也快乐的。"

"娘子，你要乐观一点才是。"

"唉！事情弄成这般田地，教我……"话语还没有说完，织女就忍不住呜呜地哭泣起来了。

六十五、约定手语

牛郎见织女耸肩啜泣了，他一手抱着婴孩；一手围住织女肩胛，柔声细气地劝她不要难过。

"只要我们彼此相爱，我们一样可以获得快乐的！"牛郎说。

织女依旧以衣蒙面，哭得十分凄凉。百鸟见到这样的情形，无不黯然神伤，连啼叫的心情也没有了。四周一片宁静，云层仿佛已凝固。

这宁静，使织女意识到自己的哭泣影响到牛郎的情绪，当即抬起头来，用手指拭去眼角的泪痕；然后露了一个凄楚的苦笑，含情脉脉地望着牛郎。

"我们不要辜负了灵鹊们的好意。"她说。

牛郎点点头，牵牵嘴角，也露出了笑容。于是，这鼓噪虽然十分嘈杂，却代表着一种无法用笔墨来描摹的喜悦。

喜悦的气氛弥漫在天河上面，使牛郎与织女也暂时忘记了忧郁。两人站在桥顶上，互相依偎着，开始计划今后的种种。

首先，织女教牛郎打手语。织女说："今后我们每年只能见一次面，其余三百六十四天必须隔河相对。这三百六十四天并不是一个很短的时期，彼此难免要交换一些思念的，所以，我们必须趁此机会约定一些手语，以后就可以借此通话了。"

牛郎非常赞成这个办法，于是织女教他几个手势。织女从未学过手语，不过，当他们隔河相对的时候，闲着无聊，织女感到无法交谈的苦恼，因此转出了这个念头。牛郎很聪明，经织女一说，立刻将她所说的话语全部记在心里。

接着，织女说了许多有关孩子的计划，说两个孩子是他们最大的希望，等他们长大后，一定要送他们到下界去享受人间的乐趣，不要他们留在天上。关于这一点，牛郎的看法与织女是一致的。

六十六、天快亮了

两人相依相偎，十分亲昵，彼此似有千言万语要说，一时却不知道应该从何说起了。织女目无所视地望着前面，眼眶噙着泪水。

"我怕……"她说。

"怕什么？"

"怕太阳升得太早。"

牛郎伸手圈住织女的肩胛，柔声细气地劝她不要悲伤。

"我们应该快乐才是。"牛郎说，"灵鹊们吃尽千辛万苦，为我们搭成这座桥，为的是要我们获得快乐；我们怎么可以在他们面前流泪？快将泪水抹干。"

于是，织女俯下头，以袖抹干泪水，然后勉强地露了一个笑容。鹊王忽然"嗖"的一声，像枝箭般飞到他们面前。牛郎抬起头来，频频向它道谢，鹊王说：

"不必多礼。时候已不早，你们有话，还是快些讲吧，看样子，就要天亮了。王母有谕在先，只准你们一年叙一晚，等到东天泛白时，鹊桥就非拆去不可了。"牛郎点点头。鹊王在他们头上盘旋两圈，"嗖"的一声，直向东天飞去。

鹊王飞去后，织女目不转睛地瞅着东天，很久很久，才幽幽地说："天快亮了！"

"你应该勇敢些。"牛郎说着激昂的话。

"我知道；但是，分离是不可避免的。"织女还是带着儿女态。

"分离后，明年今夕仍可在鹊桥上团聚。"牛郎在安慰娇妻。

"话虽不错，可是还要寂寞地度过三百六十四天才能跟你聚首。"

"这是没有办法的事，虽然又隔一年才能聚首，好在我们仍可日日隔河相望，纵或寂寞，也还不至于……"

话语没有说完，牛郎自己倒啜泣起来了。织女心似刀割，正欲劝慰他时，东天的云层忽然变了颜色。

六十七、催请下桥

当他们隔河相对的时候，时间如同蜗牛一般，爬得特别慢；如今，好容易团聚了，时间就像飞箭一般，迅即消逝。

织女看到东天已泛起鱼肚白的颜色，心一沉，止不住两泪滔滔了。

牛郎究竟是个男人，知道分手在即，还能极力压制着，不让感情流露出来。

"好好照顾两个孩子……"

牛郎说这句话时，喉咙口仿佛哽着什么东西似的，声音断断续续的，有点发抖。

织女心里纷乱，抬起头来对牛郎看看，但是视线已被泪水搅模糊了。

就在这时候，鹊王从东天飞来，吊高嗓子对他们说："天已亮了，这鹊桥立刻便要拆除，否则，给王母知悉，大家都有麻烦了。"

牛郎点点头，将自己手里的那个孩子交与织女。织女一手抱着一个孩子，难过得如同万箭攒心。

"你要保重身体。"她说。

牛郎正欲开口时，鹊王又鼓噪起来了。鹊王说："快走吧，云堆里已有第一道阳光射来，回头娄金狗出来巡查，见到你们仍在桥上，教我怎样答话？"

鹊王此语一出，牛郎只好咬咬牙，毅然地对着织女说："下桥去吧！这是没有办法的事。"

但是织女只管痴痴地站在那里，好像木了一般不言语！也不动弹。

牛郎当即将嘴巴凑在织女耳畔，低声悄语地对她说："灵鹊们帮我们搭成这座鹊桥，为的是让我们每年能够聚一次面；现在，时间已到，我们如果再不下桥，岂不是辜负了它们的一番好意？"

"但是，"织女抽抽噎噎地说，"我真的舍不得与你们分离！"牛郎说："别以为我是一个铁石心肠的人，只因王母太过凶恶，万一再惹她生气的话，今后恐怕见面的日子都不会有了！"

六十八、群鹊乱飞

这样，织女才垂头丧气地拨转身去，手里抱着两个婴儿，一步一回头，慢慢走下桥去。

牛郎站在桥顶，依依不舍地望着她的背影，一边流泪；一边挥手示意。

织女将抵桥堍时，想起重逢之期尚须一年，忽然感到一阵刻骨的悲酸，终于掉转身，又奔了上来，奔到桥顶，"哇"地放声大恸了。这悲欢离合的场面，谁见了都会感动的。鹊王当然不能例外；但是，王母有谕在先，只准他们在桥上相聚一夕。如今，初阳已升，而鹊桥未拆，怎不令它焦虑失态？

"快下桥去吧！"它不止一次地这样嚷。

牛郎也知道拖延下去，必遭王母斥责，没有办法，惟有劝慰织女下桥。织女心里明白，只是舍不得与牛郎分离。虽经牛郎一再催促，再也不挪动莲步了。鹊王焦急异常，眼看朝霞多彩，再不拆桥，王母必定会派人来干涉的。

"下桥去吧，织女，不是我心肠硬，天色已放亮，实在不能再拖延了，万一王母动了肝火，大家都没有好处！"

鹊王的话语，一个字像一枚钉，扔在织女心坎里，又刺又痛。织女哭得上气不接下气，勉抑悲怀，抱着婴儿，慢慢走下桥去。

走到桥堍，回头对桥顶一望，牛郎已经不见了，正拟奔上去追赶，突见群鹊乱飞，刹那间，一座偌大的鹊桥蓦地不见了。

灵鹊们虽然辛苦了一夜，因为做的是好事，倒也个个抖擞，绝无倦容。

稍过些时，灵鹊们各自回巢，银汉无声，天河又恢复了过去的宁静。

织女先将两个婴儿安顿好，然后走到河边，举目眺望，发现牛郎正在向她挥手。牛郎打了一句手语，叫她不要悲伤；织女也打了一句手语，说是舍不得跟他分离。

六十九、抢夺婴孩

从此两夫妇隔河相望，寂寞时就以手语交换心意，虽然日子过得非常单调，倒也并不感到空虚。

织女很有趣，常将孩子们的动态用手语向牛郎报告，牛郎见了，常常咧嘴作笑。

两夫妇就是用这样的方法来消磨光阴的，日以继夜，夜以继日，感受麻木，连欢乐与哀愁都不像过去那么浓了。

如果不是因为孩子在成长中，他们是无从取得欢乐的；如果不是因为每年可以相聚一夕，他们就失去继续生存的意义了。

每天早晨，当他们睁开忪惺的眼，第一个思念，必然是：距离七月七日还有多少天？

他们依靠这一点希望，将所有的痛苦全部当作事实来容忍。织女的情形比较好，当她感到苦闷时，还可以逗着两个孩子玩。孩子也真可爱，老是笑眯眯的，不给母亲添麻烦。惟其如此，织女心情虽劣，倒也并不消极。

有一天，正当织女在哄睡孩子的时候，娄金狗忽然匆匆奔来，两眼一瞪，用裂帛似的声音对织女说：

"王母传谕，命你即刻将两个婴孩交给我。"织女闻言，不觉大吃一惊，忙问："为什么？"

娄金狗说："仙女养子，已是违反天规的事情，如今，你竟在天庭养育儿女，实为天规所不容！"

织女理直气壮地反问："两个孩子是我的亲骨肉，你们休想从我的手中夺去！"

娄金狗脸孔一板，气势汹汹地说："王母有谕，两个孩子必须即刻送往下界！"

织女说："除非你们送我下界，否则，我宁死也不让你们夺去我的骨肉！"

娄金狗听了，益发怒恼，扁扁嘴，用威胁的口气说：

"织女，王母言出如山，我看你还是乖乖地交出两个婴孩，如果不依从，休怪我娄金狗不讲交情！"

七十、焦急异常

说罢，娄金狗强凶霸道地走去夺取织女手中的两个婴孩，织女无力反抗，惟有蹲下身子，以自己的身体去阻挡住娄金狗。

娄金狗见织女像蜗牛一般蜷曲着身体，眉头一皱，东看看，西望望，只是找不出对付的办法。织女是个仙女，娄金狗虽然领有王母旨谕，也不便为了争夺婴孩而拉拉扯扯。没有办法，只好用危言恫吓她了：

"织女，快将两个孩子交出，如若不然，我便去禀报王母，到那时，王母动了怒，不但孩子仍须交出；恐怕你自己还要遭受抗命的处分哩！"

话虽如此，织女依旧紧紧地将两个孩子搂在怀抱中，不出声，也不动弹。

娄金狗想不出更好的办法，心里不免焦急起来，跺跺脚，说：

"织女，快将两个孩子交给我！"织女依旧不理他。

娄金狗嗤鼻哼了一声，说："你一定要搞出事情来，我也没有办法了！"说着，两脚一蹬，驾起一朵祥云，像枝飞箭一般，直向瑶池飞去。

织女这才抬起头来，见娄金狗已远去，立即放下两个孩子，匆匆走到河边，用手语将经过情形告诉牛郎。

牛郎站在对岸，早已望见娄金狗来到，虽不知娄金狗跟织女说些什么，但也猜得出娄金狗此来，对织女是决无善意。如今，织女用手语向他说明此事，也不免急得如同热锅上的蚂蚁一般。

"怎么办呢？"他用手语问织女。

织女用手语回答他，说是无论怎样，也不让王母夺取自己骨肉。牛郎仔细一想，认为织女倘若继续违抗王母的意旨，必会惹得王母动怒的，保不了孩子；还在其次，说不定还要受到其他的处分。于是，立即用手语请求织女将两个孩子交与王母。

七十一、王母驾到

手语究竟不能清楚地说明彼此的心意；织女见到牛郎要她交出婴孩，不觉怒火狂燃，暗责牛郎心肠太硬。其实，牛郎之所以这样做，当然是有理由的。

自从牛郎来到天庭后，所见所闻，皆不能讨得他的欢喜，只为深爱织女，宁愿一生在此受苦，也不兴返回人间之念。如今，王母既然不准织女在天庭养育子女，何不趁此将两个婴孩送返红尘，交与兄嫂抚养，也好免受寂寞之苦。为了这个缘故，牛郎一再要求织女顺从王母旨意。织女不明其意，反而责怪牛郎心肠太硬。

两人隔河相对，纵有充分的理由，也无法凭借简单的手语交换彼此的心意。织女怒往上冲，索性猝然转身，从岸边走回去，紧紧搂住两个婴孩，以防娄金狗前来夺取。

就在这时候，天上忽起滚滚祥云，织女抬头观看，只见王母在天兵天将卫护之下，坐着云车，浩浩荡荡地开了过来。

织女见到王母，只好上前参拜，不料，王母脸孔一板，大声叱道：

"大胆织女，竟敢在天庭抚养儿女，该当何罪？"

织女跪在玉辇前面，低着头，不但不肯认罪，抑且极力为自己声辩：

"启禀王母，这两个孩子乃是我的亲骨肉，我舍不得跟他们分离！"

王母两眼一瞪，继续怒叱："织女，你若有意违抗我命，搅乱仙观，我决不会宽恕你的！"

"万望王母开恩。"

"不行！"王母怒气仍盛，"快将孩子交给娄金狗，如若不然，我立刻将你囚入大山底下！"

织女这才惊皇失措了！只管向王母磕头求拜，希望激起王母的同情心。不料，王母早已拿定主意，扁扁嘴，立刻命令娄金狗从织女手中夺取两个孩子。

七十二、双膝下跪

娄金狗接奉命令，怎敢怠慢，当即挪步走到河边，将两个婴孩抱起。织女见到孩子被夺，忙不迭站起身，疯疯癫癫地走到娄金狗身边，抱住他的腿，死也不放。娄金狗给她拦住去路，不便挪步，回过头去，对王母一瞅。王母当即向奎木狼使了一个眼色，奎木狼狠巴巴地走过去，弓下腰，一把将织女拉开。织女知道事情已经无法挽救，惟有匆匆奔到玉辇前面，双膝下跪，苦苦哀求王母；

"王母开恩！"

王母不明织女的用意，闪闪困惑的眼睛。问："织女，你还有什么话要讲？"

织女抬起头来，两泪汪汪地作了这样的恳求："王母既不容他们在我身边，我也不愿违反天规，但有一事，尚祈王母慈悲为怀。"

"你说罢。"

"王母，想我织女虽为仙女，既已嫁与赵牛郎为妻，当然应该算是赵家的人了。这两个孩子乃是赵家之后，万望王母将他们交与牛郎之长兄赵阿财收养，以免我这个做娘的在天上惦念牵挂。"

王母闻言，两眼骨溜溜地一转，觉得织女所请，亦在情理之中，因此就吩咐娄金狗立即下凡，将两个孩子交与赵阿财抚养，要他们小心照顾，不得有误。

娄金狗抱起两个婴孩，驾起祥云，身形一矮，瞬息不见了。织女失去了两个孩子，心似刀割，眼前一阵昏黑，终于晕了过去。

迨至醒来，王母以及天将天兵早已不见，四周一片宁静，连喜鹊儿都不见一个。

她叫了一声"儿呀"，泪水又像断线珍珠一般，簌簌地掉落。

半晌过后，她才觉得哭泣并不产生任何力量，当即站起身来，匆匆走到岸边，用泪眼一望，发现牛郎呆磕磕地站在对岸。

七十三、忧闷难散

织女失去了儿女，神志恍惚，站在岸边，目无所视地望着前面。

牛郎虽然在对岸，但是对这一边的情形也看得清清楚楚。他知道，由于王母的独断独行，两个孩子已被娄金狗送往下界去了。关于这一点，他倒并不担忧。他认为孩子们能够返回人间，未始不是一件好事。他所担忧的，还是织女。

织女情感素来脆弱，受到这样大的刺激，又无第二个人在旁安慰她，精神当然不容易恢复正常。

牛郎瞪大眼睛望着她，见她失神落魄地站在河边，心里焦灼，却也完全无能为力，他企图用手语安慰织女，但是织女一点反应都没有。

两人隔河相对，谁也不能帮助对方。牛郎几次想冒险泅水；只因银河绝非普通河流，表面虽然平静；如果投入河中，必无生还之望。

牛郎心里明白，只好放弃泅水的打算。

"时间是治疗创伤的特效药。"他想，"反正有的是时间，过了些时日，织女就一定不会再像现在这样悲伤的。"

这样想时，牛郎的心情也稍为平和了些。他依旧呆磕磕地望着对岸，希望织女用手语跟他交谈。

时间过得特别慢；但是时间是决不会停留的。只要有耐心，太阳西下，月亮上升；黑夜消逝，白昼来临。

日子如蜗牛一般，爬得慢，但也一天继一天地过去了。

织女常常耸肩啜泣，站于岸边，哀哀无告地望着牛郎。牛郎不断向她打手语，她总不肯予以反应。有一天，织女忽然打了一次手语给牛郎，说她身体不舒服，病倒了。

牛郎忧心如焚，只好站在这一边跪地祈祷。他祈求王母大发慈悲，让他们夫妻永远相聚在一起。这是一个不可能成为事实的希望；但是牛郎除了祈祷外，再也没别的方法可以安慰自己了。

七十四、南极仙翁

过了些时日，织女终于站了起来，冉冉走到河边，用手语询问牛郎："不知两个孩子怎样了？"

这句问话，显然是得不到圆满答复的，牛郎和她一样，始终没有离开过天河，怎么会知道下界的情形？事实上，这些日子，牛郎所关心的只是织女的健康，至于两个孩子，牛郎一直认为他们自己有自己福分，不用做父母的替他们担心。为了这个缘故，牛郎立即用手语反问织女：

"你的病好了没有？"

织女的回答是："孩子不在身边，病是不会好的。"

牛郎本来还想劝她几句，只因手语简单，无法表达自己的心意，惟有眼巴巴地望着对岸的织女，干着急。

这实在是一桩凄惨的事情，一对有情人，为了彼此相恋，不但被逼与子女分离，抑且隔河相对，必须枯候一年，始能相会一夕。

牛郎算是有耐心的了，天天坐在河边，远眺织女，拨指计算日子的流过。那织女老是念念不忘地牵挂着两个孩子，为了忠实于自己的感情，终日以泪水洗面。

狠心的王母未必不知道他们的苦处，但是为了使其他的神仙有所警惕，宁可织女与牛郎受难，怎样也不肯撤去银河。

有一次，南极仙翁打从银河上空经过，看到牛郎与织女相对流泪，动了恻隐之心，当即前往瑶池拜见王母。王母问他："仙翁到此，为了何事？"

仙翁堆上一脸和蔼的笑容，要求撤销银河，好让牛郎与织女团聚。

王母说："牛郎并非神仙，我若撤去银河，岂非乱了天规？"仙翁说："那么，为何不让织女永留人间？"

王母脸孔一板，没好声气地对仙翁说："我若通融织女下凡的话，教我如何管教别的神仙？"

七十五、触怒王母

听了王母的话语，南极仙翁纵已动了恻隐之心；但也无法继续代牛郎与织女再向王母求情了。王母未必不肯卖仙翁的情面，只因天规不容捣乱，惟有硬着心肠，不允所请。仙翁明白这个道理，也就不再开口了。

从此，再也没有神仙为牛郎织女求情了。南极仙翁的努力是最后一次，之后，牛郎的事件失去了新鲜感，谁也不愿意将他们当作酒后茶余的谈话资料。

牛郎与织女不知道流了多少眼泪，但是泪水并未能换得丝毫同情。

有一次，王母坐了云车巡查天界，经过天河时，本拟即刻转往他处，结果却给织女拦住去路。

织女跪在云车面前，连哭带嚷地要求王母："请你将我贬下凡间去罢！我宁愿在凡间做牛做马，也不愿意在这里受罚！"

王母嗤鼻冷笑道："你不要贪心不足，我肯让你们每年见一次面，已经很对得住你了。如果不是看在鹊王的份上，我是怎样也不会允诺它们在天河上边搭桥的！"

织女哭得像个泪人，边哭边说："王母，我知道我错了；请……请你饶了我吧！"

王母脸色一沉，没好声气地说："我若饶恕你的话，天上的神仙们岂不是个个要下凡去了？"

织女见王母不肯回心转意，不由得怒往上冲，睁大泪眼，竟冲动地说了一句：

"如果天庭真是一个乐园的话，你也不必担心仙君们思凡了！"

"小丫头，不准你再胡言乱语！"

说罢，王母吩咐众天将开道前往他处。织女那里肯放过这个机会，拼命拉住车辇，哭呀嚷的，要求王母大发慈悲。王母刚才给她顶撞了一句，气得面色铁青，正在寻思惩罚织女的方法，岂肯随便放她返回人间。

七十六、鹊王来了

王母吩咐娄金狗拖开织女，头一昂，瞬息隐入云端。织女求饶不遂，心里说不出多么的难受，跌跌扑扑地走回河边，伏在地上，嘶声狂哭起来。

可怜牛郎，身在彼岸，目睹这里的一切，明知织女又陷入极度的悲哀，然而除了干着急之外，完全无能为力。

在这种情形下，惟有等待七月七日的来临了。如果在人间，即使最贫困的时期，光阴一样会流得很快；但是到了天庭之后，日以继夜地蹲在河边，生活单调，眼前出现的一切也永远没有变化，再加上内心的悒郁和灼焦，日子过得比蜗牛爬得还慢。

　　好容易过了一百天；可是还有悠长的二百六十四天在后边。好容易过了二百天；还有悠长的一百六十四天在后边。

　　好容易又过了三百天；还有悠长的六十四天在后边。

　　好容易过了三百六十天，牛郎拨指一算，还有四天就可以与织女见面了。想到见面时的情景，一股难挹的兴奋使他的心如同小鹿一般，突突往上撞。

　　他不断地打手语告诉织女，说是再过三天又可见面了。织女看到手语，情绪似乎也逐渐好转，不再伏在河岸上耸肩啜泣。

　　到了七月初七早晨，鹊王忽然出现，噗噗噗地飞到牛郎面前，拍拍双翼，才用鼓舞的口气说：

　　"恭喜，恭喜，你们今晚又可以相会了。"

　　"多谢鹊王帮忙，铭感五中，没齿难忘。"

　　"事到如今，还说这些客气话作甚？你们已受了一年的苦楚，也该痛痛快快地欢聚一宵了！可惜我们力量薄弱，无法给你们个大的帮助，不能撤销银河。"

　　说罢，鹊王振翼高飞，一声唿哨，瞬息间，远远近近出现了无数喜鹊。

七十七、二次相会

喜鹊来自各方，数以万计，整个天堂变成了黑压压的；但闻鹊噪似雷鸣。

牛郎兴奋极了，一会儿抬头观看群鹊搭桥；一会儿向对岸的织女频打手语。

"天黑时，我们就可以见面了！"他这样告诉织女。织女也用手语回答他："我有很多话跟你谈。"

牛郎点点头，笑得抿不拢嘴，喜悦如同火中栗一般，在他内心中爆溅起来。

灵鹊们正在空中忙碌，一只衔接一只，不辞辛劳地进行搭桥工作。

"好容易挨了一年，"牛郎想，"今晚又可以跟织女见面了。时光是不会停留的，而我们见面的时间只有一晚，我必须好好准备一番，以免过分的兴奋冲昏了头脑，到了分手后，才记起那些想说的话。"

于是，牛郎兀自坐在河边，目无所视地望着前面，脑子陷入了无极的沉思。他在做梦，虽然眼睛睁得很大……

忽然耳边响起一阵鼓噪声，牛郎呶呶嘴，似梦初醒地用手揉亮眼睛，仔细一瞧，不觉吃了一惊。

原来鹊桥已搭成，鹊王正在他耳边大声鼓噪：

"牛郎！牛郎！夜色已起，快上桥去吧！"

听清了这两句话，牛郎立刻挪开脚步，飞也似的奔上鹊桥，仿佛沙漠中的行脚人忽然见到了一潭清泉。

奔上桥顶，织女已含笑盈盈地在等他了。织女虽然在笑；但是眼眶却噙着晶莹的泪水。一年来的辛酸，全靠这几滴泪水来发泄。内心喜悦是一件事，那些无法宣泄的委屈，却是另外一件事。因此，当两人彼此搂抱在一起时，谁也开不出口。

织女伏在牛郎肩头，哭得上气不接下气。牛郎虽然是个男人；但是逢到这样场合，看到爱妻涕泪涟涟，也止不住两泪滔滔了。

七十八、驱除忧虑

两人久别重逢，只顾抱头痛哭，完全忘记这一夕的时间是很快就要过去的。

还是牛郎比较清醒，流了些眼泪后，极力压制着内心的冲动，定定神，对织女说：

"我们好容易等了一年，总不能将这宝贵的时间随便浪费。"

听了这几句话，织女才松了手，倒退一步，低着头，用衣袖抹泪。

"这一年，"织女抖着声音对牛郎说，"我……我苦透了……"话语没有说完，又抽抽噎噎地哭泣起来。牛郎连忙走上前去，伸手圈住她的肩膀，柔声细气地安慰她：

"不要难过，只要我们永远相爱，我们还是快乐的。"

"快乐？这样的日子能够获得快乐吗？"

"这银河虽然将我们的身子隔开了，但是它绝对无法将我们的心也隔开！这一年来，我们无日不隔河相对，可是每天晚上我总在梦里跟你生活在一起。为了这个缘故，所以我一直是快乐的。王母神通广大，用发簪一划，就可以划出一条天河；可是王母绝对不能阻止我们在梦中相会。如果我们每晚能够相会一次的话，你会觉得悲哀吗？所以，你必须乐观些！只有乐观才能使王母的神通失效。你要知道，王母花尽心计，为的是要我们吃苦；如果我们不但不悲伤，抑且感到快乐的话，她的神通就一点用处也没有了。因此，我们必须在极度的痛苦中自寻快乐，我们是不是应该快乐些？"

这一番话，说得非常有力，使一年没有露过笑容的织女，终于不再哭泣了。

"牛郎，你说得对！我们应该乐观些，才有意思！"

牛郎对着织女看看，知道她已坚强起来，心里非常高兴。织女点点头，又加上这么一句："不错，只有这样才能教王母达不到目的。"

七十九、度年似日

于是织女破涕为笑了，明知这是消极抵抗，然而除此之外，已经别无他法。她的快乐显然是伪装的，只是这伪装的喜悦却代表着另外一种意义——坚强的斗志。有了这种斗志，王母的神通终于失去了效力。织女一直以为牛郎是个单纯的男人，想不到他竟会在极度的痛苦中，变得更加聪明了。

织女抬起头来，先用衣袖拭干脸颊上的泪痕；然后微笑着说：

"只要你能忍受这样残酷的刑罚；我也能忍受的。"

"为了你，我什么都能忍受。"

"牛郎，你实在太好了！"

两人终于情不自禁又拥抱在一起，彼此都很激动；可是谁也不再流泪。织女已很久没有投入牛郎怀中了，如今，感到了那稀有的温暖之后，既悲又喜。牛郎一再劝慰她，要她想开些，在度日如年的日子中，将一年当作一日。

"这是做不到的。"织女说。

"但是你必须要做到，否则，你永远得不到快乐的。"牛郎说。织女若有所悟，哦了一声说："我明白你的意思了！"

"你倒说给我听听。"

"如果我们能够纠正心理上的缺陷，将一年当作一日，那岂不是每晚都可以相会了？"

"事实上，我们也是晚晚相会的，虽然只是在梦幻中，但是现实与梦境本来就没有什么分别。"

"何况，我们白天还可以隔河相望。"

"对，何况，我们白天还可以隔河相望。"

谈到这里，彼此的忧郁之情终于完全消失了。织女也不再像过去那么悲伤了。过了一会，织女忽然用黯然的语调说：

"我怕。"

"怕什么。"

"怕太阳升起后，我不能像此刻这么坚强了！"

八十、争吵

牛郎说："所谓仙境就是这样的，它是一个静止不变的环境，没有梦想，等于失去了一切；有了梦想，事情就简单了。"

"为什么？"

"因为银河是无法将梦境和想象隔开的。"

"你要我分开后，长年生活在梦想中？"

"虽无分开，总比这单调的仙境好。"

牛郎说话时，语气非常坚定，仿佛他自己已经脱离苦海，不但不以"隔河相望"为苦；抑且引以为乐。织女觉得很奇怪，颇想效学，只是一时还转变不过来。她不能一下子将痛苦的事实当作梦来接受；同时更不能断绝两个孩子的牵挂。

"两个孩子又长大了一岁。"她说。

"是的。"

"应该会走路了。"

"嗯。"

"也许已经学会单语了。"

牛郎脸色一沉，狠狠地盯了织女一眼，那眼睛里仿佛有一撮火，一直盯到织女心坎里。织女莫明究竟；只管睁大一对询问的眼，静候他开口。

"织女。"牛郎说，"事到如今，我们身受的苦楚不可谓不大，所以，依我看来，为了我们好，必须将两个孩子完全忘掉。"

"为什么？"织女瞪大了眼在问。

"为了减少自己的痛苦。"牛郎斩钉截铁地答。

"这是不可能的！"

"为什么不可能？你必须忘掉他们！"

于是两人开始争吵起来了，吵得很凶。牛郎要织女忘掉两个孩子，完全是要减少她的烦恼。再说，孩子已经回到人间，今生恐怕再也不能见面了，多想，无异给自己添麻烦。但织女不能了解牛郎的用意，只道他心肠太硬，因此就迁怒于他了。

八十一、打算过河

在这种情形之下，争吵实在是一点意思也没有的。大家辛辛苦苦挨了一整年，难得相聚一宵，岂可将大好的光阴随便浪费？

牛郎究竟是个男人，吵了几句后，立刻冷静下来，一方面自认错误；一方面劝织女不要烦躁。织女见他已屈服；而自己又不能正确地说出思想感受，终于低着头，不再开口了。牛郎这才伸出右臂，紧紧圈住织女的肩膀，用动作来表示歉意，并陶醉在彼此的热情中。但是，织女竟开始埋怨起自己来了。

"我不能怪王母太卑鄙，应该怪自己太懦弱。苟且、畏缩，一点勇气也没有，当然要受王母的欺侮！"

"娘子，请你千万不要责备自己，因为这样想的话，就无法保持乐观了；不乐观，我们的消极抵抗就完全不能发生作用。"

织女忧郁地皱皱眉头，用冷冷的目光对牛郎一瞅，牛郎略感畏怯，仿佛织女的目光是一把特殊的尺，正在衡量他的勇气。半晌过后，织女忽然用一种坚决的口气说：

"我们不能消极，我们应该反抗！"

"反抗？我们有什么办法可以反抗？"

"办法倒有，只是你能不能拿出勇气来？"

"你说。"

织女略一踌躇，东看看，西望望，考虑了一会，然后咬牙切齿地说：

"我打算天亮时从鹊桥走到你那边去！"

"这……这怎么可以？"牛郎迟疑地说。

"为什么不可以？"织女紧张地问。

"要是给王母知道了，她绝对不会放过你的。"

"在她知道之前，我们不是可以痛痛快快地相聚在一起了。"

"不行，不行，绝对不能这样做！"

八十二、太阳升起

牛郎不赞成织女的计划，为的是怕王母惩罚织女。王母既然有办法将织女从凡间提上天庭；当然也有办法使织女永远不能与牛郎相会的。

"所以，"他说，"我反对你走到我这一边来！"

"为什么？"

"因为这样做的话，触怒了王母，一定会不准灵鹊们搭桥的，到那时，我们恐怕连一年一度的相会也要被剥夺了。"

"你太懦弱！"

"但是这是一种愚蠢的行为。"

"难道你愿意永远隔河相对吗？"

"我不愿意失去一年一度的相会！"

"你能忍受，我却不能！"

于是两人又争吵起来了，你一句，我一句，大家吊高了嗓音，犹如鸡叫似的，各不相让。牛郎的性格比较保守；而织女则容易冲动。当织女认为反抗是一种必需的时候，她几乎完全不能诉诸理性了。牛郎怕她闯祸，极力劝她忍耐，劝不听，少不免也愤恚起来。

两人相持不下，瞬息间东天已有第一道阳光射来了。鹊王照例飞到两人面前，鼓噪着，要他们分手。

织女听到鼓噪声，抬头对东天一瞅，果见朝霞灿烂，心似刀剐，终于号啕大哭。

牛郎见织女哭得如此凄凉，心头一软，连忙向她陪不是；然后，柔声细气地劝她回到对岸去。

织女呆呆地站在那里，不说话，也不动弹。

牛郎眼看太阳已经升起，知道不能连累鹊王，只好咬紧牙关，用手推搡着织女的背脊。

但是织女怎样也不肯挪开莲步。

鹊王焦灼异常，大声唤叫："牛郎，我们是一片好心，才从远道赶来替你们搭桥的。现在，太阳已升起，你们再不下桥，回头王母知道了，教我们怎样交代？"

八十三、疾奔彼岸

鹊王的话语，犹如万箭齐发，射在牛郎心坎里，又刺又痛。牛郎急得满头大汗，只顾猛推织女。

织女大怒，拨转身来问牛郎："怎么？难道你不愿意跟我在一起吗？"

牛郎怯怯地说："娘子，并非我不愿意，无奈王母早下谕旨，你若故意违抗，必会遭受严惩。"

织女歇斯底里地吼起来："我不怕惩罚！"说着，趁牛郎不备，竟像枝飞箭似的，疾步奔下桥去，奔向彼岸。牛郎见状，大惊失色，忙不迭举步追赶，刚抵桥堤，忽闻訇然一声，群鹊乘机乱飞，一座偌大的鹊桥瞬即不见。

牛郎拖住织女，命她立刻上桥，返回对岸。不料，织女牵牵嘴角，终于哈哈大笑起来，笑了一阵，伸手一指：

"你看！"

牛郎抬起头来，对空中一瞅，才知道鹊桥已拆，织女再也无法返回对岸去了。

织女虽在咧嘴作笑，但牛郎却急如热锅上的蚂蚁。

"怎么办呢？怎办好呢？"牛郎问。

"怕什么？看你这样子，真是……"织女笑着说。

"王母知道了，必定会重罚你的。"

"反正罚的是我；不是你，何必惊惶若斯？"

"娘子，请你千万不要这样说。"

牛郎眼圈一红，终于饮泣起来了。织女见他如此懦弱，不由得怒往上冲，拨转身，兀自走到河边去观看滔滔河水。牛郎哭了一阵，知道泪水不能解决问题，抬起头，望着织女的背影，惟恐她怒气未消，当即挪步上前，走到她后边，柔声对她说：

"事已至此，只好静候王母来处罚了！"

织女回眸一瞅，见他那种畏葸和懦弱的神情，心里更加恼怒。

八十四、静候惩罚

"好，我这就投河自尽了，免得你受累！"

牛郎闻言，连忙伸手将织女拉住，苦苦哀求，要她饶恕自己的错失。说错失，牛郎心里是不肯承认的，不过：为了平息织女的怒气，嘴上不能不这样说。事实上，织女也何尝真的想投河，只是一时气愤难消，借此当作一种宣泄，吓唬牛郎，免得他胆小似鼠。

但是牛郎是否因此坚强起来？没有。绝对没有。

牛郎用眼泪望着远处，心里仿佛藏着一把纠结的乱丝。他想不出任何方法可以镇定自己，只觉得大祸即将临头了。

织女的情形倒并不一样。她虽然不作声，但是心里的那股气愤却是因牛郎而起的。她既然有勇气违抗王母的意旨，当然有勇气接受王母的惩罚。

"我愿意知道……"她说，"王母还有什么比这更残酷的惩罚方法？"

牛郎叹了口气，不敢表示任何意见。

见牛郎不开声，于是织女呶呶嘴，忽然露了一个勉强的笑容，故作镇定地说：

"我既已不顾一切地走了过来，最低限度，你也该表示高兴才对，岂可老是这么愁眉苦脸的？你刚才在鹊桥还说过，必须保持乐观，始能使王母的神通失去效力！"

牛郎又叹了一口气，说："如今，大祸即将临头，教我怎么能够乐观呢？"

织女立刻敛住笑容，呶着嘴，没好声气嚷起来："你只晓得发愁，早知你这样无用，我又何必如此？"

牛郎明知织女生气了，但仍震惊不已，纵想劝慰她几句，却又不知道从何说起。

两人虽已重新生活在一起，但只因牛郎太过柔弱，不仅得不到预期的快乐，抑且更加痛苦。

银河边依旧一片宁静，但这凝固似的宁静却教牛郎无法平衡自己的情绪。

八十五、金面大仙

织女愤然走向河边，眼望河水，心里却在责怪牛郎，她不顾一切地奔到这边来，无非想跟牛郎能够快乐地生活在一起，想不到牛郎如此懦弱，使她大失所望了。

"早知道是这样，"织女说，"我宁愿寂寞地耽在对岸的。"

牛郎微喟一声，作了这样的解释："娘子，请你千万不要误会，我并非不喜欢跟你生活在一起，问题是：我……我……"

"你怎么样？"

"我不忍见你被罚！"

不料，织女两眼一瞪，怒气冲冲地嚷起来："我受罚是我自己的事，用不着你来替我担心！"

话音未完，云斗里忽然传来一串惊心动魄的响雷。两人不约而同地抬头观看，只见蓝森森的闪电如同剑光一般，不断地劈过来。牛郎见此情形，吓得浑身哆嗦，反观织女，不但脸上毫无惧容；抑且勇敢地屹立在那里，准备迎接任何的事变。

就在这时候，密云蓦然散开，现出一个手持大刀的金面大仙。

"织女！"金面大仙大声怒叱，"你胆敢违反王母意旨，不遵天条，搅乱仙规，还不快快过来受缚？"

织女闻言，居然嘶声咆哮起来："我若有什么错处的话，也早已用我的痛苦抵偿了，难道你们要我永远忍受寂寞的煎熬？"

金面大仙两眼一瞪，叱道："休得胡言乱语！快快过来受缚，要不然，我就要不客气了！"

织女怒不可遏，举起手来，祭起一颗夜光明珠，以为借此可以击退金面大仙。但是，这夜明珠乃是织女随身之宝，对付普通神道，也许还能起一点作用；但遇到了神通广大的金面大仙，也就一点用处也没有了。只见金面大仙轻轻地祭起乾坤袋，终于将夜明珠收了过去。

八十六、束手就擒

织女虽属天仙，论神通，却是微不足道的，如今，为了争取与牛郎生活在一起，不惜祭起护身宝，明知未必能够挡住金面大仙，只想借此表示自己的抗意。迨至明珠被收，织女惟有静候处置。

"织女，快快过来受缚！"

金面大仙的吆喝使织女益发恼怒了，织女无力反抗，但是要她乖乖受缚，却是怎样也不肯的。

那金面大仙见织女绝无降意，倒也踌躇起来了，只因王母有命，不能疏忽，没有办法，只好举起右手，朝空一指，但见金光闪闪，一条捆仙索，像游龙似的直向织女飞去。

织女藏身无地，睁大了一对泪眼，睬着捆仙索，惟有束手就擒。稍过些时，金面大仙将织女拉到瑶池，前去参见王母。

王母见了织女，不由得怒往上冲，两眼一瞪，咆哮如雷：

"大胆织女，私自下凡，贪图人间欢乐；所犯罪孽，已属恶极，如今又执迷不悟，故意违反我的意志，不肯修心养性，实在可恶已极！"

织女不甘示弱，居然不顾一切地嚷起来："王母哟！想我织女既已下嫁牛郎为妻，且育有子女各一，怎能割舍夫妻之爱，骨肉之情？王母倘若认为我违反天条的话，自应贬我下凡，才合道理；但是，你胸襟狭窄，竟用发簪划下天河一道，硬要拆散我们夫妻，让我受苦一生，方能消除你心头之恨……"

织女竟敢顶嘴，王母愈听愈气，不等她将话语讲完，立刻嘶声怒叱：

"不准胡言乱语！我拔簪划河，旨在使天庭仙君有所警惕，使他们从此不敢再思凡间，绝无故意与你为难之意。如今，你竟擅自过河，不遵我命，我若宽宥了你，今后教我如何约束众仙？来！将织女打入天牢！"

八十七、漆黑一片

此言一出，娄金狗奎木狼立即应了一声"遵法谕"，气势汹汹地走到织女面前，齐声叱道：

"走！"

织女对娄金狗奎木狼瞅了一眼，心内愤怒；但也不无悔意。按照她的初意，以为自己既是王母的外孙女，受了这么多的苦楚，总会邀得王母宽恕的。因此趁在七夕相会之际，明知故犯地越过对岸，存着一种侥幸的心理，希望能够激起王母的同情，经此不再遭受寂寞的煎熬。不料，王母见她一再犯反天律，怒气益盛，竟不顾亲戚情分，下令将她打入天牢。

所谓天牢，实在是一座大山，专禁天仙。织女被娄奎两仙押抵山下时，知道今后难见天日了，禁不住热泪直淌。

"现在，后悔也来不及了！"娄金狗说。

织女叹口气，兀自挪开莲步，垂头丧气地走进天牢。那天牢比人间的监狱更可怕，漆黑一片，伸手不见五指。四周阴风惨惨，并无其他囚犯。

至此，织女忍不住"哇"地放声大恸了，边哭边忖："不知何年何月可以重见天日？不知牛郎现在怎样了？两个孩子在人间也会想念母亲吗？那牛郎独自一人蹲在河边，连我的影子也见不到，不知道还有勇气继续活下去吗？"

想到这些问题，她是悔恨交集了。悔不该如此鲁莽，以致再度触犯王母；同时，又恨透了王母，责她做事太过无情。

但是，悔与恨都不能给她任何帮助了。放在面前的事情，已经没有东西能够加以改变。她只有抛却所有的牵挂，静心养性地坐在黑暗中，等待王母天良发现。

事实上，想等王母来释放她只是幻想，当然是不可能的；然而除此之外，她还能有别的希冀吗？

坐在黑暗中，连日月交替也见不到。她能够做的事情只有一样——哭泣。

八十八、忽见金光

在天牢里的日子，比蹲在银河旁边更难受，见不到日月交替；更见不到牛郎的身形；虽然仍可以在梦境中与牛郎相会，但是那究竟是十分虚无飘渺的。

起先，她还相当坚强；后来，连憎恨也逐渐消失时，她已万念俱灰。

所有的希望全部变成虚妄，不但对两个孩子已无牵挂；即使是牛郎，也因为心灵上的突陷麻木，偶尔想起，也不会引起任何巨大的哀恸。

天牢里的光阴不易熬，惟有心灵麻木者才会不觉其苦。事实上，经过一个长时期的囚禁，织女终于连苦乐之辨也没有了。

有一天，忽然黑暗处闪起一道金色的光芒。这是许久以来未曾见过的东西，织女忙不迭以手揉眼，看清楚那光芒并不是幻觉，立刻向之奔逐，希望光芒本身能够引导出一些新鲜的东西来。

光芒像鬼火一般在黑暗中跳跃，使织女感到最大的诧异。织女知道：鬼火是惨绿色的，所以它不是鬼火。

"如果不是鬼火的话，又是什么东西呢？"

正这样想时，耳际忽然传来一缕细小的低微的呼唤声，凝神谛听，这呼唤声来自远方，又仿佛来自心中。她是非常诧愕。

一会，呼唤声逐渐迫近。那出现在面前的金光开始像轮盘一般旋转不已。

"织女！"金光开口了，织女闻言，连忙双膝跪地，口中不停地哀求：“大仙救我！大仙救我！”

接着，那金光竟像一盏明灯似的，照在前面，抖抖惚惚地说：

“织女，我已替你在王母处求了情，王母允你出狱了，但是你仍须前往银河，不得搅乱天规！”

织女听了，喜不自胜，一边磕头似捣蒜；一边感谢大仙释放之恩。

八十九、观音菩萨

织女走出天牢，由于久处黑暗的关系，眼睛无法适应强烈的阳光。她低着头，将面庞埋藏在双手中，隔了很久很久，才慢慢抬起头来。阳光极明媚，暖烘烘的，织女感到了，高兴得连眼泪都迸了出来。

“从今此后，我可以不再生活在黑暗中了。”

正这样想时，忽然传来了清脆似鸽铃般的声音：“织女，快快随我来！”

织女拭目观看，才知道救她出狱的就是观音菩萨，连忙屈膝下跪，叩头谢恩。

观音菩萨含笑盈盈地望着她，用一种极其慈祥的口气对织女说：

“我知道你苦，但是我知道你的丈夫比你更苦。自从你违反了王母的意向，被天神打入天牢后，你丈夫一直孤独地在银河旁边枯候。他看来比你坚强，且能将所有的不幸当作事实去容忍。这些年来，他吃的苦头可真不少；然而他始终不感气馁，并坚信终有一天会跟你相会的。这样不折不挠的精神不但感动了千万仙君；抑且连玉帝也动了心。玉帝不忍拆散你们夫妻，所以将牛郎也封为仙君了。从今以后，你们都是神仙，将与天地共久长，不必忧他会老死。"

听了观音的话，织女心里高兴；不禁喜极而泣，于是热泪便似断线珍珠一般，簌簌掉落了。

观音明白她的感觉，不予谴责，也不忙着解慰，静静眼望着她，等她激动的情绪恢复平衡时，才开口：

"织女，你应该为此事而高兴，为什么又要痛哭起来？快将眼泪擦干，随我返回银河去吧！"

"大仙。"织女苦苦恳求，"想我织女贪图红尘安乐，私配凡夫，罪有应得；但牛郎并无任何过失，绝对没有理由陪我一同受苦！"

九十、银光四射

观音菩萨微微一笑，说："你丈夫忠于自己的感情，甘愿陪你受苦，如果将他贬回人间的话，也许有违他的心愿。关于这一点，你尽可不必为他担心。照我看来，牛郎只要能够每天见到你，他也就心满意足了。"

说着，观音命织女返回银河，织女不敢多言，立刻驾起祥云，跟在观音背后，纵身一跃，瞬息间，回到了银河沿岸。织女急于寻找牛郎，慌忙中忘记向观音叩谢释放之恩了，观音素来慈悲，对于织女的心情，当然不会不了解，见她在岸边奔来奔去，也就驾起祥云遄回南海。

此时，阳光明媚，照得河水银光四射。织女很久没有用眼力了，远眺时不免感到吃力。

那牛郎绝对想不起织女已被释放，只是像过去那么躺在岸边，百无聊赖地望着上面的云朵，希望从回忆中，能够得到一点安慰。

过了些时，织女终于找到他了；尽管大声呼唤，只因银河太过宽阔，牛郎一点也听不到。

织女焦急异常，但也毫无办法，迨至喉咙喊哑，只好坐下来等待了。

等、等、等……

足足等了三个时辰，才见到对岸有个人影在晃动，织女连忙站起身，拼命举手挥摇，摇了一阵，才发现对岸的牛郎终于向她挥手了。

牛郎显已发现了织女。但是，由于银河太宽，织女无法看清牛郎的面部表情；事实上，织女自己早已热泪盈眶，泪水使视线模糊了，哪里看得清对岸的动静？

这久别重逢的情意，实在是非常悲惨的。如果是别人，经过长时期的分别，重聚了，可以抱头痛哭一番，流些眼泪，也就没有事。可是织女与牛郎的情形却不同，他们重聚了，不但不能互诉离情，甚至连唤叫也听不到。

九十一、悲喜交集

织女哭得上气不接下气，心似刀割，一边牵起衣角抹泪水；一边还向牛郎挥手示意。

这种可望而不可接的情景，实在是最悲惨的。不过，比起长年坐在天牢中，却又强得多了。

当织女哭得疲倦时，太阳已经偏西。织女知道再过些时，就无法再看清牛郎了。于是，咬咬牙，竭力忍住不让泪水继续流出，强自镇定，睁大了眼睛远眺对岸。

原来牛郎正在跟她打手语；而且从神态上看来，好像已经打了不少时候。织女这才大大地后悔了，悔不应自己哭昏了头脑，害得牛郎尽打手语，得不到反应。现在，她开始仔细观看牛郎在说些什么。

牛郎说："你怎么样？身体好吗？"

织女看到这两句手语，止不住一阵刻骨的悲酸，又痛哭起来了。但是，这个时候如果再不给牛郎一点安慰，那就未免太对不起他了。于是，就立刻用手语对他作了一个回答：

"我没有什么。不过，在天牢的时候，没有一刻不想念着你。"远远看见织女痛哭，牛郎也哭了。

稍过些时，牛郎又用手语对她说："你必须保持愉快的心情。"织女点点头，内心激动得无法获得宁静。

牛郎又说："能够再次见到你，我实在高兴极了！快乐极了！"织女说："我也一样有说不出的高兴。"

牛郎说："我们已经有很多年不见了，鹊王还是年年来的。"织女问："鹊王年年来搭桥么？"

牛郎说："鹊王每到七月七日就率领大批灵鹊来到这里，看你有没有回来？如果回来了，它们就立刻搭桥。鹊王真有义气。"

九十二、七月初六

牛郎用手语说了这么许多话，织女未必完全了解，不过，大意还是可以明白的。

等到天将黑，织女才用手势提出这样的问题：

"今天是几月几日？"

"今天是七月初六。"

"那么，明天晚上我们又可以相会了？"

"是的，所以你不必沮丧，有什么委屈，明晚讲给我听吧。"

织女点点头，脸上虽未露笑容，但是心内的悒郁，倒也因此冲淡不少。希望犹如一撮不灭的火焰，重新在她内心深处燃烧起来。她急于看看牛郎的容颜，看他是否比过去清瘦了些；看他是否比她记忆中的更苍老些……

这时，夜色四合，银河两岸一片漆黑，织女睁大眼睛，一眨不眨地望着前面，可是再也见不到牛郎的影子了。不过，这并没有使她感到悲伤，因为她知道，明天晚上就可以与牛郎相叙于鹊桥之上了。

想到这一点，她不能不感谢观音菩萨。如果没有她老人家代向王母求情，如果没有她老人家走来释放；如果没有她老人家及时打开天牢，她就无法在这样短短的时期内与牛郎相会了。

为了这一缘故，她怀着满腔希望，慢慢从沿岸走回去，找了一个干净的所在，她躺下，心情兴奋以手作枕，两眼直直地望着上面，祈求太阳早些升起。

事实上，织女过惯了囹圄生活，一旦释放出来，难免不感到兴奋；加上明天又是七月初七，鹊桥相会良辰，想起即将来临的种种，情绪激动，当然会睡不着的。

愈是睡不着，时间过得愈慢。天色老是黑魆魆的，不露晨曦。织女思前想后，终于又饮泣起来。

织女哭了一阵，有点累，竟尔沉沉睡去。睡后，做了一个梦，梦见两个孩子已经长得很高。

九十三、鹊海

当织女仍在梦境中的时候，忽然听到一阵鹊噪，睁开眼睛，果见满天鹊群，黑压压的，形成了一片鹊海。于是，一骨碌翻起身来，疾步去到河边，举手往眉际一按，才看见牛郎在向她招手。

牛郎跳跳蹦蹦的，显得特别高兴。织女难得见到牛郎快乐，心下自也兴奋。一会，鹊王忽然从对岸飞过来，带来了牛郎的口信。

"牛郎要我告诉你，"鹊王对织女说："他快乐极了！"

织女听了这句话，忽然感到一阵凄酸，泪珠儿就像断线珍珠一般，簌簌掉落了。

鹊王见她两泪汪汪，立刻皱皱眉头，大声对她说，"织女，今天是你的大喜日，你怎么可以流眼泪？"

"我……我……"织女连忙以袖抹泪，嚅嚅滞滞地说："我实在太兴奋了！"

"兴奋当然也是情理之内的事情；但是总不能掉眼泪呀！你瞧，对岸的牛郎多么高兴，如果我将你流泪的情形告诉他，他一定也会感到沮丧的。"

"不，不，请你千万不要告诉他……"

"那么，快将泪水抹干。"

织女抹干眼泪，牵牵嘴角，终于露出了一个勉强的笑容。鹊王这才呱呱鼓噪起来，大声问她：

"你有什么话要说，我飞过河去将你的话传给牛郎听。"

织女想了一想，刚开口，脸上忽然泛起一阵红晕，羞怯地垂着头，不出声了。

鹊王明白她的意思，故意吊高嗓子催促他："有话尽管说，为什么要怕羞？"

织女鼓足勇气，终于怯怯地说："请你告诉他，我很想念他！"鹊王这才振翼高飞，瞬息间飞到了对岸，将织女的话传给牛郎。

牛郎听了，少不免也流了几滴眼泪。

九十四、重逢

整整一天，鹊王从这边飞到那边；又从那边飞到这边，变成了一只传信鸽，专替牛郎与织女传话。牛郎有许多话跟织女说！织女也有许多话跟牛郎说，两人心里的话是永远说不完的。只是辛苦了鹊王，飞来飞去，连喘息的机会都没有。

迨至夕阳西下，暮色苍茫，鹊王立刻飞至高空，一声吆喝，群鹊立即展开搭桥工作。

这搭桥工作原非容易，但是灵鹊早已搭过，大家都有经验，只需按照过去的搭法，各就各位，瞬息间就搭成了一座偌大的鹊桥。

牛郎抬头一看，见鹊桥已搭成，快乐得如同刚下了蛋的母鸡，挪开脚步，像枝箭般奔上鹊桥。

奔到桥顶，织女也刚刚奔到。两人久别重逢，终于情不自禁地拥抱在一起了。

织女一肚子的委屈，至此才获得了发泄，眼泪犹如开了河一般，不断地往下淌。

"牛郎，我……我苦透了！……自从被打入天牢后，一直没有见到过亮光。我虽然极度的痛苦中，但是无时无刻不在想念你！"

说罢，织女已经泣不成声了。牛郎百般安慰她，说是难得相会，应该高兴才是，岂可随便浪费时间。织女这才用衣袖拭干泪水，强自压制内心的激动。然后，牛郎告诉织女一件往事：

"你被金面大仙捉去后，我天天坐在河边远眺对岸，见不到你的身形，终日以泪洗面。有一天，观音大士忽然来临，见我孤单单地坐在河边，就走过来问我：'愿不愿意跟织女永远厮守在一起？'我点点头，说：'愿意。'她又问我一句：'你不怕挨苦？'我坚决地告诉她：'只要能够跟织女在一起，什么苦都愿意挨。'于是，她又问我：'愿意永远生活在银河旁边？'我说：'如果织女永远在银河旁边的话，我也愿意！'观音就去禀告王母封我为神了！"

九十五、追求快乐

听了牛郎的这一番话，织女感动得热泪直淌。牛郎劝她拿出勇气来接受现实，今后以苦为甘，不怨怼，不悲伤，容忍现状，在梦寐中追求快乐，寄希望于每年的七月初七。

织女点点头，完全同意牛郎的看法。然后，牛郎询问织女在天牢里的情形，织女感慨地说："几年来，我连自己的手指都没有见到过。"

牛郎不明白她的意思，又追一句："这是什么缘故？"织女叹口气，答："因为里边实在太黑了。"

牛郎不觉倒抽一口冷气，说："原来你在那个环境里度过这么些年！"

织女说："王母的心肠也忒狠了！"

牛郎说："不必怪她，她有她的苦衷，为了警诫其他的仙君，不能不这样做。"

织女抿着嘴，顿了顿，终于接受了牛郎的看法。两人默然望着前边的彩云，谁也想不出适当的话来打破沉寂。隔了很久很久，织女忽然提出一个问题。

"不知道两个孩子现在长得多高了？"

牛郎斜对织女睨了一眼，然后用叹息似的声音说：

"娘子，从今以后，你必须将人间的种种全部忘掉！因为……惟有这样，你才能获得真正的快乐！过去，我一直不明白做神仙有什么好处？经过这一次的事情，我终于悟出一个道理来了；谁能够忘掉烦恼的，谁就可以活得如同神仙般快乐！"

织女笑了，这笑容美若莲花初放。牛郎问她："为什么发笑？"织女反问道："难道你忘记自己也是一位仙君吗？"

牛郎也笑了。

嘹亮的笑声像浪潮似的传散开去，使整个天庭洋溢着喜悦的气氛。

织女再也不感到悲哀了；同时也不再恐惧太阳会升得太早，因为现在她知道惟有忘掉烦恼，才能获致真正的快乐。

IV

劈山救母

一、黄昏迷路

暮色四合，寒鸦满天乱飞。风势转劲，眼看就要落雪了。黑灰色的天陲，笼罩着，像一只偌大的锅盖。刘彦昌肩背行囊，打从官塘路，过山峦，来至华山道上，游目四瞩，但见树木蓊郁，重峦迭嶂，心里不免有点慌张起来。

"怎么办呢？"他边走边想，"天色已不早，附近没有人烟，回头落下大雪，我刘彦昌岂不是要冻毙山中？"

这样想时，天色更加黑了，北风呼呼，仅老槐树上的乌鸦正在拍击树枝。

有雪羽飘落了……

刘彦昌躲在一棵大树下，显然十分彷徨无措，面前只有羊肠鸟道，并无路迹可循，想喊，又怕惊动毒蛇猛兽；不喊，则无法探知近处是否仍有山居之人。

蓦地，溪谷传来一声虎啸。

刘彦昌吓得魂飞魄散，忙不迭挪开脚步，跌跌撞撞地向前奔去。山径陡峭，荆棘绊足。彦昌是个读书人，在窗下苦读十年，如今，学业告一段落，但求取得功名，也好光耀刘家门楣。

彦昌家境贫寒，温饱都难求，何来剩余银两，可作进京盘缠？没有办法，只好提早动身，单凭两条腿，希望能够及时赶上考期。

离开家门后，已经步行十多天，身子疲惫不堪，几次想折返；但是每一念及十年所费的心机，也就不再气馁，又再趱程赶路。

现在，四周漆黑，如有鬼魅。风劲，雪密，丛林间虎啸频频，使彦昌理智尽失，在漆黑的山野里一味乱奔，既无目的，又辨不出方向，只有盲目地奔来奔去。

奔了一阵，腿被荆棘绊住，身子站不稳，终于跌倒在地，他伸手一摸，荆棘刺着肌肤，手上有血，身体疲痛得很。暗忖："这下可完了！"

正这样想时，前面忽然晃呀晃地出现了一点灯火，连忙用手揉亮眼睛，仔细观看，果然是灯火。

二、西岳圣庙

刘彦昌看到了灯火，欣喜若狂，立即从地上爬起，匆匆朝灯火的方向疾奔。

奔了半天，那灯火忽然不见了。刘彦昌猛发了一怔，心忖："莫非刚才见到的灯光乃是一撮鬼火？"

但是风雪转劲，气候酷寒，彦昌如果再找不到一夕栖身之所，恐怕挨不到天明，就会冻毙在山中了。

为了这个缘故，他必须继续乱闯，即使刚才出现的是鬼火，也希望能够再次见到。

稍过些时，那灯火居然又出现了；而且距离比较近，隐约可以看出那是一盏枣红色的明亮灯。

彦昌高兴万分，认为既有灯火，必有山居之人，这下终算吉人天相，可保不死了。于是，挺直腰儿，先用衣袖拍去两肩积雪，瞅住灯火，急急走去。走了一阵，才凭借那一点光华，看到一角红墙，知道已获借宿之处，心内大悦。

彦昌走到红墙边，抬头一看，发现门上刻着四个石字——"西岳圣庙"。

彦昌这才想起了一件事：当他还是孩提时，母亲曾经告诉他一个神话，说是云吞雾抱的华山，陡峭难行，上山者每不能辨别方向，雾起时，常常迷途山中，易为虎狼所噬。华山有一圣母娘娘，心肠慈悲，每于大雾或深夜用"宝灯"指引行人，使其抵达安全地区。

"难道这就是圣母娘娘的宝灯吗？"

彦昌一边暗自思量；一边举目观看，但见低檐矮墙，到处缠有错综斑驳的朱藤，须蔓缭绕，迎风摇曳。两扇黑漆剥落的大门，并没上闩，老是在风中忽开忽闭。四周沉寂可怕，使彦昌不由得一连打了好几个寒噤。

于是，战战兢兢地推门而入，走了几步，站在潮湿的石阶上，定定神，才看清前面是一座华山圣母殿，殿中挂着一盏昏黄不明的油灯，朦胧，暧昧，令人感到一种墓园里特有的冷落。

三、庄严妙相

这圣母娘娘庙虽然是座庙；但面积极小，摆设简单，看来只像一座尼姑庵，上边是金漆剥落的天花板；地上铺着破碎的水磨砖，没有和尚；也没有佛婆，静悄悄的，却点着一盏小油灯。

"奇怪！"彦昌暗自忖度："既然没有人看庙，那么，这油灯是谁点燃的呢？"

于是，挪步进入大殿，发现两根大柱上竟刻着一副金字对联。上联是："千年铁树开花易"；下联是："一日无常再世难"。

彦昌很喜欢这副对联，低声默念三遍；正在细细嘴嚼时，忽然嗅到一阵浓烈的檀香味，颇感诧异，认为古庙无香客，何来檀木香？因此，挪步走到神龛前，仔细打量，果然发现榆木桌上摆着一对烛台和一只香炉。烛台无烛；但香炉里则有檀香袅袅。

这是怎么一回事？

抬起头来，对神龛一看，神龛里坐着的圣母娘娘，眉清目秀，肤色皙白，不像是位菩萨；简直是个活生生的寻常女子。

彦昌是个书呆子，虽然年纪不小了；却从未近过女色，更未见过这样美丽的女子。

"脸似春花，眉似秋月，"他情不自禁地低吟起来，"庄严妙相，世间少有；但是，为什么愁眉紧锁，缺少欢容，莫非是独坐绣帐，耐不住孤寂么？"

话语刚说完，圣母娘娘当然不会有所反应；倒是彦昌自己却因此而想起了襄王梦遇神女的事。

"我刘彦昌，"他开始默祷了，"今晚多蒙圣母指引，乃能脱离险境，来此投宿。惟是风雪交加，气候寒冷，如此寒宵，倘若也能夜梦圣母，岂不……"

说罢，解开行囊，取出笔砚，略有沉思，便濡墨挥毫，竟在壁上题诗一首，预祷圣母前来梦中相会。

四、粉壁题诗

刘彦昌用毛笔醮了醮墨，举起手来，在白粉的墙壁上题了四句诗：

未入高唐梦，先瞻冰雪姿。仙凡如可达，神女莫来迟。

写好后，自己又念了一遍，禁不住暗暗窃笑，觉得字面虽佳；但含意多少带点调侃。暗忖：

"反正圣母娘娘是个泥塑木雕的菩萨，除非在梦中，她是不会生气的。只要能够在梦中见到她，纵或是严词斥责，我也心甘情愿。"

接着，掉转身，走近神龛，睁大眼睛凝视圣母，震慑于塑像的美艳，情不自禁地双膝一屈，跪在拜垫上，开始喃喃默祷：

"娘娘在上，弟子刘彦昌此番进京赴考，路过华山，迷失途径，险遭不测，幸蒙娘娘指引，得来此处借宵，万望娘娘见谅。"

默祷毕，连磕三个响头，拱拱手，站起身，稍不留神，竟碰到了柱旁的金钟。彦昌颇感诧愕，当即用手指轻轻弹钟，金钟就"铛"的一声响了起来。

"金钟！金钟！你若有灵，请将我的一片真情上达圣母，盼她来到我梦中相会！"

说罢，伸了个懒腰，用手背掩盖在嘴巴前，一连打了好几个呵欠；然后伏在拜垫上，合上眼皮，不多一会，就扯起如雷的鼾声。

夜渐深……

雪羽转稀了，但北风仍劲。古庙静悄悄的，只有油灯的火苗在风中跳跃。这时候，庙外山径上忽然飘来一朵彩色的祥云，先是格格的笑声；继而出现两个女子的身形，一个高，一个矮。

高的说："灵芝，你瞧，我的脸颊红了没有？"

矮的擎起手里莲灯，对高的打量一番，说："娘娘，一点也不红，你的酒量我是知道的，龙王爷虽然存心要醉倒你；但，那几杯水酒，就算我灵芝，也不一定会醉。"

五、杨戬之妹

原来身材较高的那个女子，就是华山圣母；较矮的便是圣母的随从——灵芝。

两人今晚应龙王爷之邀，刚从水晶宫赴宴归来，凭借莲灯，在黑暗中赶返庙门。圣母酒量很不错，只是不大常喝。龙王爷不知哪里来的兴致，一点事情也没有，却摆下筵席，邀请圣母和灵芝到水晶宫去喝上几杯。圣母性情柔和，众仙皆乐与结交。她是二郎神杨戬的妹妹，没有什么了不起的神通，只是心地善良，自愿常年厮守在华山，给路人指引迷津。

现在，她们已经走到庙门口，正欲伸手推门时，就听到一阵嘹亮的鼾声。

圣母偏过脸来，对灵芝投以询问的一瞥，意思是："这是怎么一回事？"

灵芝用鼻子嗅了嗅，说是庙内有一股俗尘味。

圣母当即推开庙门，两人一前一后，蹑手蹑足地走进去，走入大殿，竟发现拜垫上睡着一个年轻男人。

灵芝问："他是谁？"

圣母答："看来像是一个读书人。"

灵芝问："为什么深更半夜睡在这里？"

圣母答："谅必是迷失了路途，在此借宿的。"

灵芝伛偻着背，对刘彦昌仔细端详一番，低声说："这人倒长得非常清秀。"

圣母笑笑。灵芝抬起头来，无意中看到墙壁上的墨迹，忍不住大声惊叫：

"娘娘！快过来看，有人题了一首诗在墙上！"

圣母走近灵芝身边，用一种好奇的心情去读诗，读完了，两颊登时泛起红晕，羞低着头，隔了很久，才幽幽地说："这首诗，一定是这个读书人题的。"

"当然是他！"

"才学倒很不错。"

"才学虽然不错；但是含意荒唐，竟把娘娘比作巫山神女，真是岂有此理！待我将他唤醒后，让娘娘严词训斥他一顿吧！"

六、心河起波

灵芝正欲推醒刘彦昌时，圣母娘娘忙不迭将她拉住，说道："这人睡得正酣，不要吵醒他。"

灵芝脸一板，显然反对娘娘心肠太软，认为："像他这样薄幸的读书人，非教训他一顿不可！"

圣母柔声细气地说："凡是年轻人有时候少不免要做些傻事出来的，让他去吧！"

"但是……"灵芝似乎还不肯罢休似的。

圣母牵牵嘴角，漾开了一朵美丽的浅笑，尽管灵芝怒容满面，她自己却一点火气也没有。其实，圣母娘娘虽然是个神仙，但因久居华山，心灵却是非常空虚的。平时，没有外界的挑逗，倒还能保持固有的拘谨，究竟修炼了这么多年，轻易当然不会妄动三味；不过，今晚事情显然来得太突兀，刘彦昌的调侃，使她再也无法阻抑绮念的产生。

从表面上看来，这些不正常的思念乃是偶发性的，但是在圣母的内心深处，这思念竟像狂风一般，掀起心河之波。

圣母自己也不能解释这不安的原因，走到后堂，坐下来，便想诵念经文，可是怎样也无法求取精神上的均衡。

作为一个有道行的神仙，照例连美丽的景物都不敢多看一眼的，惟恐动了自己的心弦，坠入另一陷阱而不能自拔。然而，此刻的圣母仿佛给魔道克服了，冥冥中被一根感情的绳子所捆绑。

灵芝何等乖巧，见她那种焦躁的神情，早已猜料出几分，因此低声悄语地对她说："现在，天快亮了，别再胡思乱想。"

听了这句话，圣母居然不加否认，只是向她投以呆板的一瞥，既不恼怒，又不羞赧，具有一种灵芝所不能体会到的意味。

灵芝连忙低垂眼波，不禁为她的冷静而感到惊骇。此时，前边仍有彦昌的鼾声传来，这鼾声如同手指一般，不停地拨弄圣母的心弦。

七、持灯救刘

不久，窗外有淡灰的曙光射入，雪已晴。前边的鼾声早已停止，而圣母仍未入睡。

圣母仿佛解脱了精神的枷锁，在不知不觉中进入了另一个崭新的境界。她很愉快；但这愉快的感觉只是一种意念，含有似梦的特质，十分靠不住。

灵芝醒了，斜眼对圣母一瞅，发现圣母笑得很甜。东天已有朝霞似泼墨，但刹那间又被氤氲的浓雾遮盖了。

"有雾。"灵芝说。

圣母脱口而出："那个书生呢？"

灵芝忙不迭走到前殿去观看，尖着嗓音惊叫起来："他已经走了！"

圣母接踵跟出来，不见书生，却对墙上的题诗发了一愣。

"娘娘，"灵芝见她失神落魄的样子，忙问，"你在想什么？"

"我在想……"圣母欲言又止。

灵芝接口道："想那年轻的书生，是不是？"

圣母倒也坦白，说是："那书生初入华山，一定不识途径，今逢大雾，只怕山中大虫会伤他的性命。"

灵芝问道："这便如何是好？"圣母两眼骨溜溜地一转，说："将莲灯拿来，我们前去搭救于他。"

灵芝闻言，颇感踌躇。圣母问她："为什么不去拿？"灵芝低头，期艾地说："此事倘被二郎爷知悉，必定又责问娘娘了。"圣母脸一沉，用坚定的口吻对她说："救人一命，胜造七级浮屠，快去拿灯！"灵芝哪敢怠慢，只好走到后边去拿莲灯。然后两人匆匆走出庙门，冲入弥漫的浓雾，一边用莲灯照引；一边小心翼翼地向前行走，惟恐跌落悬崖，那就糟了。

华山风景美丽，世所少有；但是山路崎岖，逢到大雾的时候，就变成险境了。过去这些年来，不知道有多少无辜老百姓的性命，断送在大雾的华山中。此刻的刘彦昌正跌落溪谷间，眼看草丛间跳出一只老虎来。

八、星目朱唇

正在这千钧一发的时候，圣母娘娘带着灵芝及时赶到了。娘娘拨开浓雾，一个箭步，窜到彦昌处，然后高举莲灯，让莲灯的亮光直向猛虎射去。猛虎大吃一惊，连忙遁入草丛，乱步他去。

刘彦昌早已吓晕在地，待灵芝用冷水将他浇醒时，慢慢张开眼皮，定睛凝睇，不觉猛发一怔。原来面前站着的女子竟与古庙里的泥塑菩萨长得一模一样，星目朱唇，皙白的皮肤，不肥，不瘦，修长的身材，苗条的体态，很美，美得令人蚀骨销魂。

"你……你是谁？"他的声音微微有点抖。圣母怡然一笑，答：

"我就是圣母娘娘。"

"是你？"

"不错，正是我。昨天晚上你在我处寄宿一宵，还题了一首诗在粉墙上。"

提到那首诗，彦昌不禁兜耳澈腮地腼腆起来了。那是一首打油诗，充满调侃意味，只为一时兴起，才执笔乱涂的，绝对没有想到那华山圣母竟会现出金身的。于是，刘彦昌忙不迭走到圣母面前，双膝一屈，跪倒在地，说道："幸亏娘娘搭救，小生才能保住这条性命！"

娘娘对他横波一瞟，觉得他面目清秀，年少翩翩，心中暗喜，可又不敢有所表示。她是一个得道的仙姑，不要说是凡间的男人，纵使是红尘的佳景，也一定要避之若浼的。如今，当她见到彦昌后，冥冥中仿佛被一根感情的绳索绑住了，只顾贪婪地凝视他，着了迷一般，将一切的顾忌全部忘记。

"相公不必多礼，请起。"她说。

彦昌站起身，用衣袖拍去鞋面的灰尘，忽然想起了昨夜的事，极感歉仄，当即欠欠身，对娘娘作了一个揖。"昨夜一时糊涂，竟在壁上乱书，尚祈娘娘恕罪。"

娘娘闻言，羞低着头，觉得很不好意思似的。灵芝站在一旁，冷眼旁观，早已看出娘娘的心事。

九、奇缘

灵芝年纪虽小，但十分乖巧；知道娘娘心有所属，又羞于启齿，当即走到刘彦昌面前，毫不保留地直言相告：

"相公，请你听了，我家娘娘是不会见罪的，她……"

"怎么样？"

"她……她愿意与相公白头偕老。"

"白头偕老？"

"我家娘娘从未爱过任何男人，但是见了你之后，竟对你付出了至诚之心。"

彦昌听了灵芝的话语，不觉猛发一怔，暗忖："圣母乃是仙姑，岂能下嫁与我凡人？再说，我与她萍水相逢，彼此并无认识，如此贸然结合，将来未必一定会有幸福。"

想至这里，不免踌躇起来了，心境掀起波纹，无法使动荡不安的情绪稳定。一切似同虚构的，全无半点真实感。

"莫非我仍在梦中？"彦昌问。

灵芝笑了，笑得前俯后仰；然后定定神，对他说："相公，这不是梦境。"

彦昌将食指塞入口中，用力一咬，很痛，才知道摆在前面的一切，全是事实。于是斜眼对圣母一瞅，悦其秀丽似盛开的花朵，惊愕于这奇异的际遇，终于蒙蒙昧昧地点了头。

娘娘见他正经答应亲事，面露艳丽的笑容，心绪激荡，惟有用震颤抵御内心的冲动。

灵芝说了一句"我是媒人"，非常识相地隐到雾中去了。彦昌没有犹豫，却感到神志有点恍惚，面对似花似玉的圣母，再也不能压制原始的感情了。于是挪前一步，轻轻握着圣母的纤纤玉手，略露轻薄之情，圣母亦不加抗拒。

彦昌问："小生何幸，竟能邀得娘娘青睐？"圣母羞低着头，幽幽地答：

"这是缘分。"

彦昌获得了鼓励，情感好似脱了缰绳的马，他伸手紧抱圣母的柳腰，欲吻其颊。圣母说："给人瞧见都不好意思！"彦昌说："浓雾，谁也不会走到这里来的。"

十、情坚如铁

过了些时，雾散了。朝阳放媚，景色极美。彦昌从草堆里站起身来，对躺在地上的圣母俏皮地一笑。

圣母羞红了脸，不敢正视彦昌，侧着头，被一朵红艳的茶花映得平添喜色。

彦昌伸了个懒腰，但觉胸次清凉，面对冬晨的阳光，十分舒畅，感到了之前未有的放怀无虑。

"起来吧！"

彦昌伛偻着背，伸手拉她起立。两人有会于心地笑笑，不见灵芝，遂踏着羊肠小道走到溪边，拣一块山石坐下，听溪水潺潺而流。

圣母从未有过这样悠闲的心情，陶醉在这如梦的境界，完全忘记了天规天条。她珍重与彦昌在一起的每一刻，平凡的相处将是最大快乐之源泉。

彦昌问她："快乐吗？"

圣母说："这是我一生最快乐的时候。"

彦昌俯下身子，撷一朵正在饮露餐阳的小花，插在圣母的发鬓上，圣母益发妩媚了。

前面是一排嶙峋的远山，云雾依稀，景色似画。峭壁危崖间，野草萋萋，有群雀互逐如学童之捉迷藏。此时，天色靛蓝，行云若风帆。处在这样的环境中，圣母不自禁地说：

"彦昌，我有一句话要问你。"

"什么？"

"为了我，为了我们的幸福，我要你放弃功名。"

"好的。"

"当真肯为我牺牲十年窗下的苦功？"

"为你，我什么都肯牺牲。"

圣母高兴极了，像一头小猫似的将脸颊依偎在彦昌肩上，自我陶醉地说：

"彦昌，那座庙虽小，但是整个华山却有享受不尽的景物，你我在此厮守，无异是长处乐园。"

彦昌说："娘子，你不必说这些话，我是绝对不会后悔的。我俩虽然昨夜相识，但情坚如铁，必将永远厮守在一起，乃可断言者。"

十一、何仙姑与杨戩

当天下午，一个凡间的书生与一位天上的仙女就在"西岳神庙"里拜了天地。仪式简单，并无俗套，除了灵芝一人外，没有任何来宾。

婚后，一对新人以古庙权充新房，情意绵绵，十分欢忭。灵芝不愿意扫他们的兴，常常一个人到山麓里去采仙果。圣母虽然是得道的仙姑；但是倒在彦昌怀中时，她就是和凡人一样，她只有一个愿望：

"恩爱夫妻万年长！"

彦昌也高兴得连书本都不翻了，成天跟圣母厮守在一起，过着逍遥自在、温馨旖旎的日子。

日子愈逍遥，就过得愈快，眼睛一霎，不知不觉已经过了九个多月了。

有一天，灵芝在山中采仙果，遇到了何仙姑，谈起娘娘的近况，灵芝竟脱口将真情说了出来。

那何仙姑是个快嘴女人，得到消息后，忙不迭驾起祥云，准备将娘娘私配凡人的消息报与其他七仙知道。

行至半途，前面忽然传来一阵笑声，心中不免暗暗诧异，正想走避，那三尖两刃刀的寒光已经从云端里射了出来。

定睛一瞧，但见哮天犬迎面奔来。

原来是二郎神杨戬，当下堆上一脸阿谀的笑容，驾起祥云，迎上前去。

"二郎请了！"

杨戬满面通红，酒气浓冽，见是手捧荷花的何仙姑，连忙拱手还礼：

"请了！仙姑来自何处？"

"刚在华山采摘仙果。"

"有没有见到舍妹？"

"提起令妹，我倒忘记向二郎道喜了！"

听了这句话，杨戬不觉一怔，想了想，忽然嘿嘿笑起来，说：

"想我二郎不但威震天宫，即是酒量也无敌手，刚才虽在蟠桃会上喝了不少玉液琼浆，可是醉意全无。仙姑别以为我喝醉了酒，神志不清，跟我乱开玩笑。"

十二、腹痛如绞

何仙姑正正脸色，说："谁跟你开玩笑来着，令妹早于九个月前私配凡人，难道二郎一点都不知道吗？"

杨戬这才睁大了怒目，神光凌凌地盯着何仙姑："仙姑所说，可是实情？"

何仙姑说："当然是实情，不信，可询灵芝。"

杨戬低首寻思，隔了很久很久，才用冷静的口气说："我妹为人规矩，素无丑闻，谅此事必系讹传，望仙姑切勿胡言！"

何仙姑这下可也生了气，倏地板起面孔，没好声气地对他说：

"华山离此不远，你若不信，尽可亲自去查询一番。我何仙姑从不撒谎，不要因此坏了我的声誉！"

说着，何仙姑驾起祥云，兀自飞向天庭去了。二郎神呆呆地站在那里，给她说得心乱似麻。

"奇怪，"他心中暗自忖度："我妹向来纯洁，为何做出这样的丑事来？如果何仙姑刚才说的乃是真话，我杨戬的一世威名岂不化为乌有了？"

想了又想，决定到华山去走一遭……

这时候，圣母如痴如醉地度着快乐的日子，完全没有预感到祸事的即将来临。她还在后房替彦昌缝长袍，彦昌则在弹琴自娱。

灵芝来了，挽着一篮仙果，坚要彦昌尝一尝，彦昌好心，先让娘娘试试口味。

娘娘不想吃，但经不起彦昌的怂恿，也就咬了一口。不料，仙果下肚后，立刻脸色转白，腹痛如绞了。

彦昌大惊，忙问："娘子，你怎么啦？"

娘娘兀自躺在床上，伸手向灵芝招了招，灵芝立即走近床沿，伛偻着背，将自己的耳朵凑在娘娘嘴边。娘娘细声跟她讲了几句，她就直起腰儿，笑嘻嘻地走向彦昌：

"相公，不必担心，娘娘已经……"

"什么？"

"恭喜相公，娘娘已经有喜了！"

十三、大祸临头

彦昌听了灵芝的话语，又惊又喜，惊的是娘娘的突感不适；喜的是娘娘腹中已结仙胎。于是，慌慌张张地走在床沿，想说几句安慰她的话语，一时又穷于词令，只是抖着嘴唇，显然有点无所措置。

娘娘横波对他一瞅，见他那种可笑又复可怜的神气，心里不免觉得好笑，脸上却装得一本正经。

"不用焦急，"她幽幽地说："休息一下，就没有事了。"

"你要喝茶吗？"

“不要。”

“我去拿一条面巾来，给你抹去额上的汗珠。”

“不用去拿。你且坐下来，我有话问你。”

“什么？”

彦昌用困惑的目光对娘娘投以询问的一瞥，娘娘未开口，先害了羞，两腮像搽了胭脂一般，泛起一阵红晕，眉梢眼角，平添了许多丰韵。隔了半晌，娘娘才羞怯地问：

“相公，你喜欢男孩子？还是女的？”

“只要是孩子，我都喜欢。”

娘娘含羞地咬着下唇，顿了顿，又问：“如果是男孩子，你准备叫他什么名？”

彦昌虽然饱学之士；但是从来没有想到过这件事情，听到娘娘的问题，一时竟答不出什么话来了。他手里执着一把扇子，是沉香骨做的，于是随口答了一句：

“叫他沉香吧！”

娘娘与灵芝异口同声反问他：“为什么要叫沉香？”

彦昌正欲作答时，外边忽然传来一阵犬吠声。娘娘大吃一惊，连忙偏过脸来，对灵芝说：“灵芝，谁来了？你出去看看。”灵芝立刻挪开脚步，匆匆奔出庙门，举起右手往眉际一放，举目远瞩，然后神情慌张地奔回去。

娘娘问：“谁来了？”

灵芝娇喘吁吁，睖大了一对受惊的眼，说话时，有点张口结舌。

"报告娘娘，二郎爷查山来了！"

十四、杨戬捉妹

娘娘听说二郎来了，不由猛发一怔，连忙回过头去对彦昌说：

"相公，二郎爷就是家兄，姓杨名戬，乃是天宫神将，此番前来查山，只怕相公有些不便……"

彦昌闻言，倒也慌张起来了，忙问："那……怎么办呢？"

就在这时候，门外已经响起如雷的敲门声了。娘娘焦急异常，立刻吩咐灵芝带领彦昌到山后去暂避。彦昌莫明究竟，呆木迟顿地站在那里，望着娘娘，似有无限依依。

门外终于传来了杨戬的吼声："小贱人！我在天庭闻得你私配凡人，特地带了天兵天将前来捉拿于你！"

灵芝一跺脚，毅然对娘娘说："娘娘！二郎爷乃是捉你来的，快快逃到后山去暂避！这里的事，由我来担当！"

娘娘咬咬牙，拉着彦昌，像枝箭般的，奔出后门。灵芝见他们奔远后，才定定神，装出一股娇饰之情，慢吞吞地走到庙门背，嘘口气，拔去门闩。

二郎神怒气满面，三目全放睖睖神光，手持三尖金刀，气势汹汹地问灵芝：

"小贱人在不在里边？"

灵芝连忙堆上一脸阿谀的笑容，拱拱手，说："参见二郎爷！"杨戬用裂帛似的声音问："你家娘娘到什么地方去了？"

灵芝为了拖延时间，故意慢吞吞地答："娘娘今天兴致特别好，独自一个人……到后边'仙花山陵'去赏花了。"

杨戬当即擎起三尖金刀，对身后的天兵天将说："众将官，随我到'仙花山陵'去捉拿贱妇！"

说罢，拨转身，由哮天犬打头，浩浩荡荡地向"仙花山陵"疾奔而去。

灵芝忙不迭奔到后山，找到了娘娘和彦昌，上气不接下气地说：

"娘娘！快想办法，二郎爷此刻给我骗到'仙花山陵'去了，回头找不到，一定要大发脾气的！照我看来，还是逃命要紧！"

十五、离别

灵芝要娘娘逃命，娘娘舍不得与彦昌分离。灵芝说："娘娘，此时不走，恐怕就来不及了！"

娘娘咬咬牙，心一横，侧过身来，紧紧握住彦昌双手，噙着泪水对他说："刘郎！事情已经危急万分，你我夫妻，恩情难久，你……

你……你就快快与我逃命去罢！"

彦昌紧蹙眉尖，急得脸上的颊肉也在抽搐了："娘子，我……我舍不得与你分离。"

娘娘极力压制自己，不让感情流露出来；但是到了这个时候，也止不住泫然欲涕了。彦昌眼泪汪汪地看了她一眼，紧握她手，怎样也不肯放。灵芝在旁拼命催促，娘娘这才用力将彦昌推开，毅然决然地说："刘郎，你……你快走罢！"

彦昌像受惊的野兽一般，仓皇四顾；然后抖着嘴唇问娘娘："我若走了，你怎么办？"

娘娘说："我自有法术护身，请你不要担心。"

彦昌用泪眼对娘娘一瞅，凄惋地嚷起来："娘子呀！我宁死也不愿与你分离！"

娘娘受了热情的感染，泪水像断线珍珠一般簌簌掉落，一边哭，一边解释给彦昌听：

"刘郎有所不知，我乃得道仙姑华山圣母，岂可随便私配婚姻？"彦昌说："你我夫妻相爱，且已结有仙胎，纵然有违天条，也未必不能邀得玉帝的宽恕！"娘娘焦急异常，跺跺脚，将彦昌用力一推，说道："刘郎，那玉帝最忌仙姑思凡！"

彦昌从地上匍匐到娘娘身边，抱住她的腿，不肯让娘娘离开。

娘娘说："事到如今，你若拉住我不放，不但我命休矣；连你恐怕也不能再活了！"

彦昌歇斯底里地大喊："娘子，你我恩情似海，要走，就一起走！"

娘娘说："刘郎，你必须听我话，快快逃命要紧！我肚中已有仙胎，行路不便，倘若跟你一同逃走，反而大家不能脱身！"

十六、产子

娘娘用手抹干脸上的泪水，心一横，回过头来吩咐灵芝：

"灵芝，事不宜迟，你快快拿了莲灯，保护相公下山去罢。只要相公能够赶返人间，二郎也就无可奈何了！"

灵芝不敢违命，凄然欲绝地睨了他一眼，匆匆回入古庙，立刻提了莲灯出来，两泪汪汪地走到娘娘面前，说：

"娘娘，我们走了，你……你怎么办？"

娘娘脸一沉，厉声疾气地说："灵芝，你跟我修道多年，难道不知道娘娘的心意？"

灵芝当即说了一句"遵命"，拉住彦昌，挪步便走。彦昌不肯走，但因柔弱无力，终被灵芝拉走了。

彦昌一边走，一边不断地唤叫娘娘，使娘娘听了肠断肝裂，泪下如雨。娘娘虽然是个得道仙姑，既已动了真情，当然也没法控制自己的感情。她开始全身战栗了，咬紧牙关，目送心上人逐渐远去，心中暗暗说了一句："刘郎，身体保重，不知何年何月再可重聚？"

就在这时候，忽然感到一阵似绞的腹痛，浑身哆嗦，冷汗涔涔。

"怎么办呢？灵芝又不在身边！"

山间蓦地掀起一阵狂风，彤云四起，天上黑压压的有雷有闪，群树在风中嗦嗦作响。

娘娘忙不迭走回庙中，躺在床上，双手紧抓床板，肚子痛得比刀割还难受。外边轰雷掣电，骤雨似注。那青色闪电，时时划破恐怖的沉寂。娘娘从未有过生产的经验，处在这样的情境中，以为玉帝正在处罚自己，因此更加恐慌了。她的脸色变成铁青，死命绞扭着，可是，再也没法使出什么气力了。

别的事情可以施用法术，惟独这件事，仙姑与凡人并无分别，都要依靠自己。

但是娘娘已经四肢发软，一点儿气力都没有了。

幸而窗外又轰隆隆地传来一串响雷，娘娘大吃一惊，借了这些力，就听到了"哇哇"的哭声……

十七、二郎训妹

娘娘产下姣儿，找不到刀，只好用牙齿咬断脐带，然后嘘口气，两眼直直地望着天花板，但觉冷汗涔涔，四肢发软。

就在这时候，外边又响起一阵急促的叩门声。

二郎神在门外咆哮如雷："死丫头，胆敢欺骗于我，还不快快滚出来！"

娘娘闻言，心存怯意，暗忖："二郎神性格暴躁，万一惹他撞火，那就更糟，不如走去当面向他请罪，也许可获饶恕。"

这样，勉强翻身下床，喘着气，踉踉跄跄地走到前边，拔去门闩，启开大门，拱起双手，说："拜见哥哥！"

二郎神一见娘娘，立刻睁目大怒，暴跳如雷："小贱人！你做的好事，我二郎今天决不放过你！"

娘娘竭力装作镇定，脸上漾开矫饰的微笑："小妹从未违反仙规，兄长何出此言？"

二郎神扁扁嘴，声色俱厉地唤叫："众位天神天将！"

"在！"

"与我进庙搜查！"

众神应了一声"是"，各持刀枪，分两行进入古庙，浩浩荡荡地走入大殿到处去查看。半晌过后，众神出来报告，说是："四处搜查，并无凡人藏身庙中。不过……"

二郎神问："快快与我讲来！"

众神知道二郎神脾气暴躁，不敢隐瞒，只好将真情道出："后殿血光冲天，我辈未便入内。"

二郎神略一沉吟，未知娘娘刚刚产下麟儿，只道娘娘与凡人做了苟且之事，后殿藏有污秽之物，使天神天将无法入内，因此三眼俱开，更加益发恼怒了：

"小贱人，你做的好事可瞒不了我的神眼！你辛苦修成金刚不坏之身，竟因一时冲动，自愿私配凡人，污辱杨家门楣，真是可恶！我今天若是放过了你，今后如何面对天宫众仙？来，快快与我受缚，不要噜苏！"

十八、兄妹斗法

娘娘给二郎骂得无地容身，羞红着脸，开始为自己分辩了。娘娘说：

"我在此修道，日里面对炉鼎，纵能长生不老，又有什么乐趣。反观人间夫妇，欢乐似鱼得水，怎能叫小妹永远孤寂守规？"

二郎怒叱："住口！你既已修得金刚不坏之身，就该严守仙规，岂可擅嫁凡人？"

娘娘说："鸟儿也喜成双作对，何况是我？"

二郎愤然"呸"了一声，说道："小贱人，愈说愈荒唐！快快受缚，休怪我无情！"

"二哥，你我乃是手足，何必要动天神天将前来捉拿与我。"二郎说："惟其因为是手足，所以非将你捉去不可！"

娘娘见哥哥铁面无私，泪珠儿像荷叶上的晨露一般从颊上滚落下来；然后双膝一屈，终于下跪求情了：

"二哥，请念同胞之谊，骨肉之情，饶了我吧！"

二郎脸一沉，咬咬牙，说："你犯此大罪，若被玉帝知晓，恐怕连我二郎也将受累，不能饶！"

"真的不饶？"

"不饶！"

娘娘当即纵身而起，一个箭步向庭园窜去，双手叉腰，尖着嗓子对杨戬说：

"二哥，你若不肯饶恕小妹，休怪小妹无礼！"

二郎想不到娘娘竟敢大胆反抗，心中怒火如焚，立刻举起三尖金刀，一边砍杀；一边呐喊：

"小贱人自寻死路，不必多言，看刀！"

话语刚出口，那边的圣母娘娘居然掐了指诀，举起手掌，但闻霹雳一声巨响，震得众神耳聋。

接着，娘娘抖擞精神，向东方挥挥手，说声："宝剑腾起！"刹那间，祭起一道金光，宝剑在金光中出现，疾如飞箭，直向杨戬头上刺去！

杨戬眼快手快，当即就地腾起，大声喝了一个字："变！"平地掀起一阵狂风。

十九、巨无霸

杨戬是"玉鼎真人"的徒弟，练过"九转玄功"的法道，能在瞬息间变化七十二个身形，所以与任何敌手交战时，都能占得上风。

这时候，娘娘刚祭起金光宝剑，杨戬立刻空腾身形，喝声："变！"就在狂风中变成巨无霸。

娘娘抬头观看，不觉猛发一怔。那巨无霸身高数十丈，犹如宝塔一般，屹立在前面。

双方强弱悬殊，不必较量，高低立即分明。娘娘祭起的宝剑，原有万道金光，此刻给巨人一吹，竟吹得无影无踪了。

娘娘大惊失措，心内焦急万分，连忙从腰囊里取出镇妖明珠，伸出右手，两枚手指朝上一点，只是明珠直向巨人飞去，豪光四射，疾如鹰隼。

巨人吹走了宝剑，以为已收全胜之功，正在哈哈作笑，不料迎面飞来明珠一颗，来不及避走，竟被豪光射得目不见物。没有办法，巨人只好呵气一吹，希望借此挡住明珠。但明珠火力逼得奇紧，巨人怒吼一声，终于变回真形，暂时退下阵来。娘娘大喜，尖着嗓子说：

"二哥，我看你还是回转天庭去罢，如若不然，休怪我做妹妹的太无情！"

杨戬听了，气得面色铁青，当即退后数步，昂首闭目，一边默念咒语；一边掐个指诀，然后将三尖两刃刀向空中一掷，嚷声："变！"

那两刃刀刀居然在瞬息间变成了一条金龙。

金龙在云堆里张牙舞爪，一见明珠，就张开大口，吐出瀑布似的大水，一下子将明珠射出的豪光全部冲熄。

娘娘见势不利，正欲收回明珠时，但是金龙已经将明珠吞入肚内了。

经此打击，娘娘开始有了怯意，暗忖："二郎神通广大，势难取胜；这便如何是好！"

正感踌躇间，杨戬大声叱道："小贱妇！还不快快与我受绑！"说着，他三眼齐睁，射出三道金光来了，合并为一，好似一撮火，热辣辣地直逼娘娘身上。

二十、火圈围众神

娘娘焦急万分，立刻解下腰间柳瓢，揭开盖头，说声："烧！"那瓢口就有熊熊烈火，直向杨戬冲去。

杨戬并非普通山魈妖魔，知道此火厉害，忙不迭举手一招，当场招来芭蕉扇一把，对准火头，猛搧数下，那火头就像蛇舌一般，分开两边，采包抄之势，迅速延展，瞬息间形成合抱姿态。

众神被烈火包围后，各露惊色。杨戬继续挥扇，可是一点用处也没有。那烈火圈不但不退；抑且愈来愈紧。

哮天犬耐不住烈火灼烧，在杨戬身边乱蹿乱跳。杨戬自己则非常镇定，收起芭蕉扇，从身上掏出水晶钵盂，往空中一抛，那钵盂就覆覆转来，喷出大量清水。稍过些时，只见面前一片汪洋，火圈终告不见。

娘娘被水淹没半身，再也施展不出什么法术来了。杨戬与众神站在水面上，指着娘娘大骂：

"小贱人，胆敢在此施逞伎俩！今天才让你知道杨门家法严厉！"说罢，暗念咒语，收下钵盂，手一挥，面前的一片汪洋立时变为旱地。众天神连忙奔过去，用仙索将千娇百媚的圣母娘娘捆绑起来了。

娘娘不敌二郎，终被缚住，垂着头，气得脸色铁青。杨戬问她：

"现在看你还有什么花样搬出来？"

娘娘咬牙切齿地说："要杀便杀，何必多言？"

杨戬怒气更盛，叱道："不要脸的贱妇，真是至死不悟！如果不是看在父母分上和兄妹之情，我早就一刀将你杀死！我劝你还是快点息了这条凡心罢！"

娘娘垂着头，一心惦念那刚出世的孩子，任由杨戬怎样咒骂，怎样威吓，也不肯依从哥哥的劝告。

杨戬见她如此倔强，不由怒往上冲，狠巴巴地对众神大声吆喝：

"将她押入华山脚下，千年万代不让她翻身！"

二十一、血书

从此，这多情的圣母娘娘，被押于华山底下，再也翻不得身了。为了忠实于自己的情感，犯了天条，失去丈夫，又失去亲生肉养的姣儿，日夜囚禁在华山底下，实在是非常凄惨的。

但是，她并不是完全没有希望的。

她希望有这么一天，刘彦昌会带了长得高高的沉香前来探视她。当她最苦闷时，她就像做梦似的想着沉香。她没有方法计算时间的过去，只有远眺山麓里的花开花落。每一次朔风呼呼，大雪纷飞的时候，她知道沉香又已经过了一年，长了一岁。

至于沉香现在何处——她完全不知道。

当她最初被押时，灵芝也曾抱了沉香前来探望她；不幸给二郎撞见了，从此不让娘娘再与沉香见面。娘娘孤寂地压在华山下，日夜思念刘彦昌，更思念儿子，想到狠心的二郎，立即咬开自己的手指，撕下衣袖，用鲜血在上面写了这么几句：

我今已遭二郎害，再要相见极艰难。临危产下沉香儿，特交灵芝暂抚养。血书留言诉衷情，万望相公善抚养。待儿他年长大后，前来华山救亲娘。

写好血书，苦无递书之人，恰巧有一神鸽飞来，娘娘将之缚在鸽脚，请它前往古庙寻找灵芝。

灵芝自从娘娘被押后，带着沉香，迁居山麓僻静之处，平时绝少外出，以免遇见二郎，被他抢走沉香。

那神鸽倒也颇有灵性，飞抵古庙，久候屋檐，不闻有何动静，也就振翅他飞，在华山各地到处寻觅，最后终于找到了灵芝藏身之所，将血书交与她手。

灵芝接奉血书后，触起心内无限的同情，几次想去探望娘娘，无奈二郎有令在先，不敢轻举妄动。

二十二、衣锦荣归

时间是留不住的，即使是痛苦的岁月，一样也会消逝。打从娘娘被二郎囚禁在山下算起，不知不觉已经三易暑寒了。

这三年中，娘娘日日以眼泪洗面。

这三年中，沉香不但学会了走路；而且学会了说话。有一次，沉香坐在槐树下看老羊给小羊饮奶，竟瞪大了眼睛，问灵芝：

"灵芝，我的妈妈呢？"

灵芝冷不防沉香会提出这样一个问题，怔了一怔，含含糊糊地答："你妈妈在外婆家里。"

沉香又问："妈妈为什么不来看我。"

灵芝被孩子触动了心事，眼睛潮了，抖着嘴唇答："她……她有事，不能来！"

沉香两眼直直地瞅着天空，顿了顿，又提出一个问题：

"灵芝，我的爸爸呢？"

灵芝用衣袖抹去颊上的泪水，透口气，答："你爸爸在京里做官。"

这一句倒是有几分真实的，自从那一天杨戬前来查山时，刘彦昌在灵芝保护之下，逃回人间，继续赶赴京城考试。因为身上没有盘缠，无法搭乘舟车，只好沿着官道徒步前往。迨抵京城，考期已过，彦昌不愿回乡，暂且在一家商店里做账房，半工半读，等待第二年再考。彦昌的耐心不是没有酬报的，到了第二年果然考中状元，极获圣上的嘉许。时至今日，彦昌思家殷切，于是，他带了佣仆衣锦荣归故里。

就在沉香向灵芝提出这些问题的时候，彦昌也已经抵达了华山。彦昌念及旧情，有意到"西岳圣庙"去走一遭，因此下令随从上山进香。

随从奉命，纷纷走在前面鸣锣喝道。

彦昌在官道上一直骑马代步，如今因为山路崎岖，只好改乘竹轿了。

华山平时少有官员来巡，现在则连鸟雀也听见了锣声，都惊飞起来。

二十三、彩云氤氲

刘彦昌回到"西岳圣庙"，站在庙门口，举目观望，但觉一切依旧，只是冷落更甚。此时，晌午向尽，随从等个个担心无地投宿，各自脸呈忧色。

彦昌举步入庙，发现油灯已枯，不由得深叹一声，立刻吩咐仆人带上香烛。

仆人持灯照射，彦昌插好香烛，走到神龛之前，双膝一屈，跪在案垫上了。

夜风呼呼，十分凄清。彦昌抬起头来，望望供桌，桌上尽是灰尘；望望琉璃灯，灯内并无香油；望望神帏里的圣像，不禁倒抽一口冷气。

原来圣母的容颜也比过去枯槁得多了，蛾眉紧蹙，两颊瘦削，黑眸失神，皮肤颜色苍白如蜡。

见到这样的情形，彦昌好生诧异了，认为圣像系木雕泥塑者，绝不可能改容的，莫非娘娘当真受了什么苦难不成？

正陷入沉思间，外边忽然传来一阵叮叮当当的铃声，以为圣母来了，忙不迭站起身来，奔出去观看，才知道是山风吹动檐铃。

抬头观望，空中有夜雁啼叫。彦昌喃喃自问：

"为何雁过不带信？"

说罢，山风扬来，庙门"呀"的一声启开了。彦昌侧目观看，又喃喃问了一句："为何门开不见人。"

于是，旧事前影，登时兜上心头，想起当年分别之情，能不泫然泪下。

"娘子！"他旁若无人地大声呼唤起来，"你为何不来迎接与我？我刘彦昌此番上京赶考，终算题名榜上，今日特地前来接你回乡，你……你……你为何不来与我相见呀！……"

此语一出，天际忽然氤氲着一片彩云，迷迷糊糊的，使彦昌仿佛坠入梦境一般。

彦昌拭目观看，竟发现一个女人抱着一个孩子，在彩云中自外飘来。

"你！"彦昌禁不住发问。

那女人点点头，说："是的，相公，我就是灵芝！"

二十四、初见沉香

彦昌见到灵芝后，才将飘忽的渴念抛却。灵芝一见彦昌，未开口，先流了泪水。彦昌忙问：

"灵芝，你为什么如此悲伤？"

灵芝耸肩啜泣，喉咙间仿佛给什么东西哽塞住似的，有话却说不出来。

彦昌又问："灵芝，娘娘现在何处？"

提到娘娘，灵芝竟尔放声大恸了。彦昌继续追问一句，灵芝才斜着嘴唇说：

"自从那一天相公下山后，娘娘为了争取自己的幸福，不惜施出浑身解数，与二郎苦战一场。二郎神通广大，终将娘娘制服。幸而娘娘临危产下一子，终算替相公留下了一根命脉。"

彦昌闻言，用好奇的目光对灵芝手中的孩子注视，孩子极有灵性，居然大声叫了一声：

"爹！"

彦昌这才伸手将他抱了过来；仔细端详，心内欢喜，止不住泪水簌簌掉落。彦昌问："他叫什么名字？"

"叫沉香，是相公自己题的。"

彦昌若有所悟地"哦"了一声后，正正脸色，问："灵芝，娘娘现在何处？带我去看她。"

灵芝略一沉吟，知道事情绝对不能隐瞒，只好坦言告诉彦昌：

"娘娘被二郎押在华山底下！"

彦昌大吃一惊，眼前一阵昏黑，差点晕倒在地，幸而身后有随从扶住。

"我要去看她！我立刻去看她！"彦昌歇斯底里地喊了起来。灵芝说："相公，千万不能去看她！"

彦昌问："为什么？"

灵芝边哭边答："相公有所不知，那二郎神恨透了娘娘，早已下令，绝对不准任何人前往探视……相公，这里还有一封血书，是娘娘交给我的，希望沉香长大后，能够替母报仇！"

二十五、神像流泪

彦昌将沉香交与仆从，忙不迭从灵芝手中接过血书，打开一看，读了几句，泪眼已经十分模糊了。想不到娘娘为了他，竟会吃这么多的苦。

沉香在仆从怀中放声大哭。彦昌用衣袖拭干颊上泪水，问灵芝：

"沉香一定肚饿了，你一向给他吃些什么？"

"我一向给他吃仙果汁长大的。"

说罢，从褡裢掏出蟠桃一只，剥去皮，拿到沉香面前，让他自己吸吮。

此时，夕阳已西坠，仆从上前催请下山，说是此处并无寄宿之处，倘不及时动程，回头就无法在黑暗中赶路了。彦昌抬头呆望神龛里的娘娘，感到一阵刻骨的悲酸，眼泪又像断线珍珠一般簌簌掉落了。

"娘子，"他默语着："我要走了。沉香由我带回衙中抚养，你不必牵挂。你……你为我受尽千辛万苦，我不知道应该怎样报答你才好？"

话语刚出口，外边忽然吹来一阵风，殿内弥漫着一片薄薄的烟雾，两个仆从不约而同地叫起来：

"瞧！神像流泪了！"

彦昌闻言，当即挪前一步，仔细观看，果然发现娘娘的神像流了泪水。

"这是怎么一回事？"他不禁大感诧异了，暗自忖度："娘娘被压在山下，这神像乃是泥塑木雕之物，怎会听了我的话语感动得流泪呢？难道神像也通灵性？"

于是，侧过脸去，对灵芝投以询问的一瞥。灵芝已明白他的意思，但不愿述出理由，只问：

"相公，还有什么比娘娘对你付出的感情更真挚？"彦昌泪如雨下了。

仆从又催彦昌下山。彦昌没奈何地把牙一咬，先向灵芝道别；然后向娘娘的神像默念数言，走出大殿，坐上轿子，在暮色苍茫中匆匆下山。灵芝独自站在庙门口，充满无限依依的心情，目送彦昌带着沉香远去……

二十六、续娶

刘彦昌带着沉香回到乡下，接受乡民的热烈欢迎。当彦昌没有考中状元之前，乡邻们无不因他家境贫寒而避之若浼；如今，见他衣锦荣归了，莫不堆上阿谀的笑脸，拥上前去，把他当作神明一般崇拜。彦昌是个读书人，对于这种冷暖的世态，当然不会太认真，所以也用虚伪的笑容作答。他并不觉得乡民的欢迎是一种不易获得的荣耀，相反地，他认为这是包裹里的毒药，一种含有侮辱成分的阿谀。

有了这样的感觉，彦昌孤单地居住在故里，纵有沉香作陪，也会耐不住寂寞的煎熬的。首先，他认为沉香需要一个女人照顾。

其次，他自己也不想长此孤枕独衾。

最后，他终于向一位远亲透露续弦的意思。

那位远亲是个善于钻营的人，知道彦昌的心意后，立刻到各处打听人选，看看有什么俊俏的女孩子，可以嫁与彦昌做状元夫人。

经过十天的奔走，终算找到一家合适的人家，连忙回来报与彦昌知道。

"她姓王，名叫桂英，不但长得美若天仙；而且身家清白，从小接受严格的家教，所以十分贤慧。"

既然如此，彦昌就请他去说合。第二天，八字送到，立刻拿去测字先生处一算，说是十分相配，彦昌就毫不犹豫地将聘礼送往王宅。

然后，选定了最近的黄道吉日。

在说合时，彦昌坦白承认已经娶过妻室，而且还有了个三岁的男孩子。彦昌并没有将圣母被囚华山底下的事实讲出，只说沉香的母亲产后病故了。

王桂英很能了解彦昌的处境，纵然是填房地位，也毅然决然的嫁与彦昌。

婚后，夫妇间的感情非常融洽。桂英把沉香当作自己亲生的儿子，沉香也以亲母礼之。

第二年，桂英怀孕，一索得男，题名"秋儿"，与沉香兄弟相称，彦昌甚喜。

二十七、太师之子

十年后。

沉香已经长得很高了，面清目秀，十分惹人喜爱。从言语举止中，谁也看得出沉香比别的孩子聪慧温厚。

彦昌非常疼爱沉香，给他好的穿，给他好的吃，还送他到学馆去读书。沉香过着舒舒服服的日子，无忧无虑，倒也并不觉得缺少什么。

其实，沉香是个没有母亲的孩子，三岁以前，由灵芝用仙果将他喂养长大；三岁以后，全凭王桂英悉心照顾。王桂英待他比待秋儿更好，虽然秋儿是她亲生的。

秋儿与沉香是一对同父异母的兄弟，两人的感情非常之好。小时候，大家不懂事；到了进学馆去求学之后，从未为了任何事情吵过。

彦昌非常感激桂英，若非桂英善于处理，这两兄弟决不会相处得这么好的。

事实上，由于彦昌与桂英的守口如瓶，不但秋儿不知道父亲的秘密；甚至连沉香自己也一样蒙在鼓里。

有一天，秋儿和几个学童在学馆的草地上玩捉迷藏，玩到高兴时，不留神撞倒了一个姓秦名叫官保的同学，秋儿知道自己错了，立刻向他拱手道歉。

不料，那秦官保不但不接受他的道歉；反而脸一沉，举起手来，"啪"的一声，打了他一巴掌。秋儿哭了。

沉香刚从里边走出，看到这样的情形，忙不迭疾步奔去，一边劝慰秋儿止哭；一边指着秦官保评理：

"你不能随便打人！"

秦官保倨傲地昂着头，扁扁嘴，说："他先撞倒我的！"

沉香说："不错，是秋儿先撞倒你的；但他已经向你道过歉了，你为什么还要打他？"

秦官保态度非常恶劣，仗着自己是老太师秦灿的儿子，目空一切地又打了秋儿一下。

沉香怒极；但是没有立刻还击；倒并非因为秦官保是老太师之子，不敢惹他；而是读书人不能随便动粗。

二十八、小杂种

就在这时候，秦家的书僮秦福走来了，发现公子与沉香在争吵，连忙将公子拉开。

沉香那里肯罢休，非要秦官保当众向大家道歉不可。秦官保本来已经够骄傲的了，如今有秦福在身旁，也就益发盛气凌人。

"沉香！你准备怎么样？"他用裂帛似的声音问。

沉香说："你是一个读书人，怎么可以动手打人？"

秦官保理屈词穷，只管将声音吊得很高："我打了他了，怎么样？"

沉香说："你必须立刻向他道歉！"

秦官保反问他："如果我不向他道歉呢？"沉香说："我就拉你到老师处去评理。"

秦官保无辞以对，在窘迫中脸孔胀得通红。秦福站在他身后，知道事情陷于僵局，立刻挪前一步，用手向沉香一指，嘶声咆哮起来：

"小杂种！不要在此欺侮别人！走开！"

沉香闻言，怒往上冲，当即挪前一步，反问他："谁是小杂种？你不能出口伤人！"

秦福双手往腰眼一插，恶声恶气地说："小杂种！难道你自己也不清楚？好，让我老实告诉你罢，你是华山上的妖魔生的！你不是人，你没有母亲！"沉香听了，不禁大为惊骇，脸一沉，怒叱："秦福！你不要乱造谣言，回头我拉你到太师面前评理，管教你饱受一顿毒打！"

秦福垂着脸，圆睁双目："谁造你的谣言来着，不信，自己回家去问你的父亲！问他：你的亲娘在什么地方？""我的亲娘在家里！"沉香辩说。

秦福笑不可仰，边笑边说："那是秋儿的娘，不是你的！"

沉香怔住了，眼望秦福久久说不出话。秦福以为已经用言语击败沉香，十分得意地拉着官保的手，徐步向巷尾走去。

沉香仿佛给人当胸捶了一拳似的，呆呆地站在那里，老是想着秦福的那句话。

二十九、亲娘是妖魔

沉香回到家里，不随秋儿去到堂上向母亲请安，径自疾步向花园走去。

走到"思恩亭"，发现父亲独自一人在亭中，面前摆着一只香案，手里执着三炷"熟禁香"，望空拜了又拜，然后将香插在香炉里。沉香刚才在学馆门口受了秦福的欺侮，小肚子里装不下这么多的委屈，如今见了父亲，就飞也似的奔上前去，伏在地上，放声大哭。彦昌正在默祷圣母，蓦地给沉香吓了一大跳，连忙伛偻着，双手将他扶起。

"沉香，你怎么啦！"彦昌问。

沉香边哭边嚷："爹爹，孩儿……"

彦昌问："沉香，究竟是怎么回事？莫非你不肯用心读书，在学馆给老师责打了？"

沉香抬起头来，脸颊上挂满狼藉的泪痕，抽抽噎噎地答：

"爹爹，孩儿……孩儿……"

"你有话就说，为何这么吞吞吐吐的？"彦昌脸上开始有了怒气。沉香这才咬咬牙，鼓足勇气迸出这么一句："爹爹，孩儿的亲娘现在何处？"

彦昌闻言，不觉一怔，目瞪口呆地愣了大半晌，定定神，抖着嘴唇问：

"你说什么？"

"孩儿的亲娘现在何处？"沉香又重复问了一句。

彦昌故意装出诧异的神情，说："你的亲娘不是在前面大堂休息？"

"不！"沉香歇斯底里地嚷起来："你在骗我，她不是我的亲娘！"

"沉香，我不准你胡说！"彦昌立即制止他。

"但是，别人都是这样说的，她是秋儿的亲娘。"彦昌顺口接上一句："也是你的亲娘。"

沉香哭得更加哀恸了，边哭，边嚷："爹爹，秦福说的，我的亲娘是个妖魔！"

"秦福是个小人，不可听信他的话语。"

三十、打死秦官保

沉香这个孩子，从小就非常孝顺父亲，凡是父亲说的话，即使是谎言，也必信以为真。此刻，彦昌有意不让他知道自己的秘密，叱了他几句，他也不再追问了。

不追问，并非疑窦尽消。沉香肚子里的"问号"，却像种在地上的花草一般，一天比一天长大。他虽然不再向父亲提出询问，但是他已经不是一个愉快的孩子了。

每一次当他从学馆返来时，他的脸上总是呈露着悒郁之情。王桂英非常疼爱他，见他病恹恹的，坚要彦昌请大夫回来替他把脉。彦昌也有点担心，终于听从桂英的意思，请一位著名的大夫来，开一剂药茶，令沉香服下。

其实，沉香的"病"，并不是药茶可以治疗的。他患的是心病，必须设法搬走他心头的疑问。

彦昌不明白这一点，因此发生了一桩大祸。

那是一个有风有雨的日子，彦昌独自一人坐书房里看书，忽然听到有一阵零乱的脚步声从园径传来，正感诧异时，房门启开，沉香像一只落汤鸡似的疾奔而至。彦昌问他：

"有什么事吗？"

他气急败坏地说："爹爹！我……我打死了一个人！"彦昌大吃一惊，忙问："你说什么？"

沉香说："我……我打死了一个人！"彦昌又问："你打死了谁？"

沉香怯怯地答了三字："秦官保。"

彦昌闻言，不觉一怔，眼前出现无数星星，周身感到麻木，两腿酸软，倒在檀木椅上发呆了。呆了一阵，抖着声音问："沉香，你……你怎么会将秦官保打死的？"

沉香哭丧着脸，想答话；但是喉咙间仿佛有什么东西哽塞住似的，怎样也说不出声音来。彦昌竭力压制着内心的怒火，板着脸，又追问一句："说呀，你究竟怎样将秦官保打死的？"

三十一、狂风暴雨

沉香知道再不开口，父亲当真要发怒了。他什么都不怕，只怕开罪父亲。没有办法，只好将事情经过详细讲出来。

原来沉香在学馆里听见秦官保在夸耀自己的本领，心中十分不悦，走上前去，非要跟他比个高低不可。秦官保平时素来瞧不起沉香，说他是山里妖魔养的，所以撇撇嘴，不愿与他比武。沉香大怒，伸手一把将他揪住，说道："秦官保，你不要在此大话欺人，有本领，就该跟我比个雌雄。"

秦官保用鄙夷不屑的目光对他一瞅，涎着脸，说："我是相国之后，岂可与妖孽较量？"沉香闻言，怒不可遏，愤然举起拳头，对准秦官保胸膛击去。秦官保冷不防有此一着，脚底没有站稳，就仰天翻了个跟斗，像雪团一般滚了过去。

两个年幼的同学看到这种情形，无不大吃一惊，纷纷走过去，将秦官保扶起。

官保头破血流，状极可怖，一边喘着气，一边指着沉香大骂"野种"！

沉香愈听愈气，奔上前去，揪住官保，又是一阵揍打。官保打不过他，惟有大声呐喊："救命呀！这个野种发野性了！明明有父无娘，竟敢迁怒于我？救命呀！我快要被妖怪打死了！"

沉香恨他不该破口伤人，继续抡起拳项，毫无理性地一味乱挥……

挥了十几拳后，秦官保躺在草地上，身子僵直，动也不动。秋儿站在一旁，忙不迭走去按抚秦官保的额角，好像冰凉凉的，不由得唬得面白似纸。

秦官保两眼眨直，连呼吸都停止了。秋儿细声说："哥哥，那秦官保……"

这时，天上密云四布，轰雷掣电，忽然刮起一阵狂风，雨就一个大点儿继一个大点儿地落下来了。顷刻之间，大雨倾盆，吓得那两个年幼的同学急急走到远处去避雨。

沉香呆呆地站在雨中，双眉直竖，大声对秋儿说："弟弟，你不用怕，我做错了事，一切由我担当！"

三十二、义兄义弟

秋儿看见沉香打死了秦官保，立刻拉着他疾步狂奔。奔到家门口，沉香刚要跨上石阶时，秋儿将他拉到墙檐下，说：

"哥哥，这事能不能讲与父亲知道？"

沉香说："弟弟，你不用怕，一切由我担当，让我独自一个人去禀告父亲，你不必向他老人家请安了。"

于是，两兄弟垂头丧气地进入大门，秋儿回房更衣，沉香径往书斋认罪……

以上就是沉香打死秦官保的经过情形。

彦昌听了他的"自白"后，吓得魂飞魄散了。他知道秦官保一死，那老奸巨猾的秦灿必然会利用其恶势力，来对付他的。

就在这时候，桂英也带着秋儿愁容满面地走进书斋来了，一见彦昌，便说：

"出了祸事了！"

桂英说："秋儿刚才在学馆里，一时失手，竟将老太师秦灿之子秦官保打死了。"

彦昌一听，好生诧异，瞪大眼睛，抖着声音问沉香："你说那秦官保是你打死的？"沉香答："爹爹，那秦官保乃是孩儿打死的，与弟弟完全无关。"

于是彦昌又抖着声音问秋儿："你说那秦官保是你打死的？"秋儿答："爹爹，那秦官保乃是孩儿打死的，与哥哥完全无关！"

彦昌问不出个要领，心中不免有点气恼，跺跺脚，指着两个儿子怒叱：

"你们快快与我从实招来，究竟是谁打死秦官保的？"

沉香与秋儿同时点头承认，说是："秦官保是孩儿打死的！"

彦昌脸色倏地变青，大声嘶叫起来："怎么？打死了一个秦官保，难道要我的两个儿子一同前去抵命？"王桂英见此情形，立即附耳上去，细声对彦昌说："杀人定要抵命，但不能叫两个儿子齐去送死。这样吧，把家法交给我，让我来打一个问一个！"

三十三、两样心肠

彦昌将家法交与王桂英。桂英两眼一瞪，狠狠地走上前去，指着沉香，问：

"沉香，那秦官保是谁打死的？"沉香很勇敢地点了头，说：

"是孩儿打死的！"

王桂英问："打死人一定要抵命的，你知道吗？"

沉香说："孩子一人做事一人当，如要抵命，只能自怨命薄。"王桂英见他如此倔强，正欲举起家法时，彦昌就开口了：

"夫人呀，想起沉香从小没有母亲，你该打得重些！"

夫人何等聪明，立即听出了话中有刺，放下手来，狠狠地走到秋儿面前，问：

"秋儿，那秦官保是谁打死的？"

秋儿毫不踟蹰地答："是孩儿打死的！"

王桂英问："打死人一定要抵命的，你可知道？"秋儿道："知道。孩儿情愿抵命。"

王桂英听了这句话，心似刀割，瞪大泪眼望着秋儿，心里又气又恨，禁不住高举家法，用力在秋儿身上抽了一下。

彦昌站在一旁，舍不得秋儿被打，立刻挪开步子，从桂英手中夺回家法。桂英大怒，嘶声要彦昌让她打够秋儿。彦昌说：

"想那秋儿乃是你亲生肉养的孩子，你刚才不打沉香，此刻也不该打秋儿！做娘的人，对小辈岂可有两样的心肠？"

桂英问不出个究竟，反而落了个两样心肠，跺跺脚，竟无可奈何地哭嚷起来了。彦昌心乱似麻，说是十年窗下，读了万卷书，现在竟一点用处也没有了，既不能动用夹棍，又不能举板拷打。两个孩子皆不肯道出真情，岂不焦急煞人？

经过一番冷静的思考后，彦昌终于想出一个办法来了，将夫人拉到屏风背后，建议一人查问一个，严加训斥，也许可以问出一个究竟来。夫人想了一想，点点头，同意彦昌的建议。

三十四、舍子

于是一人拖了一个，在左右两厢房进行查问。彦昌问的是秋儿；桂英问的是沉香。

查问结果：秋儿自承是凶手，说是："与哥哥毫不相干。"而沉香也自承是凶手，说是："与弟弟毫不相干。"

两老无法问得究竟；只好惊惧地彼此相望。

彦昌横想竖想，怎样也想不出妥善的办法来，最后，咬咬牙，以拳击桌，说：

"无论如何，总不能叫我的两个儿子一齐去抵命！"桂英问："依相公之见，应该送谁去抵命呢？"

彦昌眉头一皱，十分为难地沉吟久久；然后说："如果秦官保是沉香打死的，当然应该带沉香前去抵命，如果秦官保不是沉香打死的……"

"怎么样？"桂英问。

彦昌眼圈一红，噙着泪水答："如果秦官保不是沉香打死的，也该叫沉香前去抵命。"

"这是什么道理？"

彦昌说："沉香从小没有母亲，送沉香去，只有我一个人心痛；如果以秋儿去，那就两个人哀痛了！"

说罢，彦昌走去拉着沉香，挪步往外走去。桂英莫明究竟，忙不迭用身子拦住他的去路，问："你到什么地方去？"

彦昌两泪汪汪地说："带沉香到秦府去抵命！"

桂英正正脸色，问："相公，难道你忘却了当年圣母娘娘的救命之恩？"

彦昌咬牙切齿地说："事到如今，我倒希望当年在华山给老虎吃掉了，也好省却许多麻烦。"

桂英紧蹙眉尖，两只眼珠子骨溜溜地一转，咬咬牙，对彦昌说："那华山圣母为你受尽千辛万苦，今日如叫沉香去抵命，将来就永远得不到翻身之日了。所以……"

彦昌连忙追问一句："夫人，你的意思是——"

桂英两眼瞪大似铜铃，隔了很久很久，才迸出这么一句："所以应该带秋儿去抵命！"

彦昌闻言，"顿"的一声，双膝跪地了。

三十五、牺牲亲骨肉

王桂英连忙伛偻着背，将彦昌扶起。彦昌两泪汪汪，怎样也不肯起身，说是王桂英深明大义，为了解救华山圣母，宁可牺牲自己的亲骨肉，不让沉香去抵命，此种真情，真乃世所少有。彦昌受了感动，情不自禁地下跪在地，一来感谢桂英舍子之恩，二来惟恐桂英反悔。

但桂英坚定万分，虽然送亲生的姣儿去枉死，也不稍呈露悔意。彦昌感其诚，立刻唤叫沉香过来：

"儿啊！你母亲放了你了，还不过来与你母亲磕头！"

沉香闻言，"顿"的一声跪在地上，一边哭；一边说："妈呀，你的一番好意，我全明白。但是，那秦官保乃是孩儿亲手杀死的，与弟弟毫不相干，怎么可以叫弟弟去抵命？"

话语说到这里，彦昌再也不能瞒他了，当即将华山迷路、古庙投宿、雾中遇救、二郎逼离……的经过情形详细讲给沉香听。

沉香听了，泣不成声，不禁大声唤叫："娘啊！你也太苦了！"

"所以，"彦昌说，"你必须快快逃走，待你长大成人，好去华山搭救你的亲娘！"

沉香愈哭愈伤心，睁大泪眼，困惑地望着彦昌。

彦昌为了证实自己的话语，终于将那条血书取了出来，交与沉香观看。

沉香不停挥泪，暗忖："原来华山的圣母娘娘就是我的母亲，如今被囚华山洞中，日盼夜望，等我早日长大，好去搭救与她。"

于是，一咬牙，对桂英连磕三个响头！说是："母亲在上，请受孩儿磕拜。"

这时，外边忽然传来一阵零乱的脚步声，彦昌抬头一望，原来是家丁刘禄。

彦昌问："何事惊惶？"

刘禄欠身慢吞吞地作答："启禀大人，秦府派了几名官兵到来，说是我家少爷闯了什么祸事，定要抓他到衙门去抵命。"

三十六、手足情深

彦昌闻言，立刻从箱箧里取出两把宝剑，交与沉香。

"儿啊，这是雌雄剑，乃是稀世至宝，你年纪还轻，此番离家单独远走，逢到危急事情，也好以此防身。"

接着，王桂英也打开了银箱，取出几锭白银，连同衣衫一并包在一起，两泪汪汪地交与沉香，说道：

"沉香，你亲母此刻正在华山黑风洞中受苦刑，朝夕盼你长大成人，好去搭救于她。你此次出走，必须访得名师，传授法术，始可恢复你亲母的自由。"

此时，另外一个仆人又匆匆奔来，说是秦太师派人前来捉拿我家少爷了。

彦昌急若热锅上的蚂蚁，咬咬牙，吩咐家丁刘禄携拿被囊包袱，护送沉香出门。

沉香跪称："大人差遣刘禄跟随，但孩儿哪来如许盘缠？不如由着孩儿只身前往，随遇度日，待访得名师，即可上山救母。"

说罢，霍然站起，头上挽个双鱼髻，立刻换上粗布衣服，用一条黄色丝带缚在腰间，脚蹬草鞋，一边挥泪，一边拜别双亲；然后疾步向后花园走去。

沉香走向后花园时，他的弟弟秋儿已在园中相候。

秋儿明知自己死期已届；但手足情深，居然依依不舍地送了哥哥一阵。

两兄弟在后门分手，秋儿哭得肝肠俱断，抖着声音说了一句：

"哥哥珍重！"

听了这句话，沉香心似刀割，自觉由弟弟替死，究竟不合道理，正欲反悔时，彦昌已将后门关上了。

沉香站在门外，呆呆地站着，周身感到麻痹，想挪步起行，但是脚步沉重得如同铅铁一般。

就在这时候，那后门忽然"呀"的一声启开了。沉香回头一看，原来是满颊泪痕的王桂英。

"儿呀！为娘的还有言语对你讲！"

三十七、生离死别

沉香这才拨转身子，挪前数步，两膝跟着一屈，又跪在地上了。

"妈妈，有何吩咐？"沉香问。

王桂英用手绢掩在鼻尖上，"库"的一声，抹了一把鼻涕，然后用哑涩的声调对沉香说："儿啊！为娘的今天放你逃走，只为你亲娘现在黑风洞中受苦，必须由你前去搭救……你若救出亲娘，就该将为娘的舍子之事禀告与她，等待我故世之后，由你提携纸钱和香烛，到我坟前焚化默祷，也不枉我今天的一番苦心。"

这几句话，一字一泪，不但沉香听了犹如万箭攒心；即是站在身边的彦昌、秋儿和几个家丁，也无不以袖拭泪了。

此时，墙外陡起嘈杂声。彦昌惟恐耽延时间，沉香无法脱身，当即拉开桂英，吩咐沉香立刻疾奔。沉香横横心，说声"孩儿一定牢记在心。"当即举腿狂奔。

众人用泪眼望着沉香的背影，直到沉香转弯时，才发现彦昌晕倒在地了。家丁们忙不迭将他抬入后花园，用冷水喷在他额角上，把他救醒过来。

彦昌醒转，开口第一句便问着：

"沉香呢？"

桂英答："他已逃走了。"

彦昌用手揉揉眼睛，斜着眼珠对秋儿一瞅，心里感到一阵刻骨的悲酸，竟蹲下身子，无限悲恸地去拥抱他。

"儿啊，为父的太对不起你了！"

秋儿年纪虽小，却也很懂人事，同时也很够胆色，知道自己性命难保，还竭力装出镇定的模样。

彦昌感动之极，霍然站起，说是宁可丢掉官儿不做，也要带领秋儿出外逃命。桂英说："那秦灿倚仗势力，无恶不作，如今虽然告老退休，势力仍在。你想逃走，岂不要连累全族共亡！"

说到这里，秦府家丁已经率领衙吏破门而入，不问情由，就将秋儿拉去抵命。

三十八、白发老翁

沉香离开家门，走到荒野，惟恐有人识得他的面貌，故意用手抓了一把泥土，往脸上抹了两抹，俾能避过他人注意。

他心里说不出有多么的不舒服，自己闯下滔天大祸，却叫秋儿去抵命，如今，为了解救苦难中的亲娘，只好远离里门，前往华山探母。

沉香年纪轻，从未单独出过门，又不识路途，一边走；一边打听，专心访问名师，企图学得救母法术。

走了半个多月，抵达一座热闹的城市，问别人，才知道离开华山已不远，心下十分欣慰，当即走进一家招商店，租了一间清净的房间，住下来，歇脚休息。

店小二见他年纪轻轻，独自一人背了行囊出门，颇感同情沉香，端了一些好酒好菜给他提神。

沉香在路上走了半个多月，没有好好地吃过一餐；也没有好好地睡过一觉，见到酒菜，食欲大增，来不及举箸，就伸手抓来吃。

结果，吃得太饱了；再加上受了些风寒，眼前忽然感到一阵昏黑，头部隐隐作痛，腿一软，就闷闷恹恹地倒在床上了。

此时，夜渐深，店小二走来收拾菜碟，见状，不觉大吃一惊，连忙用手去按他的额角，发现他热度甚高。

"怎么办呢？"店小二焦急万分，"我该去请位郎中来替他把把脉。"

正这样想时，门外"笃笃笃"地响起一阵叩门声。店小二立即挪开脚步，走去拉开房门。

门外站着一位白须老翁，含笑盈盈，神情十分和蔼。店小二问他："你找谁？"

他压低嗓音说："我找刘沉香。"

店小二瞪大了一对受惊的眼，问："你认识他？"

白须老翁点点头，说："我是郎中先生，路过此地，知道沉香在此卧病，特地走来替他医治。"

三十九、太白金星

听了老翁的话，店小二益发惊诧不置了，忙问："你怎么会知道沉香卧病在此？"

老翁故作神秘地点点头，只笑不语。

店小二当即欠欠身，说："相烦先生里边坐。"

老翁跨过门坎，步履蹒跚，走到床沿，伸手替沉香把把脉。俄顷，回过头来，对店小二说：

"不要紧的，此病起自风寒与忧虑，待我从葫芦里取出三粒丸药，付与沉香吃了，保他无事。"

说着，揭开葫芦盖，倒出丸药三粒，授与店小二。小二接过丸药，恭身拜谢，抬起头来时，那白须老翁忽然无影无踪了。

"这是怎么回事？"小二问。空中蓦地传出一串笑声，小二好生诧异，举目观望，不见任何事物，但闻：

"我乃太白金星是也！"

店小二这才双膝跪地，连磕三个响头，心内称奇不已，暗忖：

"这刘沉香必系贵人，定当仔细侍奉才对。"

于是，取了一盅滚水来，扶起沉香，将丸喂与他吃。

沉香吃下丸药，立刻睁开眼睛，笑嘻嘻的，打了一个呵欠。店小二问他："有什么地方不舒服吗？"沉香摇摇头。店小二说："那就好了，刚才亏得太白金星搭救与你，要不然，真不知道应该怎么好了。"

沉香听后，困惑地闪闪眼睛，摇摇头，完全不明白他讲的是什么。

第二天一清早，沉香唤过店小二，付了账，背着行囊，继续赶路。

一路上，见人就问，纵然是大风大雪，也决不停步休息。继续前进。

这一天，大雪纷飞，天气严寒，沉香走到无人的荒野地带，但见满天雪羽，整个天地变成了白皑皑的银世界，四周静寂，而天色渐黑。沉香打了一个哆嗦，用手圈在嘴前呵热气，肚子饿了，但是前无宿店，后无村落。

四十、雪原一茅屋

沉香想起了家，禁不住泫然流泪了，一边哭，一边冒着风雪行路，前面只是白皑皑的一片，愈走愈无望。

天色暗下来了，沉香焦急万分。正感一筹莫展之际，忽然发现山脚有一所茅屋，透过漫天的雪羽，隐约可见昏黄的灯光。沉香兴奋极了，当即加快脚步，拼命向前奔去。

那茅屋有扇板门，没有上闩，正在风中忽开忽掩。沉香饥寒交迫，顾不得什么礼貌，当即挪步跨过门坎，冒冒失失地闯了进去。

这是一个很小的茅屋，很暗，只有桌上有一盏油灯。桌旁坐着一个老翁，白须白发，相貌奇秀，身穿黄色布衣，头上兜有"华阳巾"一条。

沉香走上前去，向他拱手施礼，说道："老伯伯在上，弟子叩拜。"

老翁拈须微笑，问："你是谁？"

沉香答："我姓刘，名叫沉香，家严刘彦昌，乃罗洲正印。"老翁又问："到此作甚？"

沉香说："外边大风大雪，弟子迷失路途，故而到此，万望老伯伯行个方便，允我借宿一宵。明早继续赶路。"

老翁笑笑，继续问他："你年纪轻轻，为什么一个人走到这荒野来。"

沉香当即将救母之意坦白述出，词意真挚。老翁听了，捻捻白须，像吟诗似的说了这么两句：

"过了一山又一山，终南山上有神仙。"

沉香忙问："终南山上有神仙？但不知终南山离此尚有多少路程。"

老翁瞪大眼睛，认真地对沉香一瞅，伸出手来，摊开五指，一言不发，挥挥衣袖，身形忽然化作清风，"嘘"的一声，完全不见了。

沉香暗吃一惊，心忖："莫非这老翁乃是天上神仙，见我走投无路，特来指点与我？但是，他为什么不告诉我终南山在什么地方呢？"

四十一、岭上问樵

沉香实在疲倦极了，用手背掩盖在嘴前，一连打了好几个呵欠。那老翁已经化为清风；茅屋里静悄悄的，只剩下他一个人。外边忽然吹来一阵狂风，将桌上的那盏油灯吹熄了。沉香忙不迭走去关门；然后蹑手蹑足地回到里边，伏在桌上，就沉沉睡去。

翌晨醒来，雪已晴，窗外有阳光射来，天气酷寒。沉香睡了一觉后，精神转佳，伸了个懒腰，走到门外去用雪团洗着面。

洗过面，打开包袱，希望能够找到一点干粮；但是干粮早已吃完。没有办法，只好踏着雪原，继续前进。

走了一阵，忽然站定了，心忖："我怎么可以毫无目的地乱走？那老翁昨夜不是暗示我到终南山去寻访师父。但不知那终南山在那里？"

再想想，终于想出个道理来了："那老翁摊开五指，当系五里路程。至于方向，不妨依照他坐的方向走去试试。"

这样一想，沉香立刻向西南疾步走去。走了三里路，发现前面有一座高山；于是卷起裤管，一口气爬上山巅，站定了，仔细向前眺望，发现前面又有一座高山。

沉香以为自己走错了方向，正想走回头路时，忽然忆起了昨夜老翁说过的那句话：

"过了一山又一山，终南山上有神仙。"

照此推断，终南山必定不远了，只要翻过这两座山岭，大概即可抵达。沉香兴奋极了，挪开脚步，先下山；然后又爬第二座。肚中虽然饥饿，但求师心切，倒也并不觉得力竭。

迨至翻过两个山岭，天色又黑下来了。沉香来到三岔路口，呆呆地站在那里，惘惘然，莫知所从了。

整整一天，他没有喝过一滴水，吃过一点东西，此刻夜色渐浓，既无投宿之处；又无烟火之家，心中一慌，泪水就像断线珍珠一般，簌簌掉落了。就在这时候，有个樵夫迎面向他走过来了。

四十二、前进白云湾

沉香喜出望外，忙不迭奔上前去，拱拱手，拦住了樵夫的去路。

"你是何人？"樵夫问。

沉香将自己的姓名及求师救母的意思坦白告诉他。樵夫听了，对他仔细打量一番，见他面目清秀，年纪轻轻，完全不像是个歹徒，因此，点点头，露了笑容，说：

"我家就在林中，离此不远，现在天色已不早，不如跟我回去，吃些粗食充饥，好好睡一觉，到天明时再走路也不迟。"

沉香闻言，认为此人言来甚有道理，断定他是好人，也就跟他进入森林。

抵达樵夫家，才嘘口气，四肢酸软，感到了无比的疲倦。樵夫家里没有第二个人，单身单口，专以砍柴为生。沉香觉得他很可怜，他倒认为惟有这样才能逍遥自在。他说："我已看破红尘。"沉香年纪轻，不懂这句话的含意。

吃过晚饭后，沉香倦极上床。清早起身，樵夫早已将馒头和稀饭端好了。沉香毫不客气地抓起馒头就啃，樵夫则眯着眼，笑得十分可爱。樵夫问他：

"你觉得倦不倦？"

"不倦了。"

"如果你愿意在这里多耽几天的话，今天我可以上镇去买些可口的东西回来给你吃，好吗？"

沉香摇摇手，说："家慈有难，不能延搁时日。你的好意，只好心领了。"

小孩子居然说了几句大人话，使樵夫益发欢喜他了。吃过早点，沉香掏出一锭碎银交与樵夫，樵夫怎样也不肯收受，说是："留着给你在路上花用罢。"然后，樵夫很关心地带他走出大门，伸手朝西南一指，说：

"由此一直走去，看见有宝塔出现时，就是白云湾了。"沉香问："但是我要去的地方是终南山？"

樵夫微微一笑，说："到达白云湾，再向人询问，当可通往终南仙界。"

四十三、牧牛童子

沉香拜别樵夫后，按照他的指引，一直朝西南方走去，走到日午时分，果然遥见山上有座细长的宝塔出现，知道已经抵达白云湾了。

此时，阳光明媚，景色秀丽，远山嶙峋，大自然像一幅画出现在眼前。

沉香觉得有点脚酸，挑了一棵大槐树，坐下，喘气休息。四周很静，仅山风猎猎，到处都是葱茏的树木，秀气蒸郁，身处高峰，极目骋怀，令人可以嗅到仙境的气息。

"大概终南山就在这里附近了，"他想，"但不知应该朝那一个方向走才对？"

想问人，始终不见有人走过。举目向四野扫了一圈，只见一片翠绿。

沉香不由得心慌起来了，暗忖："此处并无人烟，栖宿为难，怎么办呢？"

正感踌躇间，远处忽然传来一阵丝丝缕缕的横笛声，睁眼观看，果然发现山径上有个牧牛童子骑在青牛背上，一边信口吹笛；一边任由青牛慢慢地走过来。

沉香喜不自胜，忙不迭奔上前去，双手一展，拦住青牛的去路。青牛停住脚步，两只大眼睛骨溜溜地转了又转。那牧童也放下了短笛，咧着嘴，笑对沉香。

沉香问："请问终南山在哪里呢？"

牧童听了他的问话，耸耸肩，忽然嘿嘿作笑起来；然后用短笛权充鞭子，在牛屁股上打了两下，一言不语，只顾催牛朝前走去。

沉香大急，疾步追赶，拉住牧童的衣角，用枯涩的语调苦苦哀求："请你告诉我，终南山在那里？"

青牛又停住脚步，牧童眄斜着眼珠对沉香一瞅，正正脸色，问："你真的要去终南山？"沉香点点头。

牧童继续说道："这终南山啊，说远，可能还要走一千里；说近，也许就是在你的眼前！"

四十四、危险的索桥

沉香木然睐着牧牛童子，完全不明白他的话意。牧童微微一笑，伸手向天际一指，意思叫沉香顺着他的手指看去。沉香抬头观望，只见两旁峭壁高耸入云，中间有一条索桥，高高架在空中。

牧童说："这索桥一尺宽，十丈长，并无扶手，行走时全凭自己控制。"

沉香闻言，惊异万分，伸伸舌头，说道："这桥如何行走？"

牧童说："如何行走？我却不知。我只知道过得此桥，即为终南仙境。"

沉香这才恍然大悟，"哦"了一声后，说："原来是这样的，怪不得那樵夫吩咐我到这里来。路是对了，不过这索桥实在太危险；不知尚有他途可循吗？"

牧童略一寻思，两只眼珠子骨碌碌地一转，说："如果你没有胆量过索桥的话，只好从旱路前往了。"

沉香问："从旱路前往终南山，不知道要走多少路程？"

牧童用短笛向前一指，说："你必须越过前面的千山万水，少说也有千里之遥。"

沉香大吃一惊，说道："倘若再要行走一千里的话，我的亲娘岂不是更要多吃苦头了么？"

牧童见他那种彷徨无主的神情，不免有点恻然了，因此，撇撇嘴，对沉香作了如下的建议：

"既然你不想走远路，那么，同我一起骑在牛背上，将你渡过桥就是。"

沉香说："青牛如此笨重，那索桥又是如此的狭小，怎么能够走得过去？"

牧童脸一沉，说道："这是你的事，你自己作决定吧。"

沉香想了想，咬咬牙，说："为人迟早不免一死的，救母要紧，不若跨上牛背，舍命过桥去！"

牧童这才露了笑容，说："我不怕死，你又何必惧怕呢？"说罢，吩咐沉香跨上牛背，绕道向山巅走去。

四十五、青牛过索桥

走到山巅，牧童策牛前往索桥处。沉香见了，心内十分害怕，暗忖："这样狭的一条索桥，架于千丈岩石之上，怎能渡得过一条青牛和两个人？"

正这样思忖时，牧童回过头来，笑嘻嘻地对沉香说："你究竟怕不怕？如果不想过桥的话，现在还来得及，千万不要过到一半时再后悔。"

沉香略一寻思，咬咬牙，说："救母要紧，我不怕！"

牧童惟恐他临危转心，所以再追问他一句："当真不怕吗？"

沉香坚决摇头，说："我不怕！"

于是牧童用短笛在牛屁股上一敲，那牛如同通得灵性一般，小心惴惴地举起前腿，一步又一步地踩上索桥。

沉香骑在牛背上，但觉索桥左右晃荡，整个身子仿佛吊在空中，全无依凭。牧童叫他不要往下看，沉香不听，偏又俯视了一眼，头部立刻感到一阵嗳嚅，眼前出现无数星星。于是，双手紧紧搂住牧童，开始猛烈地发抖起来。

牧童马上叫他闭上眼睛，说是再忍耐一下即可渡过索桥了。这一次，沉香再也不敢拗执了，只好闭着眼，任由青牛摆布。

青牛一步继一步地从索桥上走过去，很慢，很慢，好像永远走不完似的。沉香心里跳得十分厉害，两排牙齿只管上下互击。

他愈急，愈觉得青牛走得慢。没有办法，只好幻想将来与亲娘重逢时的情景。他根本不知道亲娘的面容是怎样的，一切皆凭猜测。沉香在猜测亲娘的容颜中，他也感到了无限的欣慰。

就在他想起救出母亲的那一幕，牧童的笑声忽然将他惊醒。他睁开眼来，才知道已经渡过索桥，心中的一块大石终于移开了。

跟着牧童对他说："你看，这是什么？"沉香抬头一看，不觉猛发一怔。

四十六、三个仙人

原来沉香面前有一条矗立的岩石，石上刻着两个大字"终南"。

沉香知道业已抵达终南山，心中好不喜欢，忙不迭拨转身来，向牧童拱手作揖，表示谢意。

牧童哈哈大笑。刹那间，连人带牛全部化为青气，不知隐去何处了。

沉香惊极，认定此乃神仙引路，当即双膝下跪，连磕三个响头。然后站起身，兀自朝前走去。

这终南山显然与普通的山岭不同，到处都是笔架一般的崖石，长满了奇草异花，微风拂来，奇香扑鼻，且身上常有白云绕过，令人有身处仙境之感。

沉香漫无目的地边看边走，绕了几个弯，走入一座葱郁的小森林，黝暗不见天日，心中不免有点慌张。走出森林，为一大平地，有小溪贯穿其中，溪上架着一座小石桥。

桥边有一块大石，三个老人围坐在大石边，两个下棋；一个观看。

沉香站在一株斗状的大松树下，不敢走近去，只是用手猛擦眼睛，仔细察看那三人的外形。

这三人个个童颜有仙气：一个是跛腿；一个背着宝剑；一个袒露着大肚。

沉香略一沉思，不觉恍然大悟了，暗忖："这不是铁拐李、吕洞宾和汉钟离吗？"

于是，挪开脚步，飞也似的奔上前去，在大石前边站定，双膝拜倒，这时，沉香已感动得痛哭起来了。

那吕洞宾听到了声音，马上伛偻着背，用手相搀，拈一下长须，问："你是谁？"

沉香依旧低着头，止住啜泣，答："各位大仙，请发发慈悲。弟子姓刘名沉香，只因二郎神杨戬将我母压在华山底下黑风洞中，迄今已一十三年，使我母子不能享受天伦之乐，万望大仙传授仙法，好等弟子前去搭救正在黑风洞中受苦的母亲。"

四十七、八洞神仙

众仙听了沉香的话语，个个笑不可仰了。吕洞宾说："想不到这小小的童儿，胆敢向二郎神挑战了！"

汉钟离说："难得这童儿有此一片孝心。"

铁拐李以拳击膝，附和着说："对啊！难得童儿有此一片孝心。其实，关于华山圣母的事，我早已有所听闻，此刻见了报仇人，我也有点替圣母不平了！"

这时，山后忽然走出一个美貌女人，手持荷花，婀婀娜娜地行近来，见到沉香，开口便问：

"你可认识我们吗？"沉香摇摇头。

女人怡然一笑，答："我们是八洞神仙，我是何仙姑，难道你真的不认识吗？"

沉香这才大声唤叫起来："万望众仙助我救母！"

何仙姑心肠软，而且对二郎兄妹的纠纷，也最为清楚。因此，颔首示意沉香，要他磕拜众仙为师。沉香何等乖灵，立刻跪在众仙面前，拜了八拜。众仙个个哈哈大笑，说是沉香孝思可敬，不妨将他留下来罢。

从此，沉香就住在这奇区异境里了，一边修行，一边学道，在八仙教导之下，沉香进步神速。

约莫过了三个月，沉香救母心切，不见众仙授以法术，心中不免感到困惑。于是，大摇大摆地走入仙姑洞府，没好声气地问她：

"师父，弟子什么时候可以前往华山救母？"

"若要救母，尚非其时。"

"为什么？"

"因为你舅父神通广大，且有天兵追随相助，凭你目前这点能耐，实在是不能与他为敌的。"

"弟子已熟读兵书战策，只差未习仙法，但不知何日可获传授？"

"你今年才十三岁，一切都未成熟，且须再候三年，始可将仙法传授与你。"

沉香不敢多问，惟有唱诺退出。

四十八、仙山妙景

三年后，沉香已经十六岁了，学得一身好武艺，只是没有从八仙那里学到法术。沉香心中甚是焦躁，忍不住走去磕见吕洞宾，哭哭啼啼地说要前往华山救母。

吕洞宾见他哭得凄凉，连忙用手相搀，说："汝母身犯天规，罪孽深重，现被二郎神押在华山底下，上有高山，下无地路，那黑风洞早被二郎封住洞口，单凭你目前学就的这一点武艺想去解救汝母，实在是做不到的。"

沉香以袖拭泪，第二次又跪了下来："望乞开恩指引，弟子今世决不忘记师父恩典！"

吕洞宾又将他搀起，略一沉吟，拈须大笑了："也好，让我传授一些真法力给你罢！"

沉香心内大喜，破涕为笑。

吕洞宾当即命他双目紧闭，说声"跟我上山去"，两人脚下立刻出现了一朵祥云。沉香依嘱紧闭双目，但闻风声呼呼，全身软绵绵的，竟有了飘飘然的感觉，几次想睁开眼来看看，总不敢背悖师父的命令。一会，两人已升抵山巅，站定后，吕洞宾才叫他举目留神。

沉香睁开眼来一看，不觉暗吃一惊。这地方气瑞风和，山清水秀，到处都是绿色的万年松，林中仙鹿成群，白鹤争舞，真是仙山妙景，果然不同凡间。

"这是什么所在呢？"沉香问。

吕洞宾笑着说："贤徒，此乃天台山也！"

沉香闻言，只管贪婪地欣赏景色。吕洞宾兀自走进洞府去归座，然后大声唤道：

"贤徒，你且进来，待为师的教你一些法术。"

沉香不敢怠慢，当即窜入洞中，面朝师父，双膝拜倒。吕洞宾双目紧闭，口中念念有词。沉香知道那是真言妙语，可是一点也听不清楚。

稍过些时，香炉内冒起袅袅的香烟，洞内立即氤氲着一片青雾。沉香觉得眼睛有点酸，头部嗫嚅，不到半盏茶的时间，竟沉沉入睡了。

四十九、吕洞宾授法

沉香一觉醒来，浑身轻飘飘的，有一种奇异的感觉。他睁大了眼睛望望正在打坐的吕洞宾，想说话，但是喉咙好像被什么东西哽塞似的，说不出话来。

吕洞宾笑了，唤声"徒儿"，说道："从今天起，我将先教你十八般武艺，迨至样样精通后，再教你七十二般萱花斧，俾你劈开华山，救出汝母。但是单凭这一点武艺，你是绝对敌不过二郎神的，除非你能学得七十三变形。"

沉香听了，连磕三个响头。

吕洞宾打了个哈哈，说："此外，你随身带来的雌雄剑，乃是稀世奇宝，待你学成七十三变形后，当教你几套剑术，将来也有用处。"

说罢，在嘿嘿的笑声中，这位神通广大的仙人忽然不见了。沉香大起恐慌，东张张，西望望，显然有点无所措置了。正在踌躇间，空中蓦地传来了师父的声音：

"徒儿，你安心在此修炼，专心一志，不可有杂念。我去了！不必惦念我，到了适当的时候，我会来的！"……

从此，沉香日夜在洞府打坐，一心学道，将所有的尘念全部抛掉。吕洞宾说来就来，说去就去，没有定时，也没有定日。沉香天赋极高，随便什么法术，只要师父口授，他立刻就能心受。

所以，三个月过后，不但武艺精通，抑且学成了法力。两口雌雄剑，诛妖斩怪，十分厉害。

有一天，吕洞宾忽然又来了，笑嘻嘻的，一边拈须，一边对他说：

"沉香，你母子见面的时日不远了；现在且跟我回终南山去，为师的另有安排。"

沉香不便多问，只好驾起祥云，随同师父遄回终南山。七仙见了沉香，个个咧嘴而笑，说是光阴容易过，这孩子已经很像一个大人了。吕洞宾当即将沉香苦练的情形简单向众仙叙述一遍。众仙说："也该让他到华山去了。"

五十、龙吟虎啸

但是何仙姑说："今天是王母娘娘华诞，我们要去参加蟠桃会，如果让他下山的话，有什么急难之处，我们就不能去救他了。"

八仙联袂前去参加王母娘娘的蟠桃会，临行前，吩咐沉香留守终南山。何仙姑交了一把钥匙给沉香，千叮万嘱地告诉他：

"徒儿，这是藏宝洞的钥匙，交与你，千万不要将洞门启开，因为洞里有蛟龙虎豹镇守，你若擅入，斗不过它们，就会丧身的！切记切记。"

说罢，众仙驾起祥云，迅速腾上天空，须臾之间，就飞出沉香的视线。

沉香兀自留守"终南"，反剪双手，踱过来，踱过去，百无聊赖。他手中握着那把钥匙，横看竖看，不觉好奇心起，疾步走到"藏宝洞"口，心中暗思："此洞名为藏宝，其中必有大量奇珍稀宝，想来不会缺乏兵书宝物，待我启开洞门，走进去巡视一番，倘有发现，拿去拯救母亲岂不更好？"

　　于是，取出钥匙将门启开，刚挪开脚步，里边就传出惊心动魄的龙吟虎啸。好在沉香早已学得仙法，倒也十分安详镇定。那龙虎依旧在张牙舞爪，似欲阻止沉香入内，沉香用手一指，叱道："畜生，休得无礼！"

　　说也奇怪，那龙虎经沉香一喝，居然乖乖地蹲了下来，睁大眼睛，闪呀闪的，凝视沉香挪步前进，绝无敌意。

　　沉香走过一重洞门，直向内洞走去，只见满目桃树，树上尽是红熟的仙桃。沉香口渴，当即摘了两只食用，下肚后，果然精神饱满。

　　稍过些时，沉香进入第二重洞门，举目观看，竟发现山石上置着一只大葫芦，走近去一看，才知道这是长生不老仙丹。沉香颇为好奇，捧起葫芦，揭开盖头，倒了几粒出来，往口中一塞。然后是第三重门，刚入内，就被熠耀的金光刺得睁不开眼。沉香用手掩盖自己的眼睛，定定神，才看出面前尽是金盔金甲。

五十一、龙驹腾云

这东西是作战用的，沉香知道。但是他需要的是兵书宝物，所以只好继续前进。

沉香进入最后一重门时，才发现许多梦寐难求的东西。首先，他找到了"三略法"和"六韬文"；其次是一匹龙驹和一只"龙纹金镶袋"，袋里插着五枝狼牙箭；最后，他看到了一把"萱花钺斧"。

这些都是沉香需要的东西；尤其是那把萱花钺斧，乃劈山必需之物。沉香欣喜若狂，忙不迭走过去，紧紧握住斧头，擎起，临空猛劈，觉得极易使用，因此爱不释手了。

他仔细察看斧头，竟在斧柄上看到这样一项红字：

"赐与沉香救母亲"

至此，沉香才恍然大悟了。原来，师父早已知道他会进洞的，故意将钥匙交给他，俾他骑上龙驹，携带龙纹金镶袋和萱花钺斧，前往华山救母。

沉香当即翻上金鞍，龙驹怒啸一声，前蹄临空舞了几下，立刻如飞窜出"藏宝洞"。

就在这时候，空中忽然传来一阵大笑声，沉香抬头观看，只见白云朵朵，并无人影。未几，笑声中止，天际有人大声唤叫：

"沉香听了！你武艺已学成，快快下山去吧！"

沉香闻听，立刻翻下马鞍，双膝拜倒，一边磕头似捣蒜；一边问：

"弟子此番下山，还望师父指点。"

空中的声音答："你下山后，先到灌江口，恳求二郎真君释放你母亲。"

"他若不肯呢？"沉香问。

空中的声音答："他与汝母乃是同胞兄妹，即汝之舅父，非必要，不可动武。"

说罢，云堆里射出万道瑞光，刺得沉香睁不开眼来。沉香一味拜倒在地，迨至瑞光消逝后，始抬起头来，跨上马鞍，驾起祥云，龙驹便在空中疾奔。从"终南"到灌州，路程不近，但是因为驾的是龙驹，所以不消一刻功夫，就抵达灌州城上空了。

五十二、七圣之一

沉香俯首一看，知道已抵灌江口，心中十分欢喜，当即敛雾收云，用手往龙驹屁股上连拍数下。龙驹通晓灵性，点点头，往下一窜，刹那间就落在尘地上了。沉香翻身下鞍，举目观看，发现前面站着一个彪形大汉，头戴金盔，插着两根长长的双凤翅，身穿百锁连环甲，布满了鳞片，在阳光底下熠呀耀的。这人腰间围着一条羊脂玉带，挺胸凸肚，十分威武，左手牵着一匹大白马，右手执着金棒一根，见到沉香时，用裂帛似的声音问：

"来者何人？"

沉香闻言，疾步走向他前，心忖："此人身材魁梧，神采奕奕，想来一定是我的母舅了！"于是，双手一拱，微笑着叫了一声：

"舅舅！"

那人依旧怒瞪双目，指着沉香问："你是谁？到此作甚？"

沉香这才怯怯地答："我姓刘，名叫沉香。家母乃是华山神仙，只因犯了天条，被我母舅二郎君囚禁在华山黑风洞中。我此番前来恳商母舅将家母释出。"

那人呵呵大笑了，笑声如雷。沉香大感诧异，问他为何发笑，他说：

"让我老实告诉你罢，我不是你的母舅杨戬，我乃梅山七圣之一袁洪是也，与你母舅曾经义结金兰。"

沉香问："既是二郎君好友，当知我舅在何处？"袁洪说："二郎君到王母娘娘处拜寿去了。"

沉香问："什么时候可以回来？"袁洪说："此去至少两百多年。"

沉香听了，瞪大一对受惊的眼，忙问："王母做寿，乃是一日间之事，为何要去两百多年？"

袁洪说："沉香，你年纪轻，不懂天上的规矩。天上过一个月，等于凡间过一百年；天上过两个月，等于凡间两百年。所以，你要见他，就须耐心等待。"

五十三、二郎庙

沉香心内十分不悦，暗忖："这便如何是好？我一心下山搭救母亲，不料他去参加蟠桃会了，怎么办呢？"

沉香在"天台"时，吕洞宾曾经对他说过："欲救汝母，必须先到灌口去盗出金光宝塔。此塔乃华山之镇山宝，盗得该物，即可前去劈山矣！"

现在，杨戬既然不在，正好盗取宝物之时，不该在此趑趄不前。但是，转眼一想，此事真也鲁莽不得。那宝塔经常藏在灌州城的二郎庙中，此庙日夜由梅山七圣看守，岂容随便入内盗取宝物？幸而在此遇见了袁洪，正好将情由对他说明，也许可以不费吹灰之力，就能骗得金光宝塔。

打定主意，先露笑容，然后柔声细气地对袁洪说："你是我舅舅的结拜兄弟，舅舅不在，这里的一切谅必是你在掌握了。"

袁洪点头，说："这是理所当然的。"

沉香继续作了这样的一个要求："既然如此，能否将庙里的金光宝塔暂借与我？"

提到"金光宝塔"，袁洪立刻正正脸色，说："别的东西还可商量，只有这金光宝塔向来收藏在宝库里边，不获二郎同意，谁也不敢擅自启开……现在，我还有一点小事需要料理，只好少陪了。"

说罢，两脚一跺，瞬息间就完全无影无踪了。沉香取不到"金塔"，心内十分纳闷，暗忖："取不到金光宝塔，就不能前往华山救母，长此耽搁在灌口也不是个道理，这便如何是好？"

沉香一边寻思；一边没精打彩地走进灌州城。此城人口稠密，长街挤拥不堪，两旁商店林立，到处都是嘈杂的叫卖声。稍过些时，沉香发现自己已经站在灌江口边了，抬头一看，前面正是香火鼎盛的"二郎庙"。

这庙建筑雄伟，装修威严，进门处与寻常庙宇有着显著的不同。

五十四、祭起雌雄剑

这里没有四大金刚，却排列威武的梅山七圣。大殿上置着一尊二郎真君的塑像，三目炯炯，仿佛有三道光芒射出。沉香没见过舅舅，此刻终于获得了一个深刻的印象。

沉香绕过大殿，发现一扇半掩着的小门，推门而入，原来是一座花园，到处都是异花奇草。园中有一条长廊，十分整洁。长廊尽端，赫然是铜门铁壁的宝库。于是东张张，西望望，不见神兵守护，知道良机难得，立即纵身园中，拔出背上的雌雄剑，掐个指诀，用手一指，就将雌雄剑祭在空中。雌雄剑登时变成两条火龙，在云斗里张牙舞爪。稍过片刻，双龙同时张开大口，喷出两道火焰，轰隆隆地直向宝库射出。此时，天空赛若火海，烟雾氤氲，不但惊动了全城居民，连贪懒的神兵们也无不从睡梦中惊醒。神兵们在仓猝中赶来观看，发现大殿的一角已着火，忙不迭祭起圣水灭火。

沉香故意火烧大殿，旨在"调虎离山"，趁神兵们忙于救火时，马上用"萱花钺斧"劈开库门；然后飞也似的奔向内库，抢得宝塔，收起雌雄剑，驾起祥云，升上天庭，前往华山。

迨至神兵扑灭火势，七圣亦已赶到。在忙乱中，发现库门大开，连忙走进去点数，才知道"金光宝塔"被人盗走了。

大家猜不出这是谁做的"好事"；但是袁洪心里有数，遂将遇见沉香的经过情形讲与六圣知道。六圣闻听，个个怒容满面，大骂沉香不该烧庙盗宝。"这古庙已有千年历史，从未有过损坏，今被沉香这小子放火烧成这个样子，二郎回来，定必归罪我等兄弟。我等若不把沉香擒住，将来有何面目见诸大哥？"于是，七圣齐集广场，向各方点数神兵，全部顶盔贯甲，驾起祥云，一起升向空中。沉香托着宝塔，以为冲破了第一关，心中十分喜悦，不料，后边战云滚滚，刀枪叮当，回过头去一看，才知道梅山七圣率领大批神兵前来追赶于他了。

五十五、拔剑迎战

"糟了！"沉香暗自忖度，"他们人多兵勇，我一个人怎能抵挡呢？"但是事已至此，只好拔起雌雄双剑了。

沉香站定一看，发现满空杀气，云堆里旌旗招展，几十个神兵排成两行，各执刀枪，在阳光中闪呀闪的，甚是耀目。

两行神兵中间站着梅山七圣，个个圆睁怒目，存心要跟沉香比较高低了。沉香心里有点慌；但是事已至此，退既不能，惟有挺身而去。

他持着雌雄两剑迎上前去，但是袁洪已经大踏步地走过来，一见沉香，大声咆哮：

"小孽种，你为什么放火焚烧二郎庙？"

"二郎庙并未焚毁！"

"但是你为什么要将金光宝塔偷去？"

"我要解救母亲之苦。"

"你母亲身犯天条，罪有应得，你岂可擅自盗取宝物，酿成滔天大祸？好，你既如此无理，我也不能饶恕你了。你若知趣，快快下跪受缚，如若不然，休怪我袁洪无礼！"

沉香闻言，不由得哈哈大笑起来，说："我与二郎乃是甥舅至亲，借用他的宝塔，与你有什么相干？"

袁洪大怒，暴跳如雷："小孽种，快来送死吧！"

沉香纵身跳起，避过袁洪金棍，站在高处，边笑边说："你们休仗人多马盛，我沉香才不会惧怕咧。如若不信，请来一决高低，管叫你们一个都逃不回老家。"

袁洪愈听愈气恼，当即舞动金棍，指着沉香大骂："小鬼胆敢口出大言，今天遇到你大爷，非把你生擒活捉不可！"

沉香倒也狡猾，见他如此逞强，也就改用冷言冷语讥讽他了：

"袁洪，听你口气，好像威武得很；既有这般能耐，就不该率领大批人马来此。你若有胆，快快叱退兵将，与我单独交战，才能称得英豪。"

此话终于激怒了袁洪，他拨转身去，大声对其他六圣说："列位贤弟听了，你们快率领神兵退后，这里的事，由愚兄一人来担当好了。"

五十六、云端恶战

梅山六圣闻听，当即隐去身形，各自带转神驹，退将远处去了。袁洪自己也跳下马来，吸口气，舞动金棍，但见金光形成大圈，在云斗里滚来滚去，仿佛一个疾转中的光轮，连袁洪的身形也不见了。

沉香一看，知道袁洪棍法厉害，忙不迭踪开闪避，不让他近身。袁洪击不到沉香，气力完全白费，心内怒火欲燃，不由得暴叱一声：

"小鬼！有胆的快来迎战！……"

沉香不待他讲完，立刻悬空打一个筋斗，宛若飞箭一般，只见一团光华在阳光中熠耀，气势远较袁洪为大。袁洪起先有些轻敌，此刻见他剑法高超，造诣不凡，心中不免暗吃一惊；但事已至此，当然不能临阵退却，惟有举起金棍，咬咬牙，朝剑光闪处，猛击一下。这一击，登时响起铮锵之声，袁洪以为占了上风，竟将金棍舞得虎虎作响。

不料，沉香人细鬼大，看出他迭走险招，认定此公有勇无谋，乘机屏气一跃，窜入半空，由上向下，持剑俯冲，然后一挥一挑，瞬息间，将袁洪金盔上的两根雉毛斩断。

袁洪伸手一摸，说声"好险"，收起金棍，向后倒退数步，圆睁双目，骄气尽敛。

沉香笑了，笑他老大无用。袁洪又气又恼，暗忖："我这偌大年纪，如果败在稚子手里，今后还能在天兵天将中间逞强吗？"

这样一想，双目对沉香一扫，咬紧牙关，抡起金棍，照着沉香头颅劈去。沉香忙用双剑相迎，瞬息间，两人终于战成一团了，忽上忽下，在云端恶战数十回合，只见剑棍交加各自逞强，不分高低。

袁洪素在梅山称王，武艺高强，声名远播，但是遇见了十六岁的沉香，尽管连看家本领都使了出来，还是无法将他击败。

正在焦急时，忽闻沉香大声讪笑了。

五十七、银光闪闪

沉香边笑边骂："猴怪！我道你武艺高强，原来是银样镴枪头，中看不中用！"

袁洪闻言，怒往上冲，不答一言，只顾举棍乱打。沉香连忙收剑跃开，矫若游龙；然后定定神，暗中诵念咒语，举起右臂，五指一松，只见那柄雄剑似同银色流苏一般，直向天庭祭起，忽儿左，忽儿右，既急又快，吱吱作响。

袁洪抬头观看，发现那银光闪闪的宝剑，像游龙一般，直向自己头上扑来，心内大起惊慌。可是，一时又不知道这是什么宝物，没有办法，只好念句咒语，化为金光，遁空而去。不料，变化时心急慌忙，不留神掉下了那只金盔，刚跳开，就听到"喀喇"一声，回头一瞧，原来金盔已被宝剑斩成两块。

"好险呀！"

袁洪虽然已将身形隐去，但是见到金盔被劈，心里也不由得扑通扑通地剧跳起来。

沉香斩不到袁洪，只好伸手将法宝收回，举目远眺，不见袁洪，心下不免暗暗窃笑。

这时，袁洪失去金盔，模样甚是狼狈，心忖："这童子倒也厉害，无怪如此骄傲了。现在，金盔已失，他必定在讪笑我无能，我袁洪若不将他擒住，以后还能逞强吗？"

于是，咬咬牙，两腿一纵，像枝箭般窜到后边，找到其他六圣。六圣见他神情沮丧，知道已为沉香所败，个个目瞪口呆，不信沉香有此能耐。

"兄长，那沉香小子究竟有何法道？"大家用惊异的眼光问。

袁洪摇头叹息，说沉香人虽细小武艺高强，随身携有宝剑两把，疾似电光，有降龙伏虎之力。

六圣一听，脸色大变，忙问："但是总不能让他将金光宝塔盗去，要是给二郎大哥知晓的时候，你我兄弟脸上皆无光彩。"

袁洪略一沉吟，然后决定合力兜捕沉香。

五十八、洒豆成兵

沉香杀退了袁洪，满怀高兴，正拟驾云前往华山，后边蓦地响起一阵嘈杂声，猛一回头，才知道梅山七圣率领大队神兵前来追赶他了。

至此，沉香不得不站定脚头，拨转身，手持双剑，等候他们前来交战。

七圣见到沉香，个个怒气冲冲，擎起武器，齐声高嚷：

"大胆小畜生，快将金光宝塔交还，如若不然，定叫你永囚地牢不见天日！"

沉香闻听，不觉哈哈大笑，说道："快快释放我母，否则，休怪我宝剑无情！"

接着，你骂一句，我叱一语，话不投机，立刻就交起手来了。沉香只有一个人，顾得前，顾不得后，砍得左，砍不得右，没有办法，只好从锦囊里掏出一把黄豆，说声："变！"然后将豆粒往空中一洒，刹那间，那些豆粒完全变成了天兵，各执刀枪剑戟，奋勇上前迎敌。

梅山七圣防不到沉香有此一手，无不吓了一跳，给沉香手下的天兵占了上风，由攻势改为守势。两边陷入混战，杀声四起，大家在云斗里拼命厮杀，但闻刀枪进击，金光闪耀。沉香知道七怪并无仙术，不难对付，当即一个筋斗，翻出战团，口中念动真言咒，摇身一变，变了个南方"火德星"，张开大口，吐出一条"丙丁火"，烧得七怪再也不敢恋战，忙着纷纷向后退去。

沉香打了胜仗，立刻转为原形，伸手一招，云堆里的"天兵"们马上变成一撮豆，重新回入沉香手中。

战云尽消，一切都恢复原有的安详。沉香急于前往华山救母，立即驾起祥云，飞得比风还快。

不多久，华山已在望，心内喜悦，情绪登时紧张起来。稍过些时，沉香已经落在华山顶巅，四望无人，立即拔出萱花钺斧，双手一抡，照着山头就劈。

这一劈，终于惊动了华山的张土地神。

五十九、崩成两边

土地神张公正在山腰打盹，忽然被一声巨响惊醒，连忙拄着手杖，跄跄跟跟地走上山顶，一见沉香，忙问：

"你是谁？"

"我姓刘，名叫沉香。"

"来此作甚？"

"来此解救我母。"

"令堂现在何处？"

"家母被二郎神囚禁在华山底下黑风洞中。"

张公一听，才知道这劈山少年乃是华山圣母的儿子，定定神，拱手道：

"原来是公子来了，未曾远迎，当面恕罪……"

沉香急于解救生母，不待张公把话语讲完，立刻大声吆喝道：

"快快释放我母，倘有所违，定叫你粉身碎骨！"

张公闻言，忙不迭双膝下跪，一边磕头似捣蒜，一边抖着声音说：

"太子息怒，只因二郎神早下法旨，命我在此看守，倘若放走汝母，二郎回来，一定要罚我到边境去充军的。"

沉香微微一笑，说："张公，你且放心，我决不会难为你的。你若不便启开洞门，我自有他法解决。"

说罢，抢起大斧，咬紧牙关，又照着山顶猛劈一斧。这一劈，力道奇大，犹如山崩地震，使华山的走兽飞禽全部惊叫起来。

张公第二次又跪了下来，苦苦哀求沉香不要继续劈山，惟恐二郎神知道了，走来降罚于他。

沉香救母心切，哪里肯听张公的劝告？尽管张公磕头求拜，他还是使出浑身劲道，一斧继一斧地猛劈华山。依照沉香的意思：刚才既已杀退梅山七圣，彼等定必前往蟠桃会报与二郎神知道。现在，二郎神尚未来到，何不趁此劈开华山，将母亲救出再说。

这样想时，双手擎起大斧，照准罅口，用力猛砍，但闻霹雳一声，华山登时崩成两边，刹那时，形成了无数奇峰峻岭。接着，沉香又拿起斧来一连砍了三斧。

六十、甥舅交战

三斧砍下，华山便像刚从熟睡中惊醒的巨兽一般，浑身抖动了。沉香发现华山已裂成两边，心中暗暗欢喜，正拟举斧再劈，云堆里忽然有人怒叱：

"小孽种，休得猖狂，快快还我宝塔，如若不然，今天定叫你不得好死！"沉香抬头一看，原来云堆里站着一个大汉，头戴三山帽，身穿锁子盔甲，透红的脸色，微须，三只眼，手持三尖两刃锋，威风凛凛，杀气腾腾。

沉香觉得此人十分面善，仔细一想，才发觉这位神将与二郎庙里的塑像完全一模一样，心忖："莫非他就是我的舅父？"

这样想时，二郎真君用刀向沉香一指，怒气冲冲地大声叱骂：

"小孽种！你为何将我的金光宝塔盗去？你为何放火烧毁我的庙堂？"

听了这两句话，沉香认定他是杨戬，当即收起萱花钺斧，昂着头，先堆上一脸笑容；然后拱拱手，双膝跪地："舅父在上，外甥戴罪叩见。"

杨戬三眼齐睁，用如雷的声音问："我问你，为何烧毁我的庙堂？"

沉香答："烧毁庙堂，旨在调开神兵的注意。调开神兵，为的是想借用金光宝塔。"

杨戬问："金光宝塔乃是华山镇山之宝，你借去有何用途？"

沉香当即连磕三个响头，然后苦苦哀求："求舅父看在外甥脸上，将我亲娘释放出来吧。她老人家因在这里，已经足足十六个年头了！"

杨戬脸一沉，厉声疾气地嚷："小孽种，不提你母，倒也罢了，提起你母，我恨不得立刻将她杀死！老实说，汝母罪孽深重，今生今世休想再获自由！"沉香闻言，怒不可遏，立即站立身来，大嚷："舅父，你若放出我母，万事全休，否则，莫怪外甥无礼！"

杨戬"哑"了一声，骂道："小孽种乳臭未干，休在这里口出狂言！看刀！"说罢，三眼冒火，举起三尖两刃刀对准沉香头颅用力猛砍。

六十一、杨戬挑战

沉香不敢怠慢，连忙举起萱花斧一挡；然后两脚一点，纵身跃上云堆，扭转所处劣势。杨戬咬咬牙，正拟举刀向沉香猛击时，云堆里忽然钻出一个太白金星，站在甥舅中间，高举手，面对杨戬，高声唤叫：

"二郎真君，你且息怒，那沉香虽然举动粗鲁，实因年幼无知。此番远道来此，难得他一片孝心，你是他的舅父，岂可擅动杀念？"

杨戬听了这番话，当即收起三尖两刃刀，定定神，开始为自己分辩：

"尊神言来有理，但沉香这小孽种不该盗了我的宝物，还用火焚毁我的庙堂！想起此事，怎不令人恼怒？"

太白金星说："沉香急于救母，以致开罪真君，情有可原。"杨戬说："我能原谅他的过失，但却不能坐视他劈开华山。"

沉香听了，连忙插嘴道："既然舅父不准我劈开华山，那么，请你快将我亲娘放出！"

杨戬伸手一指，怒叱："汝母身犯天规，岂可随便恢复她的自由。"

沉香正正脸色，说："不放我母，莫怪外甥无礼。"

说罢，舞动萱花斧，照准华山，又是猛砍一下。华山裂开了，发出巨大的声响。杨戬举起三尖两刃刀，厉声疾气地对沉香说："小孽种，你一定活得不耐烦了！"

言犹未了，刀光一闪，疾似飞箭一般，斩向沉香。沉香连忙身形一偏，不敢用萱花斧去招架，幸亏他身手敏捷，提一口丹田真气，两脚一点，跃起纵入云层中去了。杨戬见他如此灵活，心下自也暗暗吃惊；只因事已至此，也顾不得太白金星的劝告了，擎起三尖宝刀，存心与沉香决个雌雄。但是沉香只顾走避，却不迎战，因为当时离开终南山时，师父曾经一再叮咛他："非必要，不可与杨戬动手，免得伤和气。"为了这个缘故，尽管杨戬一再向他挑战，他总不肯放下利斧，拔出雌雄双剑。

六十二、拔出双剑

杨戬怒不可遏，举刀便向沉香刺去，沉香身形一矮，立刻跃起数丈，避过这锋利的一刀；然后放下利斧，拔出雌雄双剑，跃到杨戬背后，不但解除了危机；抑且处于有利地位。如果是别人，沉香占得优势，岂肯随便放松，早就腾空使威，趁其不备，猛劈一剑，伤其要害了；无奈杨戬究竟不是外人；若在暗中施器，未免有失情面。

不料，沉香心软；但杨戬却根本不将他认作外甥。尤其给他戏弄了一下后，心中怒火大燃，倏地一个转身，立刻又是一刀。沉香忙不迭举起双剑招架，虚晃一下，不觉捏了一把冷汗，心忖："这做舅父的人也未免太狠了！"当即跃出圈外，佯装闪避，实则改采攻势。杨戬见他避战，颇存轻敌之意，冷不防给他回身一剑，险些被他刺中右臂。幸而杨戬武艺高强，只闻铛的一声，及时举起三尖两刃刀，挡住了沉香的剑尖，才算没有中计。

杨戬一直小看沉香，以为只须两三招即可将他降伏；但是经此一剑，却也觉出沉香剑法不凡，必系名师所授，心中一动，不能不提高警觉。

"小孽种！出手就是杀招，岂不叫人恼怒？今天非给你一些厉害看看不可！"

说罢，刀光一晃，纵身向前，刷刷刷连刺三下。沉香身形常变，矫若游龙，舞动双剑，边阻边劈。于是甥舅两人终于扭作一团了，一个刀砍，一个剑挡，只见火星四溅，叮当作响。

这时太白金星目睹两人杀得难分难解，连忙驾起祥云，前往上界报告众仙。

"各位大仙，事情不好了。"

"何事惊惶？"众仙问。

太白金星气急败坏地答："那沉香救母心切，烧了二郎庙，盗取金光宝塔，单身前往华山乱劈。事为二郎真君知悉，连忙赶去阻拦，舅甥一言不合，竟厮杀起来。"

"现在仍在厮杀中？"

"是的。"

六十三、念动真言

吕洞宾在蟠桃会上喝了不少酒，听到这个消息，惟恐沉香败下，立即驾起祥云，前去察看真情。

八洞神仙乃是沉香之师，闻听太白之言，个个驾起祥云，跟随吕洞宾之后，前去助阵。

稍过些时，遥见战云密布，只听叮当连声响，才知甥舅仍在拼命厮杀。

那杨戬本性傲岸，向来目中无人，如今与沉香合上几招后，见他剑法迅捷，再也不敢轻视于他了。沉香则愈战愈勇，迭走险招，存心给杨戬看看自己的功夫，初无伤害之心。但杨戬却战来十分认真，左削右劈，丝毫没有相让之意，只是不能立即取胜。

杨戬使用的三尖两刃锋乃是一种怪异的武器，常人少见，每与交战，必难招架。沉香为人乖灵，加之内力充沛，刀来剑挡，倒也应付从容。

两人拼了五六十招，始终难分高低。杨戬轻敌于先；焦躁于后，此刻更是气喘吁吁，刀法渐乱。小沉香身法奇妙，赛若游龙，窜起纵落，闪避如风。二郎神连遭小挫，心内气愤，当即收起大刀，往上一跃，口中念动真言，拟用仙法将沉香压在华山底下。

沉香武艺虽强，论道行，究竟比杨戬差。杨戬念动真言后，浑身金光四射，照得沉香四肢酸软，无力举剑，急忙中，不觉大声高叫：

"师父快来救我！"

幸而八洞神仙及时赶到，个个圆睁怒目，说是："倘若沉香败下阵来，你我脸上皆无光彩。"

何仙姑尤为不平，慌慌张张地立刻要去解救沉香。但是吕洞宾伸手一拦，说："二郎神通广大，我辈不可轻举妄动，待我传召三十六洞府以及十州三岛的神仙，一齐前来助战。"

曹国舅插嘴道："索性连九天玄女娘娘也请来吧。"韩湘子加上一句："还有百花四姐。"

吕洞宾颔首称是，两眼一闭，口中念念有词，开始传召众仙。

六十四、众仙混战

稍过片刻，祥云滚滚，轰雷掣电，不但三十六洞府的神仙们陆续赶到，连雷公电母居然也被吕洞宾邀来助战。

又过些时，十州三岛的神仙们也各持兵械，纷纷赶到。何仙姑见沉香被二郎的金光所困，亟欲前去解救，亲自挥舞双剑，飞也似的窜向二郎身旁，刷的一下，照准二郎右臂削去。二郎机警，闪避得宜；但何仙姑已将沉香拉出金光圈，纵身跃起，终告无事。

二郎正感得意时，忽见上空杀出一个何仙姑来，事先并无准备，因此给何仙姑将沉香抢走了。

"何仙姑怎么会来的。"他想。

在极度的踟蹰中，偶尔抬头一看，不觉大吃一惊，只见十州三岛三十六洞府的神仙无不举枪持刀，已形成了一个包围圈。

这一下，可吓坏了二郎真君。杨戬只道沉香乃是三妹的小孽种，想不到竟会因此触怒了这么多位神仙，想解释，但已无从解释。没有办法，只好念动真言咒语文，宣召众神来助。

他先召四大金刚和八位菩萨；继而又召六丁六甲众天神；然后又召了张天帅、郭将军和马、赵、温、关。

但是抬头再一看，发现九天玄女娘娘和百花四姐也站在八仙那一边，知道难于对敌，立刻又将哼哈二将、孙悟空和托塔李天王的三位太子也传了过来。

于是，摆下天罗地网，分成长长的一排，在战云和雷电中，与八仙率领的众神开始混战了。此战牵连太广，众神各显神通，搅得乾坤乱转，天翻云覆。双方杀了七日七夜，始终不分胜负。

孙悟空一心帮助二郎神，居然使出撒手奇术，拔下汗毛，用口一吹，立即变成数万猴头，扰得三十六洞府神仙势难应付。吕洞宾知道孙悟空变化多端，心中早有打算，待他吹毛成猴兵后，马上宣召白鹤大仙前来助战。

六十五、哪吒斗白鹤

孙悟空拔毛一吹，立成数万猴兵，东砍西杀，扰得众仙个个无心恋战。吕洞宾急召白鹤大仙前来，请其对付猴王。白鹤大仙听闻真语，立即走出洞府，足尖一点，身形疾似长箭离弦，刹那间就赶到交战之处，举目观看，但见猴兵到处骚扰，立即摇身一变，变成数百只鹞鹰。猴兵们什么都不怕，只怕鹞鹰来啄，如今见到满天鹞鹰，无不凄凄惶惶地缩作一团。孙悟空知道鹞鹰厉害，惟有收回猴兵，垂头丧气地败下阵来。

这时哪吒正在云斗中杀退了汉钟离和长眉大仙，转过身来，发现孙悟空败下，不觉怒往上冲，立刻现出三头六臂，脚踏风火轮，气势汹汹地上前去迎战。

白鹤大仙手持双连金钩，乍见哪吒来袭，忙将金钩舞成火圈，挡住哪吒的长枪，使他无隙可乘。哪吒年少气浮，竟不顾金钩厉害，冒险冲去，只见钩上链条"嘘溜溜"的一声，将哪吒的枪头紧紧捆住。哪吒见此情形，自也惊诧万状，咬咬牙关，猛力往后抽拉。可是怎样也不能将长枪拉出，因此，心中大为焦急，马上探手锦囊，趁其不备，"嗖"的打出一枚金弹，疾似流星，不偏不倚，刚刚击中白鹤大仙右肩。大仙冷不防中了这一弹，整个右臂登感麻痹，只好放下双连金钩，负伤遁去。

哪吒得手，正拟前去捉拿沉香。百花四姐急从空中纵落，用手一指，大声喝道："哪吒小子，休得无礼！"

哪吒给她这么一喝，不由得愣了一愣，目瞪口呆地望着她，不知应该如何是好。

百花四姐继续说道："他们是甥舅不和，与你有什么相干？"哪吒怒红了脸，照样直着嗓子为自己的行动分辩："那华山圣母身犯天规，我等奉命看守于她，今沉香来此捣乱，岂可不加阻拦？"

百花四姐说："沉香乃是圣母之子，此番排除一切困难，前来解救其母，我辈当予协助，你怎么要阻拦他？"

六十六、甥舅斗法

哪吒说："犯天规者，罪有应得，沉香到此乱劈华山，必为玉皇不容，所以要将他拿住！"

百花四姐见哪吒不肯让步，立刻伸出右手，向空中丢起"乾坤金罩"，唬得哪吒马上隐去身形。

此时，百仙交战，情况激烈，云雾滔滔，日月无光。那杨戬与沉香仍在死拼，战来旗鼓相当，难分轩轾。

杨戬眼看沉香愈斗愈勇，当即收起三尖两刃刀跺跺脚，一边掐诀，一边念咒，念了三遍咒语后，一朵祥云迅速将其身形裹住，摇摇身，开始变化了。沉香睁大眼睛仔细观看，只见杨戬已经变成一棵千年大树，树身高大，直冲九霄。

沉香不觉哈哈大笑了，笑罢，用讥讽的口气说："这一点点小法道算得什么，你爱变，小爷也变给你瞧瞧！"

说着，沉香嚷一声"变"，立刻变了个樵夫，肩挑扁担，腰系绳索，手执闪耀有光的利斧，疾步走向树边，吐一口唾沫在手掌里，举起斧头，向树身用力砍去。杨戬一见，不由得大吃一惊，连忙鹞子翻身，变回了原形。

沉香仍在哈哈大笑，杨戬气得脸孔铁青。两人继续各持刀剑，拼命厮杀。杀了一阵，杨戬摇身一变，变了一座高山，挡住沉香去路。沉香不甘示弱，立刻变了个石工，叮叮当当地开始凿山。

接着，杨戬摇身一变，变个铁鹰；沉香立刻变个射鹰人。杨戬变龙；沉香则变作降龙罗汉。又过些时，杨戬口念真言，忽然变成三头六臂；沉香则变作千手观音相对。一会，杨戬变蛇；沉香变仙鹤。杨戬变狼；沉香变捉狼人。杨戬变火；沉香变水。变来变去，杨戬始终无法制服沉香。最后，杨戬变船摆渡；沉香变掀浪的河王。杨戬变虎；沉香变龙……一个是七十二变；一个却能七十三变，各自斗法逞强，只是沉香多了一变，所以处处占得上风。杨戬竟落了个无门可遁，心中十分气恼。

六十七、观音觐见玉皇

此时鏖战仍酣，刀剑闪耀，汉钟离站在高处观望，目击杨戬斗不过沉香，心中甚为喜悦，当即擎起葫芦，揭开盖头，说声"烧"，葫芦口就刷刷地射出一道无情火，直向杨戬身上射去。

杨戬大惊，急召龙王灭火；但是真言未念，吕洞宾已将"捆仙索"

丢起，吓得二郎、悟空、哪吒等到处走避。

何仙姑看到二郎如此狼狈，高兴得手舞足蹈了，连忙大声唤叫沉香，替他打气。

"沉香，要救亲娘就得捉住娘舅，捉住娘舅后，打断他的背脊。"铁拐李趁此也走来奚落杨戬了，咂咂嘴，用鄙夷不屑的目光对杨戬一瞅，说：

"别人说你法力好，你却利用这些法力，欺侮弱妹，将她长年压在华山底下，如今，沉香一片孝心，远道来此拯救其母，你竟横加阻拦。还动用法力来对付自己的外甥，也未免太过分了一些。"

杨戬听了，心犹不甘，一边祭起"百宝玉盘"，挡住了"捆仙索"；一边又开始念动真言，再度传召天兵天将，准备与八洞神仙拼个你死我活。

这一传召，不但惊动了四海龙王，甚至连南海观世音也吃了一惊。观音大士掐指一算，知道上界陷入混乱已有多日，暗忖："战斗继续下去，可能会搞出大乱子来的。"心内大为着急。于是，伸手一招，当即踏上祥云，直向天庭升去，觐见玉皇。

玉皇问："大士为何事来此？"

观音大士奏道："华山圣母因私嫁凡人，触犯天规，其兄二神真君愤而将伊囚禁华山黑风洞中。圣母产下一男孩，改名沉香，今年十六岁，从八洞神仙习艺，志在解救其母。事为二郎知悉，二郎百般加以阻挠。甥舅两人各召众仙，分成两边交战，迄今已有多日，打得天昏地黑，将折兵损，倘不从速收兵罢战，就会不堪设想了。"

六十八、双方停战

玉帝闻言，慈念陡生，立刻敕旨，差太白金星速即下界，劝双方收兵停战。

太白金星说："臣已劝过他们甥舅，完全无效。"

玉皇说："命你急赴下方，教双方即刻收兵，谁不听令，即刻拿到天宫来问罪。"

太白金星领了法旨，立刻驾起祥云，抵达战斗中心，也不过刹那之间。此时，双方正在酣战，太白金星从高处下降，捷如飞鸟，身子往下一落，悠然站定，伸手一指，用裂帛似的声音发话：

"奉玉帝法旨，请两方停战。"

杨戬这一边败象毕露，急避无门，反击乏术，而援将仍未来到，急得杨戬惟有重念真言。但指诀未掐，就发现天上闪来一条黑影；然后听到了这么一句大吼，忙不迭收招后退，侧转脸，闪目细辨，才知道发言者正是太白金星。

太白金星既然领有法旨，这一边的八洞神仙也不敢轻举妄动了。两边同时收起刀枪，静听太白金星传旨，各自摆好架式，以备万一。太白金星将法旨宣读一遍后，众仙纷纷腾身而起，迅若劲风一般，隐入云斗去了。

杨戬险些败在沉香之手，惶愧交集，以往那种目中无人的气派，如今已经完全没有了。他只是狠狠地对沉香一盯，双目露出凶光，惨笑三下，收起三尖两刃刀，隐得无影无踪。

沉香呆呆地站在那里，目睹众仙散去，骤然间感到了一种不可言说的空虚。

太白金星笑吟吟地望着沉香，不发一言。沉香想起了正在受苦中的母亲，连忙双膝跪下，借此表示救母之意，希望能够换取金星的同情。金星见他磕头跪求，心里早已有数，只是不便开口，只好点头示意。

沉香获得金星默许后，心内的一块大石终于移去了，连忙插好雌雄双剑，取出萱花钺斧，对准山头开始猛劈。就在这时候，一件意想不到的事发生了。

六十九、悟空献计

原来杨戬怀着着愤遁去后，心犹不甘，竟到花果山去寻找孙悟空。

悟空刚从战团中逃回，忽闻二郎驾到，忙不迭走出洞府，大礼相迎。

礼毕，分宾主坐下，小猢狲端上仙桃、莲心等物，茶过几巡，悟空问：

"真君驾临小山，不知有何贵干？"

二郎当即答称："大圣在上，请听我说出来因。刚才我辈与八仙交战，因事先缺乏准备，险些落个大败，正拟反击时，太白金星忽然传下玉帝法旨，使我辈失去平反机会，今后脸上还有什么光彩？我心犹不甘，所以特地赶来问计于大圣。"

悟空闻言，怦然心动，说是如果不是沉香小孽种捣蛋，也不致于吃白鹤大仙的亏了，此刻想起来，犹有余怒。

二郎说："既然如此，那么，请大圣助我一臂，前去除掉沉香，方消我心头之恨。"

悟空摇摇手，说："慢来，慢来！刚才玉帝已有法旨传下，你我倘若再去寻找沉香交战，万一给玉帝知晓，岂不更糟。"

"依你之计呢？"

悟空顿了顿，两只眼珠子骨碌碌地一转，微笑着，说："我有妙计一条，但不知能否邀得真君同意？"

二郎忙问："大圣请讲。"

悟空用手搔搔头，又搔搔面颊，咂咂嘴，洋洋自得地说："待我变个假沉香，前往华山将你妹妹骗出黑风洞，命她躲在圆宝盒里。"

"躲在圆宝盒里？干什么啊！"二郎显然不明悟空用意何在。

悟空胸有成竹地解释给二郎听："待她躲入圆宝盒后，我们就将宝盒掷入'无底井'里。"

"很简单，那沉香年少气盛，知道受骗后，定必下井去解救其母，我们可用石板盖井口，用三味真火将他烧死在井内。"

七十、大圣使诈

杨戬听了悟空的计策，翘起大拇指，说道："妙极！妙极！"悟空说："此计得售，想要沉香性命易如探囊取物。"

彼此商议定当，立刻走出山洞，驾起云头，前往华山。稍过片刻，"黑风洞"已在面前。悟空请杨戬站在远处接应，自己则摇身一变，居然变成沉香模样，身背雌雄宝剑，手持萱花钺斧，大踏步到"黑风洞"口，深深吸口气，气纳丹田，一吐，洞门就"辖啦"一声打开了。

悟空当即挪步入内，找到了容颜憔悴的华山圣母，两膝一屈，两泪汪汪地跪在地上了。

"母亲在上，孩儿叩见。"

那华山圣母被杨戬囚在"黑风洞"中，已有十六年不见天日，此刻忽然看到一个少年跪在面前，不觉为之一怔了，忙问：

"你是何人？"

悟空一把眼泪，一把鼻涕，哭得非常哀恸，答话时，总是抽抽噎噎的：

"母亲，你怎么连沉香都不认得了？"听说是沉香，圣母忙不迭用手擦亮眼睛，仔细打量面前的少年，只当是自己的亲骨肉，完全不知道他是悟空化身。

"孩子，想不到你已长得这么高了，来，来，站起来，让为娘的看一个饱。"

悟空霍地站起，在圣母面前转了一个圈。圣母虽然吃了十六年的苦，今日得见亲儿，止不住内心的激动，眼圈一红，泪水就像断线珍珠一般，簌簌掉落了。

"儿啊！"她情不自禁地伸出手去，紧抱悟空，哭哭啼啼地向他诉起苦来了。

就在这时候，山巅忽然响起了"轰隆"震耳之声，悟空心下暗惊起来，知道沉香在劈山，连忙轻轻推开圣母，焦急地说：

"母亲有所不知，孩儿此番前来搭救大人，曾遭舅父百般阻挠。此刻，舅父正邀请齐天大圣前来追赶于我，万望母亲从速走避！"

七十一、圆宝盒

华山圣母听了悟空的谎言，沉吟了好大一会儿，然后眉头一皱，问："叫我到什么地方去躲避？"悟空装出非常焦急的神情，说："孩儿随身携有圆宝盒一只，藏身在内，万无一失。"

圣母听了悟空的话语，居然信以为真，咂咂嘴，命他从速取出宝盒。悟空喜不自胜，探手腰袋，将圆宝盒放在手掌中，摊在圣母面前。

圣母闪目细看，不觉大吃一惊，忙问："这宝盒如此细小，叫我怎能藏身其内？"

悟空笑不可仰了，笑了一阵，说："母亲不必担心，孩儿自有仙术，可让大人舒舒服服地睡在里面。"

圣母略一寻思，错把猴王当作自己的亲儿，虽然不明其究竟有何仙术，竟尔站起身来，挪开金莲，慢慢走到悟空身旁。这时候，上边仍不断有轰隆隆的声音传来，悟空知道沉香劈山，忙不迭念起真言，伸出两枚手指，指圣母一点，叱声"缩"！只见那高高大大的圣母娘娘蓦地抖动起来，身形愈缩愈小，缩成三寸高时，悟空用手一拧，便将圣母关入圆宝盒中了。

悟空目击圣母中计，猴性大发，双手捧住宝盒，跳蹦蹦地走到黑风洞里的无底井边，往下一掷，盖上石板。

此时，杨戬也来了，见已捉到圣母，心中大乐。悟空拟用三味真火焚毙圣母，但华山已"怦"然一声，裂开了。

杨戬说："小孽种仍在为非作歹，不将他除掉，无法消去我心头之恨！"

悟空说："既然这样，让我布猴阵，先叫小孽种受缚，然后再来对付井底的那个。"

说罢，走出黑风洞，用封条将洞口紧紧封住；然后揭下猴毛一把，用口一吹，刹那间变成了千千万万的小猕猴。杨戬此番报仇心切，见悟空已布好猴阵，自己也驾起祥云，往上一窜，站在云头里，开始点派雄兵。一时战云密布，杀气腾腾。杨戬败于外甥之手，心犹不甘。

七十二、九头六尾狐

悟空则野性发作，也顾不得玉帝的法旨了。

此时，沉香正在劈山，乍见战云滚滚，不禁猛发一怔，暗想：

"刚才太白金星已经传下玉帝法旨，命令双方停止交战，怎么此刻又有谁来挑衅了呢？"

这样想着，二郎偕同悟空率领大批猴头天将，气势汹汹地赶来，存心要捕捉沉香。

沉香知道他们来意不善，当即指着悟空厉声喝道："猴精，休要卖狂！"

悟空听到"猴精"两个字，气极，瞪大眼睛，重重的"呸"一声，舞动金箍棒，直向沉香头上击去。沉香何等机警，马上腾身跃起，一边收起萱花斧，一边拔出雌雄剑，决心与悟空在功夫上见高低。

沉香右手持雄剑，左手持雌剑，身子微微一斜，踩起迅疾的步子，闪开后，反手一击。悟空扑了个空，又被沉香劈了一剑，心中不由得怒往上冲，提口气，举起金箍棒对准沉香迅击，沉香让得巧，未被击中，随即将双剑舞成腾蛇翻浪一般，远处望过去，简直是身剑合一了。悟空求胜心切，见沉香剑术精深，立刻摇身一变，变成一只九头六尾狐，张牙舞爪地向沉香扑去。

沉香一见，哈哈大笑了，用揶揄的口气嚷："猴精，别在我面前逞强，论变化，你的功夫还差一着咧！"

接着，口中念动真言咒语，刹那间变成一个猎狐人，拉开大弓，向九头六尾狐猛射一箭，不偏不倚，刚好射中怪狐颈部。悟空这才承认沉香厉害，连忙变回原身，一个筋斗，翻上天庭，眼向四处一扫，高声大嚷："二郎真君，那小孽种法道不弱，快点雄兵，施个妙法，挡住他的追击。"

言犹未了，二郎已经站在他身旁了。悟空斜眼一看，只见二郎双手合十，正在点动"百兽兵"。

杨戬不点天兵天将，为的是怕给玉帝知晓此事；但是沉香愈战愈勇，这点百兽奇兵，实难取胜。

七十三、百兽奇兵

那百兽兵乃是一支奇异的军队，由兽王雄狮任元帅之职，以虎豹为左右大将军，点豺狼做开路先锋，由两千狐狸排列两行，各执长枪短刀，雄赳赳，气昂昂，俨若一支训练有素的大军。狐群后面，乃是一队狒狒，凶暴狰狞，令人望而生畏。接着是威风十足的大将军，身形魁梧，毛作赤褐色，面青，无尾，驼背善跃，原来是一只大猩猩。

此外，聪明伶俐的猕猴担任弓箭手；快步如飞的驼鸟担任传令兵，大队长颈鹿紧随将军之后，数十金钱豹在两旁巡视保定。

沉香战来甚勇，乍见杨戬召来这支怪军，惊愤交集，不知应该怎样对付。

正感踌躇间，百兽兵中蓦地窜出一头雄狮，手持长枪，大声叫骂："小杂种，敢来交手！"

沉香正正脸色，丁字步一站，亮出双剑，飞身直向雄狮刺去。雄狮不防有此一着，来不及挡架，颈部已有鲜血冒出。

众兽大怒，无不张牙舞爪。孙悟空十分机警，立刻纵身跃起，在百兽上空盘旋，飞来飞去观看着，直如怒龙游舞。

沉香不明悟空何意，倏然收招，退后数步，不敢轻举妄动。稍过片刻，但见百兽奔腾，飞沙走石，天昏地黑，四周陷入极度的混乱。沉香大感诧异，只顾屏息观望。望了半天，才看出百兽在悟空指挥之下，正在布排百兽阵图，准备一举消灭沉香。

沉香见此情形，察觉悟空有意四路围困，忙不迭挥舞雌雄双剑，赛如两个大火轮，不顾一切地向百兽阵中冲去。准备杀却这班怪兽。

百兽阵脚大乱，惊惶得只有自相残杀。

沉香忽东忽西，忽左忽右，势如猛虎出，勇不可当，杀得群兽纷纷走避，稍迟者，无不被剑刺伤。

悟空眼看难敌沉香，也不甘示弱，立即念动真言咒语，正拟作法抵御，不料给沉香抢先了一步。

七十四、祭起捆仙索

沉香掐起指诀，大声呼唤："火德星君何在？"话声刚完，一个身材高大的火德星君已经在他身旁显灵了。

"沉香太子，请问有何差遣？"火德星君问。

沉香答："二次有劳大仙，实因猴精作乱，请架起南方丙丁火，将它毛衣烧毁！"

"得令！"

火德星君当即猛吸一口气，气纳丹田，透顶；然后再吐出。但见狂风大作，一道烈火，熊熊射出，轰隆隆的，直向百兽阵中追去。百兽毛衣俱焚，多数化为灰尘。沉香站在云端里，静观火攻得逞，心内大乐，不禁嘿嘿大笑，声如枭鸣，吓得悟空连忙窜逃。

沉香趁胜祭起金光，有意将悟空打回原形。悟空无法招架，忙不迭一个筋斗，飞回花果山，性急慌忙地关闭石洞，不准小猴们擅自外出。

这时，百兽星散，悟空亦已走避，杨戬一个站在云斗里，显然无所措置。

沉香虽然是杨戬的外甥，但是这一次也忍无可忍，眼看他独自站在那里，马上取出"捆仙索"，跟着说声"捆"，这条捆仙索就往空中一掷。

那"捆仙索"说也奇怪，一到空中，立刻自动伸展开来，好比巨龙一般慢慢在空中游舞起来。

杨戬知道此物厉害，连忙收起三尖两刃刀，正拟闪避；但是已经来不及了，只见"捆仙索"缠成几个圈，不偏不倚，恰巧从杨戬头顶套下，将他团团捆住。

杨戬从未受过这样大的委屈，至此，亦只好长叹一声，仰天呼唤："谁人前来救我？"

话声未完，云斗里传来一串嘹亮的狂笑声。沉香闪目细辨，没有料到自己的师父已经站在面前了。

吕洞宾笑容满面，毫无杀气，先用右手拈拈长须；然后柔声细气地对沉香说：

"徒儿过来，听我细讲根由给你听！"

七十五、劈开华山

沉香挪前一步，两膝下跪，施礼见过师父。吕洞宾说："二郎真君乃是你舅父，千万不可捆坏他真身。"

沉香说："若要释放他，必须先释放我母。"

二郎这才轻轻叫了一声沉香，说："你母现在无底井里。"沉香问道："无底井在何处？"

二郎答："在黑风洞中。"

沉香问："如何才可以进得去？"

二郎说："黑风洞已为齐天大圣封闭，必须用萱花钺斧将华山劈开，始可入内。"

沉香闻言，当即收起雌雄剑，拔出萱花钺斧，纵身跃起，前往华山顶巅砍劈。这华山早被沉香劈成两座，此刻歪歪扯扯地裂开了，形成无数奇峰峻岭，只是无法进入洞中。沉香飞上山顶，两脚站在云斗里，咬咬牙，举斧猛砍。

砍了三斧，华山终于崩开了。沉香立即收起斧头，弓着腰，定睛俯视，居然看到了黑风古洞。

原来这黑风古洞位于华山底下，四周皆无出口，仅二郎知晓通道，所以非从山顶劈开不可。如今，华山已经一分为二，下面形成黑魆魆的深渊，甚是恐怖。沉香救母心切，那里会顾到什么危险，当即纵身跃起，又从高空向下俯冲，疾如飞鸟，嗖嗖有声。

过了须臾，沉香已经飞到山底，站在黑风洞口，双手握拳，往腰际一插，只见洞门有巨大铁链套住，且已生锈。

沉香知道此关难过，但也非过不可。当即念动真语，举手施了个掌心雷，轰隆一声，却不见铁链脱落。这一下，可让沉香着实吃了一惊，心想："好容易排除一切困难，来到这里，竟会无法打开这洞门，岂不前功尽弃？"于是拔出雌雄剑，往空一祭，说声"疾"，双剑赛若一对游龙，直向洞门刺去，剑锋碰到石壁，发出一连串刺耳的声音，沉香以为洞门已开，慌忙收起双剑，三步两脚地奔到洞口去察看，不觉发了一怔。

七十六、走进黑风洞

原来这洞口贴着两张十字交横的封条，上面是杨戬写的符咒，不但避得"掌心雷"；而且可以使雌雄剑顿失威力。沉香这才恍然若失了，呆呆地站在那里，用手抚摸下巴颏，想不出念头。

半晌过后，沉香终于拔出萱花钺斧，大踏步走到洞门口，咬咬牙，举斧猛砍。一斧砍下，但闻訇啷啷的一声，铁链脱落。沉香好生喜欢，立即吸口气，一连又劈了好几下。

石壁崩开了，连那两条符咒也失去效验。沉香想不出这是什么道理，只是一味砍去。

其实，沉香早就应该用斧砍劈了，只为年纪太轻，知道的事情不多。那杨戬的符咒，防得法术，却防不得蛮力。天下有蛮力的人当然不少；但是有能力劈开华山的人，恐怕只有沉香一个了。沉香既然练就这一手膂力，也就不必惧怕符咒作难，起先乱用法术，自然不会有效。

现在，洞门终于劈开了，里面漆黑一片，伸手不见五指。沉香手上无灯，只有凭借感受摸索。

这黑风洞面积甚大，只是不露一丝光华，处身其间，只觉阴风阵阵，如临鬼域。

沉香有眼赛如盲人，跟跟跄跄地在洞中行走，东摸摸，西探探，始终没有探到无底井在何处。

"没有火是不行的！"他想。但是到哪里去找火呢？

正感踌躇间，脚下绊住一条野草，朝前一冲，险些跌倒在地。不过，这一绊，倒给沉香想出一个办法了。沉香拔出宝剑，用剑锋猛砍石壁，陡见火花四溅，已能略窥洞中景物；然后，伛偻着背，斩断一节野草，再度举剑砍石，石崩，溅出无数火花，以草盛之，草易着火，不久，就熊熊的燃烧起来，变成了火把。有了火，问题就简单了。沉香高举火把，游目四瞩，但见黑雾弥漫，乌云氤氲。"这简直是地狱！怎么可以教我母亲孤单在此消磨十六年？"沉香说。

七十七、双目如灯

正因为如此，沉香急于解救母亲，立刻迈步如飞，奔向内洞。奔了一阵，果见古井一口，耸起于岩石之上。沉香喜不自胜，慌慌张张地奔过去，用口咬住火把，伸手搬去井上石板。

石板移开后，沉香嘶声叫了一声："母亲！你在什么地方？"没有回音。

沉香这才着慌了，暗忖："舅父明明说她被囚在无底井内，怎么会听不到我的唤声的？莫非她已……"

于是又嘶声叫了三次，都没有回音。

"怎么办呢？"沉香焦急万分。

经过一番踟蹰，沉香决定下井去看过究竟，心忖："这井虽称'无底’，但母亲必有栖身之所，只要她还在人间，当然不会找不到的。”主意打定，纵身跃起，手按腰环，倒转下飞。“无底井”里黑乎乎的，没有杂音，但觉空气窒塞，透气转难。沉香一边飞行；一边呐喊。幸而这“无底井”相当宽阔，尚不至无法透气；但是火把却在飞行中熄灭了。

一会，忽见前面窜来一片浓影，沉香不知何物，惟有贴身井壁，拔出双剑，待其飞近时，朝前一刺。那物惨叫一声，终告毕命，但双目如灯，照得全井通明。沉香这才看清楚剑上的那个东西，乃是一头蝙蝠，于是插好雌剑，用左手捉住它的头部，再用雄剑猛砍其颈。这样，凭借它的眼睛，就可以看清井内的一切了。

“母亲！母亲！你在什么地方？为什么不答话？母亲！你不要害怕！我是沉香，特地来解救你的！”

沉香一边唤叫，一边往下疾飞。约莫飞了一袋烟的时间，终算听到了沉浊的呻吟声，连忙大声唤叫：

“母亲！你在哪里？我是沉香，我来解救你了！”

半晌过后，下面才有抖抖忽忽的声音传来：“沉香？哼！别欺骗我了！”

七十八、母子相会

歇了一歇，又听说："你不是我的儿子，你是孙悟空！我被你骗到这里，难道还不够吗？还想弄些什么花样？"

沉香听了这一番话，才知道母亲是被孙悟空骗下井的，当即提一口气，手持蝙蝠眼，继续往下徐徐飞去。飞了一阵，忽然发现一个石砖窟窿，里边有一团黑影，飞近一看，果然是母亲，喜不自胜地叫起来：

"母亲！母亲！"

那华山圣母听到唤声，回过头来，对站在空中的沉香一瞅，呶呶嘴，露出不屑与谈的神气。

沉香极力为自己分辩："母亲，那孙悟空为非作歹，早已被孩儿打回花果山去了！"

华山圣母嗤鼻"哼"了一声，说："不要再骗我，你是孙悟空，我知道的！"

沉香有口难辩，心内焦急万分，暗想："我沉香排除任何困难，不但战败杨戬；抑且将华山劈开，可是见到娘亲后，她竟将我当作孙悟空了！思想起来，怎不心灰意懒？"

华山圣母被囚禁了十六年，性情自然会变得暴躁的，加上悟空的欺骗于她，使她对任何人都失去信心了。沉香历尽千辛万苦，终算在无底井里找到娘亲，一心以为她会欣喜若狂的，却不料她竟将自己当作了猴精。

"母亲！我是沉香呀！我不是孙悟空的化身，你必须相信我！"华山圣母见他语气真诚，不由得转过脸去仔细端详，发现沉香眼眶里涌满泪水，心里也感到了一阵刻骨的悲酸。于是，抖着声音问：

"你是沉香吗？"

沉香泪如雨下，点点头，答："孩儿在终南山磕拜八仙为师，习得武艺，排除一切困难，来此劈开万丈高山，只为搭救母亲！"

华山圣母闻听，喜上眉梢，但是前车可鉴，仍不敢立刻直认沉香。

沉香明白她的意思，当即从褚褴里取出华山圣母自己撰写的血书，作为证明。

七十九、枷锁脱落

华山圣母见到自己的血书，才知道站在面前的是真沉香，不是孙悟空的化身。于是，睁大泪眼，只管贪婪地打量着沉香。

"想不到你已经长得这么高大了。"她说。

沉香这才露了笑容，口中念动真言咒，举起手掌，"啪"！只见圣母颈上的枷锁立即自动解开，变成碎片掉落。圣母被锁了十六年，至今始获解脱，心内感动，热泪就像断线珍珠一般，簌簌流下。沉香说："母亲！此处冷风惨惨，不宜逗留，快随孩儿飞出井去！"

说罢，以背向母，要她伏在自己身上；然后提口气，双脚一点，疾似飞箭，无需片刻功夫，母子两人已经飞出无底井了。

华山圣母好不欢喜，目不转睛地盯着沉香，见他身穿青袖袄，脚登水袜云鞋，背上插着雌雄双剑，腰间倒提钢斧一把，雄赳赳，气昂昂，十分威武，心里又起了难解的疑窦，抖着声音问：

"你……你是我的亲生子？"沉香蓦地站定，回过身来，提起蝙蝠眼一照，不觉猛发一怔。原来华山圣母被囚禁了十六年，早已失去人形。如今站在沉香面前的，简直是一个路边的乞丐了：蓬头、散发、面黄肌瘦，枯槁而又苍白，身上衣衫褴褛，连鞋袜都没有。

沉香见了，立刻双膝跪地，两泪汪汪地叫了起来："母亲！你……你太苦了！那是孩儿的罪过，孩儿不该……"

圣母闻听此言，连忙挽起沉香，用抚慰的口吻对他说："沉香，你不要伤心，为娘的这十六年来无时无刻不在想念你，今日难得你一片孝心，终于让我重见天日，我是重见天日了！我们应该高兴，岂可悲伤至此？"

沉香站起，拉着母亲的手，向洞口疾奔。圣母久已不动双腿，走了一段路，娇喘吁吁，非找个地方休憩一下不可了。在休息的时候，她向沉香提出一个问题。

八十、土地阻挡

圣母问沉香："你舅父武艺高强，法力无比，你怎么会将他打败的？"

沉香当即将终南拜师及大战杨戬的经过情形，详细讲给圣母听。圣母知道儿子练就一身好武艺，心中大悦，忙将"蝙蝠眼"取过来，上一眼，下一眼，尽管对沉香端详。沉香面如古月，唇红齿白，眉目清秀，气度不凡。

于是，想起了刘彦昌。

"儿呀！你父亲现在可好？"她问。

沉香答："母亲有所不知，父亲进京考中状元后返回家乡，听了媒妁之言，另外娶了一位妈妈姓王名桂英。"

圣母问："这位妈妈待你可好？"

沉香说："她很疼爱我，待我胜过亲生子，只因孩儿在书馆打死了秦官保，王妈妈宁可舍掉自己的亲骨肉，要我逃出了家乡，前往仙山求师习艺，习得武艺后好来华山搭救母亲。"

圣母听了这番言语，不禁大为感动，喟叹一声，说："想不到世界上还有这样的好人！"

沉香说："母亲，时已不早，我们出洞去吧。"

圣母一边站起身，一边说："亏你费尽心机，前来劈开偌大的华山，要不然，不但你我母子无法团圆；即使你的父亲，即使他怎样想念我，但恐怕今生也难相见了。"

说罢，沉香扶着圣母，一拐一颠地向洞口走去。走到洞口，忽然有个老头子匆匆忙忙地奔来，一见圣母。忙不迭双膝下跪。

"你是何人？"圣母问。

那人自称"张公"，是华山的土地神，听到圣母的问话，连忙抖着声音答：

"娘娘千祈息怒，事因二郎爷早有法旨颁下，命我在此看守黑风洞，今天如果放了娘娘，日后给二郎爷知晓了，一定会罚我到边庭去充军的。所以，娘娘若要出洞，还得有劳沉香太子去对二郎爷交代一声。"

八十一、速去洛阳

沉香轩眉微笑，说："张公不要担心，天大的事都由我一人来负担。"

张公拱手作揖，磕头似捣蒜："还是有劳太子，前往二郎爷处打个招呼。"

沉香仍在迟疑中，但是圣母心肠好，当即吩咐沉香出洞寻找杨戬。沉香不敢违悖母命，疾步出洞，驾起祥云，直向灌口飞去。飞抵"二郎庙"，大踏步走了进去，判官拦阻，沉香大怒。判官问："你来找谁？"沉香说："二郎神可在庙中？"判官摇摇头，说："不在。"沉香问："何时可回？"判官答以不知。沉香无法，只得提起毛笔，在粉墙上题了几个字：“外甥已将亲母救出，此事与土地公无关。”题毕，将毛笔一掷，大摇大摆地走出庙门，驾起祥云，重回黑风洞。

不料，飞至中途，云斗里蓦地出现一团黑影，以为是杨戬，结果却是吕洞宾。

沉香连忙拱手下跪，将自己的行动向师父说明：“师父在上，听徒儿诉说事因，缘徒儿击败二郎真君后，立刻前往黑风洞中解救母亲；但洞口有张公阻挡，未获二郎真君同意，不便使张公陷于困境，因此匆匆前往灌口，只是不见真君。如今，已在壁上题字，准备遄赴华山，救出我母。”

吕洞宾拈拈长须，说：“徒儿听了，二郎真君此次遭受挫折后，谅他也不敢再来为难你们，你不必担心。”

“那就好了。”沉香说。

但是吕洞宾眉头一皱，脸呈忧色，顿了顿，说：“徒儿，汝父有难，速去洛阳解救！”

沉香完全不明白这是怎么一回事，忙问：“父亲怎么会在洛阳？”吕洞宾说：“你抵达洛阳，只要询问路人，就会知道底细的。快去！”

沉香当即拜别师父，掉转身，直向洛阳飞去。一路上，心绪纷乱，一边惦念黑风洞中的母亲；一边又无法猜揣父亲究竟有什么急难。

八十二、重回家门

沉香飞抵洛阳上空，身子一沉，刹那间，已经站立在城门口了。城外全是菜田，行人稀少，看样子，并无乱事迹象。于是挪步进城，在熙熙攘攘的街道上，见到一位白须白发的老公公，拦住他，问他最近洛阳城里有什么大新闻发生。

那老公公极其和蔼可亲，听了沉香的问话，眼珠子骨溜溜的一转，牵牵嘴角，微笑说：

"昨天巡按大人来此提审刘彦昌，说他教子不严，杀害了秦官保，要将他充军到边疆去哩。"

沉香一听，觉得事情仍须加以解释，因为父亲一直住在家乡，怎么会突然之间到洛阳来的呢？

老公公说："那秦灿知道巡按大人即将来此私察民情，连忙疏通那边的县官，先几日将刘彦昌和他的儿子一起解到这里。"

沉香忙问："老公公可知晓刘彦昌押在何处？"

老公公答："昨天刚在巡按大人的临时衙门受审，谅必依旧押在那里。"沉香当即拱手作揖，疾步向巡按衙门走去，走到门口，摇身一变，变了个红头苍蝇，嘤嘤地直向监房飞去。然后变回原身，一连念了好几遍真言，终于不费吹灰之力，将父亲和秋儿提出。

沉香又施了一些法术，让狱卒们个个陷入昏迷状态，然后背驮父亲，手挽秋儿，瞬即走入天井，提口气，往上一窜，驾祥云向西飞去。

稍过片刻，三人已经站在自家门口了。沉香上前叩门，家童一见老爷与两位公子回来，连忙飞也似的奔到后堂，将喜讯报与桂英知晓。

桂英闻报，忙不迭用手掠顺头发，匆匆走入花园迎接，见到憔悴的刘彦昌和两个儿子，眼泪立刻像断线珍珠一般，簌簌掉落。

几个家员听到喜讯，纷纷赶来向刘彦昌道贺。刘彦昌刚从图圄出来，精神萎顿，颜色憔悴，桂英扶着他，踉跄走入大厅。

八十三、腾云他避

大家在大堂坐定，家员端上香茗。桂英看到三人安然返来，又惊又喜，喜的是秋儿无需偿命；惊的是沉香怎么会跟他们在一起的。

彦昌说："我们正在狱中叹息，沉香忽然从天上降下，看来，他是学会仙术了的。"

桂英闻言，颇感诧异，连忙侧过脸去对沉香一瞅，发现他丁字形站立，雄赳赳，气昂昂，十分威武。于是，呶呶嘴，问：

"沉香，你可曾将你母亲救出？"

沉香言道："母亲被二郎真君囚禁在黑风洞中，终于被我用萱花钺斧将华山劈开。"

此语一出，大堂里家员们无不大吃一惊。那刘彦昌更是目瞪口呆了，半晌过后，才嗫嗫嗫嚅地问："你……你……你将华山也劈开了？"

沉香点点头。

桂英参信参疑地问："那么，你的生身母呢？"沉香答道："仍在黑风洞中。"

彦昌接口问："为什么不将她救出来？"沉香眉头一皱，说道："现在不是说话的时候，那巡按大人知道父亲逃出监狱后，一定会派兵来追捕的。"

彦昌一听，认为沉香之言颇有道理，当即问他："我们到什么地方去安身呢？"

沉香不假思索地答："天台山。"桂英问："天台山究竟在那里？"

沉香说："母亲不必细问，请随孩儿来。"说罢，桂英、彦昌和秋儿同时站起身，跟在沉香背后，走出客厅。

沉香立刻召来祥云，只见云雾滔滔，一家大小又冉冉飞上天庭。家员们站立庭阶，个个翘首观望，无不啧啧称奇。老家人刘福知道老爷乃是越牢而出的，待主人们飞向远处时，马上厉声疾气地吩咐大家，不准将这件事情宣扬开去，即使巡按大人派追兵来到，也只能推说不知。

八十四、重享香火

沉香将父母与弱弟安顿在天台山，自己继续驾起祥云前往华山解救生身母。

回到华山，走进曲曲弯弯的黑风洞，见到母亲，忙把救父之事大概说了一遍。圣母知道不久就可与彦昌团聚了，心内十分喜悦。沉香说："母亲，随我出洞去罢。"圣母点点头，刚站起身又趔趄了一下，问："沉香，我倒忘记了，你有没有见到你舅父？"沉香说："舅父不在庙内，我已在白墙上留了话。"圣母闻言，不觉暗暗好笑，心忖："这孩子竟跟彦昌一样，喜欢在墙上题字。"于是转过身来，对土地说："公公，你放心罢，沉香既已留了字，我哥哥也就不会归罪于你了。"

土地张公正感跼蹐间，洞外忽然响起一片嘈杂声。张公一听，慌慌张张地叫起来，连忙抬起头来观看，原来太白金星带着杨戬摇摇摆摆地走来了。

圣母当即率领沉香上前迎接，双双跪在地下。

太白金星说："玉帝有旨，诏曰：二郎神私将华山圣母押在黑风洞中，因过去一再立下大功，特此宽恕。沉香不该戏弄舅父，念在救母行孝，着向二郎赔罪了事。华山圣母原不该私配凡夫，今因刑期届满，可返华山享受香火。"

诏旨念毕，圣母已经喜得热泪直淌了。杨戬站在太白星身后，目击妹子容颜枯槁，身上衣衫褴褛，心里不免有些恻然，当即念动真言，着仙女们将仙衣宝物取来给圣母穿上。

圣母得了仙衣，先用木梳将万缕青丝梳顺，然后以圣水洗脸，登时容光焕发，前后判若二人。圣母谢过金星，金星仰天大笑。

沉香趁此挪前数步，两膝一屈，跪倒在杨戬面前，说道："外甥救母心切，因此得罪了舅父，望求舅父宽洪大量，饶了我这一次罢！"

杨戬三眼齐睁，叹了一声："后生可畏！"马上弓着腰，柔声细气地说道："贤甥不必谦逊，请起。"

八十五、悲喜交集

沉香站起后，杨戬不免要向圣母表示一下歉意了，先叫一声：

"贤妹"，然后说道，"为兄的当日误信他人之言，使贤妹吃了十六年的苦；幸得贤甥能尽孝道，尚望贤妹多多原谅。"

圣母闻言，连忙提起衣袖抹干眼泪，微微一笑，将十六年所受的委屈全部抛却。

二郎获得了宽恕，亲自搀扶圣母走出黑风洞。圣母久久不见天日，一出洞门，被强烈的阳光刺得睁不开眼，忙不迭用衣袖遮盖视线。二郎见到这样的情形，也不由得心酸落泪。

此时，太白金星任务已毕，正拟返回天门，却被圣母唤住了。圣母有意先到天台去与彦昌聚面，然后再回华山享受香火。金星闻言，颇感踌躇，略一寻思后，说了四个字：

"速去速回！"

圣母当即跪地谢恩，金星驾起云头，须臾之间，飞向天门去了。

金星走后，二郎也向圣母告别，遄返灌口。沉香跪拜，二郎含笑纵入云斗。

接着，圣母唤叫沉香，紧紧将他搂抱，感情十分冲动："孩子，多亏你一片孝心，为娘的这十六年的苦也不算白吃了。"

沉香说："父亲他们在那里一定等得急了，我们快些去吧。"

圣母点点头，沉香念动真言，但见七彩祥云自天而降，母子驾云动身，直向天台山飞去。

祥云滔滔，迅速异常，稍过些时，已经抵达天台上空。沉香收落云头，渐渐下降，落在溪边的大石上，然后伸手对着小桥一指，说道："他们来了。"

圣母斜眼一瞅，果见刘彦昌偕同王桂英急急忙忙从小桥那边走了过来，后面跟着的是秋儿。

刘彦昌一见圣母，未开口，已经泪落满面。那圣母娘娘更是悲喜交集，哭得如同泪人。

八十六、大团圆

王桂英冉冉走到圣母面前，躬身施礼，娇滴滴地叫一声："姐姐受苦了。"

圣母连忙拭干眼泪，欠身回拜，说："多赖贤妹照顾，沉香始能前来华山搭救于我。更难得的是秋儿，舍身替兄抵罪，盖世难寻！贤妹请上坐，受我一拜，感谢当年抚养沉香之恩。"

说着，圣母已经双膝跪地了。王桂英忙不迭伛偻着背，双手将她搀起。

桂英说："姐姐请听我讲，你生的沉香，真乃仙童是也，天资聪明，神通广大，救父母，救兄弟，一家人全靠他，今天才能团圆畅叙。"

两人你赞我，我捧你，情逾手足，彦昌在旁见到这样的情形，不觉心花怒放，当即率领两妻两儿，跪地拜谢刘门三代祖宗。

这时，吕洞宾摇摇摆摆地走过来了，笑嘻嘻对大家说："那秦灿昨晚患了一场急病，突然死去，案子已撤散，你们可以回家了。"众人闻言，无不额手称庆。

彦昌着沉香护送下山，吕洞宾说："圣母娘娘与沉香应该即刻前往云霄宝殿谢过皇恩。"

刘彦昌听了，马上接口道："我们在这里等候，你们母子两人即刻就去罢。"

圣母说："我这等模样如何可去晋见玉皇？"

吕洞宾笑了一笑，当即取出仙丹一粒，交与圣母吃下，只刹那间工夫，精神焕发，玉容似花。

接着，母子两人纵身一跃，不多久，已经到达云霄宝殿，金童玉女纷纷前来相迎，圣母率领沉香俯伏金阶，恳求玉皇赦罪。

玉皇早已知情，无需圣母多言，立刻饶恕两人无罪，一方面着令圣母仍返华山享受民间香火；一方面勅赐沉香一职，封他为中界值符官。

沉香喜极，磕头谢恩。玉皇命他们退下，两人立刻返回天台山，会合彦昌等人，一起回家团聚。

烈女·神女·青楼女

——论刘以鬯的故事新编

刘燕萍 | 岭南大学中文系教授

绪　论

　　刘以鬯所撰《怒沉百宝箱》（1960）、《劈山救母》（1960）、《孟姜女》（1961）和《牛郎织女》（写作年份不详）四篇，皆属故事新编；前三篇都是刊登于《明灯日报》。《牛郎织女》一文，虽没具出版数据，以连载方式、行文和插图查考，当与前三篇为前后时期，刊于《明灯日报》之作。上述四个故事新编的出版资料如下：

篇名	连载日期	连载报刊	备注
《怒沉百宝箱》	第一回至第四回（暂无资料）。第五回至第六十五回（1960 年 3 月 5 日至 1960 年 5 月 4 日）。	《明灯日报》	第五至六十五回中间并无断载。
《劈山救母》	第一回至第八十六回（1960 年 10 月 20 日至 1961 年 1 月 13 日）。	《明灯日报》	中间并无断载。
《孟姜女》	第一回至第五十五回（1961 年 1 月 14 日 至 1961 年 3 月 9 日）。第五十六回至第一百一十三回（暂无资料）。	《明灯日报》	第一回至第五十五回中间并无断载。
《牛郎织女》	第一回至第九十五回（暂无资料）。	暂无资料。	

一、故事新编

故事新编体，源自鲁迅《故事新编》。[1] 将旧有故事重写，赋以新的阐释，反映现代人心态。朱崇科言："旧文本对新文本提供的参照及约束作用。"[2] 故事新编者参照前文本，重写而赋予故事以新的意义。梁秉钧说："其中的连系，又其实不仅限于借古讽今。"[3] 新赋之义，可以是主题、情节上的创新，以至反映现代世情及现代人心态等。故事新编的意义在于推陈出新，刻意"误读"（misread）前文本。[4] 埃斯卡皮（Robert Escarpit）言"创造性背叛"（creative treason）[5]。故事新编对前文本，也是种刻意的"背叛"，且富创造性，并产生新的意义。

刘以鬯的创作，大体分为：写实小说、实验小说和故事新编三类。[6] 其中，故事新编差不多在每个时期都有作品，表列如下：

1　鲁迅，《故事新编》（北京：人民文学出版社，1979）。

2　朱崇科，《历史重构中的主体介入——以鲁迅、刘以鬯、陶然的故事新编为个案进行比较》，《海南师范学院学报》（人文社会科学版），2000 年第三期，页 94。

3　梁秉钧，《我看〈故事新编〉》，《香港作家》，2001 年第五期，页 11-12。

4　Harold Bloom, *A Map of Misreading* (New York: Oxford University Press, 1975), Introduction, pp.3-6; Harold Bloom, *The Anxiety of Influence: A Theory of Poetry* (New York, Oxford: Oxford University Press, 1997), pp. 5-45.

5　Robert Escarpit, *Sociology of Literature*, trans. Ernest Pick (London: Frank Cass Co. Ltd., 1971), pp.75-86.

6　徐黎，《古典题材的现代诠释、表现与改造——论香港作家刘以鬯的故事新编》，《河南大学学报》（社会科学版），第四十二卷第三期（2002 年 5 月），页 48。

刘以鬯故事新编作品

	篇名	出版	内容	备注
1	《西苑故事》	《西苑故事》,刊于《扫荡报》副刊,1945 年 10 月 24 日。后以《迷楼》篇名,刊于《巨型》月刊(创刊号),1947 年 7 月(上海:大众出版社出版),页 20–22;亦刊于刘以鬯,《香港当代作家作品选集·刘以鬯卷》(香港:天地图书有限公司,2014),页 137–141.《迷楼》在文字上,与《西苑故事》相较,略有修订。	描写隋炀帝在西苑十六院一天的生活。"二十个后宫女在侍寝",服食"大丹的春药"等荒唐的生活。	刘以鬯最早的故事新编小说。
2	《新玉堂春》	1951 年作,1985 年 1 月 7 日校改。刊于刘以鬯,《天堂与地狱》(香港:获益出版事业有限公司,2007),页 49–54。	《玉堂春》是常见的剧目,尤以京剧为著。[1]《新玉堂春》故事,背景设在现代,探讨的是才子佳人结合之后的后续。篇中有外遇、性病、夫妻关系之描述。苏三因王金龙有婚外情,因而染上性病,动杀机,以"拉素"毒害夫婿。	以故事新编来反映现实的写实之作;颠覆才子佳人结合之后,便获得幸福的改编。

---

1 此故事最早见(明)冯梦龙编,《警世通言》第二十四卷《玉堂春落难逢夫》,刊于(明)冯梦龙辑,魏同贤主编,《冯梦龙全集》(上海:上海古籍出版社,1993),第二十三册,页 893–996。

	篇名	出版	内容	备注
3	《借箭》	写于 1960 年 10 月 23 日。刊于刘以鬯编，《刘以鬯卷》（香港文丛）（香港：三联书店，1991），页 61–62。	改编自《三国演义》孔明借箭故事。[1]	描写周瑜、孔明和鲁肃的内心世界。稻草人亦被赋予生命，会在"箭雨中狂笑"。
4	《崔莺莺与张君瑞》	发表于 1964 年 9 月 4 日《快报》。刊于刘以鬯，《打错了》（香港：获益出版事业有限公司，2001），页 195–197。	莺莺与张生故事，最早见唐传奇：（唐）元稹《莺莺传》。[2] 戏曲中的西厢故事，见（金）董解元《西厢记诸宫调》。和（元）王实甫《西厢记》。[3]《崔莺莺与张君瑞》一文，写莺莺和张生临睡前的行动和思念。莺莺"有了许多大胆的想念"。	故事以平行时空方式，叙莺莺与张生二人的思念。雌雄猫儿"在庭园里咪咪叫"，具备春色之暗示。最后一句"两人之间，隔着一道粉墙"为神来之笔；男女主角的绮思，为现实所隔。

1 事见（明）罗贯中编，《三国演义》第四十六回《用奇谋孔明借箭　献密计黄盖受刑》，参考罗贯中著，《三国演义》（香港：中华书局，1996），页 379-386。

2 元稹《莺莺传》，刊于（宋）李昉等编，《太平广记》（北京：中华书局，1961），卷第四百八十八，杂传记五，页 4012-4017。

3 参考董解元撰，侯岱麟校订，《西厢记诸宫调》（北京：文学古籍刊行社，1955）和王实甫撰，王季思校注，《西厢记》（上海：上海古籍出版社，1978）。

	篇名	出版	内容	备注
5	《孙悟空大闹尖沙咀》	发表于 1964 年 10 月 31 日《快报》。刊于刘以鬯，《打错了》，页 90–92。	写悟空到香港寻找失踪的猪八戒，二人都陷入游客区的黄色"活动"中。	此篇为现实之作，反映香港的黄色事业；篇末悟空打死的妖怪变为"一个大镍币"，也是对追逐财币之讽。
6	《除夕》	1969 年 12 月 28 日写成，1980 年修改，刊于明窗出版社编，《除夕》（香港：明报有限公司出版部），页 1–14；另刊于《多云有雨》（香港：三联书店〔香港〕有限公司，2003），页 93–106。	曹雪芹在除夕夜，回忆昔日的生活、黛玉。现实是孩子早夭，贫困卖字画，避居郊外，及在贫困中死去。	虚实交织的写法；运用悬念，最后才揭盅，所写的主角是曹雪芹。

	篇名	出版	内容	备注
7	《蛇》	1978 年 8 月 11 日作，刊于《多云有雨》，页 107–113。	白蛇故事，有宋《西湖三塔记》，刊于《清平山堂话本》。[1]明代有冯梦龙编，《警世通言》，卷二十八《白娘子永镇雷峰塔》。[2]白娘子故事，亦见玉花堂主人校订，《雷峰塔奇传》。[3]《蛇》述许仙幼时被蛇咬而怕蛇，许仙在清明时节西湖遇白素贞，她是人而非蛇妖，喝雄黄酒也没变形。盗仙草只是一个梦，蛇精故事只是冒充法海的和尚所编撰的。	1. 四大传说之一的白娘子人妖恋，由志怪故事，转为非精怪故事。所谓的人妖恋乃无名和尚所杜撰。 2. 对恐惧心理有深刻的描写。 3. 写清明节的西湖乃诗化之描写。
8	《蜘蛛精》	写于 1978 年 12 月 29 日，刊于《多云有雨》，页 114–118。	《西游记》中有关蜘蛛精的故事，出现在《西游记》第七十二回《盘丝洞七情迷本·濯垢泉八戒忘形》。[4]《蜘蛛精》写三藏被蜘蛛精引诱，内心情欲与佛性的冲突。二者张力极大，三藏一边念佛号，并希冀获得悟空及弟子的救援。另一方面对美色不无色念。"我怎会动心"，乃自我的惊讶和挣扎。	1. 以第一人称写法，揭示三藏的内心世界。 2. 直接描写三藏内在情欲与宗教思想的矛盾。 3. 篇中以黑体字标示三藏内心的挣扎。

1 洪楩辑，程毅中校注，《清平山堂话本校注》（北京：中华书局，2012），卷一，页 56-77。

2 冯梦龙编，《警世通言》第二十八卷《白娘子永镇雷峰塔》，刊于（明）冯梦龙辑，魏同贤主编，《冯梦龙全集》，第二十三册，页 1119-1196。

3 刊于《古本小说集成》编辑委员会编，《古本小说集成》（上海：上海古籍出版社，1990）和方成培，《雷峰塔传奇》，载《续修四库全书》编纂委员会编，《续修四库全书》（上海：上海古籍出版社，1995）。

4 参考（明）吴承恩著《西游记》（香港：中华书局，1996），第七十二回，页 858-870。

	篇名	出版	内容	备注
9	《寺内》	1964 年春作，先刊于刘以鬯，《寺内》(台北：幼狮文化公司期刊部，1977)，页143–215；另1981 年 2 月25 日修订，刊于刘以鬯著，《春雨》(香港：华汉文化事业公司，1985)，页81–141。	《寺内》改编自（元）王实甫《西厢记》。[1]《寺内》一文，述张生与莺莺之恋，受老夫人阻挠。张生上京赴考中探花，回来迎娶莺莺。莺莺的未婚夫郑恒，成为障碍人物（blocking character），诬张生娶魏尚书之女，唯老夫人不相信（有别于王西厢）。郑恒成为失恋者，并没有如王西厢中撞树死去。	改编中的成熟之作，被称为诗小说。刘以鬯运用内心独白和意识流写作手法，刻画莺莺和张生在《赖简》后的心理矛盾尤其恰当。以老夫人对张生所作的绮梦，揭示老夫人在道德面具下的情欲世界，是有别于王西厢及最别致、独特之处。
10	《追鱼》	1992 年 3 月 1日作；刊于《多云有雨》，页119–120。	以传统戏曲《追鱼》故事为蓝本。将原来人鱼恋故事压缩；人与鱼最后在一起。	1. 日记体形式。 2. 形式新颖。

1　参考王实甫撰，王季思校注，《西厢记》(上海：上海古籍出版社，1963)原作为（唐）元稹《莺莺传》，刊于《太平广记》，卷第四百八十八，杂传记五，页 4012-4017。

	篇名	出版	内容	备注
11	《他的梦和他的梦》	写于 1992 年 5 月 31 日，刊于 1994 年 7 月痖弦编，《散文的创造》（上）（台北：联经出版事业公司，1994），页 184–186。辑于刘以鬯，《香港当代作家作品选集·刘以鬯卷》，页 316–317。	高鹗频频进入曹雪芹的梦中，二人也喜欢做梦，宝玉也喜欢做梦。最后曹雪芹的灵魂走进高鹗的梦境中，"指着后四十回，大发雷霆：'不是这样的！不是这样的！'"	
12	《盘古与黑》	1993 年 7 月 2 日作，刊于《多云有雨》，页 121–127。	盘古在"天地混沌如鸡子"中诞生。[1] 《盘古与黑》写盘古因为讨厌黑和寂寞，追求光明和希望。因而劈开了天地，眼睛也成了日月。	1. 盘古的心理描写，便采用了意识流手法。2. 运用不同字体表现盘古的心理。

1　见《艺文类聚》卷一引《三五历纪》，见（唐）欧阳询撰，汪绍楹校，《艺文类聚》（上海：上海古籍出版社，1965），卷一，天文上，页 2。

本文所论《怒沉百宝箱》、《劈山救母》、《孟姜女》和《牛郎织女》，属早期六十年代的故事新编，与成熟期如《寺内》[1]之作不同。《寺内》写《西厢记》故事。刘以鬯运用内心独白和意识流手法，描绘莺莺和张生在《赖简》后的心理矛盾。本文所论四篇，非实验型之作，唯刘以鬯以丰富的民间文学知识，新编孟姜、牛郎织女和华山圣母故事，赋以新的内涵，值得重视及作探讨。况且，这四个作品，保留了丰富的神话和传说的原材料；在民间文学的保存和传播上，大有贡献。

二、烈女孟姜

刘以鬯《孟姜女》于 1961 年 1 月 14 日至 1961 年 3 月 9 日，差不多三个月在《明灯日报》上连载，共一百一十三回合七万一千多字。

1. 孟姜女传说

孟姜哭杞梁夫的故事原型，出自《左传》。鲁襄公二十三年，齐侯出兵战莒国，将军杞梁殁。"齐侯归，遇杞梁之妻于郊，使吊之。"[2]《左传》所载是齐而非秦，孟姜之名亦未出现。至《礼记·檀弓》，则

---

1 刘以鬯故事新编分期，参考李剑昆，《刘以鬯"故事新编"的创作特色及影响》，《文学论衡》，总第十六期，2010 年 5 月，页 46-52。

2 杨伯峻编著，《春秋左传注》（北京：中华书局，1981），《襄公二十四年》，页 1084-1085。

增加了"其妻迎其柩于路而哭之哀"之载。[1]顾颉刚谓刘向《说苑》第一次出现"崩城"的重要情节。[2]《说苑·善说》篇载:"昔华舟、杞梁战而死,其妻悲之,向城而哭,隅为之崩,城为之阤。"[3]孟姜故事至唐而产生重要之变。(唐)贯休《杞梁妻》一诗载:"秦之无道兮四海枯","筑人筑土一万里"。杞梁妇"一号城崩","再号杞梁骨出土"。[4]诗中所载杞梁已是秦时人,筑人入城残忍的情节亦已出现。此外,不只出现"城崩",更出现认白骨的情节。孟姜故事,由齐转而为秦,因为筑长城的惨烈,与杞梁妻之极悲亦相符。《水经注》卷三《河水》载:"始皇令太子扶苏与蒙恬筑长城,起自临洮,至于碣石。"[5](晋)杨泉《物理论》引民歌谣:"生男慎勿举,生女哺用脯,不见长城下,尸骸相支拄。"[6]生男而要筑长城,宁可不养活。(唐)佚名所撰《琱玉集》引《同贤记》所载,更是后世有关孟姜传说的蓝本:杞良为避筑长城之苦役,逃入孟家后园。孟家姑娘"仲姿浴于池中"被窥见,因而"请为君妻"。二人成婚后,杞梁回工地,复为官吏所杀,"并筑城内"。

1 郑玄注,孔颖达正义,《十三经注疏·礼记正义》(上海:上海古籍出版社,2008),卷十四,《檀弓》下第四,页414。

2 顾颉刚,《孟姜女故事研究集》(上海:上海古籍出版社,1984),页7。

3 刘向著,杨以漟校,《说苑》(北京:中华书局,1985),卷十一,《善说》,页108。

4 中华书局编辑部点校,《全唐诗》增订本(北京:中华书局,1999),卷八二六,贯休,《杞梁妻》,页9388。

5 郦道元著,陈桥驿校证,《水经注校证》(北京:中华书局,2007),卷三,《河水》,页85。

6 郦道元,同上书,页77。

仲姿哭，"其城当面一时崩倒"。仲姿割指血"以滴白骨"，认出杞梁。[1]
唐代太宗、高宗、玄宗三朝，东伐高丽、新罗，西征吐蕃、突厥，又
在边境设置节度使，带重兵，防外蕃。士兵终年征战、战死。思妇怀
人情况，与孟姜相类。[2]

　　袁珂谓："至迟在唐末五代之际，孟姜女故事已流传于民间，后又
编为剧本、唱词等"。[3] 杞梁故事中的女主角：孟姜，亦由《诗经·郑
风·有女同车》"彼美孟姜，洵美且都"，[4] 泛指美女之"孟姜"变为专
指杞梁贞妻之"孟姜"。有关孟姜女的故事，则以宝卷形式，在民间传
播。明末清初有《佛说贞烈贤孝孟姜女长城宝卷》，另有同治年间的
《长城宝卷》[5]《佛说卷》和《长城卷》流行于北方，上述两个宝卷，在
内容上相类似。清末南方江苏一带则流传《孟姜仙女宝卷》（简称《仙
女卷》)。[6] 此宝卷亦流传至浙江、广东、广西诸省。[7]《仙女卷》为刘以
鬯故事新编《孟姜女》一文的蓝本。《仙女卷》较《佛说卷》和《长
城卷》增添了新情节如神仙：芒童、七姑因为筑人入长城之惨，而下

1　撰人不详，《珊瑚集》（北京：中华书局，1985），卷十二，引《同贤记》，页 52-53。

2　顾颉刚，上引书，页 17。

3　袁珂，《中国神话传说词典》（上海：上海辞书出版社，1985），页 262。骸骨筑城和大哭长城倒情节，亦
　见王重民等编，《敦煌变文集》（北京：人民文学出版社，1957），卷一，《孟姜女变文》，页 33。

4　毛亨传，郑玄笺，孔颖达疏，《十三经注疏·毛诗注疏》（上海：上海古籍出版社，2013），卷四，《有女
　同车》，页 412。

5　《长城宝卷》和《佛说贞烈贤孝孟姜女长城宝卷》，刊于路工编，《孟姜女万里寻夫集》（上海：中华书局，
　1958），页 241-360。

6　霍建瑜主编，《美国哈佛大学哈佛燕京图书馆藏宝卷汇刊》（桂林：广西师范大学出版社，2013），《孟姜
　仙女宝卷》，页 247-275。

7　黄瑞旗，《孟姜女故事研究》（北京：中国人民大学出版社，2003），页 125-126。

凡拯救黎民。七姑"借此冬瓜为生母":借瓜诞生。孟姜故事,由《左传》杞梁妻之原型,至唐代大变,增入秦时筑城,孟姜滴血认骨之情节。明清之际,则以宝卷形式,广传民间,成为四大传说之一。(其余为牛郎织女、白蛇传和梁山伯与祝英台。)

2. 瓜生灵童

刘以鬯《孟姜女》故事新编以《仙女卷》为蓝本,强调烈女的试炼:孟姜之苦,带出女性主题。

"瓜生灵童"是指孟姜以瓜托生的传奇出生。《仙女卷》中已有此情节。故事的特殊性在于将孟姜故事,由人间界转入天上界,加入芒童、七姑下凡,投胎为万希郎(《左传》载主角名字为杞梁,《仙女卷》所载为万喜良)和孟姜女。这个改编轨迹,颠覆了一般由神话成为传说,由天上界转入人间界的路线。孟姜传说,在清代宝卷《仙女卷》中,插入神话部分,加入主角的前世故事:二人为天上神仙,下凡转世成为希郎和孟姜。转世情节,为故事增添了传奇和趣味性。

孟姜前生就是七姑,乃天上神仙:"仙姬宫的七姑星",随天上芒童下凡。(《孟姜女》第九回)《仙女卷》载七姑"管人世蚕桑等事"。[1]有关七姑的崇拜,据《长汀县志》载"宋代已有,称七姑子"。[2](宋)洪迈《夷坚甲支》卷六《七姑子》载宋代对七姑之祭颇为兴盛:在赣

---

1 《孟姜仙女宝卷》,页 252。

2 长汀县地方志编纂委员会编,《长汀县志》(1988-2003)(北京:中华书局,2006),页 852。

州"遍城郭邑聚，多立祠宇"。七姑子"其状乃七妇人"。神能方面："颇能兴祸咎。"[1] 客家文化中，有祀七姑子之习。客家歌谣中，有《七姑星》之载："七姑星，七姐妹，你入园，涯摘菜。"[2] 另一首客家歌谣《七姑星》叙七位与农务有关的姐妹："七姑星，七妹妹，你入园，涯摘菜。摘一皮，留一皮。"[3] 客家歌谣中的七姑子农耕妇的形象，呼应了《仙女卷》所言：七姑"管人世蚕桑"等农事之载。

《孟姜女》一文，述孟姜以瓜托生，十分有趣，并富象征意味。为何孟姜成为"瓜生灵童"呢？《孟姜女》第四回载（孟姜说）："我怕见血，不愿投胎，所以借此冬瓜为生母。"瓜，因其多籽，有多子多孙之延伸义，富生殖崇拜（fertility rite）的意味。人类来源的核心内容，大都与葫芦瓜有关。彝、怒、白、畲、黎、侗等族，都有人类来自葫芦的传说。[4]

瓜，具生殖崇拜之义。《搜神记》卷十四《盘瓠》载少数民族如瑶族、畲族的始祖盘瓠便是从瓠中出生：王宫老妇耳中出顶虫，"置以瓠篱，覆之以盘"，顶虫化为五色犬：盘瓠。[5] 盘瓠，成为族群始祖后，子孙连绵。孕育始祖之器便是瓠：葫芦科植物（Cucurbitaceae）的

1　洪迈撰，何卓点校，《夷坚志》（北京：中华书局，2010），《夷坚甲支》，卷六，《七姑子》，页 761。

2　白眉主编，《五华民间文化》（梅州：五华县前进速印部，2006），页 55。

3　广东省文学艺术界联合会、广东省民间文艺家协会编，《广东民间故事全书·梅州·梅江区卷》（广州：岭南美术出版社，2012），页 239。

4　潜明兹，《中国神话学》（银川：宁夏人民出版社，1994），页 322。

5　干宝撰，汪绍楹校注，《搜神记》（北京：中华书局，1979），卷十四，《盘瓠》，页 168-169。

果实。[1]孟姜从瓜中诞生，便充满生殖崇拜的意味：她的"母亲"，就是孕育她人身的冬瓜。破瓜而出的孟姜，展示神仙临凡非一般的诞生。甫出生便"端坐在瓜内，盘膝而坐，双手合十，皙白的皮肤，清秀的面目，一派仙气，完全是个佛相"。（《孟姜女》第四回）由于没有经历血胎的出生，孟姜亦保留他界（other world）的记忆及习惯。前者令她比转生凡胎，泯灭了仙界回忆的希郎，有着更多对凡世经历的了悟。后者则令她"自幼吃素"，在"家中苦修仙道"，并极度抗拒父母相亲之请。（《孟姜女》第八回）孟姜一段"瓜生灵童"式的神奇出生，便显得吸引而蕴含趣味。

3. 人牺筑城

人牺（human sacrifice）筑城乃将人作为牺牲，埋入长城内，祈求完成长城之建。芒童临凡，就是以一己之身以代万民。因为"万民受苦"，"心中十分不安"，芒童因而下凡救世。（《孟姜女》第九回）

芒童即《山海经》所载句芒。《海外东经》谓："东方句芒，鸟身人面，乘两龙。"《左传》昭公二十九年载："木正曰句芒"，[2]"木正"之神句芒，为春祭之祀神。《吕氏春秋》和《礼记·月令》均载：春祭

---

1 中国科学院《中国植物志》编辑委员会编，《中国植物志》（北京：科学出版社，1986），第七十三卷，第一分册，页216-218。

2 《春秋左传注》，《昭公二十九年》，页1502。

"其帝太皞，其神句芒"。[1]（唐）阎朝隐《奉和圣制春日幸望春宫应制》诗云："句芒人面乘两龙，道是春神卫九重"。[2]句芒乃农神、春神。《新唐书·礼乐志》载：开元二十三年，玄宗"亲祀神农于东郊，配以句芒，遂躬耕尽垄止"。[3]（清）《燕京岁时记》载立春前一日，顺天府尹率僚迎春于东直门外，"芒神"以骑"土牛"的牧童造型迎春，"导以鼓乐"，"至府署前，陈于彩棚"。[4]原型为人面鸟身的句芒，乃木正春神。

芒童就是为了拯救百姓，转生为希郎。《仙女卷》载秦始皇为了修筑长城，"每里要用生民一名，造筑城底，方能坚固"。[5]筑人入长城，此乃可怕的人牺祭祀。商代是祭献人牺的兴盛期：殷墟发现的祭祀坑中的人牺数目，多达数千人以上。[6]周代流行"血祭"拜祀。《周礼·春官·大宗伯》载"以血祭祭社稷、五祀、五岳"。[7]《左传》昭公十一年载"楚师灭蔡"，用战败的太子之血，以祭山神。[8]芒童为救万民，以身殉百姓。三眼神在梦中告知始皇："除非将苏州府里的万希郎捉去，否则，万里长城永无筑成之望。"（《孟姜女》第十三回）希郎下凡的动

1　句芒之载，见高诱注，《吕氏春秋》，刊于《诸子集成》第六册（北京：中华书局，1954），卷三，《季春纪第三》，页 23；《礼记正义》，《月令》第六，页 599。

2　《全唐诗》，卷六九，阎朝隐，《奉和圣制春日幸望春宫应制》，页 769。

3　欧阳修、宋祁撰，《新唐书》（北京：中华书局，1975），第二册卷十四，《礼乐志》四，页 358。

4　富察敦崇，《燕京岁时记》（北京：北京古籍出版社，1981），《打春》，页 47。

5　《孟姜仙女宝卷》，页 257。

6　商代人牲之讨论，参考刘晔原、郑惠坚，《中国古代祭祀》（北京：商务印书馆，1996），页 121-124。

7　郑玄注，《周礼郑注》（台北：新兴书局，1972），卷十八，《春官·大宗伯》，页 98。

8　《春秋左传注》，《昭公十一年》，页 1322。

机为救民，唯转生后的希郎，却失去天界的记忆，尘世的痛苦对他而言是非常残酷而实在的摧残。工头"举鞭猛抽，抽得希郎嘶声呼号"。希郎终被活活打死："又是一阵子鞭挞。希郎原已有病，经此打击，当然无法生存了。"被鞭虐致死的希郎，"死后立刻埋葬于长城之下"，完成他为救万民，下凡为人牺，令长城完成修建之使命。(《孟姜女》第三十三回）始皇为其修坟、建万王庙，可说是对希郎的一种"补偿"。(《孟姜女》第一〇九回）芒童转世为希郎，完成残酷可怕的人牺使命，在拯救万民而言，乃是种救世英雄的行为。[1] 孟姜女因未经血胎，保留了神界的记忆，为芒童下凡救世，(《孟姜女》第九回）提供了全知观点，令读者除因希郎受尽折磨，产生同情外，更因其救世的临凡行动，而产生景仰及崇高感。

4. 烈女的试炼

《孟姜女》一文，较前文本如《仙女卷》最不同处，在于强调了孟姜往咸阳寻夫之艰辛旅程。寻夫之旅，亦是试炼之旅；展示刘以鬯重视女性意识。[2]

1　范长华，《浅探明代中、晚年至清末宝卷与宝卷中孟姜传说的递变——以〈佛说贞烈贤孝孟姜女长城宝卷〉〈长城宝卷〉〈孟姜仙女宝卷〉为例》，《台中师院学报》，第九期，1995 年 6 月，页 127。

2　徐黎原文为："此类作品虽然各有所本，但都十分注重女性（莺莺、红娘、老夫人、蜘蛛精、白素贞等）的性意识，凸现'故事'原本隐藏不彰的另一面；作者一改以往小说创作对女性性意识的忽略与轻描淡写，不愧为敢于打破传统规则、锐意创新的小说创作能手。"见徐黎，上引文，页 48。

（一）逼奸与逼婚

孟姜梦见希郎流出血泪，开始踏上寻夫之旅。（《孟姜女》第三十四回）旅程中除经历饥饿、疲倦和遇上九头妖怪外（《孟姜女》第六十六至六十八回、第九十四至九十六回），更重要的是对孟姜在贞节上的试炼。孟姜历两次被逼奸和始皇逼婚，都表现了贞烈的情操。首位露出狼相的是孟和，孟姜家中之仆。孟和本来是要陪伴和保护孟姜寻夫，却在途中欺侮弱女："如同老鹰捉小鸡一般"，"拉住孟姜，不顾一切地百般戏弄"。孟和甚至殴打孟姜，以遂逼奸之愿："猛挥一拳，直向孟姜面部打去！"（《孟姜女》第六十三回）在荒山野岭的孟姜，面对孟和亮出"一把尖刀"的威胁，和武力对待，（《孟姜女》第六十三回）仍誓死不从，以保清白。坚持至婢女春梅救援，"将大石掷向孟和的头颅"，杀孟和才脱险。（《孟姜女》第六十四回）第二宗逼奸事件，更为凶险。强盗杀了春梅后，在枯庙中威迫孟姜就范。"瞪眼露齿地向孟姜扑过来"。孟姜极力反抗"始终不能脱身"。幸而在极危之际，得菩萨出手相救。（《孟姜女》第七十回）孟姜在两次被逼奸事件中，在情势处于极恶劣，甚至生命受到威胁时，仍遇暴不失节。

对孟姜贞节最为险峻的考验，在秦始皇求为妃嫔一回。孟姜因毁坏了长城而被绑上金殿，成为阶下囚，（《孟姜女》第一〇四回）完全没有反抗的余地。秦始皇"慧眼"，看上孟姜："节义双全，实非寻常女子可比"，因而"有意宣她进宫"。（《孟姜女》第一〇五回）并要让孟姜"执掌正宫"。(《孟姜女》第一〇六回)王贯为始皇说项,劝孟姜"改嫁万岁"。在其他女子眼中,这个议婚是极为美满之事,"天下有什么比这件事更值得欢喜的呢?"(《孟姜女》第一〇六回)孟姜面对的,不单是议婚,嫁与不嫁的问题,更是权力威压和引诱的问题。答允来自极高权力的始皇之婚事,代表掌管"正宫"之权势,以及荣华富贵的生活。孟姜在这个为关节的考验上,尽展贞烈。在始皇完成了孟姜祭坟、造庙之请后,(《孟姜女》第一〇九回)孟姜再没有顾虑,便为万民宣泄抑郁,骂始皇"罪大恶极","昏君"。"所有被压迫的人们,不久就会揭竿而起。"昏君的"末日即将来临了!"(《孟姜女》第一一〇回)最为刚烈的就是投江自尽:孟姜飞也似的奔向长桥,伸出双臂,大喊:"希郎我夫,为妻的今天前来与你团聚了!"(《孟姜女》第一一一回)孟姜殉夫殉节的节义,在自杀高潮中,显其贞烈。

(二)"崩城"与"认骨"

自杀是贞烈的表示,哭崩城是另一个节烈的"证据"。孟姜擅哭,(见《孟姜女》第三十六回、八十回、八十四回、九十三回和九十九回)哭崩城一回,是孟姜寻夫节义,强大能量的凝聚和爆发点:"长城已经崩倒了,裂开数丈,塌向一边。"(《孟姜女》第九十九回)哭之至恸,城为之崩。此外,"滴血认骨",则将高潮再推上另一高峰。孟姜"咬破自己的手指,在每一根白骨上滴上血液"。(《孟姜女》第九十九回)孟姜以血液能渗入骨中,认出夫骨。(《孟姜女》第一〇〇回)"城崩"和"认骨",乃两个重要的行动语码(proairetic code)。巴尔特(Roland Barthes)所指的行动语码,包括动作及反应两方面,牵引情节的进展。[1] 上述两个行动语码,不但下启始皇议亲,至孟姜投江之情节,重要的是"城崩"和"认骨"之行动,显示孟姜寻夫不屈不挠的节义,加上遇暴不失节的逼奸、议婚,便完成了孟姜贞烈形象的塑造。寻夫之旅,不但是孟姜试炼之旅,亦展示经过考验后,贞烈妇女的刚烈质量。

刘以鬯作品对女性特别关怀,孟姜的苦难何尝不是受苦女性的反映?孟姜的坚毅不屈,何尝不是对女性的坚忍苦斗抱有希望。1961年的香港,女性外出工作,在劳苦阶层中比比皆是。据1961年《香港年鉴》载:在工业机构中,雇用女工最多的行业,首推纺织、针织、棉织、塑料。载至1960年6月底止,八小时三班制下工作的女工,共一万一千五百人。[2] 孟姜的坚忍不移之精神,在读者尤其女性读者而言,亦注入鼓舞的正能量。

1 巴尔特所论五种语码,参考 Roland Barthes, *S/Z*, trans. Richard Miller (New York: The Noonday Press, 1974), pp.18-20.

2 吴灞陵编,《香港全貌・一年来之劳工》,《香港年鉴》,第十四回第二篇,1961年1月,页36。

三、神女：痛苦的织女

刘以鬯《牛郎织女》第一至九十五回，共五万九千字，虽未能寻出连载数据，以文字风格、同样采用关山美插画设计及连载形式观之，当属 1960 年代初，于《明灯日报》连载之故事新编系列。

1. 牛郎织女神话和传说

牛郎织女故事，源自星宿神话。《晋书·天文志》载："织女三星。"[1] 三颗织女星，形成一个三角形如织梭。至于后世被呼为牵牛星的，该是河鼓星。《尔雅·释天》载："何鼓谓之牵牛。"[2] 河鼓亦为三星，连成一条直线如扁担。郭璞注《尔雅·释天》谓："今荆楚人呼牵牛星为担鼓。"[3] 织女星状如织梭，牵牛星如扁担。以符织布女和下力于田的牛郎之想象。

牛郎、织女神话，早于《诗经》中已见雏型。《诗经·小雅·大东》篇载："跂彼织女，终日七襄"。织女虽然织了七个时辰的布，却没成果："不成报章"。至于牛郎，则仍是一头牛，却"不以服箱"，未能拉大车厢。[4]《大东》篇中，织女是织布妇女，牛郎却并未人格化，

---

1 房玄龄等，《晋书》（北京：中华书局，1974），卷十一，《天文志》，页294。

2 郝懿行，《尔雅郭注义疏》（山东：山东友谊书社，1992），《释天》，页591。

3 郝懿行，同上书，页591-592。

4 朱熹，《诗集传》（香港：中华书局，1983），卷十二，《大雅·大东》，页147-148。

诗中如袁珂所言：亦没有故事的叙述。[1]

　　牛郎人格化是牛郎织女神恋、神婚的大前提。(汉)《西都赋》中，已有牵牛人格化的迹象："豫章之宇，临乎昆明之池，左牵牛右织女。"李善注引《汉宫阙疏》："昆明池有二石人，牵牛织女像。"[2] 由昆明池畔有牵牛、织女石像之载，可见至汉代，牛郎已经人格化。至《古诗十九首·迢迢牵牛星》牛郎、织女的爱情故事，已有完整的描述。织女"终日不成章"，织不成布匹，更"泣涕零如雨"。与牵牛相隔银河："盈盈一水间，脉脉不得语。"[3] 由《大东》篇中，似不相干的牛郎、织女二星，至《迢迢牵牛星》，已发展至悲剧神婚，道出牛郎、织女被隔绝之悲。为何二人会为被阻隔呢？有两个说法，一为牛郎借天帝钱，久而不还而被驱禁。(出自《日纬书》)[4] 二是织女废织：《月令广义·七月令》引《小说》佚文，叙：织女"嫁后遂废织纴"。因而激怒天帝，"使一年一度相会"。[5] 上述"借钱说"和"废织说"，以后者较为广传，作为牛郎、织女二人被分隔之理由。[6]

1　袁珂，《中国神话史》(上海：上海文艺出版社，1988)，页316。

2　见萧统编，李善注，《文选》(北京：中华书局，1977)，卷一，班固，《西都赋》，页29。

3　《古诗十九首·迢迢牵牛星》，见《文选》，卷二十九，杂诗上，页411。

4　李昉等编，《太平御览》(上海：商务印书馆，1935)，刊《四部丛刊》，卷三十一，《时序》引《日纬书》，页8。

5　废织说之出处，仍有争议。一说谓出自(梁)宗懔，《荆楚岁时记·七夕》条。一说谓出自六朝(梁)殷芸《小说》；以后者为较可信。见(明)冯应京，《月令广义》(台南：庄严文化，1996)，《七月令》引《小说》佚文，页164-784。

6　织女人间的第一个丈夫为董永，见《搜神记》，卷一，《董永》，页14-15。织女在凡间的情郎为郭翰。见《灵怪集·郭翰》，刊于李昉等编，《太平广记》，卷六十八，女仙十三，页420-421。

至于牛郎、织女的传说，由来已久。唯这个传说，由何时开始流传于民间，已是不可考。[1]《清稗类钞》戏剧类"应时戏"载：京师"最重应时戏"。[2] 逢七夕，"必演鹊桥会"。[2] 京剧中，便有《天河配》又名《鹊桥会》的剧目。[3] 牛郎、织女传说，依钟敬文的分析，当归入"牛郎型"，共同情节如下：

　　1. 两弟兄，弟遭虐待。

　　2. 分家后，弟得一头牛（或兼一点别的东西）。

　　3. 牛告以取得妻子的方法。

　　4. 他依话做去，得一仙女为妻。

　　5. 仙女生下若干子女。

　　6. 仙女得衣逃去。他赶到天上被阻。

　　7. 从此，两人一年一度相会。[4]

　　牛郎、织女传说，大抵有上述七项情节结构。唯第六点，仙女得衣逃去一项，则往往有其他演绎。参考袁珂之述，此项也不一定是仙

1　邹宏伟，《牛郎织女传说三种文本分析》，《长江师范学院学报》，第二十五卷第五期（2009 年 9 月），页 33。

2　徐珂编纂，《清稗类钞》，（北京：商务印书馆，1928），第三十七册，戏剧类，页 17。

3　《天河配》数据，参考吴同宾、周亚勋编，《京剧知识词典》（天津：天津人民出版社，2007），页 432；齐森华、陈多、叶长海编，《中国曲学大辞典》（杭州：浙江教育出版社，1997），页 600。

4　钟敬文，《中国的天鹅处女型故事——献给西村真次和顾颉刚两先生》，刊于钟敬文著，《钟敬文文集》（合肥：安徽教育出版社，2002），页 602。

女得衣而逃，常常是天帝查考，天神往逮捕织女返回天庭。[1]

2. 天鹅处女

织女的地位高，《史记·天官书》载：织女为"天女孙也"。[2]《月令广义》引《小说》佚文，谓织女乃："天帝之子也。"[3]织女亦为女红神，（唐）柳宗元《乞巧文》载妇女祷告，向织女祈求："驱去蹇拙，手目开利。"[4]由于擅织，织女属行业神中的机神和纺织神。[5]至于牛郎、织女传说中的牛郎，乃下力于田的牧牛凡男。（晋）张华《博物志》和（梁）宗懔《荆楚岁时记》中，有一则相类的故事，记载了"牵牛丈夫原型"。《博物志》卷十杂记下载：旧说"天河与海通"。有居海渚者，"乘槎而去"。至天河上，见"有城郭状，屋舍甚严"。除睹"宫中多织妇"外，并见一丈夫"牵牛渚次饮之"。[6]"牵牛丈夫"，乃后世牛郎、织女传说中牧牛郎的牛郎原型。

天女凡男配的牛郎、织女传说，属天鹅处女型故事（Swan Maiden Tale）。赵景深《童话ABC》一书，述天鹅处女故事之模式

1 《中国神话传说词典》，页82-83。

2 司马迁撰，《史记》（北京：中华书局，1959），卷二十七，《天官书》第五，页1310-1311。

3 《月令广义》，《七月令》引《小说》佚文，页164-784。

4 柳宗元，《柳宗元全集》（上海：上海中央书店，1936），中册卷十八，《乞巧文》，页65。

5 李乔，《中国行业神》（台北：云龙出版社，1996），卷上，页129-135。

6 牵牛丈夫之载，见张华撰，范宁校证，《博物志校证》（北京：中华书局，1980），卷十，页111；宗懔，《荆楚岁时记》，刊于《四库全书》，第五八九册（上海：上海古籍出版社，1993），页589-23。

为：男主人公看见了几只鸟，飞到湖畔，脱去羽毛，成为美丽的裸女。他取了其中之一的羽衣，逼她下嫁。隔了多年，她找到羽衣飞去，从此不回来（有时她的丈夫也可以找到她）。[1]（晋）干宝《搜神记·毛衣女》便属天鹅处女型故事：豫章新喻县男子，"见田中有六七女，皆衣毛衣，不知是鸟"。男子得其中一鸟之毛衣，"取藏之"。鸟"不得去"，被男子"取以为妇"，生了三个女儿。后来，女鸟得衣便"飞去"，后"以迎三女"。[2]钟敬文认为天鹅处女故事，具备以下五个特色：

1. 变形。

2. 禁制。

3. 洗澡。

4. 动物或神仙的帮助。

5. 仙境的淹留[3]。

刘以鬯《牛郎织女》为天鹅处女故事。首先：变形方面，由于织女为天女，已是人形，在此没涉由鸟化人的原始变形。织女甫出场已是位光彩射人的美女："在所有的仙女中，织女最美丽。"织女"有一

1　赵景深，《童话学 ABC》（上海：上海书局，1990），页 90。男子以窃取羽衣的手段强迫成婚，乃是抢亲习俗的象征性反映。见刘守华，《孔雀公主故事的流传和演变》，刊于中国民间文艺研究会上海分会编，《民间文艺集刊》第八集（上海：上海文艺出版社，1986），页 68。

2　《搜神记》，卷十四，《毛衣女》，页 175。

3　钟敬文，上引文，页 609-614。

对又黑又大的眸子"，"美得如同花朵一般"。（《牛郎织女》第一回）天
鹅处女故事的第二个特点为禁制。钟敬文认为："天鹅处女型故事中
的女鸟的羽毛或仙女的衣裳被人所藏匿，便不能不受人的支配。"[1]《牛
郎织女》故事中，牛郎窃取织女的天衣，令她不能离去，留在人间。
（《牛郎织女》第二十一回）天女与天衣之间，有着非常密切的关系。
谁人持有天衣，便有着号令之权（虽然织女和牛郎，有着互动之情。）。

　　至于第三点：洗澡，则是天鹅处女型故事的精彩之处。[2]《牛郎
织女》故事中的"洗澡"发生在碧莲池。"七个仙女"，"个个含笑盈
盈"。织女穿紫衣，"最为美丽"。（《牛郎织女》第二十回）"洗澡"的
碧莲池，乃是牛郎、织女爱情催生的所在地。其中涉及两个重要的行
动语码，一为偷窥，一为偷衣。牛郎躲在碧莲池旁边，偷窥天女洗澡。
（《牛郎织女》第二十回）由于玉白身躯被偷窥，织女已没退路："叫我
今后如何再在别的神仙前露脸。"（《牛郎织女》第二十二回）另一方
面，织女"一向羡慕人间的生活"，能摆脱"寂寞天庭"，（《牛郎织女》
第二十三回）自是求之不得。被牛郎偷窥而心生情愫的织女，因而留
在凡间。"洗澡"的另一个重要的行动语码为偷衣。牛郎"蹑步走到荷
花池边，伸手将玉凳上的那件紫色衫拿了过来，拨转身，拔足就奔"。
（《牛郎织女》第二十一回）。织女天衣被窃，不得不听牛郎之言，牛郎

1　钟敬文，上引文，页610。

2　京剧，《天河配》，也有浴池一幕。见中央研究院历史语言研究所俗文学丛刊编辑小组，《俗文学丛刊》
　　戏剧 京剧（台北：中央研究院历史语言研究所、新文丰出版股份有限公司，2004），《天河配总讲》，页
　　341-032。

亦直接坦言："嫁我做老婆！"（《牛郎织女》第二十二回）取得天衣的牛郎，不单占上风，更博得织女言："我答应你！"成就天河配婚事。（《牛郎织女》第二十三回）

天鹅处女故事的第四个特点是动物或神仙的帮助。钟敬文所言：包含动物或神仙援助男主人公的情节。[1]《牛郎织女》一篇，如果没有金牛大仙的帮助，牛郎和织女便没可能成就天河婚恋。金牛大仙为同情织女，被贬下凡，变形为老牛，（《牛郎织女》第六回）帮助人间的牛郎。牛郎则是被欺侮的幼弟：被恶嫂李氏赶走，被逼分家。（《牛郎织女》第十四回）金牛大仙作为帮助者（helper），成为牛郎、织女的冰人。他的协助分为行动者，以及出策者两部分。行动者方面，如果没有金牛大仙，将牛郎驮行上天，（《牛郎织女》第十九回）人间牛郎是绝没有能耐会织女于碧莲池。此外，金牛大仙亦是个重要的出策者。他指点牛郎窃天衣："将织女的衣服抢过来"，挑过僻静之处，"诚恳地向她表露求婚之意"。（《牛郎织女》第十九回）偷窥、偷衣，乃造就天河配的关键。金牛大仙的帮助，亦是牛郎、织女成就人神婚的关键。

天鹅处女故事的第五个特点是仙境的淹留。《牛郎织女》故事，则沿着人间界而仙界的轨迹进行。先是仙女入凡间，往后是凡男入神境。仙女被牛郎在"洗澡"情节偷窥，在人间拜堂成亲，成为牛郎的妻子。过着男耕女织的日子，并为牛郎生下一子一女。（《牛郎织女》第

二十一六回、二十九回、三十四回）至王母派奎木狼和娄金狗捉拿织女回天，（《牛郎织女》第四十一、四十三回）才结束仙女入凡的一段人间界之旅。凡男牛郎，因织女之故而入神境。以织女所留下的天梭上天，而淹留天界。王母用簪划成银河，罚牛郎织女"永远隔河相对"。（《牛郎织女》第四十八回，五十至五十二回）牛郎亦因此，以凡男身份，淹留神界。《牛郎织女》以"洗澡"偷窥、窃衣的天鹅处女故事，造就一段动人的人神婚恋。

3. 叛逆与反抗

《牛郎织女》一文中的织女，相当反叛。甫开始便"想找一些刺激"。（《牛郎织女》第一回）因为刻苦织布，"长年付出"，"得不到片刻的快乐"。（《牛郎织女》第三回）织女"耐不住寂寞"，"而偷看凡间"。（《牛郎织女》第四回）叛逆"刻板的生活"（《牛郎织女》第六回）之代价相当大。女神被王母处罚，囚禁天牢四十九日，"不准织女自由行动"。（《牛郎织女》第五回）织女与西王母是外祖母和外孙女的关系（《牛郎织女》第五回）。纵然是天女孙，织女仍被处分。织女私看凡界、私下凡界，代表的就是她的反叛。[1]

西王母则代表了织女要面对和反抗的权威和不可规避的力量（inevitability）。《山海经·西山经》所载的原始的西王母是"豹尾虎

---

1 对抗权威为牛郎织女传说的一个主题。参考洪淑苓，《牛郎织女研究》（台北：台湾学生书局，1988），页 187。

齿而善啸",半人半兽"蓬发戴胜"的"司天之厉及五残"之凶神[1]。西王母自凶神始,但经历不少变化。她在《穆天子传》中,已是与周穆王共饮于"瑶池之上"的"帝女"。[2]《汉武内传》中,西王母变为"年三十许","容颜绝世",[3] 授帝以长生术的大母神(Great Mother)。荣格(C. G. Jung)言:母亲神,在世界各地的宗教中都存在,而成为大母神的原型。[4]《镜花缘》第二回,西王母便有着众仙之母的大母神身份,担起保护者的角色。王母见百花仙和嫦娥口角,道"善哉!善哉!这妮子道行浅薄"。"角口生嫌,岂料后来许多因果。"[5] 王母如母亲般,为百花口角生孽、下凡而感慨。

至于《牛郎织女》中的西王母则有着迫害者的角色,拆散牛郎、织女的一段人神婚,她代表了不可规避的力量。王母以"玉簪一枝","在牛郎与织女之间划下天河一度"。(《牛郎织女》第五十一回)可怕的是这是个无止境的处罚:"罚你们永远隔河相对,可望而不可即!"换言之,"要受千载的痛苦",乃是个永劫!(《牛郎织女》第五十二回)织女则以叛逆者的角色,反抗王母所代表的不可规避的力量。

1　袁珂校注,《山海经校注》(上海:上海古籍出版社,1980),《西山经》,页50。

2　郭璞注,《穆天子传》(北京:中华书局,1985),卷三,页15-16。

3　李昉等编,《太平广记》,卷第三,神仙三,《汉武内传》,页14。

4　C.G. Jung, "Psychological Aspects of the Mother Archetype", in *The Archetypes And The Collective Unconscious* (New York: Bollingen Foundation Inc., 1959), p.75.

5　李汝珍,《镜花缘》(香港:中华书局,1975),第二回,页9。

4. 痛苦与超越

《牛郎织女》最别出同类作品之处，在于篇中对牛郎与织女的矛盾和痛苦有很深刻的描写。牛郎、织女的矛盾，主要发生在织女被王母下令奎木狼和娄金狗捉拿她（《牛郎织女》第四十一回），以及牛郎与两个小孩，借天梭上天界之后。（《牛郎织女》第四十七回）二人的矛盾，主要在"处理"孩子的问题上。天庭岁月，孩子是牛郎、织女的一个很大的负担。牛郎的"处理"是较为实际的，就是将孩子送回凡间："交与兄嫂扶养"，"免受寂寞之苦"；却因而触发织女"怒往上冲"之冲冠愤怒。（《牛郎织女》第七十一回）此外，牛郎要织女"必须将两个孩子完全忘掉"，因为"今生恐怕再也不能见面了"。牛郎的态度是面对现实的疏解方法；织女却怪责他"心肠太硬"，二人因而"吵得很凶"。（《牛郎织女》第八十回）牛郎、织女吵架，在河北牛郎、织女传说中，亦有出现。牛郎跟着织女上天宫，因不习惯天宫生活，常和织女吵架。[1]《牛郎织女》一文，牛郎和织女，因孩子的问题而口角、激烈争吵，也是就寻常夫妻，因生活琐事而争执的现实之反映。

《牛郎织女》一文，至为深刻之处，在于作者耗五十四回（《牛郎织女》第四十一至九十四回），花了不少笔墨描写牛郎和织女的痛苦。刘以鬯描绘了两种面对痛苦的态度，一为冲动型，一为沉毅型。前者

---

1 河北有结冤型的牛郎织女传说，参考洪淑苓，《牛郎织女研究》，页160；董占顺搜集整理，流传地区：河北东鹿一带，《牛郎织女结冤仇》，原刊《民间文学》（1985年第七期），载于叶涛、韩国祥主编，《中国牛郎织女传说》（桂林：广西师范大学出版社，2008），页126。

烈女·神女·青楼女——论刘以鬯的故事新编   *579*

以织女为代表，后者的代表为牛郎。织女为免却二人相思之苦，冲动地反抗："竟像枝飞箭似的，疾步奔下桥去，奔向彼岸。"跑到银河彼岸，会合牛郎。(《牛郎织女》第八十三回）织女的冲动，换来的是王母将她"打入天牢"之惩罚。(《牛郎织女》第八十六回）

牛郎面对痛苦，有别于冲动型的织女，他选择沉毅地面对一切苦难。牛郎对待痛苦有三种方式，一为乐观。他认为要在极度痛苦中，"自寻快乐"。保持乐观，"才能使王母的神通失效"。(《牛郎织女》第七十八回）第二，必须坚强。牛郎视每天与织女隔河相望为鼓励，提倡坚强面对生活，要有"坚强的斗志"。(《牛郎织女》第七十九回）第三项最为特别：梦想是痛苦生活的原动力。牛郎认为没有梦想，等于失去一切。"有了梦想，事情就简单了。"(《牛郎织女》第八十回）因为有以上乐观、坚强和仍有梦想的正能量，牛郎能"将所有的不幸当作事实去容忍"，表现出"不折不挠"。就是这种"不折不挠"，感动"千万仙君"。(《牛郎织女》第八十九回）最后由观音"禀告王母"；牛郎竟以凡胎，道成肉身而被封圣。(《牛郎织女》第九十四回）牛郎经历痛苦的试炼，竟以成圣。

刘以鬯以创造性背叛，有别于牛郎织女的前文本，牛郎封圣，带出极度痛苦乃是种磨难，使人能得以超越，甚至足以使凡胎成圣。刘以鬯在1948年12月5日离开上海来香港。[1] 南来文人置身于香港，

1　易明善，《刘以鬯传》(香港：明报出版社有限公司，1997)，页209。

一个对他们而言生疏而复杂的商业化社会,立足不易,谋生也困难。[1]
1957 年,刘以鬯离开新加坡《钢报》,后因病失业。从新加坡回港,[2]
他的日子也不易过。《刘以鬯卷》自序中,刘以鬯自言:"煮字疗饥"。
卖文者要是不能迎合读者的趣味,便会"失去'地盘'或接受报纸负
责人或编辑的'指导'",因而被迫写流行小说,以迎合大众。[3] 生活上
的种种,也充满着痛苦。《牛郎织女》中牛郎积极面对痛苦,以乐观、
坚毅,面对苦难人生,又何尝不是作者的心声和写照呢?

四、神女:华山女与少年英雄

1. 华山女

刘以鬯《劈山救母》一文,于 1960 年 10 月 20 日至 1961 年 1
月 13 日,在《明灯日报》连载,共八十六回,合五万四千八百字。
《劈山救母》一文,述华山圣母与刘彦昌私婚,生下儿子沉香的故事。
华山圣母属华山神族中的女眷。

《山海经·西山经》已有祀华山神的记载:"华山冢也。其祠之

---

1 易明善著,《刘以鬯传》(香港:明报出版社有限公司,1997),页 63。

2 同上书,页 211。

3 刘以鬯编著,《刘以鬯卷》(香港:三联书店,1991),《自序》,页 3。

礼：太牢。"以太牢牛羊豕三牲作祭，见祭礼之隆。[1]唐玄宗（712—756年在位）先天二年（713），封华山为金天王。宋真宗（997—1022年在位）大中祥符四年（1011），封华山为金天顺圣帝。[2]唐代的华山女神有华山三夫人和华岳三公主。《广异记·李湜》一文载：华山神三位夫人，与李湜偷欢达七年，后因李湜佩符，三位夫人才告别李湜。（《太平广记》卷三百）[3]至于华岳三公主，则有三篇与之相关的小说。其中两篇，涉及男主人公的死亡或濒死。《华岳灵姻》一文，载华岳三公主下嫁韦子卿。子卿另娶，道士以符制三公主。公主愤而杀韦子卿及其妻。[4]至于《广异记·王勋》，亦几涉男主角的死亡：王勋悦华岳三公主塑像，"实时便死"，被召入神境，后被巫师召回阳世。（《太平广记》卷三百八十四）[5]

后世沉香劈山救母故事，溯其源该出自《广异记.华岳神女》。是篇述华岳三公主下嫁士人某，因某之家人见嫌，某佩符而公主离去。（《太平广记》卷三〇二）[6]三篇唐代有关华岳三公主的小说中，以《华岳神女》与劈山救母故事较类近。首先，华岳神女与士人某有着邂逅

---

1 《山海经校注》，《西山经》，页32。

2 华山封号之载，见刘昫等撰，《旧唐书》（北京：中华书局，1975），卷二十三《礼仪志》三，页904；高承，《事物纪原》（台北：商务印书馆，1982），卷二，《五岳号》，页31。

3 《太平广记》，卷三百，神十，《李湜》，页2384-2385。

4 《华岳灵姻》，出自陈翰编，《异闻集》，刊于王梦鸥，《唐人小说校释》（台北：正中书局，1983），页151-152。

5 《太平广记》，卷三百八十四，再生十，《王勋》，页3065。

6 《太平广记》，卷三〇二，神十二，《华岳神女》，页2397-2398。

至结合的婚恋。第二，华岳三公主与士人某，"生二子一女"，二人有婚生子女。后世劈山救母故事，三公主也有儿子：沉香。第三，华岳三公主不但没有将士人某杀害，对他亦有情义。只是因"符命已行，势不得住"而离去。就婚生子女和神女对男主角的爱恋而言，《华岳神女》当为沉香劈山救母故事之源。

形成沉香劈山救母的宝莲灯故事，则是清道光年间许如来抄本宝卷《沉香太子全传》。故事述汉代士子刘向，路过华山神庙，因题诗而与华山三娘结三宿姻缘。离别时赠三娘沉香一块："倘然生下男儿子，就把'沉香'取为名"。[1]三娘后被二郎神"把华山来提起，压住三娘里面存"。"三娘在华山下受苦。"[2]至十六年后，儿子沉香拜何仙姑为师，大战二郎神、孙悟空，并劈山救母。[3]刘以鬯《劈山救母》中，少年英雄沉香的形象，至为突出。

2. 少年英雄

《劈山救母》一篇，写少年英雄：沉香最为出色；劈山救母亦是沉香的试炼之旅。

---

1 杜颖陶编，《董永沉香合集》（上海：古典文学出版社，1957），《沉香太子全传》，页189。

2 同上书，页197。

3 戏文之载，见王季思主编，《全元戏曲》（北京：人民文学出版社，1999），第十二卷，宋元戏文辑佚，录无名氏，《刘锡沉香太子》，页565-569。

（一）出发

坎伯（Joseph Campbell）言英雄历程由出发、考验、回归组成。冒险的召唤、出发，可以是由犯错展开。[1] 沉香打杀秦官保，是个"犯错"。（《劈山救母》第三十回）后母王桂英牺牲自己骨肉秋儿替罪，沉香亦要逃亡。（《劈山救母》第三十五回）误杀秦官保是个契机，更大的冒险召唤在于救母。刘彦昌揭示沉香的真正身世，展示当年由神鸽传来的血书，令沉香了解个中因由。血书乃华山圣母所书，自述被压于"华山底下，再也翻不得身"。因而"咬开自己的手指"，用鲜血写成血书一封，证明沉香乃亲生骨肉："再要相见极艰难。临危产下沉香儿。"华山圣母亟盼儿子的搭救："待儿他年长大后，前来华山救亲娘"。（《劈山救母》第二十一回）血书是重要的"证据"，证明沉香不凡的身世：乃华山圣母之子。血书，亦是个重要的呼唤，引领沉香踏上试炼之旅。知悉母亲"如今被囚华山洞中，日盼夜望"，等他长大，"好去搭救与她"；沉香毅然上路往华山，展开救母之旅。（《劈山救母》第三十五回）

（二）试炼

少年经历种种试炼，获得成长，是文学中的母题。[2] 沉香在救母旅途中，亦经历饥饿、疾病、危险和对抗权威之战的种种历练。十三岁

1　Joseph Campbell, *The Hero With A Thousand Faces* (Princeton: Princeton University Press, 1968), p.51.

2　Joseph Campbell, *The Hero With A Thousand Faces*, p.97.

的沉香在路上，备受体能的挑战："没有好好的吃过一餐"，更"没有好好地睡过一觉"。（《劈山救母》第三十八回）肉体上也要受病弱折磨："热度甚高"，"闷恹恹的倒在床上了"。（《劈山救母》第三十八回）若非太白金星以药救沉香，亦后果堪虞。（《劈山救母》第三十九回）

除肉体折磨外，"峻岭索桥"，更是沉香胆识和勇气的大挑战。由于神仙指点："过了一山又一山，终南山上有神仙"，（《劈山救母》第四十回）沉香以终南山为目标地；唯途中他必须经历"峻岭索桥"之难。"只见两旁峭壁高耸入云，中间有一条索桥，高高架在空中"。这道索桥一尺宽，十丈长，"并无扶手"。牧童建议沉香和他同骑牛背，渡过索桥。过索桥，乃生死悬于一线的考验。（《劈山救母》第四十四回）沉香表现自然的恐惧，"但觉索桥左右幌荡"，因而头晕"眼前出现无数星星"。（《劈山救母》第四十五回）沉香克服内心恐惧，最终越过索桥也越过心理恐惧的关隘。

少年英雄与权威：二郎神和孙悟空的大战，则不只是胆识，更是对沉香战斗能力的极大考验。二郎神是沉香的舅父，沉香与他作战，表现出少年英雄的战斗力。二郎神擅长变化，具七十二般变化法力，沉香就以七十三般变化，力制舅父。二郎神变大树，沉香便化成樵夫斫树；二郎神变鹰，沉香便化作射鹰人；二郎神变狼，沉香便化作捉狼人。（《劈山救母》第六十六回）少年英雄，以大无畏之势，力制代表家长权威的二郎神。此外《劈山救母》中，孙悟空也助二郎神战沉香。宝卷《沉香太子全传》中，已具"孙行者他也出阵"，助二郎神之载。[1]《劈山救母》一文，孙悟空变"九头六尾狐，张牙舞爪地向沉香扑去"。沉香却变成猎狐人，"拉开大弓"，向九头狐"猛射一箭"，迫得悟空"变回原身"。(《劈山救母》第七十二回)少年英雄大战恶舅和孙行者，竟可克敌，充分展示沉香的英雄战斗力。

（三）助力

少年英雄以十六岁之龄，战胜权威。沉香背后有着不少助力者（helpers）。他在十三岁时，拜八仙为师，并由何仙姑指点。在"八仙教导之下"，"进步神速"；"熟读兵书"，学习战术。(《劈山救母》第四十七回)荣格所言的智慧老人（wise old man），常常在梦中以智者、老师等身份出现，帮助主人公。[2]沉香所拜的八仙，就是八位智慧老人，俟沉香十六岁而授仙术：在天台山授沉香十八般武艺和"七十三变形"。(《劈山救母》第四十九回)在八仙引导下，沉香在藏宝洞，找到兵书宝物。最为重要的，就是寻到"萱花钺斧"。斧柄上有师傅所刻之字："赐与沉香救母亲"。(《劈山救母》第五十一回)沉香就是用此"钺斧"，劈山救母。八位智慧老人，不但打造少年英雄：沉香，更在沉香几乎被二郎神压在华山时，"前去助阵"，救助沉香。(《劈山救母》第六十三回)八仙不但是沉香的师傅，更是少年英雄恶战舅父中的重

---

1 《沉香太子全传》，页 211。

2 C.G. Jung, *The Archetypes And The Collective Unconscious* in *The Collective Works of C.G. Jung*, trans. R.F.C Hull (Princeton: Princeton University Press, 1974), Vol. 9, Part I, pp. 215-216.

要助力，助其克敌救母。

沉香在《劈山救母》中，以少年英雄的身份，勇救母亲、父亲和幼弟。沉香用"钺斧"将华山劈开，(《劈山救母》第五十九回）纵身飞入黑风洞无底井救出母亲，(《劈山救母》第七十五至七十七回）可谓勇气和孝道兼备。被压在华山底十六年受尽苦难的华山圣母，也被折磨得不成人形："简直是一个路边的乞丐"，"蓬头，散发，面黄肌瘦"。不复美丽，且是"枯槁而又苍白"的老妇之容。(《劈山救母》第七十九回）华山圣母不堪的受苦状况，更突显少年英雄拯救所赋予的希望。此外，沉香亦回归洛阳，救出狱中的父亲，背父挽弟，"提口气，往上一窜，驾祥云向西飞去"；安顿家人于天台山。(《劈山救母》第八十二回）沉香以一人之力，拯救了危难的家庭，被封"中界值符官"，(《劈山救母》第八十六回）堪称是个真正的少年英雄。

刘以鬯笔下，华山圣母的苦难及被救援，表现了他作品一贯以来对女性的人文关怀。六十年代的香港，妇女问题亦不少，受的苦难也不轻。1962年《香港年鉴》载：工厂违例雇用女童工，仍有发现。劳工当局为保障女工、童工的健康，草拟条例，加强管制。[1] 妇女文盲人数所占亦不少；香港中国妇女会倡导教育。西区妇女福利会有主办成人教育班，解除文盲的痛苦。[2] 六十年代的妇女面对不少工作、教育的困难和苦难。《劈山救母》中，亟力描写华山圣母所受的苦，表现作者

1　吴灞陵编，《香港全貌·一年来之劳工》，《香港年鉴》，第十五回第二篇，1962年1月，页79。

2　《香港全貌·一年来之劳工》，《香港年鉴》，第十四回第二篇，页53。

对女性状况的同情。少年英雄的救援，在苦难中，注入希望。苦难人生，也不只是困局，而是具备前进、希望的正能量。

五、青楼女：被虐打的花魁

刘以鬯《怒沉百宝箱》，在《明灯日报》1960 年 3 月 5 日至 5 月 4 日连载，共六十五回合四万三千六百字。《怒沉百宝箱》所写为明代花魁杜十娘从良李甲，被负、被卖，愤而投江的故事。孙楷第《今古奇观题解》载万历间绍兴妓女杜十娘事，见《通言》卷三十二。杜十娘事，明人盛传，宋幼清《九钥集》有传，今未见。《情史》卷十四，亦载十娘此事。[1]《九钥集. 负情侬传》是杜十娘故事的源头。事记万历年间，李生与名妓杜十娘相恋，筹得三百金与鸨母，为十娘赎身。杜十娘与公子离开妓院，至江遇"新安人"，慕十娘为"尤物"，以"千金"诱公子转卖十娘。十娘知悉真相，将百宝箱中"翠羽明珰""夜明之珠"投江后自沉于江。[2] 冯梦龙《情史》有《杜十娘》之载，[3]《警

1 孙楷第，《重印〈今古奇观〉序・附解题》，刊于孙楷第，《沧州后集》（北京：中华书局，1985 年），页 52。

2 宋楙澄撰（明万历刻本），《九钥集》，刊于四库禁毁书丛刊编纂委员会编，《四库禁毁书丛刊》（北京：北京出版社，2000），卷五，《负情侬传》，集 177，页 548-551。

3 冯梦龙辑，魏同贤主编，《冯梦龙全集》，第三十八册，《情史》第十四卷《杜十娘》，页 1149-1160。

世通言》卷三十二有《杜十娘怒沉百宝箱》一篇。[1] 冯梦龙所载与《九钥集》相若。阿英《小说二谈》认为"此事发生于明，且确有其事"[2]。

《怒沉百宝箱》的明妓十娘，乃明代的妓女。明朝中叶以后，随着城市商业的长足发展，在南北方都出现了很多商业重镇，各地青楼业也愈兴旺。[3] 此外，明代中期，朝廷取消官妓，私娼更为兴盛。[4] 刘以鬯《怒沉百宝箱》与前文本最不同之处，在于文中加入不少鸨母虐打十娘的情节，赤裸裸呈现花魁表面风光的背后凄凉的处境。老鸨对十娘的虐待，分两个部分，一为辱骂，一为虐打。鸨儿为十娘不肯舍弃床头金尽的公子，骂她为"臭货""贱货"。（《怒沉百宝箱》第十三回）明代妓女身份卑贱。古时分良民为：士、农、工、商四等，贱民则属可被买卖之人。[5] 妓，属贱民阶级；良贱亦不可通婚。《明律·婚姻》载："凡家长与奴娶良人为妻者，杖八十。""若妄以妓婢为良人，而与良人为夫妻者，杖九十，各离异改正"。[6]

除辱骂外，十娘亦被鸨母以不同的方式虐打。鸨儿视十娘为"摇钱树"，（《怒沉百宝箱》第十一回）为迫十娘舍弃李甲和接客而虐打她。十娘被脱掉衣服，承受鸨母的鞭子。鸨母"举起皮鞭，一连又抽

---

1 冯梦龙辑，魏同贤主编，《冯梦龙全集》，第二十三册，《警世通言》第三十二卷《杜十娘怒沉百宝箱》，页 506-525。

2 阿英，《小说二谈》（上海：上海古籍出版社，1985），页 33。

3 陶慕宁，《青楼文学与中国文化》（北京：东方出版社，1993），页 133。

4 严明，《中国名妓艺术史》（台北：文津出版社，1992），页 93-101。

5 良贱阶级划限甚严，不得通婚。参考刘伯骥，《唐代政教史》（台北：台湾中华书局，1974），页 88。

6 刘惟谦等撰，《大明律》（台南：庄严文化，1996），卷六，《婚姻》，页 276-568。

了两下"，"十娘背脊上立即出现了两条血痕"。虽然皮破血流，十娘的反应是"紧捏住拳头"，"不出声"，表现出"宁死也不肯屈服"的"倔强"。（《怒沉百宝箱》第十四回）为迫十娘接山西大客，老鸨亦"擎起鸡毛帚"，"向十娘身上疯狂乱抽"，毒打十娘。然而，倔强的十娘，仍是"不呼嚎"，"咬牙切齿地忍住痛"，表现了自傲的倔强。（《怒沉百宝箱》第二十九回）韩南（Patrick Hanan）说：杜十娘表现了"自尊"和"自决"。[1] 结上盘龙髻（《怒沉百宝箱》第五十八回）怒沉"祖母绿""猫儿眼"的百宝箱，以死控李甲"太没有良心"的十娘，（《怒沉百宝箱》第六十五回）便以极端的方式表现出刚烈的"自尊""自决"。十娘被虐打，不但表现其个性上的倔强与自尊，刘以鬯更借此以表现他对女性受虐、受苦的关怀。

刘以鬯写十娘被虐、鞭挞、虐打更真实地反映妓院中纵是花魁的苦况，令人物更为立体。篇中，负心人李甲亦有内疚的一面及因介怀十娘是青楼女而表现绝情。（《怒沉百宝箱》第五十二回）纵是孙富，也有善良的一念：何必拆散患难夫妻？（《怒沉百宝箱》第四十七回）《杜十娘怒沉百宝箱》一文，成功塑造更为立体化的人物。

---

1 Patrick Hanan, "The Making of The Pearl-Sewn Shirt and The Courtesan's Jewel Box", in *Harvard Journal of Asiatic Studies*, Vo.33 (1973), p.149. 她们都有待于男人去拯救，看到背后隐藏着男性中心的预设立场。参考周建渝，《重读杜十娘怒沉百宝箱》，中央研究院中国文哲研究所刊，《中国文哲研究集刊》，第十八期（2001年3月），页31。

结　语

刘以鬯的作品，都十分注重女性。[1]这篇论文所论述的四位女性：烈女孟姜经历千辛万苦往长城寻夫骨、认骨；织女与牛郎隔河相望、骨肉分离的深刻痛苦；华山圣母被二郎神压于华山底不见天日十六年的苦囚，还有被鞭打、被掌掴的杜十娘。四位女性都在不同程度上受压迫、受苦，受折磨。

这四篇作品都是六十年代之作，当时的妇女，为家庭、生活，在各行业工作，其中工厂妇女尤多。1963 年《香港年鉴》载：1950 年女工人数为三万三千二百八十六；至 1960 年已增加至十万零四百一十八人。[2]十年间，女工人数已上升了六万七千一百三十二人。刘以鬯对女性的关怀、同情，在上述四篇作品中，尤为突出。此外，《孟姜女》《牛郎织女》《劈山救母》和《怒沉百宝箱》，乃故事新编。刘以鬯以丰富的民间文学知识，将四个故事重新演绎，在民间文学的传播上，实属功不可没。

1　徐黎，上引文，页 48。

2　吴灞陵编，《香港全貌・一年来之工业》，《香港年鉴》，第十六回第二篇，1963 年 1 月，页 86。

胭砚计划（按出版时间顺序）：

《天命与剑：帝制时代的合法性焦虑》，张明扬著

《送你一颗子弹》，刘瑜著

《暴走军国：近代日本的战争记忆》，沙青青著

《一茶，猫与四季》，小林一茶著

《摩登中华：从帝国到民国》，贾葭著

《说吧，医生 1》，吕洛衿著

《说吧，医生 2》，吕洛衿著

《我爱问连岳 6》，连岳著

《国家根本与皇帝世仆——清代旗人的法律地位》，鹿智钧著

《父母等恩：〈孝慈录〉与明代母服的理念及其实践》，萧琪著

《故事新编》，刘以鬯著

胭+砚
project

图书在版编目（CIP）数据

故事新编 / 刘以鬯著. — 上海：东方出版中心，2019.8
（胭砚计划）
ISBN 978-7-5473-1470-8

I. ①故… II. ①刘… III. ①小说集 – 中国 – 当代

IV. ①I247

中国版本图书馆CIP数据核字(2019)第085430号

故事新编

刘以鬯 著

统筹策划　彭毅文
责任编辑　彭毅文
特约编辑　宋子江
插图设计　方块阿兽
书籍设计　山川制本

出版发行：东方出版中心
地　　址：上海市仙霞路 345 号
电　　话：021-62417400
邮政编码：200336
印　　刷：山东鸿君杰文化发展有限公司
开　　本：890mm*1240mm　1/32
字　　数：372 千字
印　　张：18.75
版　　次：2019 年 8 月第 1 版第 1 次印刷
ISBN 978-7-5473-1470-8
定　　价：88.00 元